고산자
김정호

고산자 김정호

우일문 장편역사소설

인문서원

# 1. 아버지의 몸, 아버지의 머리

일고여덟이나 되었을 사내아이가 서너 살짜리 계집아이 손을 잡고 터덜터덜 날 저무는 동구 밖으로 나왔다. 정호와 이화다. 정호는 제법 눈살을 찌푸린 게 팍팍한 세상살이 고단해진 어른을 닮았다. 이화가 정호 손을 놓고 칭얼댔다. 정호가 쪼그리고 앉아 넓적한 등을 들이댔고 이화는 금세 헤헤거리며 업혔다. 어린 것이 어린 것을 업었다. 편안해 뵈지 않는다. 그러나 정호의 얼굴은 환하다.

"우리 이화 아부지가 오시나, 안 오시나?"

하늘은 한없이 높다. 산도 까마득하게 높다. 하늘을 이고 산을 울타리삼은 땅, 황해도 곡산이다. 길이 남서 방향으로 열려 황해도에 속했을 뿐 고산준봉의 지세는 함경도거나 평안도거나 강원도에 가깝다.

등에 업혀 고사리손으로 정호의 목을 꼭 끌어안고 있던 이화가 갑자기 소리를 질렀다.

"아부지. 아부지!"

멀리 빈 지게를 진 남자가 보였다. 배소금이다. 이화는 어느새 정호의 등에서 내려 냅다 달음박질을 쳤다. 가벼워진 등이 허전하다고 느낄 새도 없이 정호도 뒤를 따라 달렸다.

배소금이 이화를 번쩍 안아들었다. 정호 머리도 쓰다듬었다.

"개똥이 도령이 고맙게도 우리 이화를 또 업어줬구먼요."

배소금 칭찬에 정호가 씩 웃었다. 배소금은 소금장수여서 그런 이름이 생겼다. 성이 배(裵)가라지만 어쩌다가 그런 성이 붙었는지는 모른다. 천출이지만 정호네와는 한 가족이나 다름없다. 게딱지같은 집도 나란히 붙어 있는데다가 마누라들이 생산하자마자 산독으로 죽은 것도 똑같아 동병상련으로 정호 아버지와 형제처럼 지냈다.

곡산 같은 산골짜기 고을은 소금만큼 귀한 것도 없다. 땅마지기나 있어 끼니 걱정 없는 집들도 소금 구하기는 쉽지 않다. 첩첩산중을 넘어와야 하기 때문이다. 배소금은 신계나 멀리 금천까지 소금가마를 지고 다니며 됫박 장사를 했는데 누구나 배소금을 보면 반가워서 경중경중 뛰었다. 그러나 배소금은 소금가마를 지고 재를 몇 개씩 넘어다니는 것은 물론 재를 지키는 도적들에게도 소금을 바쳐야 했으므로 골병만 들지 남는 게 없다고 투덜거리곤 했다.

배소금은 정호를 개똥이라 불렀는데 이를테면 정호의 아명이다. 이름이 거칠거나 천해야 복이 오고 오래 산다는 믿음으로 음양오행에 글자 수를 헤아려 지은 정식 이름을 두고도 개똥이니 말똥이니 불렀던 것이다.

배소금의 무남독녀 이화는 군이 이름풀이를 하자면 배꽃이다. 배소금의 딸 이름으로서는 넘친다 싶지만 정호 아버지가 지어주었다.

"아주 꽃같이 예쁘구면요."

배소금이 정호의 집에 와서 갓난애 자랑을 하자 정호 아버지가 껄껄 웃더니

"그럼 자네가 배가이니 배꽃이군 그래. 이화(梨花)라 하게."

하면서 이화라는 이름을 주었다.

정호의 아버지는 한때 곡산부의 장교를 지낸 바 있어 사람들이 김 장교라고 불렀다. 김 장교는 천성이 남을 해코지할 성격이 못 돼 장교질을 오래 견디지 못했다. 젊어서부터 십여 년 장교로 살다가 벙거지 쓴 죄로 자꾸 사람들 눈 밖에 나자 병을 핑계하고 그만두었다.

지방관아에서는 아전이나 군졸이나 할 것 없이 어진 수령을 만나면 같이 어질어지고 못된 수령을 만나면 같이 못된 짓을 해야만 한다. 어진 수령이 다스리는 지방에서 못된 짓을 하다가는 그 길로 쫓겨나기 십상이고, 탐욕스러운 수령 밑에서 원리원칙만 따지다가는 모가지가 성하기 어렵다. 김 장교가 그랬다. 어찌어찌 먹고 살 길을 찾아 장교질을 시작했는데 처음에는 그럭저럭 할 만했다. 벼슬이라고는 할 수 없었지만 목구멍에 거미줄 걷어내고 입에 풀칠하는 것쯤은 문제없었다.

그러나 수령이 바뀌면서 해야 할 일이 바뀌었는데 죄 없는 백성들을 끌어다가 두드려 패는 일이며 먹고살기도 어려운 집 곳간을 뒤져내는 일이 포졸들의 몫이 되었다. 김 장교의 성품으로는 그런 일을 견뎌내기 어려웠다. 그래서 장교를 그만두었는데 막상 그만두고 나니 먹고살 길이 막막했다. 송곳 하나 꽂을 땅덩이도 없으니 딱한 노릇이었다. 남들은 십여 년 장교 생활에 이력이 나면 그럭저럭 먹고 살 밑

천은 장만한다지만 김 장교는 요령부득이다.

김 장교는 다른 사람 대신 부역을 나가 품삯을 받거나 날품팔이를 하며 그렁저렁 살아나갔다. 그나마도 일거리가 없으면 시래기죽을 끓이면서 방구석에 틀어박혀 그림을 그렸다. 글 아는 장교는 드물었지만 김 장교는 글씨에도 능하고 그림에도 소질이 있었다. 끌과 주머니 칼(刀子)을 이용해 나무를 다듬는 데도 김 장교를 따라올 사람이 없었다. 겨울에는 팽이를 몇 개씩 깎아줘 정호를 으쓱하게 했다. 절구공이나 소 여물통을 깎아달라고 부탁하는 사람도 종종 있었다.

김 장교는 가끔씩 양반집이나 부잣집에 불려가 초상화를 그려주곤 했는데 그럴 때마다 정호를 데리고 가 잔심부름을 시켰다. 정호는 아버지를 따라 그림을 그리러 갈 때가 설날이나 추석보다도 훨씬 좋았다. 맛난 반찬에 밥을 배불리 먹을 수 있기 때문이다. 거적때기 위에서 자다가 반질반질한 장판 위에서 잠을 잘 수 있는 것도 좋았다.

그래봐야 김 장교가 그림을 그리러 부잣집에 불려가는 날은 한 해에 겨우 서너 번이다. 대개는 품을 팔러 다녔다. 그런 날이면 정호는 소금 팔러간 제 애비와 떨어진 이화와 오누이로 놀았다. 그 어린 것도 계집이라고 정호를 신랑으로 앉히고 소꿉놀이 하는 걸 좋아했다.

"아주 옛날에는 우리도 당당한 양반이었느니."

김 장교가 가끔 그런 말을 했지만 정호에게는 아무래도 좋았다. 옛날에 양반이었으면 왜 지금은 양반이 아닌지 어린 정호는 그다지 궁금하지도 않았다.

"나도 글 배울래."

어린 아들이 아비를 졸랐다.

"글은 배워 어디 쓰려고?"

"글을 배워 과거에 급제하면 원님이 될 수도 있대. 쌀밥도 실컷 먹을 수 있고."

아주 옛날 양반의 자손이지만 천출이나 다를 바 없는, 어린 아들 쌀밥도 실컷 먹일 수 없는 아비는 저런 가슴으로 어린 아들을 꼭 안아주었다.

"허허. 쌀밥이 먹고 싶으냐?"

그럴 때 정호는 왠지 서러워져서 눈물이 났다.

"사내자식이 울기는. 그래 글을 익히자. 그래서 쌀밥 실컷 먹어라."

김 장교는 정호에게 언문을 가르쳤다. 총명한 정호는 금세 익혀 땅바닥에 글씨를 쓰며 즐거워했다. 하얀 쌀밥을 떠올렸을까.

어느 날 정호는 콧대 높은 이웃 아이가 들고 다니는 책을 보았다. 자기도 글을 배웠으므로 한번 읽어보고 싶었다. 그러나 책을 펼쳐든 정호는 눈앞이 깜깜해졌다. 분명 글을 배웠는데 그 책에 있는 글자는 하나도 읽을 수가 없었다.

"너 따위가 무슨 글을 읽는다고 그래."

얼굴이 빨개진 정호는 한달음에 집으로 달려와서는 엉엉 울었다. 자초지종을 듣고 난 김 장교는 껄껄 웃으며 정호를 안아주었다.

"그까짓 글은 배워 무엇 하느냐. 애비처럼 그림이나 그리든지……."

그러나 김 장교의 모지랑붓으로 그림을 그리는 것만으로는 성이 차지 않은 정호는 김 장교를 졸라 기어코 천자문을 배웠다. 정호는 글을 배울 때 읽는 것보다 쓰는 것을 훨씬 빨리 익혔는데 어려서부터 김 장교가 그림 그리는 것을 흉내 내며 놀았기 때문이다.

그렇게 하루하루를 무료하게 보내던 정호에게 화가 닥친 것은 정호가 열 살 되던 해인 신미년(1811년)이다.

곡산 부사 박종신(朴宗臣)은 전형적인 탐관오리였다. 그는 부사로 부임하자마자 창고에 있던 환곡(還穀)을 모조리 내어주었다. 환곡은 관에서 꿔주는 곡식이다. 봄에 필요한 사람에게 곡식을 내주고 가을에 돌려받는 제도로 토지세인 전정(田政), 군역 부과제도인 군정(軍政)과 함께 삼정(三政)의 하나이다.

부사 박종신은 필요치 않은 백성에게까지 강제로 곡식을 내주고 가을에 받을 때는 높은 고리로 받았다. 곡산 관아 창고에는 곡식이 그득하게 찼다. 박종신은 곡식을 상인들에게 팔아먹기까지 했다. 창고를 관리하는 아전들을 시켜 곡식을 팔면서 자신은 짐짓 모르는 체했다.

그러나 이런 일이 쉬쉬한다고 천년만년 감춰지는 법은 없다. 결국 부사가 환곡을 긁어모아 팔아먹는다는 소문이 나자 박종신은 창고를 관리하는 아전 몇몇을 잡아들이고 상인들이 사간 환곡은 장물이라며 압수했다. 돈은 돈대로 받고 곡식은 다시 빼앗아버린 셈이다. 부사의 명령에 따라 곡식을 팔다가 어이없게 잡혀 들어간 아전들에게는 뭉칫돈을 집어줘 입막음을 했다.

그러나 제돈 주고 곡식을 샀다가 억울하게 도로 뺏긴 상인들은 격분하지 않을 수 없었다. 돈을 몇 푼씩 받았다고는 하지만 억울하기는 부사의 지시로 곡식을 팔았던 아전들도 마찬가지였다. 부사의 학정을 견디다 못한 백성들도 불만이 고조되었다.

나이 지긋한 백성들은 정사년(1797년) 7월부터 무오년(1798년) 4월까지 한 해도 안 되게 부사를 지낸 정약용(丁若鏞)의 태평시대를 그리워했다. 정약용은 관아에서 되로 주고 말로 받는 환곡의 협잡을 불호령으로 바로잡았으며 백성들이 억울함을 호소하면 반드시 옳고 그름을 명쾌하게 바로잡아 주었다. 그러나 이후로 그런 수령은 씨가 말랐는지 정약용이 내직으로 돌아간 이후에는 다시 관아의 포척(布尺)이 백성에게 받을 때는 한없이 길어지고 관에서 나올 때는 짧아졌다. 환곡을 탈 때에는 되로 받고 갚을 때는 말로 바쳐야 했다.

그런 어느 날 저녁 무렵이었다. 아직 찬바람이 부는 이월 하순인데 저녁 무렵 심낙화(沈洛花)가 보리쌀 한 말을 메고 찾아왔다. 종이도 몇장 둘둘 말아 쥐었다. 김 장교보다 서너 살 위였지만 그도 장교를 다니는 사람이다.

"부사께서 초상화를 그려 오라시네."

김 장교는 어리둥절했다.

"해전에 그려드렸는데 무슨 초상화를 또……."

"낸들 그 속을 알겠나. 그러라고 하니 이렇게 달려올 밖에. 이번에는 아예 서너 장 받아 오라시네."

"알 수 없는 일이구려."

얼마 전까지만 해도 장교를 다녔으므로 얼굴을 익히 아는데다가 초상화를 그려준 적도 있어 수월했다. 처음 박종신의 초상화를 그릴 때에는 몇 번이나 다시 그려야 했는데 박종신이 표독스럽게 그렸다, 좀스럽게 그렸다, 트집을 잡았기 때문이다.

"아무튼 내일 올 터이니 그려두게."

심낙화는 그렇게 말하고 돌아갔고 김 장교는 고개를 갸웃거리다가 박종신의 초상화를 그렸다.

다음 날 일찍 심낙화가 다시 왔다.

"이건 지난번에 그린 것과 똑같지 않은가?"

김 장교가 새로 그린 박종신은 매우 인자한 모습이다.

"그렇지요. 이렇게 그려드려야 좋아하시니."

그러나 심낙화는 고개를 설레설레 흔들었다.

"그런 말 말게. 이번에는 생긴 그대로 그리라는 분부가 계셨네. 다시 그려 오라면 그쯤도 짐작을 못하는가. 먼저 것은 사내답지가 못하다는 말씀이었어."

변덕이 죽 끓듯 하는 부사라 그러려니 하고 다시 그릴 수밖에 없었다. 김 장교가 한참을 생각하다 아무래도 안 되겠다는 표정을 지었다.

"아무래도 부사 영감을 한번 뵙고 그리는 게 좋겠소."

그러자 심낙화가 펄쩍 뛰었다.

"에구 그런 소리 말게. 누구 죽는 꼴을 보려고 그러나."

이상한 일이다. 그게 어디 죽고 살 일인가.

"얼굴을 그리려면 얼굴을 봐야지 아무려면 부사 영감이 그만한 이치야 모르겠소? 더구나 아무리 곡산 부사라지만 그만한 일로 죽고 살기야 하겠소?"

김 장교의 말에 심낙화가 움찔했다.

"그, 그런 게 아니고 지, 지금 부사 영감이 병환으로 몸져누우셔서 뵙기가 어렵다는 걸세."

갑자기 쩔쩔 매고 말도 더듬는 걸 보면 뭔가 수상쩍은 구석이 있었지만 김 장교는 대수롭지 않게 듣고 다시 그렸다. 그러나 이번에는 너무 탐욕적인 인상이 되었다.

"부사 영감 얼굴이 제대로 나오기는 했는데……. 이건 안 되겠구먼. 다시 그려야겠소."

"아, 아닐세. 계속 그려보게. 보기 좋구먼."

심낙화가 아무래도 이상했다.

"볼기라도 맞게 되면 장교님이 대신 볼기를 까시려오?"

"이 사람. 볼기는 무슨. 시간이 없네. 이렇게 어서 더 그리게."

김 장교는 모두 다섯 장의 박종신 얼굴을 그렸다.

"이거 이렇게 그려도 될는지 원."

김 장교는 걱정이 되었지만 심낙화는 걱정 말라는 듯 손을 홰홰 내저었다.

"이 사람아. 부사 영감을 알아도 내가 더 잘 아네. 걱정 마시게."

심낙화는 옆에서 보고 있는 정호의 머리를 한번 쓰다듬어주고는 휑하니 걸음을 재촉했다.

"무슨 변덕인지 원."

김 장교는 혼잣말처럼 중얼거리고는 심낙화가 처마 밑에 던져놓은 보리쌀자루를 부엌으로 옮겨놓았다.

난리도 그런 난리가 없었다. 남녀노소를 가릴 것도 없이 사람들이 우르르 장마당을 향해 뛰었다.

"뭐요? 무슨 일이냐니까?"

"낸들 아오. 무슨 좋은 구경거리가 왔답디다."

삽자루를 뒷짐으로 들고 어슬렁어슬렁 논배미로 가던 사람도 뛰는 사람들 뒤를 쫓아 뛰었다. 아침밥을 먹다가 밥숟가락 내던진 사람들도 우우 몰려갔다. 장마당에는 사람들이 가득했다. 그러나 아무리 두리번거려도 구경거리는 보이지 않았다. 장마당에 모여 있는 수많은 사람들이 구경거리라면 구경거리였다.

"무슨 일이야? 왜들 모인 거야?"

"그저 사람들이 뛰어나오니까 뭐 얻어먹을 게 있나 뛰어나왔지. 사람들이 몰려나온 걸 보니 무슨 일이 있기는 있을 거 아녀?"

그러나 아무리 둘러보아도 구경거리라고는 찾을 수 없었다. 성질 급한 사람들은 괜한 걸음이라며 돌아서기도 했다. 정호도 괜히 따라 왔다 싶어 터덜터덜 걸음을 옮기려는데 털북숭이 장정 하나가 길가의 어느 집 흙담 위로 성큼 올라서더니 손을 번쩍 들었다. 그러나 많은 사람들 속에서 털북숭이를 본 사람은 몇 안 됐다. 워낙 시끄럽고 산만한 터라 작은 움직임은 사람들의 시선을 끌지 못했다.

"저 사람은 뭐야. 왜 남의 담에 올라갔지?"

누군가 말하자 사람들의 시선이 우우 흙담 위로 향했다.

"나를 보시우들!"

털북숭이는 갑자기 소리를 버럭 질렀다. 이미 사람들은 털북숭이에게서 무슨 구경거리가 시작될 것이라 여겨 털북숭이만을 뚫어져라 바라보았다.

"나는 박대성(朴大成)이라 허우. 내가 여러분 앞에 나선 것은 우리 곡산의 부사 놈을 몰아내자는 말을 하기 위해서유. 부사 놈으로 말할 것 같으면……."

"뭐냐? 웬 놈이 감히……."

사람들 속에 끼어 있던 포졸들이다. 포졸 몇이 육모방망이를 꺼내 들었다.

"시끄럽다. 한번 들어보자."

"맞아. 어디 계속해보우."

"벙거지는 꺼져!"

포졸이 서넛밖에 안 되기도 했지만 구름같이 모여든 수많은 사람들은 그까짓 포졸쯤 겁날 것도 없었다. 포졸들은 사나운 고함소리에 놀라 슬그머니 자리를 떴다.

"여러분. 고맙소. 여러분들이 나를 살려주었구려. 그렇소, 우리가 힘을 합치기만 하면 그까짓 포졸 놈들 하나도 무섭지 않소."

"하려던 얘기나 계속해라!"

사람들 사이에서 고함이 터져 나왔다.

"부사 놈이 어쨌다는 거냐!"

"우리는 지금까지 너무나 억울하게……."

그러나 박대성은 더 말을 할 필요도 없게 되었다.

"맞소. 부사 놈을 몰아냅시다."

"당장 관아로 몰려갑시다."

정호는 사람들이 뭐라고 떠드는 건지는 알 수 없었지만 갑자기 와지르는 고함소리에 귀청이 떨어져 나갈 것 같아 얼른 양손으로 귀를 막았다. 부사 놈 어쩌고 하던 박대성은 사람들이 갑자기 소리를 지르며 날뛰니까 오히려 당황했다. 손을 저으며 사람들을 진정시키려고 애를 썼다.

"내 말을 좀 들으우!"

사람들은 당장이라도 뛰어나갈 것처럼 와와 소리만 질렀지 박대성이 외치는 소리는 들리지 않았다.

"글쎄 내 말을 좀 들으라니까!"

그러나 소용없었다. 사람들은 자기들끼리 고함을 질러가며 의분을 터뜨렸다. 그때 박대성의 옆으로 또 한 사람이 올라갔다.

"앗, 저놈은 장교질을 하는 놈이다!"

"부사와 한통속이다!"

"저놈을 끌어내려라!"

그러나 소리만 지를 뿐 아무도 그를 끌어내리려고 하지는 않았다.

"맞소. 나는 장교 심낙화요. 내가 여러분에게 할 말이 있어 이렇게 올라왔소!"

"장교 놈이 무슨 할 말이냐!"

"저놈 주둥이부터 찢어라!"

점점 험악해지는 분위기에 심낙화는 적이 당황했다.

"주둥이를 찢건 사지를 찢건 그건 여러분 뜻대로 할 일이지만 한 마디만 듣고 하시오. 나는 여기 있는 박대성이와 함께 부사를 몰아낼 결심을 한 사람이오."

그 말에 사람들이 찬물을 끼얹은 것처럼 조용해졌다.

"그렇소. 좀 진정들 하시오. 부사를 몰아내려면 이렇게 흥분만 해서는 아니 되오. 그러니 지금부터 이 사람의 말을 잘 듣고 그대로 따라 주어야 못된 부사 놈을 몰아내고 편안하게 살 수 있소. 그러지 않으면 이 앞에 나선 우리나 여러분이나 개죽음을 면치 못할 거요."

심낙화가 말을 마치고 박대성을 바라보았다. 당장이라도 관아로 몰려갈 것 같던 사람들의 시선도 박대성에게 모아졌다.

"우리가 천방지축으로 날뛸 것이 아니라 패를 나누어야 하우. 먼저 이쪽 편에 있는 사람들은 나를 따라 관아로 들어가 부사 놈을 잡아냅시다. 그리고……."

박대성은 모두 세 패로 나누었는데 자신은 관아로 가 박종신을 잡아내겠다고 했고, 한극일(韓極一)이 이끄는 패는 옥문을 까부수고 억울하게 옥살이하는 백성들을 구해내게 했으며, 심낙화가 이끄는 패는 창고로 달려가 양곡을 모조리 끄집어내라고 했다.

"가는 길에 몽둥이며 쇠스랑이며 손에 쥘 수 있는 것은 뭐든지 한 가지씩 들도록 하시우. 포졸 놈들이 감히 달려들면 대갈빼기를 후려 치도록 하우."

사람들은 함성을 지르며 관아로, 옥으로, 창고로 내달았다. 정호 같은 어린 아이들도 함성을 질러대며 천방지축 날뛰었다.

"이보우. 심 장교님. 이게 무슨 난리요!"

정호 아버지 김 장교는 심낙화를 발견하자 뒤를 따르며 소리를 질렀다.

"자네도 어서 따르게. 세상이 바뀌네. 자, 빨리들 갑시다!"

심낙화는 사람들을 몰고 바람처럼 내달아 창고 문을 부수고 양곡을 꺼냈다. 개중에는 자루를 잡히는 대로 메고 집으로 줄행랑치는 사람도 있었지만 대개는 심낙화의 지시대로 달구지에 싣거나 지게로 져 날라 장마당에 쌓았다. 한극일을 따라 옥으로 간 사람들은 옥문을 부수고 억울한 놈이나 진짜 도둑놈이나 할 것 없이 모조리 끌어냈다. 옥에서 나온 사람들은

"박종신을 때려잡자!"

하고 소리를 지르며 관아로 내달았다. 곡산 부민 중에 부사 박종신 에게 가장 한이 많은 사람들일 터였다. 박대성을 따라 관아로 간 사람들은 제일 신이 났다. 창을 들고 섰던 포졸들은 슬금슬금 뒷걸음질 을 치다가 냅다 줄행랑을 쳤으므로 거칠 것이 없었다.

관아에서 거들먹대던 박종신은 기절초풍이다.

"이게 무슨 소리냐?"

밖에서 우우 함성이 들리자 박종신은 새파래졌다.

"무, 무슨 일……."

동헌 마당에 낫이며 몽둥이들을 든 사람들이 새까맣게 몰려온 것을 보고 박종신은 기겁을 했다.

"저놈을 끌어냅시다!"

박대성의 목소리에 서너 사람이 달려 들어가 박종신의 사지를 잡고 나와 동헌 마당에 패대기쳤다.

새파랗게 질린 박종신은 아프다 소리도 못하고 바들바들 떨기만 했다.

"자, 이놈을 동구 밖으로 쫓아냅시다."

그러자 한 사람이 언제 가져왔는지 짚둥우리를 박종신 앞에 내던졌다.

"그래도 부사 영감인데 귀한 발로 맨 땅을 밟게 할 수야 있겠소. 이 짚둥우리에 태워 보냅시다."

예로부터 고을 수령이 잘못을 저지르면 짚둥우리에 태워 잡아갔다는 얘기가 있다. 사람들이 와아, 웃으며 박종신을 짚둥우리에 태워 메고 나가서는

"물렀거라! 부사 영감 행차시다!"

하고 소리들을 질렀다. 부사의 꼴을 보고 손가락질들을 해대는 백성들은 십 년 묵은 체증이 다 가신다는 표정이다. 그렇게 박종신은 곡산 삼십 리 밖으로 쫓겨나갔다. 곡산 부민들은 창고에서 꺼내온 양곡들을 나누어 갖고 잔치를 벌였다. 그러나 막상 부사를 내쫓았지만 그 이후에 어찌 하겠다는 의견들이 없었는지라 다들 집으로 돌아갔다. 박대성, 심낙화, 한극일 등은 장정 백여 명을 뽑아 민군(民軍)을 편

성했지만 갈팡질팡 어쩔 줄을 몰랐다.

　사흘 후 곡산 부사가 백성들에게 쫓겨났다는 소식을 들은 조정에서는 부랴부랴 좌포도대장 오의상(鳴毅常)을 곡산 부사로 제수하고 우부승지 이면승(李勉昇)을 안핵사로 파견하여 난리에 앞장선 사람들을 잡아들였다. 오의상이 부사로 부임한 지 이틀이 지나서였다.

　"아버지. 군졸들이 우리 집으로 와요."

　마당에서 놀던 정호가 달려 들어왔다.

　"군졸들이 왜 온단 말이냐?"

　"몰라요. 빨리 도망가요. 난리가 나서 군졸들이 사람들을 마구 잡아간대요."

　"허허. 잘못이 없는데 왜 잡아 간대냐. 걱정 말거라."

　그러는 사이에 군졸 서넛이 정호의 마당에 들이닥쳤다.

　"김 장교님, 계시우."

　"나 여기 있네. 웬일들인가?"

　"이런 젠장헐. 김 장교님을 잡아들이라는 명이우."

　"나를 왜?"

　"이런 우라질. 심 장교에게 전임 부사 초상을 그려주었다면서요?"

　"그건 부사가 그려오라 했다기에."

　"내 그럴 줄 알았지. 김 장교님이 그런 일에 끼일 분이 아니라니까. 아무튼 어서 가십시다. 심낙화에게 속아서 그린 것이니 방면이 될 테지요. 우리도 맘이 한결 편하우."

　"그런데 그 초상화가 이번 난리와 무슨 관련이 있다고?"

　"장교님이 그린 초상화가 짚으로 만든 허수아비 얼굴이 되었답디다. 그 얼굴에 바늘이며 송곳이 촘촘하게 꽂혀 있더랍니다."

김 장교가 놀란 표정을 지었다. 그렇게 하면 살아 있는 사람도 힘을 못 쓰고 시름시름 앓게 된다는 몽매한 주술이다. 끌려간 김 장교는 한 달이 넘게 옥에 갇혀 있다가 목이 베이고 말았다. 심 장교와의 친분으로 봐서 한 패거리가 틀림없다는 게 신임 부사의 판결이었다. 김 장교의 머리는 다른 죽은 사람들과 같이 긴 장대에 대롱대롱 매달렸고 머리 없는 시체는 뒷산 계곡에 버려졌다.

"아버지, 아버지……."

효수된 김 장교 머리를 본 정호는 까무러치고 말았다. 이웃 사람이 정호를 업어왔고, 배소금이 제 집에 뉘었다.

"이 어린 것이 어찌 살아갈꼬."

그날 밤늦게 정호는 제 키 만한 곡괭이를 찾아들고 뒷산 계곡으로 갔다. 머리 없는 아버지는 금세 찾았다. 다른 시신은 가족이나 친척들이 이미 수습했기 때문에 김 장교만 덜렁 남아 있었던 것이다. 정호가 머리 없는 아버지의 다리를 잡아끌었지만 힘에 부쳤다.

"어여들 오게, 어여들."

어둠 속에서 두런두런 사람 말소리가 들리자 정호는 양발에 힘을 잔뜩 주고 곡괭이 자루를 꽉 움켜쥐었다. 누구라도 해볼 테면 해보자는 결기였다. 사람들 서넛이 다가왔다.

"아이고, 개똥이 도령."

배소금이 달려와 정호를 와락 끌어안았다. 배소금도 어둠을 틈타 이웃 사람 몇을 데리고 김 장교의 시신을 수습하러 온 것이다.

"어이구, 이 사나운 놈아. 그래, 혼자 애비를 묻으려 했더냐? 기특하고도 박복한 놈."

　누군가 그런 말도 했지만 정호에게는 들리지 않았다. 배소금과 이웃들이 가져온 거적으로 김 장교 몸뚱이를 둘둘 말아 미리 봐둔 무덤 자리로 옮기자 정호가 갑자기 아래쪽으로 달음박질쳤다.

　"아니, 저 녀석이?"

　"개똥이 도령, 어딜 가누?"

　"잠깐만요, 잠깐만 기다려요!"

　머리를 매단 장대들은 통나무를 가로세로로 얼기설기 엮어 만든 담에 기대 있었다. 군졸들은 효수된 머리를 지키는 것이 견딜 수 없었는지 한쪽에서 화톳불을 피워놓고 술추렴을 하고 있었다. 군졸들의 혀 꼬부라진 소리를 들으며 정호는 통나무담을 기어 올라갔다. 통나무담은 사다리처럼 오르기 쉬웠다. 정호는 장대에 매달린 아버지 머리를 들고 냅다 뛰었다.

　"내 이럴 줄 알았다. 아이고, 독한 녀석. 그래, 잘했다, 잘했어."

　이웃들은 땅을 파 김 장교를 반듯이 뉘어놓고 흙을 덮지 않은 채 기다리고 있었다. 필경 정호가 제 아버지 머리를 가지러 갔을 것이라고 생각하고 기다린 것이다.

　정호는 어른들이 시키는 대로 아버지 무덤에 두 번 절했다. 배소금과 이웃들도 소리 없이 눈물을 흘렸다.

　백성들에게 짚둥우리에 태워져 쫓겨난 박종신은 안핵사의 조사에 의해 그 죄상이 낱낱이 조정에 보고되어 결국 울산으로 귀양을 갔다고 했다.

태어나자마자 어머니를 잃은 정호는 이제 천애고아가 되었다. 정호의 나이 이제 열 살 남짓이었다. 배소금은 어렴풋이 들은 적이 있는 김 장교의 누이를 찾아 개성으로 갔다. 배소금은 정호가 양반짜리라고 믿고 있으므로 자기와는 어울리지 않을 뿐 아니라, 또 피붙이가 있다면 응당 그곳으로 가 잘 먹고 잘 살아야 한다고 생각한 것이다.

"오라버니. 여기서 그냥 살면 안 돼?"

이화는 눈물이 그렁했다.

"나도 몰라. 어른들이 시키는 대로 해야 해."

워낙 말수가 적은 정호지만 변을 당한 후 더 조용해졌다. 어린 이화는 그런 정호를 야속하게 바라볼 뿐이다. 며칠 후 배소금은 웬 젊은이와 함께 왔다. 정호 고모가 보낸 사람이라고 했다. 정호는 김 장교가 쓰던 주머니칼을 손에 꼭 쥐고 젊은이를 따라갔다.

"오라버니. 가지 말란 말이야."

철없는, 어린 이화는 발버둥을 치며 울었다.

# 2. 소년, 지도를 그리다

도성에서 서쪽으로 오십여 리를 가면 벽제령이 있다. 벽제령을 넘으면 바로 고양현이 닥친다. 고양의 남쪽은 한성부이고 동쪽으로는 양주가 있다. 서쪽으로는 한강을 사이에 두고 김포가 있으며 북쪽으로는 파주가 자리 잡았다. 벽제령은 임진란 당시 명나라 장수 이여송이 왜군에게 대패한 곳이다.

최한기(崔漢綺)의 집은 벽제령에서 북쪽으로 이십여 리를 더 올라간 곳에 있다. 한기는 세조 때 영의정을 지낸 최항(崔恒)의 후손이지만 이후 이렇다 할 벼슬을 지낸 사람이 없이 서서히 퇴락해간 집안의 자손이다. 청화산인(靑華山人) 이중환(李重煥)이 저술한 『택리지』에도 사대부들이 집안이 기울고 세력을 잃어 삼남(三南, 전라·경상·충청)으로 내려간 자는 가세를 잘 보유했으나 근교로 나간 자는 가난하고 검소하며 집안이 망해 쓸쓸하다고 했듯이 한기의 집도 예외는 아니었다.

한기의 선조들은 개성을 중심으로 세가를 이루었다. 명문가에서 서서히 쇠락해가다가 끝내는 대를 잇지 못하거나 갓을 벗어던진 가문도 없지 않았는데 명색 양반이던 한기의 선조들은 갓을 벽장 속에 고이 모셔둔 채 뚱지게 지는 것을 마다하지 않고 논밭을 갈아 제법 살림을 유지했다.

한기의 큰아버지 최광현은 무과에 급제한 후 하찮은 벼슬이나마 꽤 오래 지냈다. 한기는 어려서부터 총명하여 집안을 다시 일으킬 재목으로 기대를 한 몸에 받았는데 그래서인지 큰아버지에게 입양되었다. 친아버지는 한기가 뛰어다닐 무렵 알지 못하는 병으로 급사했다.

한기는 글 읽는 데 남다른 취미가 있어 여느 아이들과는 다르게 책을 펴고 틀고 앉아 있는 시간이 제법 길었다. 서당에서는 다른 아이들보다 진도가 훨씬 빨랐다.

어느 날, 서당에서 돌아온 한기가 양부 최광현에게 물었다.

"양반은 상것들처럼 일을 하지 않는 법이라고 하는데 아버지는 어째서 하찮은 농사일을 하십니까?"

최광현이 고개를 번쩍 들었다.

"그런 법이 어디에 있다고 하더냐? 누가 그런 소리를 해?"

최광현이 벌컥 화를 내며 다그치자 한기는 움찔했다. 괜히 입 밖에 냈다 싶었지만 엎질러진 물이었다.

"훈장님이……."

최광현은 무슨 생각을 하는지 입을 꽉 다물어버렸다. 한기는 최광현의 눈치를 살피다가 제 방으로 건너오고 말았다.

다음 날 한기가 서당에 가려고 나서는데 최광현이 사랑문을 벌컥 열더니

"갈 것 없다. 길 떠날 채비나 해라."

하고 소리를 질렀다.

"길을 떠나다니요."

한기가 눈을 껌벅거리자 어머니가 부엌에서 나오며 찔끔거렸다. 따지자면 큰어머니로 비록 생모는 아니지만 젖 뗄 무렵부터 안아 키운 10여 년 세월의 정이 제법 깊다.

"너를 개성으로 보내신다는구나."

"개성에는 왜요?"

개성은 원근의 일가붙이들이 터를 잡고 있는 곳인데다가 한기가 태어난 곳이기도 하지만 이렇다 할 기억은 없다.

"어린 너를 보내 뭘 어찌하시겠다는 건지 원."

어머니는 고개를 흔들며 눈물인지 콧물인지를 앞치마로 닦아냈다. 닫혔던 사랑문이 다시 드르륵 열렸다.

"들어오너라."

최광현이 소리 지르듯 말했고 어머니는 원망스러운 눈빛으로 사랑방을 쳐다보았다. 한기는 책 보따리를 내려놓고 사랑으로 들어갔다.

"아버지. 제가 개성에 가나요?"

한기는 최광현의 눈치를 살피며 조심스레 물었다.

"공부는 어떻더냐?"

한기가 금세 알아듣지 못하고 눈만 끔벅거렸다.

"서당에서 배우는 공부가 할 만 하느냐는 말이다."

"시시합니다. 소자 이제는 다른 스승님을 모셔보고 싶습니다."

한기의 말에 굳었던 최광현의 표정이 다소 밝아졌다. 영문을 알 리 없는 한기가 한마디 더 보탰다.

"다른 아이들은 천자문이나 외고 있기 때문에 같이 어울릴 글벗도 없고⋯⋯."

최광현이 고개를 끄덕였다.

"네가 열심히 글을 읽은 게로구나. 그래서 사람은 나서 서울로 보내라 했다만 굳이 서울이 아니라도 훌륭한 스승이 있으면 찾아다니면서 글을 배우는 법이다. 개성에 가면 애비 먼 일가 되는 분이 학문에 큰 뜻을 두고 있느니라. 이제 네 글도 어느 정도 자리를 잡았으니 개성에 가서 더욱 학문에 정진하도록 하여라. 예서 코흘리개들하고 더 어울릴 것 없다. 가거라."

최광현이 베듯 잘라 말했다. 이럴 때 최광현은 영락없이 군사를 호령하는 장수였다.

"바라던 바입니다. 속히 떠날 채비를 하겠습니다."

한기가 어른스레 대꾸하며 머리를 숙였다.

"보내더라도 며칠 이런저런 준비라도 한 후에⋯⋯."

언제 들어왔는지 한기 어머니가 안타까운 듯 말했지만 최광현은 고개를 저었다.

"사내놈이 글공부하러 길 떠나는데 어미 된 사람이 그런 꼴을 보여서야 쓰겠소? 어째 자식만도 못하오. 어서 행장이나 꾸려주오. 내 아범한테는 일러두었으니."

한기 혼자서 개성걸음을 하는 것은 무리였으므로 옆집에 살면서 최광현을 주인처럼 섬기는 만복아범에게 개성 길을 부탁해둔 것이다.

밖에서 만복아범의 두런거리는 소리가 들리자 최광현이 먼저 일어났다.

개성은 옛 왕도답게 번화했다. 벌써 수백 년이 지났지만 지난 왕조의 도읍으로 위세를 떨치던 곳이므로 무엇이 달라도 다를 터이기는 했다.

"과거를 보려느냐?"

나이는 오십이 넘었을까 꼬장꼬장하게 생긴, 먼 일가뻘 된다는 훈장이 대뜸 물었다. 눈꼬리가 위로 치켜 올라가 온화한 인상을 주지는 않았다. 사람들은 훈장을 월천(月泉) 선생이라 불렀다.

"그러하옵니다."

한기는 얼떨결에 대답을 했지만 노독에 지친 눈꺼풀은 자꾸만 내려앉았다.

"미친 놈. 애비가 그리 시키더냐?"

"……."

"똥장군의 자식이 벼슬을 탐내? 벼슬이 뉘 집 강아지가 먹다버린 뼈다귀인 줄 알았더냐?"

한기는 말의 앞뒤를 분간할 수가 없어 눈만 껌벅거렸다.

"과거에 나가 벼슬을 하면 무슨 영화가 있다더냐?"

월천은 한기에게 무슨 대답을 기대하는 것 같지는 않았지만 그렇다고 혼잣말을 하는 것도 아니었다.

"어디까지 읽었느냐?"

그때서야 한기가 대답할 만한 물음이 주어졌다.

"사서를 읽었습니다."

사서(四書)란 대학, 중용, 논어, 맹자를 가리킨다.

"호 제법이구나. 돌아가거라."

자꾸만 눈꺼풀이 내려앉던 한기는 살았다 싶어 절을 하고는 냉큼 물러났다. 다음 날, 만복아범은 이른 조반을 먹고는 고양으로 돌아갔고 한기는 아이들이 글방으로 들어가는 것을 보고 따라 들어갔다. 월천은 한기를 본체도 하지 않았다. 모두 예닐곱의 아이들이 자리를 정돈하고 앉았는데 한기보다 나이가 많아 보이는 아이도 있었고 십 세 미만의 아이도 보였다.

"외거라."

아이들이 공손히 머리 숙여 예를 표하자 월천이 싱겁게 말했다. 그러자 아이들이 한 목소리로 외는데

"출필고지(出必告之), 나갈 때는 반드시 아뢰고, 반필배알(返必拜謁), 돌아와서도 반드시 아뢰고, 입즉시족(立則視足), 서서는 반드시 그 발을 보고……."

사자소학(四字小學)이다. 사자소학이 무엇인가. 글을 처음 배우는 아이들이 부모 앞에서 할 행신(行身)을 이르는 초학입덕지문(初學入德之門)이 아닌가. 한기는 아무도 눈치 채지 않게 한숨을 내쉬었다. 이미 사서를 뗀 한기다. 중화 무렵이 되어서야 공부가 끝났는데 한기는 미동도 않고 앉아서 아이들이 하는 대로 따라했다.

"왜 돌아가지 않았느냐?"

아이들이 돌아가자 월천이 한기에게 하는 말이다.

"예?"

"내가 돌아가라고 이르지 않았더냐? 사서를 읽었으면 되었다."

엊저녁 월천의 말은 가서 쉬라는 얘기가 아니고 집으로 돌아가라는 말이었던 것이다.

'참으로 괴팍한 훈장이다.'

한기는 속으로 그런 생각을 하면서 마음을 다잡고

"좀 더 높은 공부를 하고자 합니다."

하고 씩씩한 목소리로 말했다.

"높은 공부를 하여 벼슬아치가 되어 보겠다 그 말이렷다."

"그렇습니다. 쓰러진 집안을 일으키고자 합니다."

"쓰러진 집안?"

월천은 눈을 동그랗게 뜨고 한기를 바라보다가 갑자기 너털웃음을 터뜨렸다.

"야무지구나. 하하하. 네놈이 말하는 높은 공부가 무엇인지 모르겠다만 높은 공부를 한다고 해서 누구나 과거에 급제할 수 있을 줄 알았더냐? 또 급제를 하면 벼슬길이 탄탄대로로 열리는 줄 아느냐?"

한기는 월천이 무슨 말을 하는지 좀체 영문을 알 수 없을 뿐더러 껄껄 웃다가 금세 얼굴빛을 바꾸는 월천의 태도 또한 이해하기 어려웠다.

"어쨌든 예서 소학이나 더 외거라. 모든 학문은 소학에서 나오는 법이니."

월천은 그런 말을 보태고는 휑하니 나갔다. 난감한 일이다.

'며칠 더 두고 보리라.'

그런 마음이나 먹을 밖에 다른 도리는 없었다. 만복아범도 가버렸고 고양까지 혼자걸음을 할 일도 아득했다.

"식전에 나갔다더니 어디를 다녀오느냐?"

밖에서 들리는 월천의 목소리였다. 뭐라고 웅얼거리는 소리가 들렸지만 알아들을 수 없다. 아이 목소리인 것 같았다. 이어 월천의 헛기침 소리가 들리더니 조용해졌다. 괜한 호기심이 인 한기가 글방에서 나와 보았지만 마당에는 아무도 없다.

'생산을 못해 자식이 없다더니 누구일까?'

그러나 그런 건 아무래도 좋았다. 한기가 마당을 어슬렁거리며 이런저런 생각을 하고 있는데 한 아이가 안에서 나왔다. 한기의 또래나 되어 보였는데 옆구리에 지필묵을 끼고 있다. 한기가 무어라고 말을 붙여볼 심산으로 다가갔는데, 아이는 한기를 쓱 쳐다보고는 뒷산으로 올라갔다. 한기는 끌리듯 아이를 따라갔다. 숨은 찼지만 땀은 나지 않을 정도의 거리에 낡은 정자가 하나 있었다. 비바람에 씻겨나가긴 했지만 '태연재(泰然齋)'라는 글씨가 희미하게 보이는 것으로 보아 제법 글을 읽던 사람의 정자인지도 몰랐다.

아이는 정자에 종이를 펼쳐놓고 그림을 그렸다. 한기는 멀뚱하게 아이가 그림 그리는 모습을 지켜보았다. 아이가 그리는 그림은 산수인가 싶었는데 벌 나비도 없고, 길고 짧은 선을 여기 저기 그어놓아 도대체 무엇을 그리는 건지 알 수 없었다.

"나는 정호라고 해. 너는?"

한기를 발견한 아이가 힐끔 쳐다보더니 손을 바쁘게 움직이면서 웃음기 하나 없는 메마른 목소리로 말했다.

한기는 얼떨결에

"응. 나는 한기라고 해. 성은 최가야. 본관은 삭녕(朔寧)이고."

그러자 정호도

"나는 본관이 청도(淸道)야. 김가지."

"그럼 너도 양반이구나."

한기가 그렇게 말하며 정호의 행색을 훑었다. 그러나 정호는 겨우

거지꼴이나 면한 차림이다.

"양반? 그깟 양반이 뭐가 중요한데?"

비웃는 듯 일그러지는 입술에 한기는 왠지 가슴이 철렁했다.

"그게 무슨 소리야? 양반은 양반이고 상인(常人)은 상인이야. 백정은
백정이고."

"흥! 우리 아버지는 군졸이었어. 장교였지만."

정호는 한기의 말을 그렇게 받았다.

"군졸? 양반이 군졸을……."

한기가 무슨 말을 하려다가 이내 입을 다물었다. 군졸이라면 천인
도 할 수 있는 직책이요 기껏 장교라고 해야 중인들이 자기들끼리 아
옹다옹해서 겨우 얻는 벼슬이 아닌가. 그러나 한기가 말을 멈춘 것은
명색 양반이라는 자기 아버지나 할아버지가 다른 백성들처럼 똥지게
를 져 나르며 농사를 짓고 있다는 사실이 새삼 떠올랐기 때문이다.

한기의 개성 생활은 무료하고 따분했다. 글방에 나가는 일은 사흘
만에 그만두었다. 한 이틀은 정호를 따라다녀보았지만 정호는 머슴이
나 다름없다. 한기가 책을 끼고 어슬렁거릴 때 정호는 나뭇짐을 지고
산에서 내려오기 일쑤였다. 그래서 머슴인가 했지만 머슴 주제에 무
슨 청도 김씨니 어쩌니 하겠는가 생각하니 그도 아닌 것 같고, 안채
바깥채 마음대로 드나들며 하고 싶은 대로 하는 걸로 보아 양자로 삼
은 모양인가 했지만 월천을 아버지라 부르지 않는 것을 봐서는 그도
아니었다.

한기는 정호의 정체가 궁금해서 견딜 수가 없었다.

"너는 뭐니?"

한기가 땀을 뻘뻘 흘리며 텃밭을 일구는 정호에게 물었다.

"무슨 소리야?"

정호는 한기를 쳐다보지도 않았다. 한기는 옷에 흙이 묻을세라 조심스레 정호의 옆에 쭈그리고 앉았다.

"스승님하고 어떻게 되는 사이야?"

"어떻게 되기는. 스승님은 스승님이고 나는 나지."

"왜 이 집에 사니?"

"너는 왜 여기 사는데?"

"나는 공부하러 왔지."

"나도 공부하러 왔어."

"그런데 왜 매일 머슴처럼 일만 해?"

그때서야 정호가 한기를 쳐다보았다.

"그게 이상하다는 거야?"

한기가 고개를 끄덕였다.

"별 게 다 이상하군. 너는 집에서 쌀가마를 실어오지만 나는 그럴 형편이 못 돼 일을 하는 거야."

"이놈 헛소리 말거라."

월천이다. 한기는 움찔했지만 정호는 아무렇지 않은 표정이다. 월천도 화가 난 표정은 아니다.

"참외 모종을 조금 얻어왔다. 한번 심어보거라."

월천은 모종이 담긴 삼태기를 정호에게 건네주었다. 정호의 표정이 환해졌다. 참외라는 말에 한기는 침을 꿀꺽 삼켰다.

"이런. 땅은 깊게 잘 팠는데 흙덩이를 더 잘게 부수어야 한다. 참외는 조금 거칠어도 괜찮지만 무나 배추를 심을 때는 흙을 분가루처럼 부드럽게 해야 하느니라. 그래야 여린 뿌리가 잘 뻗어나가는 법."

월천은 손수 쇠스랑을 들어 땅을 고르고 흙을 부수었다.

"씨를 뿌릴 때는 항상 고르게 뿌려야 하고 모종을 심을 때는 성기게 해야 하느니."

월천이 쇠스랑질을 하면서 말을 하는 동안 정호는 글 배우는 학동처럼 다소곳하게 고개를 끄덕였다.

"농사를 짓고 살지는 않더라도 빈 땅이 있으면 채소를 가꾸는 것이 얼마나 좋으냐. 감나무나 배나무 같은 것은 우리에게 유익한 것이니 마당가에 많이 심는 게 좋다. 또 거친 밭에는 뽕나무를 심어도 좋고 황폐한 산에는 소나무를 많이 심어야 하느니라. 생지황이나 천궁 같은 약초를 가꾸어보는 것도 오죽 좋으리."

한기는 쇠스랑질을 하는 월천과 그 뒤를 졸졸 따라다니며 월천의 말을 듣고 있는 정호를 보며 어찌할 바를 몰라 난감해졌다. 걷어붙이고 흙을 만지기도 어색한 일이고 그냥 보고만 있자니 민망했다.

한기는 쭈그리고 앉아 월천이 가져온 참외 모종만 만지작거리며 들었다 놓았다 했다.

정호는 태연재에 올라 글씨를 쓰는 것이 아니라 그림을 그렸다. 그러나 정호의 그림은 무슨 그림인지 알 수가 없다. 산수를 그린 것 같기는 했으나 너무 재미가 없다.

"그게 무슨 그림이야?"

"지도."

정호의 대답은 짧았다.

"지도라고? 그게 뭐지?"

지도라는 것은 한기에게 생소하기 그지없다. 한 번도 본 적이 없는 그림이다.

"지도는 말 그대로 땅 그림이야. 산을 그리고 그 맥(脈)을 그리고 천(川)을 그리며 도(道)를 그리는 거지."

"그걸 그려서 곁에 두고 보나?"

그런 재미없는 그림은 금방 싫증나지 않겠는가. 그림이라면 아름다운 산천의 오묘한 조화라거나 아름다운 새가 우짖거나 시냇물이 졸졸 흐르는 가운데 초동이 한가로이 소에게 풀을 뜯기거나 해야지, 볼품없는 선을 삐뚤빼뚤 그어놓고 산이네 강이네 하는 것이 무슨 볼거리가 될까 싶다.

"지도는 관상용 그림이 아니라 실용적 그림이야. 땅의 생김새를 알고 산이 어디에 있는지 강이 어디에 있는지 한눈에 알 수 있거든. 그러니까 그 고을에 가보지 않더라도 지도만 보면 그 고을에 가본 듯이 한눈에 알 수 있는 거야."

그러나 한기가 아무리 들여다보아도 정호가 그린 그 지도라는 그림을 보고는 그곳이 어디인지 알 수가 없다.

"하하하. 이것만 보고는 알 수가 없지. 지도는 그림만 그려 넣는 것이 아니라 지명을 써 넣는 거야. 이렇게."

정호는 그렇게 말하더니 송악산(松岳山)이니 오관산(五冠山)이니 부소산(扶蘇山)이니 하고 갈겼다. 한기가 유심히 보니 산이라고 쓰는 곳은 제법 산처럼 뾰쪽하게 그려져 있다.

"이 지도는 개성을 중심으로 원근의 산을 그린 지도야."

정호의 표정에는 자랑스러움이 배었다.

"어떻게 이런 걸 그려볼 생각을 했어?"

한기로서는 꿈도 꿔보지 않은 것이다.

"난 그림을 잘 그려. 아버지 재주를 이어 받았거든."

"아버지가 그림 그리는 사람인가?"

그러나 정호는 대답 없이 먼 산을 바라보며 알 듯 모를 듯 한숨을 쉬었다.

"우리 아버지는 죽었어. 벌써 다섯 해도 넘었지. 글씨도 잘 쓰고 그림도 잘 그리셨어."

"그랬구나. 어머니는?"

"흥. 어머니는 얼굴도 몰라. 내가 나자마자 죽었다고 했으니까."

한기는 말없이 정호의 얼굴만 바라보았다.

"아버지가 죽고 나서 어떤 사람이 나를 고모님에게 데려다주었어. 고모님은 개성에 살고 있었는데 두 해 전에 죽었어."

정호는 아버지에게서 언문을 배우고 천자문을 읽었다고 했다. 월천에게 와서는 사서오경을 읽었다. 다른 아이들보다 한 뼘쯤은 영특한지라 금세 깨쳤다. 글을 읽었다고 해서 과거에 나갈 수 없다는 것쯤은 어린 정호도 알았다. 아버지가 역도가 되어 죽었으므로 남의 종이되지 않은 것이 다행이라면 다행이다.

"어떻게 스승님 댁으로 오게 되었는데?"

한기의 물음에 정호는 감출 것도 없다는 듯 묻는 대로 얘기했다. 한기에게 친근감이 생긴 모양이다.

"고모가 죽고 나자 갈 데가 없었어. 고모도 혼자 살고 있었기 때문에 나를 돌봐줄 사람이 없었지. 그때 스승님이 생각났어. 스승님은 먼저 죽은 고모부와 친구였대. 그래서 고모가 살아 계실 때에는 가끔 들러보고 사람을 시켜 양식을 갖다주기도 하고 그랬거든. 그래서 무작정 찾아왔지……."

정호가 터덜거리며 월천의 집으로 오자 월천은 힐끗 쳐다보곤 마루에 앉으라는 턱짓을 했다. 곧 밥이 한 상 나왔다. 찢어지게 가난한 살림인 것을 알고 있으므로 우선 밥부터 먹이는 것이다.

정호는 게걸스럽게 상을 비웠다.

"그래, 어찌 왔느냐?"

월천이 그때서야 용건을 물었다.

"고모가 죽었어요."

정호는 태연스레 말했다. 얼굴에 슬픈 빛이라고는 눈곱만큼도 없다. 월천만 화들짝 놀랐다.

"언제?"

"벌써 닷새나 됐어요."

정호의 대답에 월천은 맥이 풀리는지 자리에 털썩 앉았다.

"이놈아. 이제야 알리면 어쩌느냐. 바로 알려야 장례를 치를 것이 아니냐."

월천의 말에 정호가 딱하다는 표정을 했다.

"집에 보리쌀 한줌 없는데 무엇으로 장례를 치러요. 내가 벌써 묻었어요."

정호의 말에 월천은 기겁을 했다.

"묻다니? 네가 어떻게?"

월천은 더 할 말이 없었다.

"앞장서라. 가보기나 하자."

정호는 귀찮아죽겠다는 표정으로 길을 나섰고 월천이 그 뒤를 따랐다.

정호가 만든 무덤은 제법 그럴듯했다.

"너 혼자 했단 말이냐?"

월천의 물음에 정호는 시큰둥한 표정으로 고개를 끄덕였다.

"그놈 참."

월천은 무덤에 술을 한 잔 부어주고는

"가자."

하고는 휘적휘적 팔을 내저으며 걸었다. 그날부터 정호는 월천의 집에서 살았다. 정호가 글씨를 잘 썼으므로 월천은 종이를 아까워하지 않고 글씨 연습을 하도록 배려해주었다. 그러나 정호는 글씨보다 그림 그리는 것이 더 재미있었다. 월천이 안 볼 때는 그림을 그리곤 했다.

"어디서 그림을 배웠느냐?"

월천이 들어오는 것도 모르고 얼굴에 먹을 묻혀가며 그림에 열중하고 있는데 월천이 불쑥 들어왔다.

정호는 하늘을 나는 솔개를 본 병아리처럼 몸을 움츠렸다.

"아버지가 그림 그리는 것을 보고……."

"그래. 어디 계속 그려보거라. 잘 그리는구나."

정호가 웬일인가 싶어 월천을 바라보았지만 월천은 밖으로 나가버렸다. 그림을 그려도 좋다는 허락이다. 물론 그림을 그리지 말라고 한 적도 없었지만 글공부하는 사람이 사군자나 치면 모를까 산수나 풍경을 그리는 것은 미천한 사람들이나 하는 짓으로 여기는 게 양반들의 허세가 아니던가. 양반들은 그런 사람들이 그린 그림을 족자로 만들어 걸어놓고

"허 좋다. 벌나비가 날아드는구나."

하며 술안주를 삼는 호사취미나 즐기면 그만인 것이다. 그런 어느 날 정호는 월천의 서가에서 이상한 그림을 한 장 발견했다. 「개성부도(開城府圖)」라는 제목이다.

"스승님, 이 그림은 무엇입니까?"

"지도라는 것이다."

"지도?"

"그 지도는 우리가 사는 개성을 나타낸 거다. 이게 길을 표시한 것이고 이건 산이다. 알아보겠느냐?"

그러나 그 지도만 보아서는 알기가 힘들었다. 정호는 지도를 들고 밖으로 나와 지도에 표기된 대로 확인해보았다.

'쳇, 맞는 게 하나도 없군.'

그랬다. 전체 모양은 개성과 비슷하게 그려졌으나 산이든 강이든 있어야 할 곳에 있지 않고 엉뚱한 곳에 그려져 있기 일쑤였다.

'이런 엉터리를 어디에 쓸까?'

정호는 개성부도를 똑같이 베껴 가지고 관아가 있는 곳, 마을이 있는 곳 등을 바로잡고 잘못 그려진 길도 제대로 그려 넣었다. 정호가 며칠 동안 바쁘게 다니며 그런 일을 하고 있는 동안 월천은 아무 말도 하지 않고 지켜보기만 했다.

"허 잘했구나."

정호가 고친 지도를 월천에게 내놓자 월천은 손가락으로 짚어가며

여기가 어디냐, 여기는 어디냐 묻더니 그렇게 말했다. 정호는 기분이 좋았다.

"그래 재미가 있더냐?"

정호가 고개를 끄덕였다.

"그렇다면 여지학(輿地學)을 연구하는 것도 좋으리."

여지학. 곧 지리학이 아닌가.

"소위 양반이랍시고 공부를 한다는 사람들이 중국 글이나 외고 앉았지만, 제 나라의 역사를 알지 못하면 그 백성들은 죽은 백성들이요, 제 나라의 생김새를 알지 못한다면 눈 뜬 장님 아니겠는가."

"여지학은 어떻게 하오리까?"

"서두를 것은 없다. 우선은 글을 읽는 데에 전념해야 하느니라. 무슨 공부든 소학에서 시작하듯 여지학도 다름이 없느니라. 글을 읽어 사물의 이치를 깨닫게 되면 그때부터 한 가지 학문에 매달려 정진하는 것이니 우선은 글공부에 전념하여라. 다만 여지학은 제 나라 역사에 치중하여 공부를 할 것이며 각 지방의 특성을 살펴 공부하면 뜻을 이룰 수 있느니라. 그러기 위해서는 팔도를 메주 밟듯 해야 할 것이나 그것은 나중 일이라."

정호는 이렇게 지도지리에 관심을 가지게 되었다. 그러나 당장은 글 읽는 것을 소홀히 해서는 안 된다는 것이 월천의 가르침이다.

"무슨 일이든 해야 먹고 살 테니 글 읽는 것을 본분으로 삼더라도 먹고 사는 일을 먼저 한 연후에 글을 읽도록 해라."

# 3. 살아 있는 실학

정호가 불뚝불뚝 일어나는 불같은 성격을 가졌다면 한기는 합리적이며 차분했다. 불합리와 마주치면 정호는 앞뒤 없이 달려들었지만 한기는 차근차근 따져 일을 해결하려고 했다. 그런 상반된 성격이 두 사람을 더 가깝게 만들었다. 그렇게 몇 년이 지났다. 정호도 한기도 건장한 청년이 되었다.

"다녀올 데가 있으니 공부들 하고 있거라."

월천은 여전히 꼬장꼬장한 자세로 코흘리개들에게 사자소학을 가르쳤다. 정호나 한기의 공부도 그 키가 높아져 월천과 제법 토론이 되었다.

"어디를 가십니까?"

먼 길을 떠날 작정인지 행장이 단단했다.

"삼미자(三眉子)가 돌아왔다는구나. 어찌 가보지 않으리."

"삼미자라면?"

"선정으로 백성들의 칭송이 자자했던 곡산 부사라면 알겠느냐?"

월천이 웃음을 띠고 정호를 바라보았다. 정호가 곡산에서 나서 자란 것을 염두에 둔 말투다.

"글쎄 어느 분을 말씀하심인지?"

아무리 칭송이 자자했더라도 태어나기도 전이라 직접 겪지도 못했을 뿐더러 곡산에 살았대도 어린 시절이라 정호는 알지 못했다.

"허허. 그런 큰사람은 이름만이라도 새겨두어야 하건만 너무 어렸던 탓이냐. 사암(俟菴) 정약용(丁若鏞)이라고 하는 분이다. 신유년(辛酉年)에 귀양살이를 가더니 이제야 풀렸다는구나."

부지런히 속셈을 하던 정호와 한기는 입을 딱 벌렸다. 신유년이라면 벌써 열여덟 해 전이 아닌가.

"어떤 중한 죄를 지었기에 그리 오랫동안⋯⋯."

"죄는 무슨. 못난 것들이 그저 옭아맨 거지."

월천은 갑자기 무슨 생각에서인지 불쑥 말했다.

"너희들도 같이 가자꾸나. 열심히 한다고 하고 있다만 나 같은 무지렁이한테서야 배울 게 없을 테고 사암 그 어른에게 잠시나마 가르침을 얻는다면 그런 복도 없을 터. 어서 채비들을 하여라."

정호와 한기는 갑작스런 여행길에 오르게 되었다.

이틀을 걸어 한기의 고양 집에 도착했다. 한기의 집에서는 모처럼 온 아들과 월천을 위해 닭 잡고 국 끓여 따뜻한 밥이라도 먹여야 한다고 법석을 떨어 꼼짝없이 하루를 잡혀 있어야 했다.

"삼미자란 무슨 연유가 있는 듯합니다."

한기의 집에서 잘 먹고 전대도 두둑하게 채워 다시 길을 떠나면서 정호가 물었다.

"연유가 있고말고. 사암이 어려서 완두창(천연두)을 앓았는데 치료가 잘 되어 흉터가 없더니 나중에 보니 오른쪽 눈썹 사이에 작은 흉터가 하나 생겨 있구나. 그래 눈썹을 손으로 갈라보면 영락없이 세 개의 눈썹이 되었지. 그래 아이들이 눈썹이 세 개라고 놀려댔더니 노염을 타기는커녕 스스로 삼미자라 별호(別號)하여 삼미자가 된 게지."

"어릴 때부터 도량이 꽤나 넓은 분이었군요."

"넓다마다. 참으로 훌륭한 인재였으되 시절이 잘 살피지 못하여 귀양살이를 시켰지."

"무슨 죄목으로?"

월천은 잠시 말을 끊고 먼 데 산을 바라보았다.

"사람이 죽고 사는 것은 하늘에 달려 있으나 깊이 사색하는 것은 사람에 달린 것."

정호나 한기는 고개를 갸우뚱하며 월천의 다음 말을 기다렸다.

"서학에 관한 책을 읽었다는 것이 죄목이지. 바로 손위 형 약종(若鍾)은 서교를 믿은 죄로 참수를 당했고 중형 약전(若銓)은 신지도로 귀양을 갔다가 흑산도로 옮겨 죽고 말았지. 집안이 풍비박산이 난 셈이야. 그러나 서학에 관련된 책을 읽은 죄는 억지 죄이고 사암의 재주를 시기한 소인배들의 간교한 질투였느니라. 선왕(정조)께서는 그 어른의 재주를 아껴 간교한 자들의 모함을 물리치셨건만."

월천은 탄식 같은 한숨을 길게 내쉬었다. 월천의 눈치를 살피며 걷던 정호가

"스승님과는 어떤 인연입니까?"

하고 물었다. 마침 한기도 궁금하던 차라 정호를 보고 씩 웃었다.

"벌써 오래전 일이구나. 정사년(丁巳年, 1797년) 여름이었을 게다. 내

가까운 지기가 있어 곡산을 찾았다……."

새로 지은 정자에 바람이 시원하니 한담이나 나누자는, 어린 시절 동접(同接) 김 생원의 전갈을 받은 월천은 한 열흘 글방을 닫고 곡산으로 갔다. 김 생원도 곡산에서 글방을 열고 있다. 그러나 월천처럼 성정이 조용한 편도 너그러운 편도 아니어서 코흘리개들과 씨름하는 걸 힘들어했다. 오히려 청운의 뜻을 품은 젊은이들과 마주 앉아 학문을 논하거나 핏대 올리며 나라의 장래를 들었다 놓았다 토론하는 일에 더 열심이다.

금천(金川)을 거쳐 신계(新溪)에서 하룻밤 묵고 한나절을 더 걸어야 하는 곡산은 북으로는 평안도, 동으로는 함경도와 이웃해 있다. 곡산은 수안(遂安), 신계, 토산(兎山) 등과 함께 지형이 험하고 풍토가 척박하며 백성들이 거칠기로 소문난 곳이다. 도적이 많이 출몰하는 곳이기도 했다.

한여름에 길을 떠나는 건 여간해서는 내키지 않는 걸음이다. 그러나 김 생원이 연전에 개성에 다녀갔으므로 월천은 인사 삼아서라도 가보지 않을 수 없다. 찌는 듯한 날씨는 가만히 앉아 있어도 땀이 주르르 흘렀지만 월천은 유람이라 여기자, 하고 합죽선(부채) 하나만 달랑 손에 쥔 채 팔자걸음으로 길을 떠났다.

"어서 오시게. 오는 길에 불한당은 만나지 않은 모양일세. 멀쩡한 걸 보니."

김 생원은 얼굴에 함박웃음을 지으며 월천을 반겼다.

"허허. 내게 뭐 쓸모 있는 물건이 있어야 달려들 테지."

김 생원은 집안사람에게 닭을 잡으라고 이르면서 한편으로는 귀엣
말을 했다.

"곡산 부사가 갈렸다네."

월천은 부사가 갈린 게 뭐 대수로운 소식인가 싶어 퉁명스런 표정
을 지었다.

"이번 종자는 좀 다르다던가?"

"글쎄. 아직 겪어보지를 못했으니 알 수 없네만 이번은 좀 다른 것
같으이."

"어떻게."

"신임 사또가 왔다고 추렴들을 해서 모시겠다는 기별을 했더니 일
언지하에 자르더라네."

"거절을 해. 나중에 무슨 덤터기를 씌우려는 수작이야?"

"글쎄 그것까지야 알 수 없지만 추렴한 돈을 관가에 바치라는 영까
지 내렸다네."

"돈꿰미가 더 좋은 모양이군."

"글쎄 그건 아닌 것 같고. 차차 얘기하세."

두 사람은 저녁 준비가 되었다는 기별에 얘기를 중단하고 겸상으
로 저녁을 먹었다. 벗이 모처럼 만나면 주안상을 마주하는 것이 사내
들의 인사인지라 김 생원은 저녁상을 물리고 주안상을 들이도록 했
다. 그러나 마침 담가둔 술이 없었다. 다른 때 같으면 제사에 쓸 요량
으로 술 한 단지 정도야 담가두지만 한여름에는 금세 쉬므로 술을 담
그기 어려웠다. 그런 안살림을 김 생원이 알 턱이 없다.

두 사람은 바깥바람도 쏘일 겸 주막으로 나갔다.

"중동무이가 되어버렸네만 그래 돈꿰미를 바치라니?"

"구휼에 쓰겠다는 것일세."

"허허 도적놈이 따로 없구먼. 잘도 그리하겠네그려."

주막에 마주앉은 두 사람은 그동안에 이룩한 학문도 얘기하고 세상 돌아가는 인심도 도마 위에 올리며 시간가는 줄 몰랐다.

"벼슬아치들 썩은 것이야 하루 이틀 일도 아니지만 참으로 이 나라가 어찌 될 것인지……."

월천이 딱하다는 표정으로 그런 얘기를 하고 있는데 낯선 선비가 끼어들었다.

"썩은 것은 도려내야지요. 그냥 두면 성한 부위까지 썩게 됩니다."

김 생원과 월천이 동시에 선비를 바라보았다. 삼십대 중반쯤으로 선량해 보이나 고집도 만만찮아 보인다.

"누구시오?"

선비는 고개를 숙여 예를 표했다.

"초면에 그만 되잖은 소리를 지껄였습니다. 그저 길가는 나그네올시다."

"좀 앉으시오. 거참 시원한 말씀을 하셨소이다. 암은요. 도려내야 하고말고요."

김 생원이 고개를 끄덕이며 자리를 권했다. 선비는 스스럼없이 권하는 대로 눌러 앉았다.

"나도 그런 벼슬아치들 꼴이 보기 싫어 이렇게 떠돌고 있지요."

선비의 말에 김 생원이 실망했다는 듯 고개를 외로 꼬았다.

"썩은 것은 도려내야 한다는 양반이 그래 그렇게 도망치듯 유람이나 다니고 있어서야 되겠소?"

그 말에 선비는 노염도 타지 않고 빙그레 웃었다.

"못난 탓이지요."

시비 걸듯 하던 김 생원도 내심으로는 선비가 반가운 모양이다.

"이거 우리가 뜻이 맞는 동무를 만났구려. 그래 어디서 오시는 길이오?"

김 생원은 반색을 하며 술까지 따라주었다.

"어디랄 것도 없이 세상 인심이나 구경하며 다닌답니다."

"그래도 본가가 있으실 터인데."

"마현에 있소이다."

"마현이라면?"

"서울에서 충청도 쪽으로 두어 걸음 내려가면 광주가 있지요. 거기서 왔소이다."

"그래 곡산 인심을 보니 어떻습디까?"

"사납다는 얘기는 들었습니다만 아직은 잘 모르겠구려."

김 생원은 술기운이 올라 목소리가 커졌다.

"사나울밖에. 보시오. 첩첩산중에 땅이 척박하니 작물이 제대로 되겠소? 교통이 꽉 막혔으니 문명이 들어오겠소? 게다가 수령이란 작자들은 제 뱃속 채우기에만 혈안이 되었으니 그저 짐승 같은 본능과 야만으로 살아갈 밖에요."

조용히 앉아 두 사람의 대화를 듣는 월천은 김 생원의 흥분이 못내 불안했다. 선비가 말을 이었다.

"수령의 횡포가 심한 모양이구려."

김 생원의 말투가 점점 커지는 것에 비해 선비는 조용조용했다.

"심하다 뿐이오. 이 고을에 도적이 많다는 얘기를 들어보셨소?"

"글쎄요."

"도적이 많아요. 앞산 뒷산이 모두 도적들의 소굴이라고 해도 지나친 말은 아닐 거요. 왜 그리 되었는지 아시오?"

"허허. 왜 그리 되었답니까?"

"먹고 살 게 없어서이지요. 입에 풀칠할 것도 없는데 수령이란 작자들은 자꾸 빼앗아가려고만 하니 못 살 밖에요. 차라리 도적이 되는 게 맘이 편하다는 거요."

월천이 김 생원의 말을 막고 나섰다.

"이 사람. 그만하게. 취한 모양이야."

이왕 제가 꺼낸 얘기이니 흘러나오는 대로 계속하고는 있었지만, 김 생원도 초면인 사람에게 너무 많은 얘기를 했다고 생각하던 차였으므로 자리를 털었다.

"그렇군. 내가 취했네. 자, 내 얘기는 마음에 두지 마시오. 다 실없는 얘기이니."

두 사람은 선비에게 예를 취하고 집으로 돌아왔다. 다음 날 조반을 막 물렸는데 관가에서 심부름하는 아이가 구르듯 달려왔다.

"사또께서 훈장님을 찾으십니다요."

의외의 전갈에 두 사람은 깜짝 놀랐다. 어젯밤 지껄인 것이 벌써 귀에 들어갔던가 하는 생각이 들기도 했다.

"무슨 일로?"

"그저 모셔오랍니다요."

"나만 찾으시더냐?"

김 생원이 뭔가 짚이는 게 있는지 그렇게 물었고 아이는 머리를 조아리며 고개를 끄덕였다.

"알았다. 곧 가서 뵙는다고 아뢰어라."

아이를 보낸 김 생원은

"자네는 이 길로 떠나게. 아무래도 심상치 않으이. 헹, 꼴 같지 않은 종자들."

하며 불안한 표정으로 월천의 등을 밀었다. 그러나 월천은 아무렇지도 않은 한가한 얼굴이다.

"괜한 걱정일세. 잡아들이기로 한다면야 포졸을 보냈겠지 아이를 보내겠나. 걱정 말고 다녀오게. 고을 사정이나 묻자는 거겠지. 그래도 돈 많은 부자들을 불러들이지 않고 훈장인 자네를 찾는 걸 보니 목민(牧民)의 구색은 아는 사또인 모양일세."

"훈장은 무슨……. 훈장질 제대로 못한다고 치도곤을 안긴다면야 할 말이 없을 터. 암튼 다녀옴세."

김 생원은 고개를 갸우뚱거리며 관아로 갔다. 김 생원이 아이를 따라간 지 한식경이나 되었을까. 아이가 또 달려왔다.

"선비님도 오시랍니다요"

그때서야 월천의 가슴이 철렁했다.

"나를? 무슨 일로?"

아이가 무슨 사연을 알까마는 월천은 그렇게 물을 수밖에 없었고 아이는 도리질을 했다. 월천은 아이를 따라 관아로 갔다. 불안한 마음에 가슴이 뛰었지만 이미 엎질러진 물이다. 그러나 동헌 마당에 들어서도 김 생원이 보이지 않았다.

'벌써 가둔 게로군.'

월천은 그런 생각을 하며 아이를 따라갔는데, 아이는 웬일로 부사의 처소로 월천을 안내했고 안에서는 김 생원의 호탕한 웃음소리가 들려왔다. 알 수 없는 일이다.

"모셔왔습니다요."

아이가 방문에 대고 머리를 조아리며 그렇게 말하자

"안으로 뫼셔라."

하는 소리가 들렸다. 월천이 고개를 갸웃거리며 안으로 들어가니 관복을 입은 부사가 일어나서 정중히 마중을 하는데, 그는 엊저녁 주막에서 만난 그 선비였다.

정호와 한기는 배꼽을 잡고 웃어댔다. 항상 근엄하기만 한 훈장에게도 이렇게 재미있는 일이 생길 수 있다는 게 더 우스웠다. 월천도 빙그레 웃었다.

"그분이 바로 사암 어른이시군요."

한참을 웃고 난 정호가 웃음기가 가시지 않은 얼굴로 말했다.

"그 어른이 곡산에 계실 때는 백성들이 편안했느니라. 참으로 선정을 베푸셨지. 백성들에게 환곡을 공평하게 시행하셨고 노름을 금하셨으며, 『마과회통(麻科會通)』을 편찬하셔서 완두창을 손쉽게 치료할 수 있도록 하셨고."

"삼미자답군요. 완두창에 밝으신 걸 보니."

"허허. 그렇구나."

세 사람의 여행은 경쾌하고 즐거웠다. 막 단풍이 시작되는 계절이어서 길을 걷는 것도 수월한데다가 사암을 만날 수 있다는 것만으로도 힘이 났다. 벽제령을 넘어 녹번현을 지나고 무악재를 넘자 곧 서대문이 닥쳤다. 서대문에 이를 때까지는 몰랐으나 사대문 안에 들어서자 시골뜨기인 정호나 한기는 눈이 휘둥그레졌다. 개성만 해도 번화한 곳이었지만 서울은 정신을 차릴 수 없을 정도로 번화했다.

월천은 우선 회현동의 사암 집을 찾았다. 아주 오래전에 한번 와 본 적이 있었지만 집은 찾을 수가 없었다. 하루 온종일 집집마다 묻고 다녔지만 사암을 아는 사람은 없었다. 월천은 하는 수 없이 오래전 형조에서 말직 벼슬을 살던 지기를 찾아 사암의 집을 수소문해주도록 했다. 지기가 하루 종일 발품을 판 끝에 사암이 해배된 이후는 마현 고향집에서 은둔하고 있다는 얘기를 들을 수 있었다. 마현은 광주에 속하기는 했지만 양주 인근이다.

동대문을 나선 세 사람은 부지런히 걸어 그날 안에 마현 근처까지 갔다. 반나절만 더 걸으면 마현이라 했다. 마현에서는 사암의 집을 모르는 이가 없어 쉬 찾을 수 있었다.

"이게 누군가. 월천이라니? 자네가 개성 살던 월천이군."

오랜 유배 생활을 했음에도 사암은 꼿꼿했다.

"부사 나리. 무슨 고생을 그리도 오래하셨습니까?"

월천이 큰절을 넙죽 올리자 사암도 맞절을 했다.

"부사는 언제 적 부사던가. 어서 편히 앉게나."

그러나 월천은 무릎을 꿇은 채 사암의 손을 잡고 놓을 줄을 몰랐다. 스무 해는 족히 뛰어넘은 만남이었다.

"인사들 올리거라. 사암 어른이시다."

다소 주눅이 든 정호와 한기가 나란히 큰절을 했다.

"오, 월천의 문하로군. 좌청룡우백호를 거느린 셈인가? 하하하."

사암이 정호와 한기를 번갈아 바라보며 말하자 월천이 손을 내저었다.

"아, 아닙니다. 제게 무슨 학문이 있다고 문하를 두겠습니까? 저것들이 약간의 재주가 있어 내 집에 머물면서 저희들끼리 공부를 하고 있는 게지요."

"그래 무슨 공부들을 하는 겐가?"

그러나 사암이 무엇을 묻고 있는지 냉큼 감을 잡을 수 없는 두 사람은 멀뚱하니 앉아 있을 수밖에 없었다.

"이 아이는 여지학을 하겠답니다."

월천이 정호를 가리켰다.

"호오. 여지학이라. 장한 생각을 다했군그래."

사암의 말에 정호의 기분이 좋아졌다.

"스승님의 가르침으로……."

"아무렴. 월천에게 배웠다면 그런 생각을 할 만도 하이. 갸륵한 일이야."

마현에 며칠 머무는 동안 정호와 한기는 사암의 진면목을 유감없이 보았다. 특별히 주제를 정하고 강의를 하는 것은 아니지만 일상의 대화 가운데 오묘한 진리가 들었고 세상을 구하는 지혜가 들었다.

"나는 천주장이는 아니다만 그것이 나쁘다 하고 싶지는 않구나. 무엇이든 믿고 의지하는 것을 왜 나쁘다 하겠느냐? 내 바로 위의 형님은 독실한 신자였는데 '천주의 종으로 웃으며 죽겠다'며 평화롭게 죽음을 맞이했다. 다른 여러 친척들도 그 믿음 때문에 수난을 당했다만 나 또한 그런 정신을 자랑스레 생각한다."

정호가 어찌 귀양을 살게 되었는지 묻자 사암은 그렇게 대답했다.

"사람들이 나를 모함한 것이 아니라 나에 대한 사실을 말했을 뿐이다. 나를 문초하는 자가 나에게 서학에 관련된 책을 읽었느냐 하기에 그렇다고 대답한 것이 죄가 되었다만 그것은 내가 책을 읽었기에 신하로서 임금을 속일 수 없어 그리 한 것이다. 그들은 또 내게 형님이 사악한 일을 하고 다닌다는 것을 말하면 풀어주겠다 했지만 아우로서 어찌 살겠다고 형님을 팔아먹을 수 있겠느냐? 물론 내가 형님이 하는 일을 사악한 일로 보았다면 혹 모르겠다만."

"살아가는 도리에 대해 가르침을 주십시오."

한기의 물음은 사뭇 철학적이다.

"살아가는 도리라……."

사암이 잠시 생각을 가다듬는 듯 눈을 감았다.

"너희들은 둘 다 가문이 쇠락하였다지?"

혼잣소리인지 묻는 소리인지 알 수 없게 작은 음성이다.

"한기 이 아이는 삭녕이 본관이고 정호 이 아이는 청도가 본관이나 지금은 가문이랄 것도 없습니다."

월천이 대신 대답했다.

"내가 귀양을 가게 되어 우리 아이들도 벼슬길이 막혔구나. 해서 아이들에게 기회라 여기고 책 읽는 일에 더 몰두하라 일렀다. 벼슬이야 나도 더러 살았다만 알아주는 이보다도 시기하고 질투하는 이가 더 많으니 어찌된 영문인지 모를 일이야."

시기하고 질투하는 이들이 왜 더 많은지 사암이 모르기야 하겠는가만 아이들 앞이라 긴 얘기를 하지 않으려는 것이다. 그렇다고 정호나 한기가 못 알아들을 바도 아니다.

"가문이 쇠락했다 해도 책 읽는 일에 몰두하는 것이야 당연하지만 그것을 어찌 기회라고야 할 수 있겠습니까? 부사 나리 때문에 유능한 자제분들이 벼슬길이 막혔는데요."

월천이 웃지도 않고 쿡 찔렀다.

"허, 이 사람. 살살 하게."

사암의 말에 모두 웃었다. 유쾌한 웃음은 아니다.

"벼슬에도 나가지 못하게 된 마당에 더 정진할 수 있는 것이 바로 책을 읽고 연구에 몰두할 수 있다는 얘기지. 책 읽는 일이야 고관대작의 자제라고 해서 더 빨리 진미를 맛볼 수 있는 것도 아니요 궁벽한 시골의 가난한 서생이라고 해서 진리가 외면하는 것도 아니지 않는가. 오히려 어려서부터 책을 가까이 했으되 갑자기 재난을 만나 이쪽 저쪽 다 막히고 오로지 책 읽는 길만 뚫렸다면 깊게 정진할 수 있다는 말이야."

다들 고개를 끄덕였다.

"선비라면 글을 적당히 읽고, 농부는 적당히 일을 하고 장사꾼은 장사를 하지. 그건 자연스러운 일이야. 칭찬할 것도 야단칠 것도 없다. 그러나 사람으로 나서 이름을 알리고자 한다면 남들과 달라야 해. 의원이라면 죽을병에 걸린 사람을 살려내야 하고, 장수라면 적의 공격으로 위험에 빠진 성을 구해내야 비로소 칭찬받을 수 있는 것이다. 물론 이름을 날리고 칭찬을 받는 것이 인생의 목적이 되어서는 안 돼. 수단과 방법이 야비해지기 쉽기 때문이야. 장차 후세에서 나를 어떻게 기억할지를 염두에 두어야, 즉 후세인들에게 칭찬을 받으려고 노력해야 한다는 거야. 너희들 알겠느냐?"

후세인에게 칭찬을 받을 수 있도록 살라! 참으로 중요한 가르침이 아닌가.

# 4. 귀향, 그리운 것은 멀리 있나니

한기는 고양으로 돌아갔다. 마현에서 돌아온 지 한 달여 만의 일이
다. 한기가 고양으로 돌아간 후, 정호는 집을 비우는 일이 잦아졌다.

'집에 앉아서는 지도를 그릴 수 없다.'

처음에는 개성을 샅샅이 돌아다니며 도로와 산의 맥 등을 살피더
니 차츰 멀리 잡아 해주로 평양으로 걸음을 했던 것이다. 그래서 집
을 떠나 있는 시간도 하루 걸리던 것이 사흘로, 닷새로, 열흘로 늘어
났다.

"역사를 알아야 땅의 유래도 알 수 있는 법이니 역사를 읽는 데 게
을리 하지 말거라."

월천이 일러준 말이다. 월천은 정호의 출입에 아무런 간섭도 하지
않았다. 다만 정호가 꿇고 앉아 배움을 청하면 열변을 토하고는 했다.

"우리나라 땅을 알려면 우리나라 역사를 알아야 하는 것이지 중국
의 역사나 알아서야 되겠느냐? 작금의 학문이라는 것이 아직도 사대

(事大)에서 벗어나지 못해 중국 역사나 인용하고 있으니 참으로 한심한 일이다."

"어떤 책을 읽어야 하오리까?"

"고려 때 김부식이란 사람이 쓴 『삼국사기』도 있을 테고, 『고려사』니 『동국여지승람』이니 『징비록』이니 『연려실기술』이니 하는 책들이 다 이 나라의 역사를 잘 기록해놓고 있느니라."

"그런 책은 어디 가면 볼 수 있습니까?"

"자고로 책만큼 귀한 것이 없는 법. 대개 선비라고 하더라도 학문을 하는 사람들이나 장서를 가지고 있으니 그런 사람들과 교분을 가져야 책을 얻어 볼 수 있으리. 곡산 김 생원에게 가면 역사책이 제법 있을 것이니 한 번 가보도록 해라. 고향 바람도 좀 쐬고."

정호는 한걸음에 곡산으로 달려갔다. 나서 자란 고향이지만 떠난 이후로 한 번도 가본 적이 없다. 어린 마음에도 한이 되어 두 번 다시 발걸음을 하지 않으리라 마음먹고 살아온 것이 벌써 십 년 세월이 흘렀다. 정호 나이 벌써 스무 살이 되었던 것이다.

정호는 우선 자신이 질질 끌어다 묻은 아버지의 묘소를 찾았다. 다시는 찾아오지 않으리라 했지만 그래도 알 수 있게 표시는 해두었었다. 그러나 아버지의 무덤은 보이지 않았다. 필경 비바람에 씻겨 없어졌거나 엉성하게 묻은 것을 산짐승이나 까마귀 떼가 알아내고 파먹었을지도 모를 일이다. 봉분을 만들지 못해 더 찾기 어려웠다.

가슴이 턱 막혀왔지만 눈물은 나지 않았다. 정호는 무덤이 있었던 곳이라 여겨지는 곳을 향해 두 번 절한 다음 마을로 내려왔다. 정호는 마을 사람들을 알아볼 수 있었지만 마을 사람들은 정호를 알아보지 못했다.

"아저씨, 그간 별고 없으셨소?"

정호는 이웃이자 아버지와 형제처럼 지내던 배소금에게 갔다.

"아이고. 누구신지 통……?"

배소금은 느닷없이 닥친 손님에 꼬부라진 허리를 굽실거리며 고개를 외로 꼬았다. 십 년이면 강산도 변한다지만 쪼글쪼글 늙은 배소금이 세월의 무상함을 말해주었다.

"나 김 장교 아들 정호유."

정호의 말에 배소금이 놀란 표정으로 정호의 위아래를 살폈다. 짙은 눈썹에 서글서글한 눈매, 한일자로 앙다문 입이 김 장교를 닮은 것 같기도 했다. 보통 사람보다 머리 하나는 큰 체구며 딱 벌어진 어깨에 커다란 등짝도 그랬다.

"김 장교라니? 가만 신미년에 변을 당한 그 김 장교님의……?"

"그렇소. 내가 그 아들이우."

"그럼 개똥이 도령이 이렇게 장성해서……."

배소금은 정호의 손을 잡고 말을 잇지 못했다.

"그렇소. 내가 그 개똥이유."

배소금은 눈물이 그렁해져 먼 산을 바라보았다. 형님처럼 상전처럼 여기던 김 장교를 생각하는 것이다.

"십 년 세월에 많이도 늙었구려."

정호가 배소금의 얼굴을 찬찬히 뜯어보았다. 소금지게로 평생을 보낸 배소금도 작은 체구는 아니었는데, 허리는 굽고 살도 빠져 예전의 배소금이 아니었다.

"사람이나 짐승이나 세월이 가면 쪼그라드는 거야 당연지사지. 그래 개똥이 도령은 그동안 어디 가서 어떻게 사셨는가? 우린 필시 어디 가서 굶어 죽고 말았을 거라고 수군대고 말았네만."

배소금은 정호를 보내고 나서 한시도 편한 날이 없었다. 그런 어느 날 김 장교도 꿈에 뵈고 뒤숭숭해 작정을 하고 개성으로 정호를 찾아 갔었다. 오죽하면 누이와 연을 끊다시피 살았을까. 사는 형편도 그렇고 차라리 내가 데려오는 게 흉한 꼴 당한 김 장교도 맘이 놓이지 않을까, 그런 생각을 했던 것이다. 그러나 정호 고모가 살던 집에는 낯모르는 사람이 살았다.

"예 살던 과부는 죽었다고 들었소. 아이가 있었단 얘기는 들은 바 없소."

그게 배소금이 들은 얘기 전부였다. 그 후로 배소금은 정호가 유랑걸식으로 떠돌거나 벌써 죽었을지도 모른다고 생각해 십 년 세월 동안 가슴만 턱턱 막히던 차였다.

"사람 목숨이 그리 쉬운가요. 나는 고마운 분들을 만나 잘살고 있다오."

정호의 말에 배소금이 무슨 생각을 했는지 코를 헹 풀며 도리질을 했다.

"그렇지. 질긴 게 사람 목숨인데 그때는……."

아마도 신미년 그때 목이 잘려 죽은 사람들을 생각하고 하는 소리일 터였다.

"지난 일이지요. 그래 요즘은 살기가 좀 나아졌수?"

"우리네 사는 거야 군소리 없이 가만히 엎드려 있으면 되는 게지."

배소금의 자조 섞인 말은 역시 신미년의 일을 두고 하는 소리였다. 괜히 날뛰어봐야 모가지 간수하기나 힘들다는 것이다.

"개똥 오라버니. 안녕하셔요?"

배시시 웃으며 나타난 사람은 배소금의 딸 이화다. 얼굴은 웃고 있지만 눈에는 닭똥 같은 눈물이 달렸다. 금세 주르륵 떨어질 것만 같다. 정호가 떠날 때 가지 말라고 발버둥을 치며 울던 어린 이화가 겹쳤다. 신랑각시로 소꿉놀이하던 기억도 언뜻 스쳤다.

"이런. 네가 이화야? 이제 다 큰 처녀가 되었네."

정호의 눈앞이 환하다. 어린 시절에는 귀엽고 착한 누이동생이었다. 안아주고 업어주던. 그런데 지금은 가슴이 아릿해오면서 정신이 아뜩하게 향이 났다. 어디서도 맡아보지 못한 냄새다. 콩당콩당 가슴이 뛰는 이유는 모르겠다. 이화는 어려서부터 정호를 졸졸 따르며 이 담에 크면 정호에게 시집을 갈 것이라고 야무지게 말했었다.

"이년아. 언감생심 꿈도 꾸지 마라."

김 장교의 집안이라고 뭐 볼 것은 없었지만 배소금은 김 장교를 대단한 집안의 물림으로 여기고 그렇게 이화를 윽박지르고는 했다.

배소금 집에서 하루를 묵은 정호는 이화가 정성으로 차려준 조반을 마치고 김 생원의 집으로 갔다. 곡산에 살던 때에는 몰랐지만 집을 찾는 데 어려움은 없었다. 배소금이 손가락질을 해가며 상세하게 알려주었던 것이다.

"어디서 왔다고?"

"개성 월천 선생의 문하입니다."

월천이란 말에 김 생원의 눈이 커졌다.

"스승님께서 사암 어른의 안부도 여쭈라고 하셨습니다."

김 생원의 눈이 더 커졌다.

"사암이라니? 여기 부사를 지내시던 사암이란 말이냐?"

"그렇습니다."

"그럼 이제 풀리셨단 말이냐?"

김 생원이 한 무릎 다가앉으며 다그치듯 물었다.

"몇 해 전에 풀리셔서 지금 마현에 계십니다. 그때 스승님과 인사 여쭈러 다녀왔습니다."

"저런, 저런. 그 어른이 이제야 풀리셨구나."

김 생원은 사암의 근황을 자세히 물으며 고개를 끄덕이기도 하고,

"월천 그 사람이 내게는 기별도 없이 혼자만 알고 다녀오다니 괘씸한지고."

하며 눈을 부라리는 시늉을 하기도 했다.

"그런데…… 공부를 하러 왔다? 그것도 여지학을? 번화한 개성에서 그것도 월천 같은 샌님에게서 공부를 해야지 이 산골짜기에 얻어먹을 게 있겠느냐?"

"스승님께서 여기 역사책이 많다 하시면서……."

"아하. 책을 얻어 보러 온 게구나. 책이야 실컷 보거라."

김 생원은 아랫사람을 시켜 빈방을 치우게 했다. 김 생원의 장서는 방 하나를 빙 둘러 채우고도 남았다. 이런 산골에서도 많은 장서를 갖추고 있다는 것은 그만큼 학문에 대한 열정이 높다는 얘기였다. 정호가 놀라자 김 생원이 말했다.

"내가 욕심이 많다. 남에게 지는 것도 싫어하고. 월천 그 사람은 너그러워서 내게 다 양보했지만 공부만은 양보하지 않더구나. 해서 책이라도 더 많이 가지려고 했다. 허허."

월천과의 우정을 엿볼 수 있는 농이다.

"젊은 시절, 공부를 하고 싶어도 읽을 책이 없더구나. 그래서 책이 있다는 곳은 어디든지 달려가 베껴 온 것이다. 그냥 얻어온 것도 더

러 있지만 대개는 내가 직접 베낀 책들이다."

정성도 그런 정성이 없다. 눈어림으로 봐도 수백 권은 됨직한 장서들이 손수 베낀 거라니. 정호는 김 생원 집에 달포나 머물면서 초록할 것은 초록하고 읽을 것은 읽으며 밤낮 없는 공부를 했다.

"허허. 월천 그 사람이 복이 많구나."

정호가 닭이 울 때까지 심지를 돋우며 책을 읽는 것을 본 김 생원의 말이다.

"네가 김 장교 아들이라고 했느냐. 애비도 두어 번 내게 책을 빌려 간 적이 있었다만 묘한 인연이다."

역시 곡산은 정호의 고향이다. 정호와 관계된 얘기들이 곳곳에서 툭툭 튀어나오는 것이다.

"애비가 왜 죽었는지 아느냐?"

"어렴풋이 기억합니다."

"애비는 혁명을 했다. 자랑스럽게 새겨두어라. 불의한 것에 맞서는 용기가 없다면 학문이 깊어진들 소용없다."

김 생원은 혁명이라고 했다. 그러나 정호는 분명 기억한다. 김 장교는 혁명을 하지 않았다. 억울하게 개죽음을 당했을 뿐이다. 김 생원이라고 그걸 모를까? 아마도 모를 것이다. 사람들은 당시 관아의 발표대로 김 장교도 한통속이었다고 굳게 믿고 있는 것이다. 진실을 기억하는 사람은 많지 않은 법이다.

정호는 군이 김 생원이 믿어 의심치 않는 과거에 토를 달지 않았다. 나서서 행동하지 못했던 골방 샌님 김 생원에게 혁명가의 아들은 더 애틋할 것이다.

"자고로 여지학을 하더라도 저술에 힘써야 한다. 나야 궁벽한 산골에서 보고들은 것이 적어 세상일에 어둡다만 어떤 학문이건 학문은 나중 사람들이 보고 평론을 할 수 있도록 남겨놓아야 하는 것이다.”

김 생원이 종종 정호가 공부하는 방에 들어와 이런 당부를 했다.

“무엇이든 가볍게 여기지 말고 세심히 관찰하여 엄숙하게 저술하여야 하는 것이다. 옛사람들의 책에서 보고 배울 게 많지만 그 또한 유심히 살피지 않으면 거칠고 경박한 것을 지나치게 된다.”

정호는 김 생원의 말을 들으며 사암의 당부를 생각했다. 두 사람의 견해는 일맥상통했다. 사암은

“무릇 저술할 때는 경전에 대한 저술이 으뜸이라 하겠으나 너나없이 경전에만 매달리면 되겠느냐? 그리 되면 사람들의 사상이 편협해지고 견문이 좁아지게 될 터. 그러므로 세상을 알게 하고 백성에게 혜택을 베풀어주는 실용지학의 저서가 필요한 것이라. 예를 들어 국경을 지키고 성을 쌓아 외침을 막아내는 군사 분야도 소홀히 해서는 안 되느니라. 그러나 무엇보다도 중요한 것은 자질구레한 얘기들로 한때의 괴상한 웃음이나 자아내거나, 진부하고 새롭지 못한 이야기, 지리멸렬하고 쓸모없는 의론을 책으로 만드는 일은 다만 종이와 먹을 허비하는 것에 지나지 않으니 차라리 손수 맛있는 과일이나 영양가 높은 채소를 심어 살아 있는 동안의 생활이나 넉넉하게 하는 것이 좋으리.”

하며 저술에 힘써야 하지만 함부로 저술해서는 안 된다는 것을 누차 강조했었다. 곡산에서 달포를 지내고 개성으로 돌아올 때에는 등짐이 제법 무거울 정도로 책을 짊어졌다. 특히 이중환이 지은 『택리지』를 얻은 것은 커다란 소득이 아닐 수 없다.

"오라버니. 이거……."

개성으로 돌아가는 길에 인사나 하려고 들렀더니 이화가 수줍은 얼굴로 조그만 보퉁이를 내밀었다.

"저년이 개떡을 주물렀다네. 가는 길에 허기나 끄시게."

배소금이 어서 받으라고 손짓을 했다.

"이거 고마워서……. 다음에 올 때는 꽃신이라도 사와야겠는걸."

"정말요?"

해본 소리였는데 이화가 눈을 빛내자 정호는 오히려 당황했다.

"그럼. 정말이고말고. 다음에 꼭 꽃신 사다줄게."

정호가 개떡 보퉁이를 받으며 말하자 이화는 쑥스러웠는지 저만치 달아났다. 정호는 배소금에게 꾸벅 절하고 길을 나섰다. 배소금은 그런 정호를 물끄러미 바라보았다.

"훤칠한 장부가 되었어."

어느새 이화도 배소금 옆에 서서 정호의 뒷모습을 바랬다.

"오라버니가 꽃신을 사온댔지요?"

들으라는 소리인지 혼잣말인지 이화가 중얼거리듯 말했다.

정호는 역사를 공부하면서 저술한 사람에 따라 같은 사건이라도 여러 가지 시각으로 보고 있음을 알게 되었다.

"주관이 뚜렷하지 않으면 다른 사람 생각이나 베끼게 된단다. 물론 뚜렷한 주관 때문에 왜곡되는 경우도 없지는 않아. 가령 『삼국사기』

는 훌륭한 사서지만 간혹 불공평한 기술이 보이지 않더냐?"

월천은 정호를 대견스레 바라보며 흐뭇한 미소를 지었다.

"그렇습니다. 대체적으로 신라를 중심으로 하고 있다는 것이요, 중국에 지나치게 기대고 있다는 것입니다."

"잘 보았구나. 그 이유를 여러 가지로 생각할 수 있겠지만 아무래도 편찬자의 주관이 그리 흐르고 있기 때문이 아닐까 생각되는구나. 김부식이 신라 왕손의 후손인데다가 중국에 친밀한 입장을 취하고 있기 때문이라는 거지."

정호는 월천의 명쾌한 해석에 머리가 절로 숙어졌다.

"책을 저술한 이의 주관도 잘 살펴야 하겠습니다."

"암은."

겨우내 방에 틀어박혀 공부를 한 정호의 학문은 나날이 무르익었고 점차 틀이 잡혀갔다. 특히 역사에 대한 해박한 지식은 월천을 놀라게 하고도 남았다. 『택리지』는 외다시피 하였으며 『택리지』를 들고 팔도여행을 하리라 마음을 먹기까지 하였다. 날이 풀리면서 정호는 또 봇짐을 쌌다. 겨우내 집에만 틀어박혀 있었기 때문에 몸이 근질거려 견딜 수가 없었던 것이다.

정호는 우선 고양의 한기를 찾아갔다. 한기는 과거 준비에 전력을 다하고 있었다.

"이 사람. 어서 오게나. 벌써 몇 년은 지난 것 같으이."

한기는 버선발로 뛰어나오며 반겼다. 한기가 유난을 떠는 것과는 달리 정호는 손을 가볍게 들어 보이며 씩 웃고 말았다.

"자네 얼굴이 많이 상했네. 공부하기가 힘든 게지."

"그렇지 않아도 몸이 찌뿌드드하이."

"거 잘되었네. 몸에 독이 괴서 그런 거니 바깥바람이나 좀 쐬세. 나하고 가세."

정호가 다짜고짜 잡아끌자 한기는 어리둥절했다.

"어디를 간단 말인가. 준비도 없이."

"준비는 무슨. 그저 훌쩍 떠나 이곳저곳 구경을 하고 다니면 몸에 생기가 돋는 법. 어여 가세."

정호의 채근에 한기는 어이없는 웃음을 지으며 따라 나섰다.

"자, 어디로 갈 텐가?"

"길이 있으니 가는 것이고 도가 있으니 따르는 것이지."

정호의 중얼거림에 한기가 눈을 번쩍 떴다.

"오묘한 말씀이군. 자네 공부가 그리도 깊어졌던가?"

"하하. 어느 책에서 본 구절을 읊조려본 걸세. 가까운 바닷가나 한번 돌아보세."

"바닷가? 어디를?"

"김포로 들어가 강화에서 갯내를 맡고 인천 쪽으로 가보세나."

"아무려나. 앞장서게."

두 사람은 행주 근방에서 강을 건넜다. 개나리가 만발한 봄이다. 한해 농사를 준비하는 농민들의 손길이 바빴다.

"어떤가? 쉬이 벼슬아치가 될 수 있을 것 같은가?"

그러나 한기는 머리를 가로저었다.

"벼슬을 하면 뭐해. 사암 그 어른을 보게나. 그런 분이 벼슬을 살아야 백성들이 다리를 뻗고 잠을 잘 텐데."

한기의 말투에는 나이답지 않은 한숨이 섞였다.

"그래도 누군가는 해야 할 일이 아니겠나?"

"그렇기야 하겠지. 하지만 답답하이."

한기의 불편한 심사는 그것이다. 물론 호랑이를 잡으려면 호랑이 굴에 들어가야 한다고 하지만 사암 같은 사람도 견디지 못하는데 과연 자신이 무엇을 할 수 있을까, 하는 생각도 없지 않았다.

한강변을 따라 내려오면서 정호는 만나는 사람마다 마을 이름이라든가 다음 마을까지의 이수(里數)를 묻곤 했다. 강폭을 눈어림으로 재보기도 하였다. 이를테면 정호는 바람이나 쐬자며 한기를 끌고 나와서는 서울 북쪽의 한강을 측정하는 것이다.

한강을 따라 북쪽으로 쭉 올라오다 보니 어느새 임진강과 합쳐졌다. 두 강이 만나서 바다로 들어가는 조강(祖江)이다. 강 건너 북쪽으로는 교하(交河)의 오도성이 보였고 서남쪽을 향하니 문수산(文殊山)이 보이고 강화가 아스라이 눈에 들어왔다.

두 사람은 강변을 벗어나 야트막한 구릉에 앉았다. 정호는 봇짐에서 지필묵을 꺼내 지금까지 지나온 한강의 들고남과 이수 등을 적어 넣었고 한기는 옆에 앉아 정호의 기억력을 되살려주었다.

그때 옆에서 인기척이 들렸다. 한기가 힐끗 고개를 돌려보니 삿갓을 깊이 눌러 쓴 사람이 혼자서 뭐라고 중얼거리며 정호가 하는 일을 빤히 내려다보았다. 정호는 이수를 적고 지명을 표시하느라 정신이 없다.

"누구시오."

한기가 슬그머니 자리에서 일어나며 조심스레 물었다.

"허허 자연을 벗 삼은 유랑객이오."

길가에서 주웠음직한 막대기를 지팡이 삼아 든 삿갓 쓴 사람은 그렇게 말하더니 이내 가버렸다. 허리에는 조롱박을 매달았다. 한기가 사라지는 사람을 멍하니 보고 있는데 정호가 툭 쳤다.

"뭐해?"

정호는 누가 왔다 갔는지도 모르고 있다.

"아, 아닐세. 다 되었나?"

"됐네. 가세."

정호는 다시 봇짐을 꾸려 일어섰고 강화로 들어가기 위해 갑곶나루[甲串渡] 쪽을 향해 걸었다. 얼마 전까지만 해도 통진에서 강화로 들어갈 수 있는 뱃길은 갑곶나루가 유일했다. 다른 곳은 진흙 개펄로 이루어져 있어 배를 띄울 수도 인마가 지날 수도 없었던 것이다. 그러나 숙종 때 쌓은 문수산성과 영조 때 강가에 쌓은 성이 장맛비에 무너지면서 강기슭이 굳어 오래도록 땅이 마를 때에는 인마도 그런대로 통행을 할 수 있게 되었다.

마침 배가 떠나려고 하고 있어 두 사람은 뛰면서 소리를 질러 겨우 탔다. 예닐곱이나 탈 만한 작은 배였다. 배에는 조금 전 정호들을 지나쳐 온 삿갓이 앞머리에 앉아 있다.

"강화에는 볼 만한 게 많다지?"

"글쎄 낸들 안 가보았으니 알겠나."

한기는 정호의 말을 건성으로 들으며 삿갓을 힐끔거렸다. 그러나 삿갓은 등을 돌리고 석상처럼 앉아 있을 따름이다.

"볼게 많을지요. 그 유명한 전등사도 볼 만하고 마리산의 참성단도 가보셔야 할 게고 보문사의 관음상도 보기 좋을지요."

광목수건을 머리에 동여맨 젊은 사공이 묻지도 않은 참견을 하며 헤헤 웃었다.

"강화를 잘 아는구려. 강화는 얼마나 큰 섬이오?"

정호가 칭찬의 말을 하자 사공은 더 신이 나는 모양이다.

"알기야 이 바닥에서 나고 자랐으니 아는 겁지요. 남북이 백여 리요 동서는 오십 리라고 합니다요. 강화 섬은 다른 섬보다 월등히 살기가 좋은 곳입니다요. 그래서 한때는 왕궁도 있었다지 않습니까요."

"그랬다지요."

정호가 사공의 말대꾸를 하고 있는데 찌그러진 갓이나마 양반 행색의 매부리코 젊은이가 불쑥 끼어들었다.

"왕궁이 있었다니 그게 무슨 소리요?"

매부리코의 말에 사공은 딱하다는 듯 입맛을 쩍 다시더니

"나라님 사시는 데가 왕궁이지 뭐가 이상하십니까요?"

"그걸 몰라서 묻는 게 아니라 언제 강화 섬에 왕궁이 있었느냐 그런 말이오."

"그게 언제냐면, 아주 옛날이라고 합지요. 그러니까 이씨 나라가 되기 전이니까 그게 벌써 오래전 일입지요."

사공은 마치 자기가 그때 살고 있기나 했던 것처럼 기억을 되살리려는 표정을 지으며 나름대로 쉽게 설명을 했지만 매부리코로서는 알아듣기 어려운 모양이다. 사공은 사공대로 답답한지 노 젓던 손을 잠시 쉬고는 어떻게 설명을 하면 이 답답한 샌님이 알아들을까를 궁리하는 눈치였다. 빙그레 미소를 띠고 사공과 매부리코의 수작을 보고 있던 정호가 나섰다.

"고려 인종 때 무신 정중부(鄭仲夫) 등 장수들이 난을 일으켜 정권을 잡은 일은 알고 있소?"

"……."

묵묵부답이다. 난감하다. 어디부터 설명을 해야 하는가. 정호가 한

기를 바라봤지만 한기로서도 어떻게 매듭을 풀어야 할지 가닥을 잡기 힘들다. 몰라라 하고 입을 다무는 수밖에.

"알고 있소. 그래서요?"

이번에는 배 앞머리에 앉아 있는 삿갓이다. 몰라서 묻는다기보다 하던 얘기를 계속 해보라는 말투다. 한기가 움찔했지만 정호는 난처한 지경을 도와준 삿갓이 고맙다.

"아시는군요. 그때부터 고려는 어지러운 지경에 빠지지 않았습니까? 왕실은 힘을 잃고 무신들이 마음대로 정권을 휘둘렀고 급기야 최충헌(崔忠獻)이 집권하면서부터는 최충헌의 나라가 되고 말았지요."

"이보오. 강화도 왕궁 얘기를 하고 있는데 정중부, 최충헌은 왜 나오는 거요? 지금이 고려 때도 아니잖소."

이번에는 예의 매부리코다. 글줄이라도 읽으면서 양반 행색으로 다니는 건지 모를 일이다.

"들어보시오. 일은 다 앞뒤가 있어서 앞을 알아야 그 다음을 알게 되는 것이오. 사리사욕만을 채우려는 무신들이 집권하면서 나라는 극도의 혼란에 빠지고 결국은 몽고군이 이 땅을 침략했소. 물론 고려 때 얘기요."

"흠."

매부리코는 아는지 모르는지 헛기침만 했다.

"그때 몽고군을 피해 달아난 곳이 바로 강화란 말이오."

그러나 매부리코는 잘 수긍이 가지 않는 모양이다.

"산속으로 달아나면 모를까 어째 섬으로 달아났단 말이오. 이 작은 섬에서 무슨 수로 견디겠다고?"

"그럴 만한 이유가 있소. 원래 몽고군은 땅에서는 거칠지만 물에서는 힘을 쓰지 못하오. 섬은커녕 바다 구경도 못한 내륙의 민족이기 때문이오. 그래 섬 중에는 비교적 토지가 비옥하고 사람이 살 만한 강화로 옮긴 거요."

"그러니까 강화로 쫓겨 온 것입니다요."

기껏 아는 체를 하던 사공이 멋쩍은 표정과 함께 왕궁이 있게 된 내력을 이제야 알았다는 듯 고개를 주억거렸다.

"말씀을 들었으니 소인도 얘기를 하나 해드립지요."

"이번에는 또 무슨 얘기요?"

"나 같은 뱃사공 얘기지요."

"어디 한 번 해보우."

"저 위쪽에 손돌목이라는 곳이 있습지요. 그게 사공 손돌이라는 사람의 이름을 따서 그런 이름이 붙었는데 그러니까 그때, 아까 말씀하신 그 왕이 강화로 쫓겨 올 때 일입지요. 아시다시피 강화에 오려면 뱃길이 아니면 올 수가 없지 않습니까요. 그러니 우리 같은 사공들이 필요할 밖에요. 왕을 모셔올 유능한 사공을 찾다가 손돌이라는 사람이 뽑혔습니다요."

손돌은 왕과 대신들을 싣고 배를 띄웠다. 왕을 모시는 영광을 입은 손돌은 힘차게 배를 저어 강화로 향했다. 그렇게 한참을 가다보니 여울이 나왔다. 물살이 매우 급해 그리로 가다가는 자칫 배가 빨려 들어가 뒤집힐 것 같았다. 그러나 손돌은 영차영차 하며 그쪽으로 가는 것이 아닌가.

"그쪽으로 가면 위험하니 뱃머리를 돌려야 하지 않겠느냐?"

왕과 대신들이 놀라 말했지만 손돌은 웃으며 대답했다.

"이 뱃길은 소인이 가장 잘 아오니 걱정 마십시오. 이 길이 가장 안전한 길이옵니다."

손돌은 계속 배를 저어갔다. 배는 기우뚱거리며 금세라도 뒤집힐 것처럼 흔들렸다.

"여봐라. 배가 위험하지 않느냐? 네가 필시 무슨 흉계를 꾸미고 있는 것이 아니더냐?"

그러나 손돌은 여전히 웃으며 계속 배를 저어갔다. 왕의 말을 귓등으로도 듣지 않는 이 미련한 사공에게 왕은 벌컥 화를 냈다.

"여봐라. 이놈의 목을 당장 베고 뱃머리를 돌려라."

화도 나고 무섭기도 한 왕은 그런 명령을 내렸다. 대신들도 뱃전을 붙잡고 부들부들 떨고 있다가 왕의 명령이 지당하다고 생각하고 손돌에게서 노를 빼앗아 다른 사람에게 젓게 하였다. 그제야 사태의 심각함을 깨달은 손돌이 울며 말했다.

"소인의 말대로 하셔야 합니다. 다른 곳은 더 위험합니다."

그러나 미련한 사공 때문에 목숨이 경각에 달려 있다고 생각하고 있는 그들에게 손돌의 말이 들릴 리가 없었다. 한 사람이 손돌의 목을 베려고 막 칼을 높이 드는데 손돌이 품에서 무엇인가를 꺼내며 다급하게 말했다.

"잠깐, 마지막으로 소인의 말을 들어주십시오. 소인은 이제 죽사옵니다만 소인이 죽은 뒤에 배가 위험에 빠지면 이 바가지를 띄워놓고 바가지가 흘러가는 대로 배를 저어 가십시오. 그러면 무사히 이 여울을 건널 수 있사옵니다."

손돌은 가지고 다니며 밥도 담아먹고 물도 떠먹었을 못생긴 바가지를 하나 꺼내놓고 죽어갔다.

다른 사람이 배를 저었지만 배는 점점 더 심하게 기우뚱거렸다. 하는 수 없이 왕은 손돌의 바가지를 물에 띄우게 하였다. 그리고 바가지가 가는 대로 배를 저어갔더니 무사히 여울을 지날 수 있었다. 배가 뭍에 닿자 갑자기 큰바람이 불어왔다. 왕은 눈물을 흘리며 충성스런 사공을 죽였노라고 길게 탄식을 하였다. 왕은 손돌을 잘 묻어주고 타고 갈 말의 목을 베어 손돌의 넋을 위로하는 제사를 지내주었다.

"그래서 이름이 손돌목이 되었습니다요. 그때가 시월 스무날이었는데 지금도 그맘때가 되면 큰바람이 붑니다요. 손돌바람입지요. 저 앞에는 지금도 손돌의 무덤이 있습지요."

사공이 말을 마쳤다.

"허, 전설 같은 얘기일세."

한기였다.

"재미난 얘기 잘 들었소."

삿갓이다. 정호는 얼결에 고개를 숙여 보였다. 배를 내린 삿갓은 휑하니 사라졌다.

해가 졌으므로 나루터 주막에서 하룻밤 묵은 두 사람은 한나절을 걸어서 전등사(傳燈寺)에 도착하였다. 마침 공양시간이었으므로 절밥을 얻어먹을 수 있었다. 전등사 경내를 한 바퀴 돌아보고는 마리산 정상을 향했다. 그리 높은 산은 아니지만 산길은 험했다. 우뚝우뚝 서 있는 바위들은 기묘한 형상이었고 아슬아슬하고 구불구불한, 가파른 절벽 길은 오싹했다. 특히 한기는 땀을 비 오듯 쏟으며 몇 번이나 놀라 소리를 질렀다.

"이 사람아. 이 산은 성산(聖山)이어서 예로부터 산을 오르다 다치는 법이 없다네. 자, 내 손을 잡게."

정호는 절벽 사이를 가볍게 뛰어다니며 한기에게 오를 길을 알려 주기도 하고 칡덩굴을 내려주기도 하였다. 마침내 정상에 올라서자 십여 길이나 쌓은 돌무더기가 있었는데 바로 참성단(塹星壇)이다.

"단군이 이곳에서 출생했다고 믿고 여기에 단을 쌓아 제사를 지냈다네."

참성단에서 보는 경관은 참으로 장관이었다. 정호는 또 봇짐에서 지필묵을 꺼내 무언가를 잔뜩 휘갈겨 적었다. 한기는 이쪽저쪽으로 부지런히 시선을 옮기다가 문득 한곳에 시선을 멈췄다.

"이보게."

한기가 정호를 불렀다. 한기가 가리키는 곳은 봉우리였다. 제법 높은 봉우리였는데 그 위에 삿갓을 쓴 사람이 오도카니 올라앉아 있다.

"그 사람일세."

한기의 말에 정호가 고개를 갸우뚱했다.

"그 사람이라니? 아는 사람인가?"

"김포에서 만났던……."

한기는 아무래도 처음에 만났을 때 느낀 기묘한 인상을 지울 수가 없었다. 뭐라고 집어 말할 수는 없었지만 평범한 사람은 아닌 것 같았다.

"김포에서……. 아, 그러고 보니 배를 같이 탔던 사람이군."

정호는 아무렇지도 않게 얘기하며 다시 제자리로 가서 하던 일을 계속했다. 한기는 정호의 곁으로 왔지만 봉우리 위에 앉아 있는 삿갓 쪽으로 자꾸 시선을 보냈다.

"잠깐. 저 사람이 무엇을 하는지 잠시 가보세."

한기 말에 정호가 잠시 봉우리 쪽을 바라보더니 호기심이 생기는 지 고개를 끄덕이며 앞장섰다. 봉우리는 지척에 보였지만 절벽 사이를 가로질러야 했으므로 밑에까지 가는 데에도 반식경은 걸려야 했다. 그러나 봉우리 밑에서는 아예 위가 보이지도 않았다.

"아무래도 자네는 안 될 것 같고 내 올라가보겠네. 자네는 예서 기다리게."

한기의 호기심을 빼앗아 가진 정호가 봇짐을 벗어 한기에게 던져주고는 원숭이처럼 바위를 타기 시작했다. 힘이 좋고 날랜 정호였지만 쉽지만은 않은 듯 자꾸 발을 헛디며 밑에서 보는 한기의 간담을 서늘하게 하였다. 정호는 용을 써 겨우 꼭대기까지 갔으나 삿갓이 앉아 있는 봉우리는, 삿갓이 앉아 있는 것만으로 꽉 찼으므로 그보다 조금 낮은 옆 봉우리에 올라섰다. 삿갓은 정호의 기척을 알아채기도 했으련만 미동도 하지 않았다. 정호는 삿갓이 무어라 말을 하기를 기다렸지만 삿갓은 돌부처라도 된 것 같았다.

"이보시오."

정호가 조심스레 불렀다. 그러나 대답이 없다. 두어 번 더 불러본 정호는 괜히 부아가 치밀어 소리를 꽥 질렀다.

"이보시오!"

그러나 여전히 묵묵부답이다. 삿갓을 눌러쓰고 있었으므로 표정도 살필 수가 없다. 부아에 장난기까지 생긴 정호는 바위 틈새에서 돌부스러기를 몇 개 집어 들고는 삿갓의 눈앞으로 던져보았다. 그래도 삿갓은 반응이 없었다.

'그렇다면……'

정호는 삿갓의 등을 향해 아프지 않을 정도로 돌을 던졌다.

"네 이놈!"

삿갓은 갑자기 청천벽력 같은 소리를 질렀다. 정호는 놀라서 하마터면 굴러 떨어질 뻔했다.

"저, 무엇을 하시는 어른인지 궁금해서 올라왔습니다."

정호가 허리에 매달린 조롱박을 보며 공손히 말했으나 삿갓은

"썩 꺼지지 못할까!"

하고 소리를 지를 뿐이다. 정호는 기가 죽어 고개를 숙여 보이고는 봉우리를 내려왔다. 한기도 삿갓의 목소리를 듣고 놀란 모양인지 입을 딱 벌리고 있었다.

# 5. 고산자를 얻다

두 사람은 강화에 이어 인천을 한 바퀴 돈 다음 한기의 고양 집까지 와서 하루를 묵고 헤어졌다. 헤어지면서 한기는 제 전대를 풀어주었다. 정호는 곧장 교하로 내려서서 임진강 줄기를 타고 연천으로 올라갔다. 연천을 돌아본 후 내처 철원으로 올라갔는데 철원은 신라 왕자 출신으로 도적이 되었다가 후에 태봉(후고구려)이라는 국가를 세우고 스스로 왕이 된 궁예가 도읍을 삼았던 곳이다.

궁예를 몰아내고 고려를 세운 왕건이 개경에 도읍을 정하기 전에 도읍으로 삼았던 곳이라 고려의 첫 번째 도읍지이기도 했으므로 지난 시대의 역사를 공부하고자 하는 정호에게는 남다른 의미가 있다. 그러나 철원은 옛 왕도의 흔적을 별로 남기지 못하였다.

철원에서 위로 조금 더 올라가면 평강이고 평강에서 동남쪽으로 내려오면 김화다. 정호는 금강산을 볼 작정이다. 초행길이라 무작정 걷다가 길이 끊어져 다시 돌아오기도 하고 가까운 길을 몰라 멀리 돌기도 하면서 정호는 스무날이 다 되어서야 회양(淮陽)에 도착했다.

'지도가 있었으면 이 고생은 하지 않을 것을.'

그런 생각이 절로 났다. 지도가 아주 없지는 않았지만 정호가 구해 볼 수는 없었던 것이다. 하기는 지도를 들고 다니며 유람을 다니는 사람이 없기도 했다.

구불구불한 길은 돌과 이끼로 덮였는데 가끔씩 열리는 하늘 사이로 봉우리가 나타났다 사라지고, 길이 끊어졌는가 싶으면 다시 이어져 그야말로 오묘한 조화 속이다. 하루 한나절을 걸어 정양사(正陽寺)에 도착했다. 마침 날이 맑아 일만 이천 봉이 하나씩 나타나는데 형언할 수 없을 만큼 기이하고 아름다웠다. 정양사의 헐성루(歇惺樓)에 앉아 득도나 하려는 듯 정호는 금강산을 한눈에 휘어보며 정신을 집중했다. 이렇게 아름다운 것이 선계(仙界)가 아니랴 싶어 자신도 신선이 된 것 같은 착각에 빠졌다.

정호는 정양사를 나와 북쪽으로 길을 들었다. 만폭동 쪽으로 가려는 것이다.

"표훈사(表訓寺)에서 쉬고 가는 게 좋을 겝니다. 길이 멀어요."

정양사의 중이 그렇게 말했지만 정호는 웃으며 그냥 만폭동 쪽으로 길을 들었다. 동굴이 많으므로 여차하면 이슬이야 피할 수 있을 것이다.

만폭동에 들어서자 여러 개의 못이 반겼다. 구불구불한 돌길을 한참 걷다보니 40계단이 나왔고 그 계단이 끝나자 보덕굴이 나왔다. 보덕굴을 보고 서북쪽으로 내려오다 보면 진주담이라는 못이 있는데 폭포 떨어지는 모습이 구슬처럼 아름답다 하여 붙여진 이름이라 했다. 만폭동 하류에는 수백 명은 좋이 앉을 만한 큰 바위가 자리 잡았는데 바위 벽에는 명종에서 선조 때까지 시와 글씨로 이름난 봉래 양사언(楊士彦)이 쓴 '봉래풍악원화동천(蓬萊風嶽元化洞天)'이란 글씨가 선명했다.

멀리 비로봉이 보였다. 꿈결인 듯 산의 오묘함에 빠졌던 정호는 내려갈 길을 찾았으나 쉬이 방향을 잡을 수가 없었다. 만폭동만 해도 사람들을 드문드문 만날 수 있어 별 두려움이 없었지만 감탄하며 내려오는 사이 사람들은 모두 없어졌고 정호는 달랑 혼자가 되었다.

제법 높은 바위에 기어올라 사방을 둘러보았지만 어둠이 내리고 있을 뿐 그 흔한 절도 보이지 않았다. 정호는 덜컥 가슴이 내려앉았다. 사람들 뒤나 따라다닐 걸 하는 후회가 일었지만 이미 늦었다. 다급해진 마음에 길은 자꾸 잘못 드는 것 같았다. 하지만 가만히 있을 수도 없었다. 자꾸 밑으로 내려간다고 했지만 그렇다고 밑으로 내려가는 것도 아니었다. 승냥이인지 여우인지 알 수 없는 산짐승의 울음소리는 그나마 정신을 놓지 않으려는 정호를 흘렸다.

"휴우."

앞이 안 보일 정도로 캄캄해진 금강산은 아름다움이 아니라 두려움이다. 더 이상 길을 찾는 것을 포기한 정호는 쉴 곳을 찾았다. 마침맞춤한 작은 동굴이 있었다. 두려운 생각에 배가 고픈지 어쩐지도 몰랐다. 혹 달려들 산짐승이 있을지 몰라 부시를 쳐 동굴 앞에 불을 피웠다.

"한숨 자고 보자."

정호는 천근만근 무거운 몸을 뉘었다. 불도 잠시 후에 스르르 꺼졌다. 정호는 새벽 한기에 눈을 떠 다시 불을 지폈다. 마른 나무를 넉넉히 주워놓았으므로 불은 쉬이 꺼지지 않을 것이다. 정호는 다시 불

옆에 누워 잠이 들었다.

날이 훤하게 밝아서야 눈이 뜬 정호는 소스라치게 놀랐다. 동굴 안쪽 깊숙한 곳에 송아지만한 호랑이 한 마리가 길게 누워 있었던 것이다. 정호는 아직 불씨가 남아 있는 장작불을 하나 집어들고 뒷걸음질을 치다가 고개를 갸우뚱했다. 호랑이는 눈을 끔벅거리기는 했지만 만사가 귀찮다는 듯 꼼짝도 하지 않았다. 정호는 이상한 생각에 살금살금 호랑이 앞으로 다가가 보았지만 호랑이는 '끄응' 소리를 한 번 낼 뿐 여전 꼼짝도 하지 않았다.

"아하, 늙어 죽으려는 호랑이구나."

정호는 움켜들고 있던 장작불을 내던지고 물끄러미 호랑이를 바라보다가 봇짐을 뒤져 정양사에서 얻어온 누룽지를 우적우적 썹었다. 호랑이는 정호를 바라보는 것도 귀찮다는 듯 눈을 스르르 감아버렸다. 정호는 호랑이는 버려두고 다시 바위 위에 올라 내려갈 만한 길을 찾아보았다.

"앗, 사람이다."

멀리 계곡에 희끗한 것이 보였다. 정호는 구르듯 달음박질을 쳐 계곡으로 갔다. 그러나 계곡은 눈에 보이는 것만큼 가까운 거리가 아니었다. 헉헉거리며 계곡에 도착했지만 사람은 이미 없어졌다.

"여보시오! 누구 없소!"

정호는 있는 힘을 다해 소리를 질렀다. 그러나 정호의 목소리만 메아리가 되어 웅웅웅 돌아올 뿐 사람은 나타나지도 대답을 하지도 않았다.

"분명 여기 있었는데……."

정호는 사람을 찾아볼 생각으로 사방을 두리번거렸다. 마침 정호가 내려온 반대쪽으로 사람이 다닌 듯 풀이 밟힌 흔적이 보였다.

"따라가보자."

한 사람이 겨우 다닐 수 있을 정도로 꾸불꾸불하게 틈이 나 있는 뾰족 바위 사이로 백여 걸음 가보니 서너 사람이 앉을 만한 넓적한 바위가 있었다. 앞쪽은 천길만길 벼랑이고 뒤쪽은 깎아지른 절벽이다. 절벽에는 동굴이 하나 있는데 동굴 위로 차양 같은 바위가 툭 튀어나와 마치 석공이 일부러 다듬어 올려놓은 것 같았다.

정호는 심호흡을 한 번 하고는 동굴로 다가갔다.

'여기도 죽어가는 호랑이가 있으려나.'

그런 생각이 들기도 했다.

"누구요?"

고개를 길게 빼고 동굴 안을 들여다보는데 뒤통수에서 그런 소리가 들렸다. 정호는 헉 소리가 나게 놀라 그 자리에 얼어붙었다.

"누, 누구요?"

객이 주인 행세를 하는 셈인가. 돌아보니 삿갓을 쓴 사람이다.

'삿갓?'

정호는 잠시 어리둥절해 있다가 마리산을 생각해냈다.

"혹시……."

삿갓도 정호를 알아본 모양이다.

"내게 돌팔매질을 한 젊은이로군. 여긴 왜 따라왔던고?"

정호는 찔끔했다.

"따라온 게 아니라 금강산에 올랐다가 길을 잃어……."

"예가 금강이니 길을 잃은 것은 아닐세. 길은 도처에 보이는 게 길이지."

삿갓은 중얼거리듯 말하고는 정호를 밀치듯 하면서 동굴 안으로 성큼 들어갔다. 정호는 차마 따라 들어가지는 못하고 힐끔 안을 들여다보았다. 안에는 예의 조롱박과 요강만 한 작은 단지 두 개가 놓여 있을 뿐 아무것도 없었다.

"여기서 사십니까?"

사람이 사는 것 같은 흔적은 없었지만 정호는 그렇게 물었다.

"발길이 머물면 그곳이 집이지. 뭐 하는 짐승이냐?"

삿갓은 정호의 궁금증은 그렇게 잘라버리고는 오히려 정호의 정체를 물었다. 말투에 굴곡이 전혀 없다. 감정이 없는 사람 같았다.

"여지학을 공부하고 있습니다만."

"여지학? 그게 어디에 쓰는 물건이던고?"

삿갓은 단지에서 무슨 가루를 한 움큼 집어삼키고는 조롱박을 들어 물을 한 모금 마셨다.

"밥이다. 먹어보려는고?"

밥이라는 말에 정호의 배에서 꼬르륵 소리가 났다. 삿갓이 가루를 한 움큼 꺼내 들고 손짓을 했으므로 정호는 몇 발자국 다가가 공손하게 받았다.

"입에 넣고 물을 마셔라."

시키는 대로 했지만 꺼끌꺼끌한 것이 무슨 맛인지 통 알 수가 없다. 미숫가루인가 했지만 알싸하고 씁쓸하기도 한 것이 쌀, 콩, 솔잎, 칡 같은 것을 빻아 섞은 것 같았다.

"왜, 맛이 없느냐?"

맛은 무슨 맛이 있겠는가. 정호는 도사들이 생식을 한다는 얘기를 들은 적이 있는데 아마도 이렇게 하는 것인가보다 생각했다.

"금강산에는 왜 왔느냐?"

"산의 생김새가 궁금하여 왔습니다."

"보니 산의 생김을 알겠는고?"

"보기는 본 것 같지만 알 수가 없어서 이렇게 길을 잃고 헤매고 있습니다."

정호의 대답에 삿갓이 껄껄 웃었다.

"허허. 금강산을 알려거든 금강산 밖에서 보아야지 안에 들어와서 보이겠는가."

딴은 그랬다. 나무는 보되 숲은 볼 수 없는 이치였다.

"여지학을 공부한다? 그것을 공부하면 무슨 이득이 있겠는고?"

"백성들에게 이득이 있을 것입니다."

"백성들에게?"

"그렇습니다. 이 나라에 살면서도 이 나라의 생김을 알지 못하는 사람들이 많습니다. 그들에게 이 나라의 생김을 알려주고 지방마다의 특산물도 가르쳐주면 살기가 좋아질 것이라 여기고 있습니다."

"왜 그런고?"

정호는 왠지 삿갓에게 믿음이 갔다. 길을 잃고 헤매던 처지라 의지하고 싶기도 했다. 덕분에 금강산도 알게 되면 금상첨화다.

"바닷가에 사는 사람들은 생선 귀한 줄을 모르지만 산골에 사는 사람들은 구경도 못하는 사람이 많습니다. 그러나 약초는 산골 사람들이나 그 생김을 알 뿐, 바닷가 사람들은 약초 한 뿌리만 달이면 나을 병도 처방을 몰라 고통받지요. 백성들이 땅의 생김을 알고 각 지방의 성질을 안다면 부족한 산물들을 서로 나누어 가질 수 있을 겁니다."

"허 그래."

"더 중요한 것은 외적의 침입에 대비하는 것입니다. 지금 나라에 지도가 있다고는 하나 지방마다 그림이 다르고 군읍의 위치가 달라 제 기능을 발휘하지 못합니다. 군사를 데리고 외적을 치러 가매 정확한 지도가 받침되어 있다면 행로를 줄일 수 있을 것이며 지리 지형을 이용한 군사작전을 할 수 있을 겁니다."

삿갓은 제법이다, 하는 표정으로 정호를 뚫어지게 바라보았다.

"스승이신 월천 어른이나 사암 어른은 진정으로 백성을 위하는 학문을 해야 한다고 늘 말씀하셨습니다. 하지만 그런 분들은 중국 글이나 외고 있는 사람들에게 핍박을 받습니다. 실용지학이 서양 오랑캐의 허황한 이론이라고 매도당하고 있기 때문입니다. 사암 어른만 해도 그래서 이십 년 가까이 귀양살이를 하셨지만 존경을 받아 마땅한 어른이라고 생각합니다."

"월천은 모르겠다만 사암이라면 정약용을 이르는 것이렷다?"

"사암 어른을 아십니까?"

"알다마다. 그 사람은 관을 쓰고 있던지라 나라의 명으로 귀양을 갔지만 나는 촌부였던 덕에 이리로 와 지내게 되었느니."

정호는 삿갓의 알 수 없는 소리에 멀뚱한 표정을 지었다.

"어디서 왔는고?"

"나고 자라기는 황해도 곡산이나 지금은 개성에서 지냅니다."

"오 곡산은 사암이 도호부사를 지낸 곳. 그래 사암을 알더냐?"

삿갓의 지레짐작에 정호는 머리를 가로젓고 곡산에서 살던 내력과 사암을 알게 된 내력을 상세하게 얘기했다.

"이런, 너도 핍박을 받아 개성으로 간 셈이로다."

삿갓이 그윽한 눈으로 정호를 바라보았다. 신뢰하는 눈빛이다. 정호가 가볍게 고개를 숙여 보였다. 그는 눈을 감고 한참동안이나 생각에 잠겼다.

삿갓은 정약용, 이가환 등과 어울린 유망한 학자였다. 그 역시 학문의 길에 들어서면서 성호 이익의 학설에 심취하여 그의 학을 받들며 친구들과 토론하기를 즐겼다. 그런 어느 날, 친구가 들어서다가 그의 집으로 포졸들이 몰려오는 것을 보고 다짜고짜 그를 잡아끌고 뒷문으로 도망쳤다. 그는 무슨 영문인지 몰랐지만 형조에서 정랑(正郞)을 지내는 친구는 어디어디 가 있으라는 말만 하고는 사라졌다.

나중에 형조정랑이 삿갓이 숨어 있는 곳을 찾아오더니 천주장이로 지목되었다며 피하지 않으면 목숨을 부지하기 어려울 것이라고 했다. 같이 지목된 다른 벼슬아치들은 다 잡혀갔는데 그들이야 감싸주는 사람이 있어 귀양을 보내겠지만 그는 벼슬도 없는 처지에 어느 자리에선가 형조참의와 크게 다툰 바 있어 벼르고 있다는 것이다.

그는 이렇게 된 바에야 유랑이나 떠나겠다며 그 길로 봇짐을 꾸려 발길 닿는 대로 떠돌았다. 그러다가 금강산에 눌러앉게 되었다. 처음부터 무슨 목적을 가지고 산에 들어온 것은 아니었고 돌아갈 데가 없어 그리 되었다. 산에서 한두 해 살다보니 점차 산생활의 편리함을 터득했고 다섯해쯤 지나자 끈적끈적하게 달라붙은 속세와의 인연도 끊을 수 있었다. 하여 유유자적 심신을 수양하는 일에 전력을 다했고 전국의 명산을 찾아다니며 도가 높은 중들과 교유하게 되었다.

무슨 학(學)을 공부하는 것이 아니라 마음을 편안하게 하고 잡념을 없애는 게 가장 큰 공부란 걸 깨달은 것도 그 무렵이다. 그는 오래된

산의 아들이라 하여 스스로 고산자(古山子)라 하였다. 그 말 속에는 절대로 속세에 나가지 않겠다는 의지가 담겼다. 속물이 가득한 세상에 또 하나의 속물이 되고 싶지는 않았던 것이다.

정호는 삿갓 고산자를 따라 금강산을 내려왔다.

"이제 어디로 가십니까?"

"네놈이나 업어다주마."

삿갓 고산자는 그런 농을 하며 설악산 봉정암에서 수도하는 스님을 찾아간다고 하였다.

"저도 따라 나서겠습니다."

정호의 걸음도 누구 못잖게 빨랐지만 삿갓은 흡사 산을 타는 게 스스로 말하듯 산짐승 그대로였다.

"허 젊은 놈 걸음이 그 모양이어서야 어디."

삿갓 고산자는 혀를 끌끌 차며 면박을 주었고 정호는 멋쩍은 웃음을 흘릴 뿐이다.

"자고로 산의 생김을 알고 그 맥을 알아야 땅의 생김을 알 수 있느니. 이 땅의 산은 백두에서 뻗어나와 흘러내렸으며 물 역시 백두의 천지에서 발원된 것이다."

삿갓 고산자는 산에서 이슬이나 피하며 노숙하는 것이 편했으나 익숙하지 않은 정호 때문에 인가를 찾아 잠을 잤다.

금강산에서 바로 산줄기를 타고 설악으로 가는 것이 삿갓에게는 편할 터였지만 지형과 산세를 살펴야 할 정호의 공부를 위해 인제현까지 내려와서 설악으로 향했다. 인제현에서 동북쪽으로 삼십 리를 가니 삼차령이 나왔다. 삼차령을 지나면 골짜기는 깊어지고 수목이 울창하여 하늘이 잘 보이지 않는다. 좀 평평한 곳에는 여지없이 서너 채의 인가가 있었는데 약초꾼이나 심마니, 또는 포수들이 살았다. 곡백담을 지나 사십 리 정도를 걸으니 심원사(沈源寺)였는데 중들이 삿갓을 보고 아는 체를 했다.

"예서 묵어가자."

삿갓 고산자가 그렇게 말하더니 한 중에게

"주지놈은 어디 갔느냐?"

하고 우락부락한 표정으로 소리치듯 물었다. 그러나 중은 노염도 타지 않고 씩 웃기만 했다. 그때 정호 뒤에서

"생불에게 합장은 못할 망정 놈 자를 붙이다니 고연지고!"

하고 벼락처럼 맞받은 것은 누더기 같은 장삼을 걸친 노승이다. 얼굴에는 미소가 가득했다.

"부처님이 오셨는데 얼른 절을 올리지 못할까."

삿갓 고산자가 자못 위엄을 부렸다. 그러나 노승은 딴청이다.

"웬 동자를 데리고 다니는고. 나나 주지."

노승의 말에 삿갓 고산자가 입술을 일그러뜨리며 비웃듯 했다.

"중놈 만들어 관 쓴 버러지들 남여나 메고 뛰어다니라고?"

"남여 메는 고행도 다 부처가 되는 길이지."

"봉정암 귀신은 잘 있던가?"

"가 보시게. 이제 부처가 다 되셨네."

다음 날 일찍 산에 올라 중화 무렵 봉정암에 닿았다.

"어?"

정호는 영문을 몰라 눈만 껌벅거렸는데 심원사의 노승이 봉정암에 앉아 있었기 때문이다.

"뭐가 잘못되었소, 젊은이?"

봉정암의 주인이 바로 심원사 주지였던 것이다.

"나는 예서 며칠 머물 생각인데 어찌 하겠느냐?"

정호는 잠시 생각하다가 대답했다.

"저는 내려가겠습니다."

개성을 떠난 지가 너무 오래되었다.

"그럼 가거라."

삿갓 고산자는 암자에 있는 지필묵을 당기더니 뭐라고 휘갈겨 정
호에게 건네주었다.

古山子.

유려한 필체다.

"나야 산짐승이 돼서 쓸 데가 없으니 너나 가져다 머리에 얹어라."

정호가 강화며 금강산으로 다니는 사이 개성의 월천은 시름시름
앓았다.

'그 녀석에게 학문을 가르칠 것이야 없지만 의지가지 없으니 뒷배
라도 봐줘야 하련만……'

정호 걱정이지만 몸은 영 마음 같지 않았다. 한기도 제 집으로 돌
아간 지 오래라 뒷방 늙은이처럼 혼자 지내는 쓸쓸함이 몸을 더 상하
게 하는 건지도 몰랐다.

'장가를 들어야 몸과 마음이 안정되는 법이니 제가 구하려는 여지
학에도 퍽 진전이 있을 터.'

정호 나이 벌써 스물이다. 배천(白川)에 사는 월천의 일가 중에 찢어
지게 가난하여 피죽도 못 끓이는 집이 있다. 명색 양반이지만 벼슬이

끊어진 지는 백여 년이 넘었다. 아들 넷에 딸 둘을 두어 자식농사는 잘 지었으되 먹는 입이 무서운 판이다.

어느 날 몸이 좀 그만해진 월천이 배천의 일가를 찾아갔다. 월천은 다짜고짜

"하나 주시오. 내가 데리고 있다가 여의겠소."

마치 맡겨놓은 물건을 달라는 듯 작은년을 가리켰다.

"아이고. 자네라면 무슨 걱정을 하겠나. 아무거나 가져가게."

월천에게는 형님뻘 되는 늙은이도 이왕이면 둘 다 데려가지 하는 눈치까지 보이면서 반색을 했다.

"따라 나서거라."

월천의 말에 작은년 역시 어미 애비와 떨어지는 설움에 울고불고 하는 것이 아니라 잘되었다는 표정으로 해진 치마저고리 한 벌만 꾸린 보따리 하나 달랑 든 채 월천을 따라나섰다. 작은년은 이름을 따로 정하지 않아 그냥 작은년이다. 물론 언니는 큰년이다.

월천의 마누라가 오래전에 죽었으므로 작은년은 월천의 집에 오자마자 안살림을 도맡았다. 작은년은 눈치가 빨라 금세 월천의 살림을 익히고 풍속을 익혔다. 제법 얼굴이 반반해서 그 값을 하느라고 눈웃음을 살살 치는 것이 월천의 마음에 걸렸지만 다른 것은 나무랄 데가 없었다.

정호의 색시감으로 데려왔지만 작은년에게는 내색도 하지 않았다. 그러나 작은년은 집을 떠날 때 애비와 언니에게 들어 월천의 아들에게 시집가는 걸로 이미 알고 있다. 하지만 누가 제 신랑감인지는 도무지 알 수 없었다.

작은년은 월천이 없는 틈에 가끔 글방에 나와 아이들이 읽는 책을

들춰보곤 했다. 대개는 소학을 읽는 코흘리개들이었지만 사서를 외는 머리통이 다 자란 총각들도 한둘 있었다. 총각들은 작은년의 스스럼없는 태도에 먼저 얼굴이 발갛게 되곤 했는데 작은년은 그런 것이 재미있는지 하얀 이를 다 드러내놓고 깔깔거렸다.

월천은 그런 것을 볼 때마다 법도를 제대로 가르치지 않은 작은년의 애비를 탓하며 눈물이 쏙 나도록 야단을 쳤지만 작은년의 활달한 성격은 노염도 타지 않았다. 작은년이 온 뒤로도 월천은 시름시름 앓더니 급기야는 자리를 보전하여 눕고 말았다.

"혼사를 치러줘야 할 텐데……."

월천은 그렇게 중얼거리며 정호를 기다렸다. 그런 어느 날 만복아범이 왔다. 월천의 살림을 걱정한 한기가 아버지에게 말해 보낸 것이다. 만복아범은 고양에서 가지고 온 어음을 바꿔 양식이며 살림살이를 잔뜩 들여놓았다. 고양에서 개성은 그리 먼 길이 아니었지만 양식을 실은 달구지를 끌고 올 수도, 그렇다고 돈꿰미를 짊어지고 올 수도 없었다. 나라의 살림이 점점 피폐해지면서 도적들이 많아져 강 건너기가 만만치 않았던 것이다. 처음에는 멋모르고 달구지를 끌고 다녔는데 몇 번은 무사히 오더니 한 번 된통 당해 짐을 뺏긴 것은 물론이고 몽둥이찜질에 죽다 살아난 만복아범이었다. 그래서 개성에서 얼굴을 익힌 장사꾼의 어음을 사서 그것으로 월천의 살림을 댔다. 큰 장사꾼들의 패거리 중에는 주먹패들도 한 몫 하므로 도적들을 별로 두려워하지 않았다. 그러므로 그들이 고양에서 쌀이든 돈꿰미든 실어오면 되는 것이다.

만복아범이 돌아가자 곧 한기가 닥쳤다. 월천이 몸져누웠다는 소식을 듣고 달려온 것이다.

"이 아이가 어째 돌아오지를 않는단 말이냐?"

월천은 한기를 보자마자 정호 걱정부터 했다.

"금강산에 다녀오겠노라며 갔습니다."

한기의 말에 월천이 무슨 소리냐는 표정을 했다.

"금강산에를? 네가 어찌?"

월천은 정호가 한기와 강화에 다녀온 사실을 모르고 있었다. 정호가 지필묵을 들고 다니며 도보 측정을 하더라는 등 자초지종을 얘기하자 월천은

"그 아이가 그토록 열심이더란 말이지."

하며 흐뭇한 표정을 했다.

"정호의 공부가 지난 몇 년간 퍽 깊어졌습니다. 강화나 인천은 초행길이었는데도 전설이며 역사적 사실들을 줄줄 외더이다."

"호. 그래. 네 공부는 어떠냐?"

"돌아오는 과거에는 나가볼까 합니다."

"언제더냐?"

"아직은 알 수 없습니다."

임오년(1822년)에 식년시가 있을 터이지만 아직 향시도 치르지 않았으므로 향시를 기다려야 하는 한기였다. 한기는 월천의 곁에 붙어 앉아 수발을 들었다. 그러나 월천의 병은 차도가 없었다. 정호는 떠난 지 두 달이 넘었지만 돌아올 줄 몰랐다. 한기가 온 지도 열흘 남짓 되었다.

"아무래도 내가 다시 일어나기는 틀린 것 같구나."

월천은 누워 있는 것조차도 힘들어했다.

"스승님. 무슨 그런 약한 말씀을 하십니까? 어서 일어나셔야지요.

저희들 공부를 더 봐주셔야 합니다."

"그만하면 됐다. 부디 관에 나가더라도 사암 어른의 본을 받도록 하거라. 다만 정호 그 아이가 그린 조선 지도를 보지 못하는 것이 한이다."

월천은 한기에게 후사를 부탁하고는 눈을 감고 말았다. 월천의 부탁은 작은년과 정호를 맺어줄 것과 집을 처분해 서울로 올라가 살림하라는 것이다.

"모름지기 젊은 시절에는 넓은 곳에서 많은 견문을 익혀야 할 것인즉 지체 말고 서울로 올라가 터를 잡도록 일러라. 너도 곧 장가를 들면 말씀드려 서울 살림을 하는 것이 좋을 터. 명심하거라."

그것이 월천의 유언이라면 유언이다. 상주(喪主)가 없는 장례는 쓸쓸할 수밖에 없었다. 정호가 있다면 정식으로 입적은 하지 않았더라도 마땅히 복을 입겠지만 없는 사람을 하염없이 기다릴 수도 없는 노릇이다. 월천의 성격이 활달한 편도 아니어서 많은 사람을 사귀지 않았으므로 조문객도 그리 많지 않았다. 정호는 어디서 무엇을 하고 있단 말인가.

월천의 장례를 치른 한기는 고양으로 돌아가야 했지만 정리 못한 딱한 일이 남았다. 졸지에 월천에게 왔다가 상만 치른 작은년의 문제였다. 정호와 짝을 맺어주기 위해 데려왔다지만 기약 없는 정호였다. 그런 작은년을 혼자 버려두고 돌아가자니 발길이 떨어지지 않았다.

"배천 집에 가서 기다리시오."

그러나 작은년은 고개를 저었다.

"여기서 기다리겠습니다."

하기는 작은년도 딱한 노릇이다. 서방 될 이는 코가 앞에 붙었는지 뒤에 붙었는지 보지 못한 것은 물론이요, 그건 그렇다 쳐도 언제 돌아올지 기약도 없는 사람을 기다려야 하는 것이다. 기다린다고 해서 보장이 있는 것도 아니지 않는가. 기다리던 사람이 와서 싫다고 내치고 가버리면 그야말로 끈 떨어진 갓이요, 깨진 조롱박 신세가 되고 마는 것이다. 월천의 부엌을 맡아보던 어멈이 있다지만 어멈은 솥뚜껑 여닫는 이치나 알고 음식 맵고 짠 것이나 알뿐 평생을 부엌에서만 살아온 터라 세상사에는 깜깜절벽이다.

한기는 이러지도 저러지도 못하고 주인 행세를 하며 눌러 있을 수밖에 없었다.

## 6. 두 여자

　정호는 개성을 떠난 지 석 달 만에 돌아왔다. 떠날 때는 진달래 개나리가 만발한 봄이었는데 돌아오니 여름이 성큼 다가왔다.

　'누군가?'

　못 보던 처녀가 물동이를 이고 집안으로 들어가는 것이 보였다. 어느 집 처녀인지 언뜻 생각나지 않았다. 정호는 대문을 들어서기 전에 사랑을 겸한 글방 문을 조심스레 열어보았다.

　"스승님, 정호 왔습니다."

　안에는 아무도 없었다. 없을 뿐더러 깨끗하게 치워져 있다.

　'어디 길이라도 떠나신 겐가?'

　정호는 그런 생각을 하며 안으로 들어갔다.

　"누구세요?"

　금방 물동이를 이고 들어갔던 처녀였다. 처녀는 얼굴을 찡그리며 정호의 위아래를 훑었다. 정호의 차림이 보기에 딱할 정도로 남루했던 것이다.

"처녀는 누구요?"

정호가 이렇게 되묻자 처녀가 어이없는 표정으로 부엌 쪽으로 시선을 주었다. 그때 부엌에서 어멈이 나왔다.

"아이고, 이제야 오셨네. 어째 이제야 왔수?"

어멈은 정호를 보자마자 눈물바람부터 했다.

"왜 그래요? 어멈. 무슨 일이 있었소?"

영문을 모르는 정호가 쓰러질 듯 위태한 어멈을 부축하며 그렇게 묻다가 어디서 향 피우는 냄새를 맡고 두리번거리다가

"아니 저건 뭐요?"

하며 마루로 뛰어 올라갔다. 궤연(机筵). 상청이 아닌가? 누가 죽었단 말인가? 궤연에는 월천이 인자한 미소를 띠고 정호를 바라보았다. 정호가 한가할 때 그려두었던 월천의 초상.

"스승님이?"

정호는 입을 딱 벌리고 궤연의 월천 얼굴을 바라보다가 엎어질 듯 털썩 꿇어앉아 눈을 감았다. 눈물도 나오지 않았다. 어려서부터 너무나 많은 일을 겪어서일까. 그렇게 한식경이나 꿇어 엎드려 있었다.

"일어나게."

한기였다. 잠시 바람을 쐬고 들어온 한기는 정호가 돌아와 월천 앞에 엎어져 있는 것을 속울음으로 바라만 보았다. 한기가 정호를 일으켜 방으로 데리고 들어갔다.

"어멈. 술 좀 내오오."

한기는 어멈에게 이르고는 정호를 바라보았는데 몹시 처연한 표정이다.

"갑자기 그리 되셨네."

정호는 묵묵부답 술만 들이켰다.

"자네의 지도를 보지 못한 것이 한이라 하셨네."

정호는 여전 말이 없다. 한기도 잔을 들어 술을 마셨다. 두 사람은 그렇게 아무 말 없이 술잔만 비우다가 그 자리에 쓰러져 잠이 들었다. 다음 날, 한기는 고양으로 돌아갔다. 월천이 남긴 말은 하나도 전하지 못했다. 가까운 시일 내로 다시 오리라 속다짐을 하고 한기는 그냥 돌아갔다.

정호는 며칠 동안을 태연재에 올라 먼 산만 바라보았다.

'이다지도 시련이 많단 말인가.'

열 살 무렵 아버지가 억울하게 죽더니 생전 얼굴도 모르고 지내던 고모에게 와 잠시 살다가 그 시신마저 제 손으로 묻어야 했던 일. 하늘이 도와 월천의 문하에 들어와 다른 걱정 없이 공부에만 열중하려 했더니 그 월천마저 또 세상을 떴다.

세상살이에 눈을 뜨게 해준 월천. 위민지학(爲民之學)이 학문하는 사람의 자세라던 월천이다. 그러나 언제까지 슬픔에만 잠겨 있을 수는 없다. 정호는 이를 악물고 다시 서책을 펼쳤다.

'아버지가, 고모가, 월천이 죽은 것이 하늘의 뜻이라면 여지학은 내 운명이다. 나는 고산(古山)의 아들이지 않은가.'

정호는 금강산에서 만난 삿갓이 준 고산자(古山子)의 의미를 되뇌며 이를 악물었다. 가끔씩 태연재에 오르는 것을 제외하면 문 밖 출입도 하지 않았다. 작은년이 누구인지 궁금하기도 하련만 정호는 관심도 두지 않았다. 몇 달 후 정호는 봇짐을 꾸려 곡산으로 갔다. 책도 아쉬웠고 김 생원의 식견도 아쉬웠다.

작은년이 월천을 따라 개성으로 올 때는 월천의 아들과 혼사를 하게 되는 것으로 알았다. 너무도 당연하게 생각했으므로 어멈에게 물어볼 생각도 하지 않았던 것이다. 그런데 개성에 와서 하루 이틀 지내며 보니 제가 시집갈 사람이 누구인지 코빼기도 보이지 않았다. 글방에 드나드는 도령들 중에 하나거니 생각하고 누구일까 잔뜩 호기심을 가지고 내다보았지만 그렇지도 않은 모양이었다.

글방의 나이깨나 들어 뵈는 도령들은 작은년에게 환심을 사려고 야단들이었다. 만약 그중에 서방짜리가 있다면 남들이 자기에게 함부로 굴도록 내버려두지는 않았을 것이다. 글방 도령 중에는 제법 부잣집 아들 태가 나는 허덕만(許德萬)이 있었는데 작은년에게 유난히 살갑게 굴었다. 나이도 작은년과 엇비슷했다.

"요즘 내가 거기 때문에 글이 잘 안 읽히는구먼요."

어느 날 허덕만은 불쑥 그렇게 말했다. 얼굴이 빨개진 작은년은 깜짝 놀라 주위를 살피며 집으로 냅다 달려왔다. 그러나 기분은 그리 나쁘지 않았다.

그러던 어느 날 허덕만은 작은년에게 고운 노리개를 가져왔다.

"어머 예뻐."

작은년이 그런 반응을 보이자 허덕만은 어깨를 으쓱하더니 나직하게 말했다.

"이따 밤에 한 번 만나요. 그럼 내가 더 예쁜 걸 갖다줄 테니."

성격이 활달하고 거침이 없는 작은년은 고개를 끄덕여 약속을 했다. 그날 밤. 작은년이 도둑고양이처럼 살금살금 나가니 허덕만은 벌써 나와서 기다리고 있다.

"자, 이거."

허덕만이 약속한 노리개를 내밀었고 작은년은 망설임 없이 얼른 받았다.

"저 그리고……."

허덕만은 무슨 할 말이 있는지 우물쭈물했는데 목소리가 심하게 떨렸다.

"왜요?"

작은년이 당돌하게 묻자

"저, 한 번만……."

허덕만은 말을 더듬으면서도 행동은 재빨라 허겁지겁 작은년을 껴안았는데 쿵덕쿵덕 가슴 뛰는 소리에 작은년이 다 어지러울 지경이었다. 그러나 허덕만은 씩씩거리며 으스러지도록 작은년을 껴안고 있을 뿐이다. 잠시 그렇게 있다 보니 가슴이 답답했는데 답답한 만큼 작은년의 기분도 이상해졌다. 허덕만의 가슴이 뛰는 것처럼 작은년의 가슴도 덩달아 뛰었다. 알 수 없는 일이다.

"이제 가겠어요."

작은년은 허덕만을 냅다 밀치고는 집을 향해 뛰었다. 뒤에서는 쿵 소리가 나며 허덕만이 자빠지는 소리가 들렸지만 작은년은 아랑곳하지 않았다.

며칠 후 허덕만은 작은년을 또 불러냈고 씩씩거리며 안고 있다가 엽전을 몇 푼 쥐여주었다. 어느 날은 쩍 소리가 나게 입맞춤을 하기도 했다.

"아이 망측해라."

그러나 알 수 없는 것은 그럴 때마다 작은년의 기분이 야릇하게 좋아진다는 것이었다. 어떤 때는 숨이 막히고 답답해 싫기도 했지만 밀치고 집으로 돌아오면 어느 새 허덕만의 구린 입냄새가 그리워지는 것이었다. 무슨 조화인지 작은년도 알 수 없었다.

그러나 작은년의 밤마실도 오래가지 못했다. 월천이 덜컥 쓰러지자 곱상하게 생긴 총각이 허위허위 달려왔다. 작은년은 그 총각이 배필인가 싶어 온갖 얌전을 다 떨었다. 그러나 아니었다. 월천이 죽고 며칠 지나자 웬 우락부락하게 생긴 총각이 또 나타났다. 먼저 총각은 가버렸으므로 이번 총각이 서방님인가 했다. 그런데 체통 있는 집에서 시묘살이도 하지 않고 서책만 읽어대는 것이 아무래도 이상했다.

"흥, 잘됐지 뭐야. 까짓 시묘살이를 안 하면 더 좋지."

작은년은 그런 생각을 하고 있었지만 아무래도 월천의 아들 같지는 않았고 그렇다고 남 같지도 않았다. 처음에 왔던 곱상한 총각이 가버리고 난 후 제가 나서서 밥 시중이며 옷 빨래며 해대면서 드나들어도 생긴 것만큼이나 멋대가리도 없어서 통 아는 체도 하지 않았다. 아는 체만 안 한 것이 아니라 봇짐을 꾸리더니 훌쩍 어디론가 가버리고 말았다.

"아이 답답해."

작은년은 짜증스럽게 뱉고는 물동이를 이고 나갔다. 작은년은 우물가에 철퍼덕 주저앉아 주위를 두리번거렸다.

"헤헤. 오랜만이구먼."

허덕만이다. 그는 결코 작은년의 기대를 저버리지 않았다. 허덕만은 거리낌 없이 작은년에게 다가오더니 엉덩이를 철썩 때렸다.

"왜 이래요."

작은년이 눈을 흘겼지만 시늉뿐이다.

"오늘 밤 어때? 그 녀석 또 집을 나갔다면서."

정호가 허덕만보다는 서너 살이나 위였지만 허덕만은 잔뜩 위세를 부렸다.

"참, 그 사람이 누군지 알아요?"

"누구나니?"

"훈장의 아들이냔 말이에요."

"누가? 정호 그 녀석이?"

"그럼 내가 누구 얘기를 하겠어요."

"하하하. 지나가는 개가 웃겠다. 그 녀석은 근본도 없는 놈이야. 훈장님이 옛날에 주워온 녀석이지. 애비 에미가 누군지도 모르고."

허덕만의 말에 작은년은 깜짝 놀라 입을 딱 벌렸다.

"그럴 리가? 정말이에요?"

그러나 허덕만은 미소까지 곁들이며 느물댔다.

"정말이지 않고. 천출인지도 모르지."

작은년은 괜히 분한 생각이 들었다. 그따위 천한 것에게 기가 죽어 지냈다는 걸 생각하니 억울했다.

김 생원은 가끔 정호가 공부하고 있는 방에 들어와 한참씩 앉았다 가곤 했다. 말을 시키지는 않았지만 정호가 뭔가 물어오기를 기다리는 눈치였다. 평생 가르치고 토론하는 것을 업으로 삼아온 김 생원이다. 요즈막에는 서당 문도 닫아버렸다. 코흘리개들 상대하는 게 도무지 흥이 나지 않았던 것이다. 머리 굵은 젊은이들이 공부하겠다고 찾아오면 막지는 않았지만 며칠 살펴보다 쫓아버리기도 했다. 대개 그런 축들은 과거 시험의 명답안이라도 있을까 찾아오는 놈들이다.

그러나 정호 같은 젊은이라면 언제든지 환영이다. 젊은 나이에 정호만큼 심지가 굳고 학문이 깊은 후학을 만나는 것은 김 생원에게는 큰 낙이다. 정호는 의문이 생기는 것은 주저하지 않고 묻거나 제 의견을 보태거나 했는데 그 또한 대견한 일이다. 다른 사람들은 자신이 못난 것을 내비치는 것 같아 웬만하면 고개를 끄덕이며 아는 체를 할 뿐, 캐물으려고 하지 않는다.

정호는 배소금의 집도 자주 들여다보았다. 곡산에서 공부를 하다 보니 배소금의 집이 자기 집인 것도 같고 또 옛날이 그리워지기도 해서 자기도 모르게 자꾸 찾게 되었다.

"에구 실패가 어째 그 모양이야."

바느질하는 이화를 본 정호가 한마디 내뱉고는 밖으로 나갔다. 적당한 굵기의 나무토막 몇 개를 잘라온 정호가 주머니칼로 실패를 다듬었다.

"그 칼은?"

배소금이 정호의 주머니칼을 유심히 살폈다.

"아버지가 쓰던 거유."

"그렇지. 낯이 익다 했어. 그걸 여태 가지고 있었구먼."

정호도 김 장교를 닮아 손재주가 남달라 나무를 다듬어 뭔가 만드는 재주가 비상했다.

"어머. 장거리에서 파는 것보다 더 예뻐."

이화가 나뭇가지에 대충 감아놓은 실을 풀어 새 실패에 감으려고 했지만 혼자 하기는 어렵다. 정호가 실을 풀어주었고 이화가 감았다.

이화는 뭐가 좋은지 싱글벙글이다.

"개똥 오라버니는 장차 큰 벼슬을 하시나요?"

"벼슬은 무슨. 우리 같은 사람들은 벼슬길도 쉽지 않아."

다른 사람들, 하다못해 한기와의 사이에도 퉁명스럽기 그지없는 정호의 성격이지만 이화 앞에서는 그렇게 다정할 수가 없다.

"아버지가 개똥 오라버니는 우리와는 지체가 달라 높이 될 거라고 말씀하시던 걸요."

"다르긴 뭐가 달라. 우린 다 똑같은 사람들이야. 그런 생각 할 필요 없어."

이화도 이제 성숙한 처녀였다. 가슴은 봉긋하게 솟았고 엉덩이는 펑퍼짐하게 퍼져 여인의 냄새가 물씬 났다. 그러나 정호 앞에서는 그 옛날 예닐곱 살 무렵의 이화에 다름 아니다.

"이년. 다 큰 년이 그럼 못쓴다."

이화가 정호에게 어리광이라도 부릴라치면 배소금이 그렇게 오금을 지르며 부엌으로 쫓아 보내기도 했다.

"오라버니. 내일 또 오세요. 개떡 주물러놓을게요."

이화가 배소금의 종주먹에 부엌으로 달아나며 그런 말을 하면 정호는 어김없이 그 다음 날 또 나타났다.

"고향바람이 맵지는 않은 모양이구나. 바깥출입이 잦은 걸 보니."

김 생원은 그런 말을 다 했다.

'내가 왜 이러지. 내가 무슨 다른 마음을 품고 있는 걸까?'

정호는 스스로 그런 생각을 하다가 세차게 고개를 젓기도 했다.

'다른 마음은 무슨. 그저 누이동생 같은 걸.'

곡산에서 두 달을 보낸 정호는 짐을 꾸렸다. 개성에서 누가 기다리거나 부르는 것은 아니지만 그래도 돌아가야 할 곳이었다.

"언제든 또 오거라. 네가 대견하다."

김 생원은 그렇게 말하며 정호가 떠나는 것을 아쉬워했다. 정호는 꾸벅 절을 하고 배소금의 집으로 갔다. 중화 무렵이다. 배소금은 언제나 누런 이를 드러내고 헤벌쭉 웃으며 정호를 맞았다. 그러나 배소금이 어서 오게, 소리도 하기 전에

"오라버니. 왜 발길이 뜸하셨어요?"

하며 이화가 먼저 반기고 나섰다.

"저년이 암내를 풍기는 것도 아니고 왜 지랄이야."

배소금의 말에 오히려 정호의 얼굴이 빨개졌다.

"무슨 말을 그리 하오?"

정호가 핀잔처럼 쏘자 배소금은

"저년이 아무래도 주제도 모르고 날뛰는 것 같아서……."

하면서 이화가 엄마야, 소리를 지르며 달아난 부엌 쪽에 시선을 주었다. 정호는 할 말이 없다. 배소금이 무슨 눈치를 알고 하는 소리였던 것이다. 우두커니 배소금과 마주 앉아 있던 정호가 불쑥 말했다.

"나 가오."

"가다니, 어디를?"

배소금은 정호가 한동안 있기에 김 생원의 집에 아주 살러 온 것이라고 생각했다. 그래서 더 이화를 단속하는 것이다. 김 생원이라면 곡산에서는 알아주는 지체 높은 선비가 아닌가. 정호가 어떻게 해서 그런 댁에 출입을 하게 되었는지 사연이야 알 수 없지만 아무튼 그런 집안에 출입하는 걸로 봐서도 이화가 정호에게 딴 마음을 가져서는 안 된다고 생각하는 것이다.

하지만 배소금의 진짜 속은 물론 그렇지 않다. 정호가 그냥 개똥이가 돼서 자기들처럼 흙을 파든 나뭇짐을 지든 했으면 좋겠다는 생각이다. 아들이 없는 자기에게 아들 대신의 사위가 되어 오순도순 살았으면 좋겠다는 생각이다. 그런 속 때문에 이화에게 더 심한 소리를 하는지도 몰랐다.

"개성으로 가오. 거기서 또 얼마나 있게 될지는 모르지만."

배소금은 모르겠다는 표정으로 잔기침만 두어 번 했다.

"게서 모시던 분은 돌아가셨다믄서?"

"그래도 거기가 내 집이오. 내 공부가 워낙 한자리에 앉아 하는 공부가 아니라서 곧 떠나게 되겠지만."

"허어 그것 참. 그래도 곡산 걸음은 자주 하시겠네그려?"

"아무려나 예가 내가 나서 자란 곳인데 허투로 여기겠소. 김 생원님도 내 스승님이시니 자주 오고말고요."

"그럼 되었네. 되었어."

배소금은 뭐가 되었다는 것인지 연신 되었다는 소리를 하며 부엌을 향해

"개똥이 도령 시장하다. 어여 상 들여라."

하고 소리를 질렀다. 눈치가 그리 빠른 편이 아닌 정호는 배소금이 무슨 생각을 하고 저러나 하면서도 그저 허허 웃고 말았다.

"개똥이 도령이 내일 간다는구나."

배소금은 상을 들고 들어온 이화에게 뜬금없이 그렇게 말했다.

"가다니, 어디를?"

이번에는 이화가 놀라자빠질 판이다.

"이년아, 놀라기는. 집으로 가지, 어디를 가."

배소금에 이어 정호가 웃으며

"또 보게 되려나. 나는 이제 가야겠는걸."

짐짓 그렇게 말하자 이화의 얼굴이 금세 변했다.

"이년아. 밥 안 처먹을 거여."

무슨 급한 일이 있는지 후다닥 밖으로 뛰어나가는 이화의 뒤통수에 대고 배소금이 소리쳤다.

"허 그년 참. 어서 드시게. 찬이야 없네만."

정호는 배소금과 겸상으로 밥을 잘 먹고 나왔다.

"그럼 잘 계시오. 겨울이나 나고 나면 내 또 오리다."

정호는 그렇게 인사를 하고는 두리번거리며 이화를 찾았다. 이화는 저만치 앞에서 옷고름만 쥐어뜯고 있다.

"저년, 저년."

배소금은 혀를 차듯 말하고는 안으로 들어갔다.

"오라버니. 이제 가면 또 오시나요?"

말하는 이화의 눈이 젖어 있었다.

"암. 오고말고. 봄이 오면 내 다시 올 것이니 그때까지 잘 지내고 있어."

"정말이지요. 정말 봄에 오시는 거지요?"

"암. 그렇다니까. 자, 날이 추워. 그만 들어가. 봄에 꼭 오마."

그러자 이화가 달려들 듯 정호의 품에 안겼다. 정호는 엉겁결에 이화를 마주 안았다. 배소금이 집 앞에 숨어서 흐뭇한 미소를 지으며 지켜보고 있었지만 두 사람은 알지 못했다.

"봄에는 꼭 오셔요."

"그래, 그래."

얼결에 안았지만 정호의 팔에 점차 힘이 들어갔다. 이화의 숨소리가 쏴아쏴아 바람소리처럼 들렸다. 숨소리에 맞춰 이화의 가슴도 정호의 가슴을 짓눌렀다 떨어졌다를 반복했다. 정호의 심장은 쿵덕쿵덕 방아 찧는 소리를 냈다. 물론 정호에게만 들리는 소리다. 그러나 세상천지가 다 듣고 있는 것만 같아 부끄럽다.

정호가 가만 이화를 밀었다. 순간 이화는 떨어지지 않으려는 것처럼 정호를 안은 팔에 힘을 주었다. 그러나 그것도 찰나, 화들짝 정호의 품에서 떨어져 나왔다. 오히려 밀어내던 정호가 놀랐다. 이화의 얼굴은 홍시처럼 빨개졌다.

"갈게."

"안녕히 가셔요."

이화가 손을 흔들었다. 정호도 손을 살짝 들어보이고는 뒤돌아섰다. 그러나 두 발자국도 걷기 전에 뒤를 돌아봤다. 이화는 꼼짝 않고 서 있다. 봄에는 오겠다는 약속을 남겨놓고 정호는 재를 넘었다.

# 7. 서울에 터를 잡다

한기가 개성걸음을 했다.

"자네 서울로 옮기세."

다짜고짜 말하는 한기의 표정은 진지했다.

"느닷없이 무슨 소리야? 서울로 옮기라니?"

"여기보다야 서울에서 공부하는 게 낫지 않겠나. 스승님이 돌아가시기 전 남긴 말씀이기도 하네. 여기 살림을 정리하고 서울에 가 공부하라고 말이야."

한기가 월천을 들먹이자 정호의 표정이 숙연해졌다. 정호는 개성 살림을 어찌 할 것인지 한 번도 생각해보지 않았다. 월천이 죽었으니 집이며 살림살이를 일가붙이거나 혹은 다른 누군가 가져가려니 하고 막연히 생각해본 적은 있지만 워낙 그런 셈에는 더딘지라 그냥저냥 살아온 터였다. 어쩌면 갑자기 나타난 작은년이 가까운 피붙이가 되는지도 모른다고 생각하고 있었을 뿐이다. 안살림은 작은년이 알아서

해오지 않던가.

"참, 그동안 궁금한 게 있었네."

술상을 들여놓고 나간 작은년의 꽁무니를 보며 정호가 말했다.

"저 작은년이라는 처녀는 도대체 누구인가?"

남들은 다 알고 저만 모르는 청맹과니 정호가 이제야 작은년이 궁금해진 모양이다. 작은년은 방문을 닫고 나와서는 안에서 들려오는 소리에 귀를 기울였다.

"여태 한집에 살고 있으면서 정녕 몰라서 하는 소리인가?"

"모르니 물을밖에."

"답답한 친구로군. 그럼 누구라고 생각했던가?"

"자네는 내력을 알고 있나보이."

"알다마다. 아주머니 되실 분일세."

"아주머니라니?"

"자네 안사람이란 말일세."

"무슨 소리야, 그게?"

정호는 화들짝 놀라 입을 딱 벌렸고 한기는 그 모습이 우스웠던지 쿡쿡 웃었다. 밖에 있는 작은년도 얼굴을 가리고 웃으며 부엌 쪽으로 갔다.

'저렇게 둔한 사람이 어디 있담.'

한편 정호는 정신을 수습하려 함인지 잠시 숨을 몰아쉬며 한기만 뚫어지게 바라보았다.

"그런 말이 어디 있어."

한기는 장난기 어린 얼굴을 거두고 자세를 바로했다.

"들어보게. 스승님은 자네가 금강산에 가 있는 동안 자네를 장가들이기 위해 저 규수를 배천에서 데려오셨네. 자네가 돌아오는 대로 혼사를 치를 생각으로 말이야. 하지만 자네가 돌아오기도 전에 급작스레 그렇게 되셔서 내게 말씀을 남기셨던 게지."

"……."

"스승님은 자네가 돌아오면 저 규수와 짝을 맺도록 하고 이곳 살림을 정리해 서울로 옮기게 하라고 말씀하셨네."

"그 얘기를 왜 이제야……."

"자네가 막 돌아왔을 때는 그런 얘기를 할 겨를이 없었어. 그게 또 그리 시간을 다투는 급한 일도 아니어서 말이야. 그래 지난 가을에 한번 왔더니 자네는 또 곡산에 갔다더군."

"저 처녀와 꼭 배필이 되어야 할 이유라도 있던가?"

"그게 무슨 말인가. 우선은 스승님이 직접 골라 오신 뜻이 있고 게다가 배천서는 이미 혼례를 올린 것으로 알고 있다네. 그러니 자네가 아니면 청상 신세나 되어야 할 팔자가 되어버렸어."

정호는 눈만 끔벅거렸다.

"날이 풀리는 대로 우선 단출하게 혼사를 치르고 서울로 올라가는 게 어떻겠나?"

"아닐세. 아니야. 그리 해서는 안 되네."

한기는 멀뚱한 표정으로 정호를 바라보았다. 정호는 순간 이화를 생각했던 것이다. 봄에 가리라고 약속한 이화. 눈물 젖은 이화 얼굴이 떠올랐다. 정호 가슴에 안겨 봄에 꼭 오라던 이화.

"왜 그래? 뭐가 안 된다는 거야?"

한기는 도대체 영문을 알 수 없다.

"왜 안 되는고 하면 말이지……."

정호가 이화의 얘기를 하려다가 갑자기 입을 다물었다. 어떻게 설명할 것인가. 설명할 말이 없다. 이화와 정혼한 사이도 아니고 기껏 봄에 만나기로 약속한 것뿐이지 않은가.

"아, 아닐세. 아니야."

어째야 한단 말인가. 월천은 이미 정호 혼처를 정해둔 것이다. 부모 대신이므로 따라야 한다. 부모 대신이 아니래도 지금까지 월천의 뜻을 거스른 적이 없다. 그러나 월천은 부모 이상이다. 작은년은 월천이 정해둔 혼처이므로 정호의 뜻과 상관없이 정혼을 한 셈이다. 한기 말대로 정호가 몰라라 하면 청상이나 될 팔자 아닌가. 그럼 이화는? 이화와는 봄에 간다던 약속 말고는…….

"아니 이 사람이 아니기는 뭐가 자꾸 아니라는 게야."

한기는 정호가 무슨 생각을 하는지 짐작조차 할 수 없으니 답답한 노릇이다.

"글쎄 아니라니까."

정호는 또 아니라고 했다.

"허 내참. 아무튼 난 사람을 놓아 이 집을 처분토록 하겠네."

"아무려나."

정호의 목소리는 힘이 없다.

"사실은 나도 서울 살림을 할 생각이네. 그래 이왕이면 자네도 같이 가자는 거야. 스승님 말씀도 있었고."

한기는 벌써 혼인을 했다. 한기 아버지 최광현이 서울로 살림을 내라고 등을 민 김에 정호에게 달려온 것이다.

한기는 남대문 안 창동에 자리를 잡았다는 기별을 보내왔다. 때는 꽃피는 춘삼월이다. 정호는 돌아가는 인편에 곧 따라가겠다는 전갈을 하고는 짐을 꾸렸다. 우선은 작은년과 혼례를 치러야겠지만 정호는 그런 것이 번거롭게만 느껴졌다. 월천이 옆에 있다면 격식을 갖춰 주선을 하겠지만 스스로 알아서 해야 한다는 것이 계면쩍기도 했다. 부모형제가 있는 것도 아니므로 아는 사람이 없는 서울에서야 그저 부부라면 그런 줄 알 것이라 생각하고는 작은년에게 선언하듯 말했다.

"서울에 가거든 그냥 살림을 합시다."

그러나 작은년은 못마땅할 수밖에 없었다.

"그래도 이웃에게 대접은 해야……."

"그게 다 무슨 소용이오."

정호는 고개를 한번 흔들고는 그만이었다. 작은년은 족두리를 써보지 못하는 것이 한이지만 서울에 가서는 부부가 되어 살게 된다는 생각에 가슴이 설레었다. 치울 것은 치우고 버릴 것은 버린 짐은 달구지 하나면 족했다. 달구지에 실린 짐이라고 해도 책을 담은 궤가 거반 차지했고 솥이며 주발이며 사발 몇 개 등 당장 끓여먹을 부엌살림이 조금 있을 뿐이다. 작은년은 아예 쪽을 지고 나섰다. 하기는 정호도 오래전부터 가짜상투를 틀어 올렸으므로 구색이야 갖춘 셈이다.

정호는 달구지를 저만큼 앞서 휘적휘적 걸었고 작은년과 어멈은 달구지 뒤를 따라 졸랑졸랑 걸었다. 임진나루까지 와서 달구지는 돌아갔고 나루를 건너서는 날이 어두웠으므로 쉬어 가야 했다.

"서방님."

정호가 주막에서 심부름하는 떠꺼머리총각의 도움을 받아 짐을 헛
간에 들여놓고 나오니 작은년이 정호를 그렇게 부르며 냉수 사발을
내밀었다. 정호는 그게 무슨 소리인가 하다가 자기를 부르는 소리인
줄 알고는 얼굴이 붉어졌다.

"뭐가 부끄러우셔요?"

　작은년은 한술 더 뜨며 정호의 옷에 묻은 먼지를 탈탈 털어냈다.
정호는 괜한 헛기침을 한 번 하고는 방으로 들어갔다. 주막에는 정호
네 말고는 손님이 아무도 없다. 저녁을 청해먹고 나자 주모가 헤헤
웃으며 정호에게 오더니

"선비님, 뒷방을 쓰시지요. 뒷방이 조용하답니다."

　하고는 눈을 찡긋하고 나갔다. 정호는 아무려나 주모가 하자는 대
로 하자 하고 뒷방으로 들어갔고 벌렁 누워 이런 저런 생각을 하다가
설핏 잠이 들었다. 얼마나 지났을까 정호가 눈을 떴을 때는 이미 칠
흑 같은 밤이었는데 옆에 누가 누워 있다. 정호는 그저 주막에 든 손
이겠거니 생각하고 다시 잠을 청하려는데 옆에 누운 사람이 자꾸 정
호 옆으로 밀고 오는 것이 아닌가.

　'잠버릇이 고약하군.'

　정호는 그런 생각을 하며 자리를 조금 비켜 누웠다.

　'거참.'

　정호가 다시 자리를 비켜주려고 몸을 뒤척이다가 고개를 갸웃했다.
알 수 없는 향기가 진동했던 것이다. 야릇한 감흥을 일으키는 아주
좋은 냄새였다. 잠이 달아나버린 정호는 가만히 옆 사람의 동정을 살
폈다. 물론 그대로 누운 채였다. 옆 사람이 슬그머니 한쪽 손을 정호
의 가슴 위에 올렸다.

'혹, 도적이나 아닌지.'

정호는 전대에 넣어 허리에 차고 있는 돈을 생각하며 눈치 채지 못하게 심호흡을 한 번 했다. 어둠에 눈이 익으면서 옆 사람의 모습이 드러났는데, 여자였다. 바로 작은년이다.

"엉?"

정호는 자리에서 벌떡 일어났다.

"이 방에는 웬일이오?"

그러나 작은년은 오히려 제 쪽에서 샐쭉했다.

"어멈과 안채에서 자는 것이 아니었소?"

"그랬지요."

"그런데 이 방에는 왜?"

그러나 작은년은 정호의 궁금증은 아랑곳없이 분 냄새만 솔솔 풍기며 앉아 있다. 알 수 없는 야릇한 냄새는 작은년의 분 냄새였던 것이다.

"어멈은 어디 있소."

정호는 혹 무슨 일이 있는 것이나 아닌가 해서 조심스레 물었다.

"주모와 자고 있겠지요."

작은년은 천연덕스럽게 대꾸했다.

"그럼 어서 가 자도록 하오. 남이 보면 망측스럽지 않겠소."

정호는 괜히 제 얼굴이 발갛게 달아오르는 것 같은 같아 맨손으로 얼굴을 벅벅 문질렀다. 그러나 작은년은 나갈 생각은 않고 다시 옹송그리고 누웠다.

"왜 그러고 있소. 어서 가서 자라니까."

그러자 작은년이 발끈 일어나 앉았다.

"서방님."

정호는 서방님 소리도 익숙하지 않거니와 발끈한 목소리에 놀라 빤히 바라보았다.

"서방님은 이년의 지아비 되시는 분이 아닙니까?"

엉겁결에 고개를 끄덕이는 정호였다.

"그런데 이년을 그리도 내치십니까?"

작은년은 무엇이 그리도 복받치는지 어깨를 들썩이며 울었다. 정호는 그때서야 작은년이 왜 이 방에 들어와 있는지 알 것 같았다.

"이것 보오. 그게 아니라 나는 그저……."

그러나 작은년은 개성에 처음 왔을 때부터 지금까지 정호에게 수모를 받았다고 여기는 눈치였다.

"이년이 처음 훈장님을 따라 개성에 왔을 때는 그래도 어느 훤칠 장부가 이년을 기다리고 있겠거니 여겨 잠을 설쳤습니다. 그러나 오늘까지 서방님은 이년에게 어떻게 하셨습니까? 이년이 밥을 먹었는지 잠을 잤는지 눈여겨보기나 하셨습니까?"

"글쎄 그게 아니라……."

당황한 정호는 무슨 말을 어떻게 해야 할지 종잡기 어려웠다.

"아예 이년을 팽개치고 떠나지 그러셨습니까?"

"무슨 말을 그리 하오. 내가 앞뒤 없어 그리 된 일이니 너무 그리 마오. 어차피 우리는 지아비 지어미로 합쳐질 몸이 아니겠소."

그러자 작은년이 눈물이 그렁한 눈을 반짝 빛내는 것 같았다.

"정말로 이년을 내치실 요량은 아니겠지요."

"허 글쎄 내치기는 누가 내친다고 자꾸 이러오."

정호의 말에 작은년이 정호의 무릎 위로 엎어졌다.

"서방님."

정호는 어깨를 들썩이는 작은년을 가만히 토닥여주었다. 이화의 티 없는 미소가 불쑥 떠올랐지만 정호는 애써 머리를 흔들었다. 어디선가 컹컹 개 짖는 소리가 들려왔다. 정호의 가슴은 북을 치듯 쿵쿵 뛰었는데 작은년이 코 먹은 소리를 내며 자꾸 품속을 파고들었기 때문이다.

"어어……."

정호는 앉은 채로 자꾸 뒤로 물러났다. 그러나 작은년은 정호를 놓칠세라 부둥켜안은 팔에 힘을 주었다.

"서방니임……."

얼굴이 화끈거리며 아래쪽에서 묵직하게 일어나는 힘을 어쩌지 못하는 것은 하늘이 정한 이치 아니던가. 정호가 헉 소리 나게 작은년을 껴안았고 작은년은 감격의 눈물을 흘렸다.

임진나루에서 다시 달구지를 수소문하여 짐을 싣고 부지런히 걸어 저녁 무렵 당도한 곳은 벽제령. 일행은 벽제령을 넘어 쉬기로 하고 부지런히 걸음을 옮겼다.

"얼마 전까지만 해도 이 고개에는 도적들이 심해서 해가 질 무렵에는 넘지를 못했습지요. 하지만 요즈막에는 다 없어졌습지요."

달구지꾼의 말이 미처 끝나기도 전에 달구지가 멈췄다.

"꼼짝 마라."

달구지꾼은 아, 소리도 못하고 넓죽 엎드려 싹싹 빌고 있었는데 바로 몽둥이들을 든 도적떼였다. 말고삐는 이미 도적이 쥐고 있다. 정호는 뒤에서 발길질에 채여 그대로 나동그라졌고 작은년과 어멈은 한쪽에서 바들바들 떨었다. 도적들은 모두 십여 명 되었다.

"무슨 짓들이오. 우리는 가난한 백성들이니 길을 비키시오."

정호가 제법 위엄 있게 소리를 질렀지만 발길에 한 번 더 채였을 뿐이다.

"보아하니 이삿짐이로다. 뒤져라!"

도적들 일부는 몽둥이를 꼬나들고 정호를 윽박질렀고 일부는 궤를 뒤졌다.

"그 궤짝은 나에게나 필요한 하찮은 서책들이오. 손대지 마시오."

그러나 도적들은 궤짝을 뜯어내고 책들을 마구 집어던지며 돈이 될 만한 것을 찾으려 분탕질을 해댔다.

"젠장. 쓸 만한 것은 아무것도 없구나. 이놈을 뒤져봐라."

도적들은 결국 정호가 허리에 차고 있던 전대를 낚아챘다.

"우헤헤. 그러면 그렇지. 서책 나부랭이나 읽는 것들이 빈손일 리 있겠느냐."

전대는 정호의 전 재산이다. 그러나 괜히 나섰다가 사람이나 상하면 그것도 낭패였다.

"다 가져가도 좋으니 제발 사람이나 다치지 마시오."

도적들은 살림살이는 다 팽개쳐두고 전대만 들고 숲속으로 사라졌다. 도적들이 사라졌지만 어멈은 여전히 바들바들 떨었다. 정호는 아무 말 없이 흩어진 책들만 그러모았다. 하지만 궤짝들은 다 부서져 담을 것이 없었다. 정호는 책들을 얼기설기 새끼줄로 묶어 달구지에 실었다. 고개를 내려와 주막 앞에서 정호가 난감한 표정을 짓고 있는데 작은년이 돈을 내밀었다.

"우선 이걸 쓰세요."

작은년이 개성에서 살림을 맡아하면서 속곳 깊이 간수했을 돈이다.

"덕분에 하룻밤 이슬은 피하게 되었구려."

겨우 주막에 들어 밤을 보내고 아침이 되자 달구지꾼이 짐도 안 실은 채 나섰다.

"난 가야겠습니다요. 달구지 삯도 없으실 터인데 서울까지 따라가기는 안됐구먼요."

달구지꾼은 정호가 뭐라 말하기도 전에 이랴 소리를 내며 다시 고개를 넘어갔다. 아직 서울에 도착하려면 멀었다. 생각에 잠겨 있던 정호가 하는 수 없다는 듯 작은년을 불렀다.

"어멈과 여기서 기다리구려. 내 곧 무슨 수를 내어 오리다."

정호는 작은년의 대답도 듣지 않고 뛰다시피 서울 쪽으로 걸음을 옮겼다. 한기의 창동 집에 도착한 것은 한나절이 되기도 전이었다.

"벌써 왔던가?"

한기가 반색을 하며 나왔다.

"밥이나 한술 주게."

조반도 거른 정호가 털썩 주저앉으며 처연한 낯빛을 했다. 자초지종을 들은 한기는 혀를 끌끌 차며 마침 올라와 있던 만복아범을 불러 뭐라고 얘기를 했고 만복아범은 득달같이 달려 나갔다.

"우선은 만복아범이 이리로 데려올 것이네. 돈을 다 빼앗겼다니 달리 무슨 궁리를 내보아야 하겠군."

참으로 난감한 일이다. 서울에 아는 사람이 있는 것도 아니고 두 사람은 서로 얼굴만 바라보다가 밖으로 나갔다. 그러나 무슨 뾰족한 수가 나올 것은 아니다.

"당분간 우리 집에서 지내게."

한기가 그렇게 말했지만 정호는 고개를 저었다.

"그럴 것 없네. 어멈이나 자네가 데리고 있게."

정호는 무슨 생각이 있는지 한기를 남대문 밖으로 데리고 갔다.

"어디를 가려고?"

"아무래도 문 안에야 살 만한 곳이 있겠는가. 밖으로 나가보면 무슨 수가 있겠지."

한기는 먼저 서울로 오면서 정호네가 살 만한 집도 물색해두었었다. 한기의 집에서 그리 멀지 않은 곳이었는데 정호가 도적떼를 만나 재산을 다 뺏기는 바람에 말짱 도루묵이 되고 말았다.

남대문을 지나 개천을 따라 걷다보면 야트막하지만 제법 숲이 우거진 만리재가 나오는데 노고산 줄기를 타고 내려온 고개다. 노고산은 삼각산의 기개에 눌려 잔뜩 웅크린 채 서빙고까지 그 줄기나마 겨우 내리고 있다. 한때는 산적 흉내를 내는 좀도둑들이 재를 지켰는데 보잘것없는 산세(山勢)처럼 그들의 호령도 볼 것은 없었다.

만리재를 넘어서면 한강이 눈앞에 보이고 강을 향해 조금 더 걸어 공덕리를 지나면 곧 삼개(마포)나루가 닥쳤다. 만리재에 올라서기 전, 백여 호 남짓 옹기종기 모여 있는 마을이 약현이다. 약현은 언제부터인지 퇴락한 반가의 사람들이 자신의 신분을 벗어 던지고 똥지게를 진 채 남들의 이목을 피해 하나 둘씩 모여들고, 여기에 삼개나루에서 등짐을 지거나 주릅(중개인)을 들어 제법 살게 된 사람들이 나루터의 거친 풍파를 피해 처자를 끌어다 눌러 앉혀 생긴 마을이다. 그러므로 약현은 반상의 구별 없이 개똥네 쇠똥네로 어울려 살아가는 조금은 특이한 마을이다. 뜨내기가 무작정 움집을 짓고 터를 잡아도 큰 시비가 생기지 않는다.

정호와 한기는 작정한 데도 없이 걷다가 약현에 이르렀다.

"여긴 빈집인가?"

정호가 가리킨 것은 엉망이기는 했지만 집 꼴은 겨우 갖춘 초가였다. 사람이 사는 것 같지는 않았다.

"게서 어쩌려고?"

한기가 고개를 가로저었다. 그러나 정호는 안을 들여다보고 고개를 끄덕였다.

"손질 좀 하면 살 만하겠구면."

정호 말에 한기가 눈살을 찌푸렸다. 쇠락했다고는 하나 반가의 부잣집 아들 한기와 기껏 장교질에 반역자의 자제인 정호는 태생부터 다른 셈이니 세상을 받아들이는 눈도 다를 터였다. 그러나 한기도 사암이나 월천의 가르침을 받았으니 헛기침이나 하는 여느 양반짜리처럼 영 맹탕은 아니다. 한기가 곧 정호에게 동조했다.

"우리 집에도 아니 있겠다니 잠깐이라도 눌러 앉아야 하리."

두 사람은 이리저리 빈집의 쓸모를 살폈다.

"댁네들은 누구요?"

옆집에서 나온 중늙은이가 의심스러운 눈초리로 살피며 작은 소리로 물었다. 정호와 한기가 조금 물러나며 공손하게 예를 취했다.

"이 집은 임자가 없습니까?"

정호가 공손하게 물었다.

"멀리서 오셨나. 서울에 임자 없는 집이 어디 있수. 내가 임자요."

중늙은이는 제법 갓을 올려 쓴 두 사람을 마뜩찮은 눈초리로 훑어보며 퉁명스레 말했다. 임자가 있다는 말에 정호는 할 말이 없어 그냥 지나가려는데 한기가 정호의 팔소매를 잡아 세우더니 흥정이랍시고 말을 붙였다.

"빈집 같은데 어디 쓰실 데라도 있으신지."

"내 이 집을 짓기 전에 그 집서 살았소만 이제 헐어버리고 채마나 가꿀까 하오만 그건 왜 묻소?"

한기의 태도가 갓 쓴 사람 같지 않게 공손한지라 중늙은이도 제법 의논성있게 물어왔다.

"사실은 살 만한 집을 구하고 있습니다만."

중늙은이가 이해하기 어렵다는 표정을 지었다.

"아무리 봐도 이런 데 살 행색이 아닌 것 같소만……."

고단한 시절을 견뎌왔을 중늙은이의 의심은 노골적이다. 정호가 난감한 표정을 짓고 있는데 한기가 중늙은이를 한쪽으로 데려갔다.

"저 사람이 갑자기 딱한 형편이 생겨서 그런 거지, 우리가 무슨 행짜를 부릴 왈패들은 아니오. 사실은……."

한기는 중늙은이를 붙잡고 정호가 오던 길에 도적을 만난 얘기를 했다. 사람 좋아 보이는 중늙은이는 혀를 끌끌 차며 저런, 저런 했다. 중늙은이의 마누라로 보이는 아낙이 집에서 나오다가 한기의 푸념을 듣고는 딱하다는 표정을 했다.

"참 안되셨네. 안되셨어."

"그러니 사정을 조금 생각해주시면 형편이 되는 대로 셈을 치러드리기로 하고."

중늙은이는 더 생각할 것도 없다는 듯 흔쾌히 고개를 끄덕였다.

"그렇게 하구려. 비워둔 지가 하도 오래여서 쓸 만이나 할지…….
그런데 식구는 많소?"

"웬걸요. 내외뿐인 걸요."

"그럼 됐소."

중늙은이는 대뜸 그렇게 말했다. 참으로 만나기 어려운 서울 인심
이다. 정호는 연신 고맙다는 소리를 했다. 사람이 죽으라는 법은 없는
모양이다.

중늙은이는 모(牟)씨 성을 가졌는데 한때 문안에서 약주릅(약 중개인)
을 하다가 터를 잡고 약국을 열었다. 약국이라기보다는 약재상이라는
표현이 맞을 정도로 보잘 것 없지만, 젊어서부터 약국의 심부름꾼으
로 시작해 약주릅을 하다가 장만한 터라 여간 자랑스럽게 여기는 것
이 아니다. 지금은 약국을 둘째 아들에게 물려주고 오며가며 소일이
나 하고 있다. 사람들은 모 영감을 '주부 영감'이라고 불렀는데 손바
닥 만한 약국을 열었던 경력 때문이다. 지금은 아들에게 물려준 처지
임에도

"나, 약국 하는 모 주부요."

하고 스스로를 소개하는 통에 모 영감에게 '주부'는 정호나 한기의
큰 갓보다도 자랑스러운 벼슬로 남았다.

여름이 다 되도록 오마던 정호는 소식이 없다. 이화는 밥맛이 다
없을 지경이다.

"저년이 또 저렇게 청승이야, 청승이."

이화가 하염없이 동구 밖을 바라보고 있으면 배소금은 그렇게 염

장을 질러댔다. 그러나 정호를 기다리기는 배소금도 마찬가지였다. 배소금은 정호가 다시 오면, 그까짓 벼슬도 안 되고 돈도 안 되는 공부를 때려치우라고 단단히 이를 작정이다. 꽁꽁 붙들어 매 아무 데도 못 가게 할 작정이다. 그러나 사람을 보아야 말을 하든 붙들어 매든 할 것이 아닌가. 기다리다 못한 배소금은 김 생원을 찾아가리라 마음먹었다. 정호가 제 집처럼 드나드는 집이니 뭔가 소식이 있을 것 아닌가.

"내 생원 어른 댁에 다녀오마."

그러나 막상 집을 나서기는 했지만 차마 김 생원의 집에 들어가기가 어려웠다. 가서 뭐라고 묻는단 말인가.

배소금은 몇 차례나 김 생원 집 문턱에서 다시 돌아오곤 했다.

"생원 어른이 안 계시더구나."

눈을 빛내며 무슨 소식이라도 알아왔는가 기다리는 이화에게는 그렇게 말했다.

'이번에는……'

배소금은 마음을 다잡고 김 생원의 집 대문을 들어섰다.

"배소금이 우리 집에를 다 오고 웬 바람인가? 요즘은 소금지게 안 지지?"

김 생원이 안마당을 거닐다 배소금을 보고 인자한 미소를 보였다.

"그동안 문안도 못 드렸습니다요. 안녕하십지요? 소금지게 내려놓은 지는 벌써 오래입니다요. 이제 늙어서요."

"그렇군. 그런데 무슨 일인가?"

배소금은 침을 꿀꺽 삼켰다.

"여기 자주 드나들던 개똥이 도령이……"

"개똥이라니?"

"개성 살면서 생원 어른께 와서 공부를 하고 가던 김 장교 아들 개똥이 도령 말입니다요."

"정호를 이르는 게로군. 그 아이를 잘 알던가?"

"알고말곱지요. 어려서 소인의 옆집에 살았습지요."

"그 아이의 아명이 개똥이었군. 벌써 간 지 오래네만."

"혹 언제쯤이나 또 오는지 해서요."

"글쎄 낸들 알겠는가. 그 아이가 오고 싶으면 오는 거고."

"무슨 기별이라도?"

"없었네. 그런데 왜 자꾸 묻는가?"

"예 그저 이웃간 정붙여 살다보니……."

"그래 고마운 노릇일세. 내 그 아이가 오면 자네가 기다리더란 말을 꼭 전해줌세."

배소금은 그런 싱거운 말만 주고받고는 집으로 돌아왔다. 아무런 소득도 없는 셈이다.

"이년아. 좀 진득하니 있거라. 네년이 그런다고 올 위인이 안 오고 안 올 위인이 온대더냐."

배소금은 괜히 이화에게만 그렇게 퍼부었다. 이화는 점점 말수가 적어졌고 잘 웃지도 않았다. 배소금은 이화에게 이년저년 윽박지르면서도 가슴은 저렸다.

'나도 속이 타는데 저년은 오죽할꼬. 무정한 사람 같으니. 가려거든 몽땅 가져가야 하는 법이거늘, 저년 가슴에 무심한 정만 두고 갔누.'

배소금은 마침내 개성으로 정호를 찾아가 볼 생각을 했다. 그래서 다시 김 생원을 찾아가 정호가 사는 데가 어디쯤인가를 물었다.

"마침 개성에 볼일이 있는 터라 그 길에 개똥이 도령도 좀 보고 올까 하고."

김 생원은 자기 안부도 전해주라며 자세하게 가르쳐주었다.

젊었을 때는 개성도 자주 다녔지만 늙은 배소금의 개성걸음은 쉽지가 않았다. 그러나 겨우겨우 찾은 집에는 다른 사람이 살았다.

"그래 어디로 이사를 갔는지는 모르우?"

"글쎄요. 서울로 간다는 말도 있고 우리도 자세히는 모르오만."

"먼저 살던 댁은 식구가 어떻게 된답디까?"

"젊은 내외하고 부엌어멈이 있었다지요 아마."

젊은 내외? 배소금은 집을 잘못 찾았나 싶어 다시 물었다.

"그러니까 이 집이 월천이라는 훈장님이 사시던 곳이 틀림없수?"

"그렇다니까요. 그 훈장은 벌써 죽었고 젊은 내외가 살다가 이사를 갔다우."

배소금은 다리에 힘이 쭉 빠져 터덜터덜 곡산으로 돌아왔다.

"개똥 오라버니가 그럴 리가 없어요. 아버지가 잘못 알았다니까요."

가슴이 철렁 내려앉은 이화는 자꾸만 고개를 흔들었다. 배소금은 다시 김 생원을 찾아가 정호가 혼인을 했는가 물었지만 김 생원은 고개를 흔들며 아니라고 했다. 뭐가 뭔지 통 알 수가 없었다.

서울 살림은 정호에게 예사로운 일이 아니었다. 지금까지는 남이 주는 걸 거저 얻어먹고 산 셈이지만 이제는 어엿이 아내까지 거느린 가장이 된 정호였다. 작은년은 정호와 살을 맞대고 살기 시작하면서 그악한 여편네가 되어갔다.

"도대체 그깟 책만 들여다보면 뭐가 나온답디까? 벼슬도 못할 주제가 책은 보아 무얼 한다고 밤이고 낮이고 책만 끼고 사는 거유."

겨우 두 식구 먹는데 양식은 왜 그리도 헤픈지 모를 일이다. 정호는 날품을 팔기도 하고 나무를 해다 팔기도 했다. 옛날 같으면 한기가 살림을 보태주기도 하련만 한기 살림도 예전 같지는 않았다. 한기도 돈벌이는 모르고 공부만 하고 있으니 있던 살림도 야금야금 까먹는 판이다. 고양에 몇 떼기 남은 땅에서 양식이나 겨우 대먹는 형편이다. 그뿐인가. 한기는 언제부터인지 책을 사 모으느라 정신이 없다.

어느 한가한 날 정호는 집주인 모 영감의 초상을 그려주었다. 정호에게 아무 대가도 없이 집을 내준 고마운 사람이다. 달리 보답할 길도 없고 해서 있는 재주로 초상을 그려 주었던 것이다.

"저런. 보통 재주가 아니시네."

모 영감은 며칠 후 얼굴에 기름이 자르르 흐르는 늙은이를 한 사람 데리고 왔다.

"이 양반 얼굴을 좀 그려주시게."

정호는 모 영감의 부탁인지라 아무 생각 없이 초상을 그려주었다. 늙은이가 그림값이라며 닷 냥을 놓고 갔다. 서울 와서 처음 보는 많은 돈이다. 하루 날품삯이 서 돈이니 닷 냥이면 보름치 품삯 아닌가.

정호보다도 작은년의 입이 쩍 벌어졌다.

"굼벵이도 기는 재주가 있다고 그래도 재주가 있기는 있구려."

그러면서 쌀을 사오고 푸주에 달려가 고기를 베어오고 하여 걸쩍지근하게 상을 차리는 것이다. 그러나 그림 그리는 일이 자주 있는 것은 아니다.

그 무렵 오랑이가 나타났다. 오랑이는 이야기꾼이다. 그저 이야기를 재미나게 하는 사람이 아니라 사람을 모아놓고 이야기를 해서 먹고 산다. 이야기꾼이 직업인 것이다. 책 읽어주는 사람을 전기수(傳奇搜)라고 불렀는데 오랑이는 자기가 지어낸 이야기도 하고 다른 사람이 쓴 책을 읽어주기도 했다.

정호보다 대여섯 살 위였지만 아래위로 열 살은 어깨동무가 되어야 한다는 오랑이의 지론 덕에 트고 지냈다. 실지로 오랑이는 자기보다 나이가 많은 사람들에게도 너나들이를 하는데 그걸 고깝게 여기는 사람은 거의 없다. 고깝게 생각하다가도 그의 입심에 허허 웃고만다. 그는 애비가 누구인지도 모르고 어느 가랑이 밑에서 나왔는지도 모르는 천애고아였다. 어려서부터 동냥질로 연명하다가 그의 입담에 반한 부잣집 늙은이의 은혜를 입어 크게 되었노라고 너스레를 떨었다.

고아였으니 이름도 없었는데 스스로 오낭(嗚囊)이라는 이름을 지어 행세했다. 오(嗚)씨 성을 가진 이야기주머니라는 것이다. 자신을 보살펴주던 늙은이의 성이 오씨여서 그 성을 따른 것이라고 했다. 그런데 애나 어른이나 그만 보면 오랑이, 오랑이 하며 헤벌쭉 반가워하는 통에 오낭이가 아니라 오랑이가 되고 말았다. 이름 주인이 개의치 않고 헤헤 웃으니 문제될 것도 없다.

마누라를 극진히 위하는 모 영감이 마누라와 같이 얘기를 들으려고 데려온 오랑이는 한나절이나 모 영감의 집에서 시시덕대며 놀더니 불쑥 정호에게 왔다. 작은년은 나가고 없었다.

"글 읽는 선비라니, 내 청이 하나 있어서 왔수다."

선비라고 해봐야 살림살이나 행색이나 오랑이 저보다 나을 것은 하나도 없는지라 하게를 하지 않는 것이 다행이라면 다행이다.

"무슨 청이오."

정호도 그런 것을 따지는 성격이 아니므로 그대로 받았다.

"옛날 얘기 좀 해주시우. 요새 밑천이 달려서 죽을 지경이우."

이건 또 무슨 소리인가. 제가 얘기꾼이면서 정호에게 옛날 얘기를 해달라니. 정호가 어이없는 표정으로 바라보았지만 오랑이는 계속 조르듯 했다.

"거 책을 보면 재미있는 얘기가 많다고 합디다. 몇 가지만 좀 해주시우."

정호는 아는 것이 없다고 자꾸 빼다가 『삼국유사』에 나오는 얘기를 들려주었다.

"재미가 있을는지 모르겠지만 한번 들어보기나 하구려. 옛날 신라 시대에 경문왕이라는 임금이 있었다오. 이 임금의 침전에는 밤마다 수많은 뱀이 몰려들었다오. 그래 신하들이 이 뱀을 없애버리려고 하니까 임금은 '나는 뱀이 없으면 잠을 잘 수 없으니 그대로 두어라' 하고 없애지 못하도록 했다오. 이 뱀들은 임금이 잘 때 임금의 몸을 덮어 주었다지요. 그런데 또 이상한 일은 임금의 귀가 갑자기 길어지더니 당나귀같이 되는 거였소. 뱀이 밤마다 임금의 침전에 나타나는 것은 알았지만 임금의 귀가 당나귀 귀처럼 된 것을 아는 사람은 딱 한 사람이었는데 바로 복두장이(모자 만드는 사람)였소. 임금은 이 복두장이에게 누구에게든 이 사실을 얘기하면 목을 베겠다고 했지요. 복두장이는 평생 동안 이 사실을 말하지 않다가 죽을 때가 되어 아무도 없는 대밭에 가서 소리를 질렀어요. '임금님 귀는 당나귀 귀다.' 그 후 복두장이가 죽고 나자 바람만 불면 대밭에서 '임금님 귀는 당나귀 귀다' 하는 소리가 들렸다오. 어째 재미가 있소?"

그러나 오랑이는 머리를 가로저었다.

"그런 얘기를 누가 믿겠수. 좀 더 그럴듯한 얘기를 해보오."

정호는 일껏 한 얘기가 재미없다며 다른 얘기를 하라고 조르는 오 랑이에게 기가 찼다. 그러나 믿지 않게 조르는 오랑이에게 끌려 결국 또 얘기를 해야 했다.

"이번에도 재미가 없다면 다시는 안 할 테요. 백제에 무왕이 있었 소. 무왕의 어머니는 과부였는데 남쪽의 못가에 집을 짓고 살았소. 그 런 어느 날 못에 사는 용이 나와 과부와 정을 통했고 아이를 낳았는 데 그 아이가 바로 무왕이 된 거요. 무왕의 어릴 때 이름은 서동인데 재주와 도량이 매우 컸다오. 그는 집안이 가난해서 마를 캐다가 팔았 는데 그래서 서동(薯童)이란 이름을 가지게 된 거라오. 서동은 신라 공 주인 선화공주가 빼어나게 아름답다는 말을 듣고 신라로 갔소. 그리 고 노래를 지어 애들에게 부르게 했는데 이런 노래였다오.

선화공주님은 남몰래 짝 맞추어두고
서동 방을 밤에 무엇을 안고 간다.

이 노래가 신라에 가득 퍼지자 신라의 신하들은 공주의 품행이 방 정하지 못하다며 왕에게 공주를 귀양 보내야 한다고 말해 귀양을 보 내게 되었소. 이때 왕후가 공주에게 노자로 쓰라고 순금 한 말을 주 었다오. 그래 공주가 귀양을 가는데 서동이 미리 알고 중간에서 기다리다가 절을 하고는 모시고 가겠다고 해 같이 가게 되었소. 서동은 가는 길에 공주를 꾀어 정을 통하고 백제로 같이 와 부부가 되었지요. 그런데 서동은 공주가 가지고 온 순금이 무엇인지 몰랐소. 공주가 매우 귀한 황금이라고 하니까 '그건 내가 마를 캐던 곳에 가면 산더미같이 많소.' 하고는 그 순금을 캐어 신라의 대궐에 보내 신라왕의 인심을 얻었다는 것이오. 서동은 나중에 백제의 왕이 되었소."

말을 마친 정호가 오랑이를 바라보았다.

"노래를 지어 불렀다는 대목은 쓸 만하구려."

오랑이의 평가였다. 오랑이는 얘기 잘 들었다며 손을 흔들고 가버렸다.

"아니 이보오. 저는 얘기를 하고 돈을 받으면서 남 얘기는 왜 거저 듣고 가는 거요."

정호가 오랑이의 뒤통수에 대고 웃으며 하는 소리였고

"얘기는 내게 맡기고 글이나 읽으슈."

한 건 오랑이였다.

며칠 후 오랑이가 다시 나타났다.

"자 얘기 값이오."

오랑이는 봇짐에서 술을 한 병 꺼냈다.

"은혜는 갚을 줄 아는 걸 보니 관 쓴 종자들보다 낫구려."

두 사람은 그런 소리들을 지껄이며 주거니 받거니 술을 마셨다.

"우리 서로 어쭙잖은 문자나 주고받을 게 아니라 동무합시다. 내가 나이는 제법 많아 언니가 되겠지만 거기는 글월이나 읽은 푼수이니 엎어치고 메치면 서로 앞설 것도 뒤설 것도 없을 것 같은데."

오랑이가 그런 제안을 했다. 정호는 불쑥 튀어나온 말이라 잠시 말의 갈피를 헤아리고 있는데 오랑이가 몇 올 나지도 않은 노랑수염을 훑으며 에헴 헛기침을 했다.

"괜히 천것이라 업신여기지 말고 그리 하세나. 겨우 쪽박이나 차고 사는 푼수를 보니 나보다 나을 것도 없네그려."

오랑이는 그런 넉살로 정호의 정신을 사납게 하더니 정호의 손을 덥석 잡았다.

"글쎄 빼고 자시고 할 것도 없다니까 그러네. 한 잔 받게나."

정호가 얼결에

"그러지."

함으로써 오랑이 뜻대로 동무가 되고 말았다.

# 8. 이용후생이 먼저다

고단한 서울 살림은 정호에게 잠시의 여유도 주지 않았다. 초상화를 그려주는 일이라도 많으면 그런대로 살림이 되겠지만 그건 어쩌다 한 번 있는 일이고 오랑이가 얘기책을 베껴달라는 일도 자주는 없었다. 패악을 부리다 못한 작은년은 광주리장사로 나서기도 했다.

"아이고. 서방이라고 글쟁이 서방을 만났더니 이 무슨 팔자여."

사람이 한두 해 사이에 저렇게 변할 수 있을까 싶을 정도로 작은년은 사납게 변했다.

"이보시오, 선비님. 나가서 지게질을 하던 비럭질을 하던 뭐 좀 끓일 걸 주워 와야 하지 않겠소? 계집을 보쌈 하듯 그 먼 데서 끌고 왔으면 무슨 수를 내야 할 거 아뇨."

작은년은 그렇게 어이없는 소리를 지껄이며 앉으나 서나 정호를 볶아댔다. 그럴 때 정호는 작은년을 한 번 노려보듯 하고는 만리재에 올라 삼개 쪽의 한강을 바라보거나 뒤편의 삼각산을 하염없이 바라보다가 해가 저물어서야 돌아오곤 했다.

그런 어느 날. 오랑이가 뒤뚱거리며 달려왔다.

"이보게. 어서 나를 따라오게."

오랑이가 정호를 데리고 간 곳은 세검정에서 조금 더 들어간 계곡이다. 제법 물이 흐르고 앉아 놀 만한 곳에 기생 서넛과 큰 갓을 쓴 양반네들이 자리를 잡고 있는 참이다. 술동이며 안주 등속을 지고 온 하인들이 분주하게 오가며 벌려놓았는데 한쪽에는 서른은 넘고 마흔은 안 돼 보이는 양반짜리가 그림을 그리고 있다.

"오랑이. 이제 왔나."

그림을 그리던 사람이 오랑이 쪽을 바라보며 아는 체를 하자 오랑이가 정호를 그 사람에게 데리고 갔다.

"어서 인사 올리시지요. 판서를 지낸 인현동 허 대감님 아우님 되시고 안성군수를 지낸 지체 높은 나리시오."

오랑이는 정호에게 깍듯이 말했고 당황한 정호는 얼결에 고개를 숙이고 두 손을 모았다.

"흠. 자네가 그림을 잘 그린다 하여 내 특별히 데려오라 했네. 내 산수를 치고 있었네만 손님들이 당도하셔서 가봐야 하니 자네가 이걸 마저 그려보게."

허경근이라고 했다. 안성군수를 지냈다면 종4품의 하늘같은 벼슬이다. 그러나 산수랍시고 먹칠은 했으되 붓끝이 섬세하지 못해 덜덜 떨린 그림은 이제 막 글씨를 배운 학동이 수전증을 앓듯 바르르 떨며 내리그은 획에 다름 아니었다. 계곡 사이에서 가지를 뻗은 소나무도 한 그루 그려놓았는데 아랫부분을 잘못 처리해 바위 위에 뿌리가 내린 꼴이다. 허경근은 붓을 내려놓고 아래로 내려갔다.

"이 사람. 나보고 남 뒤나 씻어주라는 겐가. 난 못하네."

정호가 못마땅한 표정으로 오랑이에게 들릴 듯 말 듯 말하자 오랑이가 얼른 정호 입을 틀어막고 윽박지르듯 말했다.

"시끄럽네. 잘난 소리 집어치우고 어서 그림이나 그리게."

정호는 내키지가 않아 한동안 움직이지 않고 그림 같지도 않은 그림을 바라보기만 했다.

"왜 자신이 없는가? 괜히 그림을 망칠 양이면 손도 대지 말게."

언제 다시 왔는지 허경근이 말했다.

"아이고 웬걸입쇼. 이 선비님 붓끝이 움직이면 그림 속에서 양귀비가 걸어 나옵니다요. 걱정 마시고 어서 가셔서 흥겹게 노십시오."

오랑이는 비굴한 웃음을 지으며 정호를 추켜세웠다. 정호는 하는수 없이 붓을 잡아야 했다. 허경근이 어서 그려보라는 듯 뒤에서 지켜 서 있었던 것이다. 처음부터 다시 그리면 좋으련만 그리 할 수는 없는 노릇이다. 뒤통수에 시선을 느끼며 정호가 붓에 먹을 묻혔다. 잠시 후 죽어가던 소나무가 살아났고 계곡에 흩어져 있던 바위가 둥글기도 하고 네모나기도 하며 제 모습을 드러냈다. 허경근은 뒤에서 한동안 바라보다가 술자리로 내려갔다.

정호는 허경근이 처음에 잡아 놓은 구도에 보잘것없는 인간군상을 더했는데 허경근 일행이 기생과 어울려 술을 마시며 노는 장면이다. 허경근이 그리다 만 소나무 밑에 바위를 그리고 그 위에 좁쌀만한 사람들이 춤을 추거나 기생에게 치근대는 모습을 그려놓았다. 그 모습을 소나무며 주위의 바위들이 가소롭게 내려다보는 것이다.

시간이 한참이나 지났다. 그림에 열중하던 정호가 문득 돌아보니술을 마시며 놀던 한량들이 모두 정호의 주위에 몰려 와 있다.

"이거 대단한 재주를 가진 화사를 몰라봐 면구스럽소. 자, 이리 와서 한 잔 하시오."

허경근의 말투는 제법 정중해졌고 한량들은 저마다 정호에게 술을 권했다. 정호는 아무런 대꾸도 없이 주는 술잔만 받아 마셨다.

"그래 그림은 언제부터 하셨소?"

그러나 정호는 술을 서너 잔 받아 마시고는 자리에서 일어났다.

"저는 이만……."

한량들이 어이없는 표정으로 일어나는 정호를 바라보았다. 그러나 정호는 온다간다 말도 없이 산을 내려와버렸다. 한쪽에서 기생들과 수다를 떨고 있던 오랑이가 허겁지겁 달려와 정호의 소매를 잡았다.

"이 사람. 이게 무슨 행짜야. 그러다 경을 치네."

그러나 정호는 오랑이를 뿌리치고 내려왔다.

"앞으로는 이런 자리에 불러 세우지 말게."

오랑이는 저만치 멀어져가는 정호를 보며 입맛만 쩍쩍 다시다가 다시 한량들이 있는 곳으로 돌아갔다. 정호는 모처럼 창동으로 길을 잡았다.

정호가 여러 식경 한기와 어울리다 집에 돌아와보니 모 영감 내외를 비롯해서 이웃 사람들이 다 몰려와 있다. 작은년은 입이 귀밑까지 찢어져서 깔깔대며 수다를 떨었다.

"무슨 일이오?"

"글쎄, 인현동에서 왔다면서 양식을 한 달구지나 실어왔지 뭐예요."

작은년의 말이다. 인현동이라니. 서울에서 정호에게 양식을 실어다

줄 사람은 기껏 한기밖에 없다. 그러나 정호는 세검정에서 내려와 창
동 한기 집에 들러 여태 어울리다 온 터이니 한기는 아니었다. 쌀을
닷 섬이나 실어왔다고 했다. 알 수 없는 일이지만 어쨌든 맛나게 저
녁을 지어먹었다.

"위 허기는 채워주셨으니 이제 아래 허기도 좀 꺼주셔야지요."

작은년은 모처럼 기분이 좋아져서 교태를 부리며 밤새도록 정호를
못살게 굴었다. 다른 날 같으면 어림도 없는 일이다. 어쩌다 정호가
욕심이 생겨 옆에 누운 작은년을 끌어당길라치면

"창자는 등짝에 붙었는데 그래도 사내꼭지라고 그 생각은 난다는
거유."

하면서 매몰차게 손을 뿌리치곤 했던 것이다. 다음 날 일찍 오랑이
가 달려왔다.

"어제 한 달구지 실어왔지?"

오랑이는 무슨 좋은 일이 있는지 싱글벙글했다.

"자네가 어찌 아는가?"

"허. 이 사람. 내가 모르면 누가 알아. 인현동 사또가 자네를 좀 보
자시네."

정호는 그때서야 그 달구지가 어디서 왔는지를 깨닫고는 실소를
했다.

"참, 그 안성군수 지낸 양반이 인현동에 산다고 했지?"

정호는 뭔가 마뜩찮은 표정이다.

"얘기할 때는 어디 갔었나. 어쨌든 가세."

오랑이가 정호의 소매를 잡아끌었다.

"가기는 어딜 간단 말이야. 어제처럼 또 그런 우세를 주려고."

정호가 눈을 부라리듯 하고 말했다.

"잘난 고집하고는. 그래 그게 무슨 우세라고……. 또 그런 우세 좀 당하고 한 달구지씩 실어오는데 손해날 게 뭐야."

하기는 그랬다. 지금 정호 처지에서 이것저것 가릴 처지가 아니다. 순간적으로 정호에게 스치는 생각.

'몇 달 양식이 장만되면 다시 공부를 할 수 있지 않으려나.'

정호는 의관을 갖추고 일어섰다.

"가세."

갑자기 정호가 벌떡 일어나 앞장서자 오랑이가 알 수 없다는 표정을 했다.

"알 수 없는 사람이군. 금방 뻗대다가 금방 가자니."

정호는 오랑이를 따라 인현동으로 갔다. 오랑이는 자주 드나들었는지 청지기에게 무어라고 쑤군대더니 곧장 사랑으로 갔다.

"사또 나리. 뫼셔 왔습니다요."

조금은 촐싹거리는 목소리로 오랑이가 안에 대고 아뢰자

"안으로 뫼시게."

낮으나 굵은, 점잖은 목소리가 들려왔다. 정호는 오랑이를 따라 안으로 들어갔다. 방안에는 세검정 계곡에서 보았던 허경근과 나이가 제법 들어 보이는 사람이 앉아 있다. 정자관(程子冠)을 높이 쓰고 마고자를 입었는데 허연 수염이 볼품 있게 났다. 아마도 판서를 지냈다던, 허경근의 형인 모양이다.

"오, 젊은 사람인데 그리 재주가 뛰어나다는 게냐?"

정자관을 쓴 사람이 온화한 목소리로 허경근에게 묻듯 했다.

"형님도 보시면 감탄하실 겝니다."

허경근이 조용하나 자신에 찬 목소리로 대답하자 오랑이도 예의 그 촐싹대는 목소리로 헤헤거리며 거들었다.

"시절을 못 만나 그렇지 깜짝 놀랄 재주입지요."

허경근이 오랑이의 말을 수긍한다는 듯 고개를 끄덕이며 정호에게 말했다.

"내가 이렇게 청한 것은 다름이 아니라 집안의 어른들 초상화를 좀 그려주었으면 해서요. 오랑이에게 듣자하니 초상화를 그리는 데에도 일가를 이루고 있다기에."

"허튼 소리입니다. 용렬한 재주로 누가 되지 않을는지."

정호는 무슨 생각을 하고 있는지 세검정 계곡에서와는 다르게 다소곳이 말했다.

"무슨 겸손의 말. 우선 이 방에서 밑그림을 그리고 따로 방을 준비해두었으니 게서 그림을 그리도록 하시오. 내 섭섭지 않게 하리다."

정호가 그려야 할 사람은 모두 네 사람이다. 판서대감과 허경근, 그리고 허경근의 숙부와 관계를 알 수 없는 또 한 사람. 그날 안에 네 사람이 모두 정호 앞에 한동안 앉았다가 나갔다. 따로 준비했다는 방에는 굵은 붓, 가는 붓 할 것 없이 온갖 종류의 붓이 가지런히 놓였고 필요한 색색의 물감도 갖추어놓았다. 달포 남짓 걸려 초상화는 모두 완성되었다. 그 기간 동안 집에 서너 번 다녀왔을 뿐 정호는 내내 허경근의 집에서 숙식을 했다.

정호는 그림을 그려준 대가로 쌀 열 섬과 엽전 쉰 냥을 받았다. 물론 직접 받아온 것은 아니다. 정호는 그림이 끝나자마자 인사도 없이 훌쩍 집으로 돌아왔고 그림의 대가는 다음 날 오랑이가 싣고 왔다.

"이 사람아. 대감마님께서 서운하다시네. 인사도 없이 그리 가버리는 사람이 어디 있나."

그러나 정호는 피식 웃고 말았다.

"내가 뭐 아쉬운 게 있다고 그 사람들 밑에 굽실거리겠나."

어찌 되었든 쌀은 열닷 섬이나 쌓였고 쉰 냥이라는 거금도 생겼다. 소 한 마리 값이 마흔 냥이니 쉰 냥이면 남부럽지 않은 돈이었다. 게다가 쌀도 열닷 섬이면 아흔 냥 어치였다.

"거 그림 한 번 그릴만하이."

오랑이가 부럽다는 듯 말하자 정호도 껄껄 웃었다.

한편 한기는 사마시에 들기는 했지만 다음 과거를 그만두기로 작정했다. 온갖 부정과 비리가 판을 치는 그런 복마전에 나가 같이 머리를 맞댈 생각을 하니 소름이 다 돋았던 것이다.

"아버님께서 서운하시지 않겠나?"

정호는 한편으로는 잘했다 하면서도 한기의 급제만을 바라는 최광현을 생각했다.

"아직 공부가 부족하다고 둘러대었네."

답답하기로는 한기가 더할 터였다.

"어찌 되었든 그리 정했다니 하고 싶은 공부나 실컷 해보게."

정호가 모처럼 행장을 꾸렸다.

"삼남을 한 바퀴 돌아오겠소."

그리고는 입을 꾹 다물어버렸다. 원체 정호가 무엇을 한다만다 살뜰하게 말을 하며 지내는 성격이 아닌지라 작은년은 정호가 하는 양을 살피며 무슨 소리인가 싶어 눈을 크게 떴다.

"삼남이라니요. 거기서도 누가 그림을 그려달라고 청합디까? 아니면 또 지도인지 뭔지에 홀려 그런 거유?"

한동안 착실하게 집을 지키고 있으면서 그림도 그리고 책도 베끼고 하면서 살림 걱정을 하는 정호가 미덥게 느껴진 지 얼마 되지도 않았다. 그러나 정호는 아무런 대꾸도 없이 짐만 꾸렸다.

"어딜 가더라도 너무 오래 계시지는 마우. 젊은 년 혼자 집 지키고 있는 건 청승맞은 거유."

작은년은 광에 그득한 양식이며 쩔렁거리는 돈이 있어서인지 잡을 생각은 나지 않는 모양이다. 정호는 그런 작은년을 힐끗 쳐다보고 이내 봇짐을 어깨에 멨다.

"어디 가는가?"

정호가 동구 밖을 나서는데 오랑이가 한가한 걸음으로 뒤뚱거리며 오고 있다. 언제나 얼굴 가득 웃음을 달고 다니는 오랑이다.

"유람 떠나네."

정호도 오랑이를 보면 그저 즐거웠다.

"좋을시고. 유람이라. 같이 가세나."

오랑이는 책이 들어 있을 봇짐을 한 번 으쓱해 보이더니 앞뒤 젤 것도 없다는 듯 오던 길을 되짚어 정호와 어깨를 나란히했다.

과천을 지나서 서남쪽으로 내려가니 수리산(修理山)이 나왔다. 수리산 정상에 올랐다가 산맥을 타고 서쪽으로 내려가니 안산(安山)이다. 바다에 연한 안산은 한가롭고 평화로운 어촌인데 살기가 그만해서인지 인심도 좋은 편이다. 정호는 해안을 따라 내려가면서 그 굴곡을 유심히 살폈다.

"자네는 무얼 그리 열심히 보고 적고 하나?"

정호의 하는 양을 보며 오랑이가 물었다.

"보았으니 잊지 않으려고 적는 것이지."

"참 괴상한 취미로군."

정호는 빙긋이 웃으며 하던 일을 계속했고 오랑이는 졸랑졸랑 따라다녔다.

"자네 그렇게 실없이 따라다니지 말고 날 좀 도와주게."

"어떻게?"

"저기 보이는 둑이 있지 않은가. 저기까지 몇 걸음이나 되는지 세어봐주게."

그러면서 나뭇가지 열 개를 주었다.

"이 나뭇가지를 왼손에 쥐고 걸으면서 백 걸음을 걸을 때마다 그 자리에 돌을 보기 좋게 놓고 나뭇가지를 한 개씩 바른손에 쥐게. 그러면 세기가 수월할 걸세."

오랑이는 고개를 갸웃거리며 시키는 대로 걸었다. 그러나 자꾸 걸음 수를 잊는 모양인지 중간에 되돌아 왔다가 다시 가곤 했다.

"하하하. 잘 해보게나."

안산에서 해안을 따라 내리면 남양(오늘날 화성)이다. 남양 사람들은 고기잡이와 소금 채취로 살아간다. 남양의 서쪽 끝에 문판현이 있는데 문판현을 지나면 바로 서해에 닿았다. 만 하나를 사이에 두고 충청도 당진과 마주보고 있는 곳이다.

"오늘은 일찌감치 묵을 곳을 찾아보세. 자네 덕분에 잰걸음을 여러 번 했더니 목도 컬컬하이."

두 사람은 가까이 보이는 주막으로 들어갔다. 아직 초저녁임에도 불구하고 주막은 사람들이 득실댔다.

"이곳 사람들은 뱃속이 편한 모양이군. 벌써부터 술타령들을 하는 걸 보니."

오랑이가 혼자소리처럼 중얼거렸는데 옆에 있던 주모가 눈웃음을 살살 치며 금방 맞받았다.

"타지서 오신 분이구려. 오늘 소금배가 다섯 척이나 나갔다우. 그래 이렇게들 몰려왔어요."

정호와 오랑이는 일찌감치 방을 잡고 들어앉아 이른 저녁 겸 술을 마셨다. 먼 길 가는 사람들은 없는 모양인지 방을 차지하자고 들어오는 사람은 없었다. 다들 밖의 평상에서 술상들을 받았다.

"난 참 알 수 없으이."

오랑이가 몇 올 없는 노랑 수염을 쓰다듬으며 정호를 보았다.

"뭐가 알 수 없다는 게야."

정호도 술잔을 내려놓고 오랑이를 마주 보았다.

"자네가 하는 짓. 도시 종잡을 수가 없단 말이거든."

정호가 그리는 이상한 그림이며 행동들을 얘기하는 터였다.

"허허."

정호는 웃고 말았지만 오랑이는 꼭 알아야겠다는 듯 정색을 했다.

"자네 유람이라고 나서서 뭘 하는 건가?"

정색을 하고 물으니 정호도 허튼 소리나 할 수는 없었다.

"이 나라 땅의 생김을 연구하네."

오랑이가 채신머리없이 고개를 흔들었다.

"땅의 생김을?"

정호는 천천히 고개를 끄덕였다.

"그렇지. 땅의 생김."

오랑이가

"땅, 땅이라."

하며 중얼거리더니

"그건 알아 뭐 하는가?"

했는데 표정이 자못 심각했다.

"지도를 그리려고 하네."

정호도 오랑이의 표정을 따라 괜히 심각해지고 있었다.

"지도?"

오랑이는 여전 알 수 없다는 표정이었다.

"그저 그런 줄이나 알고 있게. 나를 며칠 따라다니다 보면 다 알게 되리. 자 술이나 마시라고."

두 사람은 그렇게 주거니 받거니 술을 마셨다. 밖의 술꾼들은 다 돌아갔는지 조용해졌다.

"내 잠시 나갔다 옴세."

오랑이가 자리에서 일어났다.

"어딜 가는데?"

"아까 보니 이 집 주모가 제법 눈웃음을 치지 않던가. 가서 한 번 보고 오리."

정호는 오랑이의 속셈을 눈치 채고 껄껄 웃었다.

"괜히 따귀나 맞지 말게."

그러나 오랑이는 걱정 말라는 듯 손을 저으며 밖으로 나갔다. 정호는 술상을 밀쳐놓고 이런저런 생각을 하다가 설핏 잠이 들었다. 얼마나 지났을까. 목이 컬컬해 눈을 떴다. 닭은 아직 울지 않았지만 새벽녘이었다.

'어디 갔나?'

옆에 있어야 할 오랑이가 보이지 않았다. 정호는 눈을 껌벅거리다가 어젯밤 주모를 보고 오겠노라며 나간 걸 생각해냈다.

'기어코 주모를 보는 모양인가. 재주는 좋아.'

정호는 물을 벌컥벌컥 들이키고 다시 자리에 누웠다가 요기를 느끼고 밖으로 나왔다.

"힘도 좋으시우. 그래 아직도……."

어디선가 그런 소리가 들려 두리번대며 귀를 기울였더니

"자네 살집이 좋군. 아까우이."

하는 소리가 이어 들렸는데 오랑이의 목소리였다. 정호는 침을 꿀꺽 삼키고 다시 귀를 기울였다.

"왜 분단장하고 나서면 사또가 수청 들라고 성화라도 댈까요?"

"사또가 다 무언가. 나라님이 찾으시리."

"괜한 소리를."

오랑이 말솜씨는 과연 밥 빌어먹을 솜씨라는 생각을 하며 정호는 방으로 돌아와 벌렁 누웠다.

오랑이는 정호를 붙잡고 하루를 더 쉬어가자고 졸랐다. 주모의 눈웃음을 쉬이 떨치기 어려웠던 모양이다.

"자네나 쉬어오게. 나는 갈 길이 머네."

정호는 손을 내젓고 앞장서 걸었다. 한참을 뒤에서 뭉그적대던 오랑이가 소리를 버럭 질렀다.

"난 이 길로 올라가려네. 몸조심하시게."

정호는 뒤를 돌아보지도 않고 손만 번쩍 들어보였다.

## 9. 작은년이

정호가 떠난 후 작은년은 여전 동네 곳곳을 돌아다니며 수다를 떨고 참견을 하며 활달하게 지냈다. 서방이 집을 떠나 밥을 먹는지 흙을 먹는지 걱정 따위는 아예 없는 것 같았다. 그러다가 두세 달이 지나자 작은년의 배가 불러오기 시작했다. 물론 정호는 그런 기미도 모르고 길을 떠난 터였다.

"어쩌누. 애비 될 사람은 어디로 갔는지 소식도 없고."

모 영감의 마누라는 조석으로 정호의 집을 드나들며 친딸이나 되는 것처럼 수발을 들어주었다.

"서방이라고 있으마나인 걸요 뭐."

이윽고 달이 차서 아이를 낳았는데 여자 아이다.

"깜정이네요. 깜정이."

아이의 얼굴이 까매서 한 말이다.

"애비가 있어야 이름을 지어줄 텐데."

모 영감은 동구 밖을 자꾸 쳐다보며 그렇게 말했지만

"계집 이름이야 아무려면 어떻겠어요. 그냥 깜정이라 하지 뭐."

작은년은 태평이다.

"그래도 애비가 있어야……."

그러나 길 떠난 애비를 어디 가서 찾아온단 말인가. 아이의 이름은 그냥 깜정이[甘丁伊]가 되었다.

아이를 낳고 난 후 작은년은 시름이 늘어갔다. 양식이 떨어졌던 것이다.

"빌어먹을 네 애비는 어디 가서 죽었더냐, 살았더냐. 무정한 사람 같으니라고."

그러나 무작정 서방만 기다리고 앉아 있을 수는 없었다. 그래 작은년은 소주를 고아 팔기 시작했다.

약현에는 별의별 사람들이 많이 모여 살았는데 그중에는 황해도 사람들도 꽤 있었다. 그들 중에는 초시에 급제하고 과거를 보겠다고 처자를 이끌고 무조건 서울로 올라와 자리를 잡은 사람들도 있었다. 그러나 성균관 같은 곳을 드나들며 공부만 하는 사람들이 생활의 방편이 있을 수 없었다.

이런저런 궁리를 하던 아낙들이 한 사람 두 사람 소주를 고아 광주리에 이고 문 안에 들어가 팔기 시작했는데 그 수가 제법 많았다. 특히 약현보다는 공덕리에 그런 사람이 많았는데 그것이 차츰 퍼져 작은년도 소주 장사에 나서게 된 것이다.

예로부터 소주는 황해도가 유명하여 그들의 소주 고아내는 솜씨는 서울 사람들이 따를 수가 없었기 때문에 제법 이름도 알려지고 그런대로 장사가 되었다. 서울 사람들은 공덕리 소주라고 하면 두말없이 샀다. 그러나 소주 장사도 밑천이 있어야 했다. 기껏 양식을 아껴 한두 병 고아 팔아야 입에 풀칠을 하기도 힘들었다. 모 영감네서 보살펴주었기에 망정이지 아니었으면 작은년 모녀는 길에 나앉기 십상이었다.

뚜쟁이 마누라도 덤벼들었다.

"참 딱도 하우. 젊은 새댁이 어디 가 있는지도 모르는 서방을 기다리며 수절을 하고 산단 말이우."

같이 광주리를 이고 소주를 팔러 다니다 알게 된 과부마누라였다.

"그게 무슨 말이에요?"

"젊으나 젊은 새댁이 안되서 그냥 해본 소리유. 그래 오늘은 많이 팔았수?"

과부마누라는 딴청을 부리며 말을 돌렸다.

"아니 왜 말을 시작하고는 그만두세요?"

작은년은 과부마누라가 무슨 좋은 수라도 있는 것같이 말만 꺼내놓고는 딴청을 부리자 하던 얘기를 계속하라며 졸랐다.

"괜히 내 얘기 듣고 화내려고 그러우. 괜히 해본 소리이니 신경 쓸 것 없수."

과부마누라는 그렇게 뻗대며 은근하게 웃었다. 답답하기는 작은년뿐이다.

"말을 해보아요. 괜히 남 답답증만 일게 하시네."

작은년이 자꾸 조르자 과부마누라는

"괜히 나한테 헛소리한다고 욕하지 마우. 새댁이 자꾸 얘기하라고 해서 하는 거니까."

하는 다짐을 질러놓고는 얘기를 꺼냈다.

"사실은 새댁을 눈여겨본 사람이 있는 모양이우."

작은년은 과부마누라의 말이 무슨 뜻인지 몰라 눈만 껌벅거렸다.

"나를 눈여겨보다니요?"

"동대문 밖에 사는 사람인데 돈 많은 홀아비라우."

"홀아비요? 홀아비가 나를 왜?"

작은년은 그렇게 되묻다가 사단을 어림하고는 얼굴이 빨개졌다. 작은년이 무슨 말을 하려는데 과부마누라가 얼른 손을 들어 작은년의 입을 막고 계속했다.

"잘 생각해보우. 아이가 달려 그게 좀 그렇지만 까짓 아이야 내가 어디 줄 사람을 알아봐줄 테니."

"아니 사람을 어떻게 보고 그런 말을 하는 거예요!"

작은년이 그렇게 소리를 질렀지만 과부마누라는 뒤도 안 돌아보고 저만치 달아나버린 뒤였다. 씩씩거리며 집으로 돌아온 작은년은 깜정이를 팽개치듯 내려놓고는 털썩 주저앉았다.

"깜정 어미 왔어?"

모 영감의 마누라가 방문을 열며 기웃거렸지만 작은년은 쳐다보지도 않았다.

"무슨 일이 있었남. 잔뜩 부어가지고."

여전히 작은년이 쳐다보지도 않자 모 영감의 마누라는 혼자서 뭐라고 구시렁대다 가버렸다.

'날 어떻게 보고서.'

작은년이 그런 생각을 하다가 또

'하기는 내가 그까짓 서방 밑에서 무슨 영화를 보려나.'

하는 생각도 들었다. 작은년은 며칠 동안 장사도 안 나가고 궁리를

하다가 모 영감 마누라에게 그 얘기를 털어놓았다. 모 영감 마누라가 툭하면

"에구 깜정아. 무정한 네 애비는 어디로 갔기에 네 에미를 이리도 고생시킨단 말이냐."

하며 정호 욕을 했기에 자기편이 되어 주리라고 생각하고 마음 놓고 얘기했던 것이다. 그러나 그 얘기는 그날로 모 영감 귀에 들어갔고 모 영감이 득달같이 쫓아왔다.

"내 그리 안 봤더니 못쓰겠구면. 아이 애비는 큰일을 하겠다고 나선 판에 아낙이 되어 고이 기다리지는 못할망정 몹쓸 생각을 하면 되겠는가?"

모 영감은 달래기도 하고 어르기도 하면서 작은년에게 당장 소주 장사를 집어치우고 집에 들어앉으라고 했다.

"주부어른도 모르시는 말씀이지 목구멍이 포도청이라고 먹어야 기다리든 말든 할 거 아니겠어요. 집에 들어앉으면 우리 모녀는 무얼 먹고 사나요?"

그러나 모 영감은 생각해둔 게 있다.

"내 지금까지는 못 본 체하고 지냈네만 앞으로는 우리하고 살림을 합치세. 그러면 될 것 아닌가. 그까짓 한 입 더 있다고 해서 살림이 축날 것도 아니고."

그러는 바람에 작은년은 신이 났다. 먹고 살 걱정이 없어진 것이다. 달포나 지났을까 과부마누라가 살그머니 작은년을 찾아왔다가

"저런 빌어먹을 여편네가 여기가 어느 자리라고 감히 임자 있는 새댁을 꼬여내!"

하며 패악을 치듯 달려 나온 모 영감 마누라 때문에 아는 체도 못

하고 달아나고 말았다. 모 영감 마누라가 그토록 사납게 누구를 대하는 것을 본 적이 없는 작은년이다.

그러나 작은년은 곧 모 영감 마누라 눈 밖에 나고 말았다. 천성이 활달하고 수다스러워 사람들하고는 잘 사귀었지만 개성서 어멈을 부리던 가락이 있어서인지 점점 게을러지더니 나중에는 숫제 부엌일은 모른 체하고 깜정이만 어르고 있었던 것이다. 그러나 모 영감 마누라는 그런 것을 입 밖에 내거나 그악스럽게 야단을 하거나 하는 성격도 못 돼 속으로만 끙끙 앓았다.

모 영감에게도 걱정거리가 있었는데 바로 수염이 삐죽삐죽 나기 시작한 아들들이다. 이제 겨우 뛰어다니는 막내 막돌이만 빼고는 네 아들 모두 대가리가 굵어져 서방 없이 사는 작은년을 바라보는 눈치가 심상치 않았다. 작은년도 사내 어려운 줄을 모르고 사내가 눈짓을 하면 저도 눈짓을 하고, 사내가 껄껄 웃으면 저도 깔깔 웃는 통에 모 영감은 적이 걱정이 되지 않을 수 없었다.

모 영감은 아들이 다섯인데 큰아들 모갑석(牟甲石)은 삼개나루의 건달패다. 어려서부터 기골이 장대한데다 얼굴에 일찌감치 칼자국을 박아 넣은 험상궂은 인상이다. 성격도 거칠어 어려서부터 쌈패로 자랐다. 모 영감은 큰아들이 자기 뒤를 이어 약국 일을 보아주었으면 하고 바랐지만 갑석은 일찌감치 삼개로 달아나버렸다. 삼개에 나가 짐을 지며 요령을 배우고 쌈박질로 시간을 보내더니 지금은 어엿하게 짐꾼들을 호령하게 되었다. 갑석은 쌈박질로 날을 지새웠을망정 효성이 지극한 편이고 동생들을 거두어 먹고살게 해 주었다. 정호와는 너나들이를 하는 사이인데 왈패치고는 인정도 많았다.

둘째인 을석(乙石)은 제 형과 달리 천성이 조용하고 몸도 약한 편이

어서 모 영감이 약국으로 데리고 다니며 이런 저런 일을 가르쳤고 웬만한 일을 보게 되자 아예 약국에 처박아놓았다. 셋째 병석(丙石)과 네째 정석(丁石)은 갑석이 데리고 가 제 일을 거들게 했다.

이미 장가를 가서 삼개로 살림을 난 큰아들이야 그렇다 치고 둘째도 문 안 약국 안채에 살림을 낸 터이므로 셋째와 넷째를 한꺼번에 장가들여 치워버렸다. 젊은 것들이 무슨 사단을 벌지 알 수 없기 때문이다. 셋째와 넷째는 갑석이가 삼개에 집칸을 마련해 아예 집에서 쫓아냈다.

그러나 작은년은 드나드는 사내들과는 누구라도 가리지 않고 수다를 떨며 입도 가리지 않고 깔깔 웃어댔다.

"자네가 뭐라고 말 좀 하게."

모 영감이 보다 못해 마누라에게 그런 말을 했지만 마누라는

"깜정 어미가 내 말을 귓등으로나 듣는 줄 아우. 상전 행세나 안 하면 다행이지."

모 영감은 적이 난감하였다. 그렇다고 자기가 나서서 단속을 하기도 쑥스러운 일이 아닌가. 뭣도 주고 뺨도 맞는다는 말이 있지만 모 영감이 그런 짝이다. 집도 내주고 먹여주기까지 하지만 걱정거리가 자꾸만 늘어나는 것이다.

그런 때 정호가 돌아왔다. 바닷가를 따라 땅끝 해남까지 내려갔다가 거제를 거쳐 동래, 울산을 돌아 강릉까지 올라갔다가 거의 일 년 반 만에 돌아왔다. 작은년도 정호가 돌아오자 다소곳해졌다.

정호는 다시 환쟁이로 돌아가서 양반네들이 부르는 대로 달려가

그림을 그려주었다. 소설도 지었다.

"자네에게 내 부탁이 좀 있네. 해줄 수 있을는지?"

모 영감이 어려워하는 얼굴로 정호를 찾아왔다.

"부탁은 무슨 부탁이십니까. 그냥 시키시면 될 일을."

정호의 말은 진심이다. 모 영감의 일이라면 무슨 일이든 나서서 해주어야 했다.

"큰일을 하는 사람에게 이런 일을 부탁해서야 되는지 원."

모 영감은 정호가 하는 일이 뭔지는 잘 모르지만 자기 같은 무식쟁이들은 꿈도 못 꾸어볼 중요한 일이라고 굳게 믿고 있다.

"무슨?"

"며칠 말미를 낼 수 있을지?"

"글쎄 말씀이나 하십시오. 제가 할 수 있는 일이라면 해야지요. 제가 주부 어른의 은혜를 다 갚으려면 막막한 지경인 걸요."

"무슨 그런 소리를. 다른 게 아니고 우리 약국에 있는 약재들을 보기 쉽게 책으로 엮어보았으면 해서 말이야. 나나 둘째 놈이나 글은 조금 안다고 하지만 어디 책을 엮을 줄 알아야지. 의서들이 없는 것은 아니지만 우리 같은 사람들이 보기에는 어려워서 그저 내가 아는 것들이나 분류해서 찾아보기 쉽게 하면 어떨까 하는 생각일세."

정호는 모 영감의 말을 들으며 속으로 깜짝 놀랐다.

'이것이 바로 학문의 자세 아니던가?'

그랬다. 자기가 알고 있는 지식을 저술로 남겨놓는 일. 그것은 사암 정약용도 중요하게 강조했다.

다음 날 정호는 모 영감의 약국으로 갔다.

"형님, 고맙습니다."

모 영감의 둘째아들 을석이가 대뜸 고개를 조아리며 말했다.

"사실은 이 아이 생각일세."

을석이는 싱글벙글하며 금세 지필묵을 펼쳐놓았다.

"우선 내가 약초를 부르고 그것이 쓰이는 데를 욀 터이니 자네가 받아쓰시게."

모 영감은 선반에 잘 정리되어 있는 약재들을 만지작거리며 하나씩 부르고 쓰임을 말했다. 그러면 정호는 그걸 언문으로 받아 적었다. 그렇게 열흘정도 하자 제법 두꺼운 책이 되었다. 『약초집성(藥草集成)』이라는 제목도 붙였다. 일단 한 권을 만들고 나서 한 권을 더 베껴 집에 두도록 했고 그중 쉬이 구할 수 있는 약초나 흔한 병에 쓰이는 것들은 따로 베껴 작은 책을 만들어 정호가 가졌다.

"저도 이제 반 돌팔이는 된 걸요."

정호의 말에 모 영감은 껄껄 웃으며 즐거워했다. 정호는 어느 정도 돈이 모이고 양식이 쌓이자 틀고 앉아 저술을 했다. 그동안 다니면서 보고들은 것들을 정리하고 기왕에 나온 것들의 오류를 바로잡는 일이다.

한기는 중국에서 들어온 귀한 책들 중 여지학에 관련된 것이 있으면 정호에게 알려주어 베껴 볼 수 있게 하였다. 새로운 문물을 소개하거나 과학적 지식을 소개하는 책들도 관심이 가는 것들이다. 특히 이수광의 『지봉유설(芝峰類設)』이나 이익의 『성호사설(星湖僿設)』 같은 책들은 정호나 한기가 감명 깊게 읽은 것들이다.

"이미 선조대왕 때부터 서양지도가 우리나라에 들어왔었군."

정호와 한기는 그런 책을 읽으며 의견을 교환하기도 했다. 한기는 철학에 관련한 공부가 많았는데 과학에도 관심이 많았으며 여지학에 관해서도 일가를 이루고 있었다.

"그러니 지리나 지도에 대한 관심이 벌써 오래전부터라는 얘기가 되지."

한기도 고개를 끄덕여 동의를 표하며 말했다.

"그야 더 말할 것이 있나. 고구려 때에 벌써 지도가 있었다는 기록이 있네."

정호는 지도 지리에 관한 한 역사를 줄줄이 꿰고 있다.

"그래?"

"『삼국사기』에서 '고구려 사신이 봉역도를 당나라에 바쳤다'라는 기록을 보았네."

"그때가 언제쯤이던가?"

"아마 영류왕 때라고 되어 있으니 당나라 전성기 때지."

"그렇다면 당나라가 고구려, 신라, 백제와의 외교적 필요에 의해 요구했었겠군."

"그렇다고 볼 수 있겠지."

"그 당시의 지리나 지도는 아무래도 풍수지리에 가까울 테지."

"당연하지. 고려를 세운 왕건도 도선의 풍수설을 신봉하듯 하지 않았던가."

"사실 풍수사상은 지금처럼 허무맹랑한 주술이 아니라 여지학의 시작이라 볼 수도 있을 것 같으이."

"그렇지. 지형이나 지세가 나라의 길흉에 밀접한 연관을 가지고 있다는 것은 가만 생각하면 정말 그렇단 말이거든. 가령 성을 쌓더라도

적을 능히 물리칠 수 있는 곳에 쌓아야 하지 않겠는가."

"하지만 지금의 풍수지리는 묏자리 잡는 풍수가 되어버렸으니 딱한 노릇이네."

"나도 풍수로나 나서볼까."

정호의 말에 한기가 한술 더 떴다.

"그럼 내 묏자리부터 잡아주게."

"돈을 많이 내면 재상이 줄줄이 나올 터를 잡아주지. 흐흐."

그런 싱거운 소리를 하다가 정호가 불쑥 말했다.

"참 내 잊고 있었네만 자네가 일전에 만국전도(세계지도)를 구경시켜 준다고 했었지 않은가?"

"그랬었지. 지금 가보겠나?"

"그러세."

정호는 한기를 따라 세계지도를 구경하러 갔다. 세계지도는 가지고 있는 사람이 별로 없어 매우 귀한 지도였다. 한기가 데리고 간 곳은 먼 일가뻘이 된다는 최도원의 집이다.

"그 친구 선대가 동지사를 수행해 중국에 갔던 적이 있어 다녀오는 길에 얻었다네."

이때는 중국에 정기적으로 사신을 보냈는데 그때가 대개는 동지 무렵이어서 동지사라 했다. 동지사를 수행한 역관 등 사신 일행들이 귀한 책이며 지도 등을 들여오는 창구 역할을 톡톡히 했다. 우리나라의 지리적 상식이란 것이 우물 안 개구리 격으로 일천할 수밖에 없고 자주 드나드는 곳이 중국이므로 주로 중국을 통해 세계의 발전된 과학이며 지리를 주마간산으로나마 익히는 것이다.

"어서 오게. 자네가 고산자군. 나도 여지학에 관심이 많네. 앞으로 가까이 지내며 많은 의견을 나누세."

"여지학에 관심을 둔 사람을 다 만나게 되는군 그래."

정호와 최도원이 반갑게 손을 잡았다 놓았다.

"이 친구는 급제를 하면 관상감에 지원할 생각이라네."

한기가 설명했다.

"호오. 자네 같은 벼슬아치가 많이 나와야 하네. 어서 급제하시게. 훌륭한 벼슬아치 벗 덕분에 나도 관상감 출입 좀 해보세. 높은 나리가 되었다고 내치지만 말게."

정호의 축원과 농담에 모두 한바탕 웃었다.

# 10. 만국전도를 보다

최도원이 벽장에서 비단 두루마리를 꺼냈다.

"이건 필사를 한 거군."

"그렇다네. 동지사께서 얻은 것을 여러 조각의 종이를 잇대어 똑같이 필사했다가 집에 돌아와서 다시 비단에 옮기셨다더군."

"그렇다면 진본과 똑같은 크기군."

"그런 것으로 알고 있네."

세계지도의 제목은 「양의현람도(兩儀玄覽圖)」라고 되어 있다.

"참으로 오랫동안 잘도 보관했네그려."

"그렇지. 그런데 이건 아무래도 옛날 지도일 테고 지금도 북경에 다녀오는 사람들은 최근 지도를 얻어올 수 있지 않겠나."

"아무려면. 규장각(奎章閣)이나 관상감 서고에 있을 수도 있으리. 처음 만국전도가 들어온 건 이백 년도 더 전이라지?"

이수광의 『지봉유설』에 '계묘년(1603년)에 연경(북경)에 다녀온 사신

이광정(李光庭)과 권희(權熺)가 구라파국에서 사용하는 여지도 6폭짜리를 본관에게 바쳤다'는 기록을 두고 하는 말이다. 이때 우리나라에 전래된 지도는 마테오리치가 1602년에 중국에서 제작한 「곤여만국전도(坤輿萬國全圖)」이다.

이태리 사람인 마테오리치는 천주교 전도를 위해 1580년에 중국에 왔다. 그는 1584년에 「산해여지도(山海輿地圖)」를 제작, 중국인에게 처음으로 서양적 세계관의 세계지도를 보여주었다. 마테오리치가 지도를 제작한 것은 천주교의 전도를 용이하게 하기 위한 방편이었다.

당시 중국인을 포함한 동양인들은 '하늘은 둥글고 땅덩이는 모나다'는 천원지방(天圓地方)의 사고방식에서 벗어나지 못했다. 그러나 그러한 사고방식은 과학적 논리가 뒷받침되지 않았다.

이것을 눈여겨본 마테오리치는 서양식 지도를 제작하되 과학적인 설명을 곁들이면서 중국인에게 환심을 사기 위해 지명을 한문으로 번역하여 내놓았다. 마테오리치의 생각은 적중하여 뜻있는 중국인들은 너나없이 파란 눈의 서양인이 제작한 세계지도를 구경했다. 자연스럽게 천주교의 전도도 용이해졌다. 또한 지구는 둥글다는 인식이 확산되었으며 그로 인해 서양의 과학적 사고와 기술을 적극적으로 받아들이는 계기가 되었다.

「곤여만국전도」에는 『만국도설』이라는 지지가 따른다.

"『만국도설』은 수리지리(數理地理)에 관한 설명이 잘 되어 있네. 내가 가지고 있지는 않지만 필요하다면 얻어 볼 수 있다네."

최도원은 『만국도설』도 본 적이 있다고 했다.

"또 무엇이 있던가?"

정호의 물음이다.

"서양지도가 천문학에 근거를 두고 있다는 것을 알 수 있는 여러 가지 설명이 있는데 예를 들면 북극성 관측법, 제성공전연수표(諸星公轉年數表), 일월식도(日月蝕圖) 같은 것들이 있더군."

"그밖에는?"

"글쎄. 또 들자면 천원지방을 몰아내고 지동설을 확실히 알게 해준 점이 있겠고 또 들자면 리미아(利米亞, 아프리카) 같은 대륙도 있다는 것을 알게 해준 공이 있겠지."

"「천하도(天下圖)」와는 사뭇 다르지 않은가?"

정호는 매우 흥미로운 얼굴로 「양의현람도」를 보고 있다. 「천하도」란 중국에서 오래전에 제작한 세계지도이다.

"이 친구가 갑자기 딱한 소리를 하는군. 「천하도」야 중국을 중심으로 한 것이지 어디 만국전도라 할 수 있겠나."

한기의 말에 최도원은 조용히 웃었고 정호는 멋쩍은 표정으로 고개를 끄덕였다.

「천하도」는 중국을 중심으로 다른 나라들이 중국을 둘러싼 모양으로 제작되어 있다. 중국을 중심으로 한 대륙 한가운데 곤륜산(崑崙山)이 있는 원형 지도인데 좌우와 윗부분에 각각 나무가 그려져 있다. 이 나무들은 일종의 신목(神木)이다. 오른쪽 유파산(流波山)에 그려진 나무는 해와 달이 드는 것을 나타내고 왼쪽의 방산(方山)에 그려져 있는 나무는 해와 달이 진다는 반격송(盤格松)이며 위에 그려진 큰 나무는 반목천리(盤木千里)라고 표기되어 있다.

약 80여 개의 나라가 중국을 중심으로 포진했는데 조선을 중국의 한 지방으로 나타냈고 사람이 죽지 않는 나라라는 불사국(不死國), 머리가 셋 달린 사람들이 살고 있다는 삼수국(三首國), 몸뚱이가 셋 달린 사람들이 살고 있다는 삼신국(三身國), 눈이 하나뿐인 사람의 나라라는 일목국(一目國), 날개 달린 사람들이 살고 있다는 우민국(羽民國) 등의 표기가 보인다.

"하지만 지금도 「천하도」에 나타난 금수의 나라가 있다고 생각하는 사람들이 있지 않는가?"

정호가 한기의 말을 수긍하면서도 한마디 덧붙였다.

"하기는 그렇기도 하네."

한기의 말에

"문제는 몽매한 백성들이야 그럴 수 있다고 해도 글을 읽어 배웠다는 사대부들 중에도 그런 사람들이 있다는 것이지."

하고 최도원이 덧붙였다.

"그런데 말일세. 알 수 없는 것은 우리나라에서 태종대왕 때 만들어진 「역대제왕혼일강리도(歷代帝王混一疆理圖)」 아닌가?"

정호가 또 의문을 제기했다.

"왜?"

"우리나라의 지리적 상식이 중국의 범주를 벗어나지 못했다고 한다면 「천하도」와 「역대제왕혼일강리도」는 어디 비슷한 구석이라도 있어야 하지 않겠는가 말일세. 그런데 그 지도는 만국전도로서 제법 그럴듯하지 않던가 말일세."

"정말 그렇군. 그게 「천하도」보다야 훨씬 지도답지."

그러자 최도원이 웃으며 손을 홰홰 내저었다.

"아닐세. 그건 자네들이 그 지도가 제작된 경위를 몰라서 하는 소리일세."

정호와 한기가 무슨 말인가 하는 표정으로 최도원을 바라보았다.

"그 지도는 고산자 말대로 태종대왕 때인 1402년에 만들어졌네. 당시 중국은 명나라가 치세하던 시절이었지. 조선이 건국돼 안정되면서 지도의 필요성도 높아졌고 해서 그때 이회(李薈)가 「팔도도(八道圖)」를 만들었다네."

"이 사람아, 「혼일강리도」를 얘기하자는데 갑자기 「팔도도」가 왜 나오는가?"

한기의 말에 최도원은 손을 저었다.

"글쎄 그 얘기가 다 그 얘기이니 들어보게. 「팔도도」와 「혼일강리도」는 같은 때 만들어졌거든. 정종대왕 때인 기묘년(1399년)에 김사형(金士衡)이란 사람이 명나라에 가서 원나라 때 이택민(李澤民)이 만든 「성교광피도(聖敎廣被圖)」와 승려인 청준(淸濬)이 만든 「혼일강리도(混一疆理圖)」를 가져왔다네."

"그래서?"

"그 두 지도를 보니 우리나라가 매우 엉성하게 그려져 있더란 말이야. 삼 년 후 김사형은 이회를 시켜 우리나라를 제대로 그려 넣은 지도를 다시 만들라는 영을 내렸네. 그때 이회는 「팔도도」를 막 완성하고 난 참이었지. 김사형이 이회에게 명령하기를 우리나라는 특별히 더 크게 그려 넣으라고 했다네."

"호오, 중국 중심 지도를 우리나라 중심의 지도로 다시 만든 셈이네그려."

"그렇다 할 수 있지. 아무튼 김사형이 가져온 두 지도를 합하고 「팔도도」를 덧붙인데다가 「능성신도(勒成新圖)」라는 일본국 지도를 붙여 만든 것이 바로 「역대제왕혼일강리도」라는 거네."

"그런 얘기는 어디에 나오던가?"

"권근(權近)의 『양촌집(陽村集)』을 보니 그런 단서가 있더군."

"그렇다면 「역대제왕혼일강리도」는 「천하도」의 도법을 따른 것이 아니기 때문에 다르다는 것인가?"

"그렇지. 그 지도는 우리나라에서 만들기는 했지만 「성교광피도」나 「혼일강리도」에 우리나라 부분만 고쳐 싣고 일본 지도를 더 넣은 셈이지."

"「성교광피도」라는 지도가 구라파(유럽)의 영향을 받았다고 생각할 수 있겠군."

"그런 추측이 가능하지. 마테오리치의 지도보다 근 이백 년이나 빠르게 말이야."

"어찌되었든 당시에도 세계지도를 다 만들 생각을 했군그래."

"또 다른 세계지도는 어떤 것이 있는가?"

정호는 최도원의 광범위한 상식에 혀를 내두르며 이 기회에 세계 지리에 대한 공부를 하려고 마음먹었다.

"『직방외기(職方外紀)』라는 지리서가 있다네."

최도원은 막힘없이 대답하였다.

"『직방외기』? 그것도 서양인이 만든 것인가?"

최도원의 지리 상식에 놀라기는 한기도 마찬가지였다.

"그렇다네. 마테오리치 이후 역시 천주교를 전도하기 위해 중국에 온 선교사가 만든 지리서일세."

『직방외기』는 알레니라는 사람의 저작이다. 알레니 역시 마테오리치와 같이 이태리 사람인데 마테오리치가 죽은 1610년에 중국에 도착하였다. 그가 1623년에 저술한 『직방외기』는 모두 여섯 권으로 된 세계지리서인데 마테오리치의 『만국도설』을 증보한 것이다.

『만국도설』과의 차이점은 천문에 관한 것을 뺀 대신 지지(地誌)의 성격에 충실했다는 것이다. 또한 천주교를 전파하기 위한 수단으로 제작되었으므로 천주교 교리에 대한 내용이 많은 부분을 차지하고 있는 것도 특징이다.

"그게 『만국도설』보다 자세하다면 필히 보아야겠군."

정호의 말에 최도원이 고개를 저었다.

"쉽지는 않을 걸세."

"왜?"

"얘기했듯이 지리적인 내용뿐만 아니라 서학의 교리를 담고 있는지라 그 책을 들여오는 것은 불법일세. 그러니 혹 가지고 있는 사람이 있기야 하겠지만 선뜻 보여줄 사람은 찾기 힘들 걸세."

세 사람은 밤새 토론을 벌였다.

"다른 나라들을 두루 돌아볼 수 있으면 좋겠네."

정호가 눈을 감고 꿈을 꾸듯 말했다.

"어찌 기회가 오지 않으리."

한기가 정호를 위로하듯 말했다. 그러나 정호는 여전히 가만히 눈을 감고 있다.

'도대체 구라파에는 어떻게 생긴 나라들이 있을까. 아세아에는 어떤 나라들이 있을까. 리미아(利未亞, 아프리카) 사람들은 어떻게 살고 있을까.'

그런 생각을 하는 동안 정호는 갑자기 가슴속 깊은 곳에서 솟구치는 열정 같은 것을 느꼈다. 자신도 모르게 주먹이 꽉 쥐어졌다.

'우선은 내 나라 땅을 메주 밟듯 하여 최고의 지도를 만들어보리. 다른 나라는 그 다음일 터.'

"자네 혹시 글을 제법 아는 천주장이를 알고 있는가?"

정호는 오랑이가 오자 불쑥 천주장이 타령을 했다.

"천주장이는 왜? 자네도 천주장이가 되려나?"

오랑이가 눈을 동그랗게 뜨고 물었다. 천주장이가 된다는 것은 죽음을 자초하는 일이 아니던가.

"그런 게 아니고 천주장이들이 좋은 책을 많이 가지고 있다 해서 좀 얻어볼까 하고."

최도원에게 들은 『직방외기』를 염두에 두고 하는 말이다.

"글쎄 한번 알아봄세. 그러다 천주장이가 될까 걱정이네만."

세상에는 장안을 휘젓고 다니는 오랑이를 피할 수 있는 것은 아무것도 없는 모양이었다. 이틀 만에 나타난 오랑이가 대뜸

"자, 가세."

하는 바람에 정호는 혀를 내두르고 말았다.

"이 오랑 어른이 실없는 얘기나 하고 다니는 것 같지만 그래도 사람들은 잘 사귀어두었네."

오랑이는 배를 쑥 내밀고 그런 말을 하며 정호를 끌고 갔는데 먼 곳도 아닌 삼개나루였다.

"누구에게도 얘기하지 않았겠지?"

정호의 말에 오랑이가 눈을 치떴다.

"이 사람이 나를 허투로 보는 겐가."

"아, 아닐세. 그저 해본 소리이네. 그런데, 어떻게 아는 사람인가?"

그러나 오랑이는 도리질을 했다.

"안다 해도 그건 알려줄 수 없네. 워낙 천주장이들 신세가 가련한 처지인지라 혹간에 무슨 일이 있더라도 자네도 아는 것보다 모르는 것이 나을 테고."

오랑이는 그런 배려까지 하고 있었다. 천주장이가 전도를 하다가 발각되면 목이 날아가는 것은 예사였던 것이다.

"무얼 하는 분인데 나를 찾소?"

오랑이가 만나게 한 사람은 정호보다 네댓 살 많아 보였는데 삼개에서 등짐을 지고 있었다. 오랑이는 저만치 서서 두 사람의 말소리도 듣지 않겠다는 듯 딴청을 부렸다. 정호는 자신이 먼저 소상한 이유를 밝혀야 하겠다고 생각하고 입을 열었다. 아무래도 천주장이라고 하면 활개치고 다닐 수 있는 사람들이 못 되므로 의심부터 할 것이 뻔했기 때문이다.

"나는 김정호라고 하외다. 이렇게 찾은 것은 혹 내가 찾는 책을 가지고 있는 분을 만날 수 있지 않을까 해서요."

"무슨 책을?"

"들어보셨는지 모르지만 서양 사람이 쓴 『직방외기』라는 책이오."

"그건 왜 찾소?"

"나는 여지학을 공부하는 사람인데 그 책이 만국지리가 상세하고 밝다고 해서 찾습니다. 벌써 오래전에 그 책을 보는 것이 불법이 된 터라 구해보기가 쉽지 않았습니다."

"지금 나라에서 천주장이를 포박하기 위해 사방으로 염탐꾼을 놓고 있는데 누가 그런 책을 가지고 있다한들 보여줄 것 같소?"

"그러니 이렇게 공들여 찾고 있는 거지요. 또 사사로이 지도를 만들거나 가지고 있는 것도 나라에서 권장하는 일은 아닌지라 공부하기가 쉽지 않습니다.”

민간인에게 지도 소장이나 제작을 금하는 것은 군사기밀이 누설되는 것을 방지하기 위함이다. 기밀이 누설되면 외침으로 이어질 수 있기 때문이다. 임란을 겪은 후로는 일본에 지도를 유출하는 것은 더욱 엄격하게 금지되었다. 당시 명나라에서는 자주 조선 지도를 요구하였는데 조정에서는 상세한 지도는 감춰두고 대략의 윤곽만 그린 지도를 내주었다. 그 때문에 중국이나 서양에서 제작된 세계지도에 우리나라 모습이 제대로 표현될 수 없었던 이유가 되기도 했다.

“나라에서 금하는 여지학은 무슨 이유에서 하려 하오?”

흡사 시험장의 감독관 같은 질문이다.

“글쎄요. 댁들이 천주를 믿는 것과 같다고 할까요. 어려서부터 여지학에 뜻을 두고 공부를 해온지라 이제는 믿음처럼 되어버렸습니다.”

그는 계속 퉁명을 부리며 물었다.

“먹고 사는 일이 바쁜 세상에 여지학은 사치가 아니겠소?”

“그렇지 않아요. 땅의 생김을 알아야 먹을 것이 어디에 있는지 더 잘 알게 됩니다. 중국에 천주학을 전도하러 온 사람들이 공들여 활용한 것이 바로 지리, 지도라는 걸 알고 계시오? 지리, 지도에 대한 인식이 확대되면 새로운 문물에 대한 너그러움을 가지게 되고 그러면 곧 새로운 신앙이나 사상도 너그럽게 받아들일 수 있는 겁니다. 즉, 중국에 온 선교사들은 이 세상에는 중국말고도 훨씬 더 발전한 더 많은 나라들이 있다는 사실을 깨우쳐줌으로써 몽매한 눈을 뜨게 했고 그들이 가지고 온 문물을 받아들이게 했던 것이며 아울러 천주학도 전파할 수 있었던 것이 아니겠소?”

그는 묵묵히 듣고 있다.

"지난 수십 년을 돌이켜 볼 때 무고한 천주신자들이 모진 악형을 당하고 심지어는 머리가 문 밖에 달리는 끔찍한 일을 당했는데 이는 백성과 사대부에게 천주학에 대해 곰곰 생각할 겨를을 주지 않았기 때문일지도 모릅니다. 당장 백성의 생활에 도움을 주고 벼슬아치들이 굳이 반대하지 않을 쓸모 있는 문물을 소개하여 환심을 얻은 다음이라면 그런 일을 당하지 않았을 수도 있지요."

정호가 길게 말하고 있는 동안 그 사람은 입은 딱 벌렸다.

"그렇다면 우리의 전도 방법이 잘못되었다 그 말이오?"

"그렇습니다. 내가 이래라저래라 할 것은 아니지만 그렇게 볼 수 있어요. 처음 이 땅에 천주교리가 소개된 것은 이수광의 『지봉유설』인데 벌써 이백 년도 더 지났어요. 그 이백 년도 넘는 세월동안 지금까지 천주신자의 수는 얼마나 되며 지금의 처지는 또 어떻습니까? 거리에 활개치고 나갈 수도 없는 딱한 처지가 아닙니까? 그렇기 때문에 지리, 지도 등의 전파를 통해 아울러 천주교리를 전파하려 한 옛 선교사들의 지혜를 배워야 할 겁니다."

정호가 말을 마치자 그 사람이 정호의 손을 덥석 잡았다.

"좋은 충고요. 고맙소."

"그렇게 들어주시니 고맙습니다."

정호는 고개를 숙여보였다.

"이런 내 소개를 안 했구려. 나는 양주 마현에 사는 정하상(丁夏祥)이라고 하오."

그 말에 정호가 눈을 크게 떴다.

"지금 마현이라고 하셨습니까?"

"그렇소. 마현. 혹 마현에 무슨 사연이라도?"

"사연이라고 할 것까지야 없지만 거기 사시는 어른을 한 분 뵌 적 있기에."

"어느 어른을 말함인지. 내 웬만한 분의 함자는 기억하고 있소만."

"그렇다면 혹 사암……."

이번에는 정하상이 눈을 크게 떴다.

"사암이라고요? 사암 정약용?"

"아십니까? 그 어른을?"

"알다마다, 알다마다. 아주 가까운 분이라오. 숙부님 되시지요."

정하상의 말에 이번에는 정호가 놀랐다. 세상이 좁고도 좁다더니 이런 경우를 두고 하는 말이다. 정호는 다시 고개를 숙여 보였다.

"이렇게 뵙게 되어 정말 반갑습니다. 나는 사암 어른을 사숙(私淑)하고 있는 처지입니다. 수년 전에, 그러니까 귀양에서 풀리신 그해에 한 번 뵌 일이 있습니다."

"허 이런. 이런 인연도 있구려. 반갑소이다."

정하상은 정약용의 형 정약종의 아들이다. 정약종은 1801년에 순교한 인물이다. 정호는 그날 늦게까지 정하상과 마주앉아 많은 얘기를 나누었다.

"숙부님은 귀양에서 풀리신 이후 다산(茶山)이라는 호를 즐겨 쓰신다오. 숙부님께서 귀양을 사시던 강진에 다산초당(茶山草堂)이란 공부방을 짓고 생활하셨는데 정이 들어 그렇다고요."

정하상의 말이다.

"닷새 후에 송현(松峴)으로 오시오. 『직방외기』가 반드시 거기 있을 터이니 내 드리리다."

정하상은 그렇게 말하며 손가락 그림을 그려 정호가 찾아가야 할 집을 상세하게 알려주었다. 닷새 후 정호는 혼자 송현으로 갔다. 송현은 남대문에서 종로 쪽으로 가다보면 안국동 못 미쳐인데 옛날에 안국동으로 넘어가는 고개에 소나무가 울창하여 붙여진 이름이라고 했지만 지금은 그리 많지 않다. 서울에 사람이 많아지면서 다 베어다 집을 짓거나 땔감으로 사용했기 때문이다.

'저들은 어디를 저리도 분주히 가는 걸까?'

벙거지를 쓴 포졸들이 방망이들을 꼬나 쥐고 정호와 같은 방향으로 우르르 몰려가고 있다. 정호는 부지런히 걸어 정하상과 약속한 집에 당도했다. 그러나 집에는 아무도 없었다.

"여보시오? 누구 없소?"

그렇게 부르다가 고개를 갸우뚱하고는 돌아서려는 찰나였다.

"꼼짝 마라!"

갑자기 벙거지들이 뛰어나와 정호를 묶었다.

"뭐요? 왜 이러는 거요?"

그러나 포졸 중에 하나가 불이 번쩍 나게 따귀를 한 대 후려칠 뿐 누구 하나 대답을 하는 사람은 없었다. 정신을 차리고 보니 한쪽 구석에 정호처럼 묶여 있는 젊은이와 중늙은이가 보였다. 아낙 한 사람은 묶이지 않고 사시나무 떨듯하며 꿇어 있었다. 정하상은 보이지 않았다. 정호는 다른 묶인 사람들과 함께 포도청으로 끌려갔다.

# 11. 후원자

오랑이가 숨 가쁘게 한기를 찾아왔다.

"없어졌습니다요."

오랑이 다짜고짜 말했다. 한기가 눈을 껌벅거렸다.

"없어지다니 뭐가 없어져?"

"깜정 애비 말입니다요."

그러자 한기가 껄껄 웃었다.

"이 사람 괜히 사람 놀라게 하네그려. 그 사람이야 없어졌다면 어디 산속이나 헤매고 있을 테지."

한기는 대수롭지 않은 일이라는 듯 그렇게 대꾸하고는

"요새 나도는 얘기는 뭐가 있나? 뭐 새로운 소문은 없던가?"

하며 무릎을 당겨 앉았다. 그러나 오랑이는 답답하다는 듯 제 가슴을 쥐어뜯으며 얼굴을 찡그렸다.

"참으로 답답하십니다요. 그런 것이 아니라……."

숨을 크게 한 번 들이쉰 오랑이가,

"소인하고 약조를 했습지요. 그런데 이삼일이 지나도록 집에 들어오지를 않았다는 겁니다요."

"무슨 약조를 했는데?"

"소인하고 약조할 게 달리 있겠습니까요. 얘기를 지어준다고 해서 기다리고 있는 것입지요. 게다가 인현동에도 갈 일이 있고."

그랬다. 오랑이에게 지어줄 소설도 소설이지만 지난번 초상을 그려주었던 허경근과의 약조도 있었던 것이다.

"그런데 달아나버렸단 말인가?"

"집에서는 잠시 다녀오겠노라며 나갔다 하는데……."

오랑이가 눈을 가늘게 떴다.

"그래 뭐 짚이는 것도 없고?"

한기는 그때서야 걱정스런 표정을 했다.

"일전에……."

오랑이가 무슨 말을 하려다가 입을 꽉 다물어버렸다.

"일전에?"

한기가 다그치듯 다가앉았지만 오랑이는 고개를 홰홰 저었다.

"아, 아닙니다요. 일전에 소인 놈하고 만났을 때에도 별다른 말은 없었는데."

한기가 맥 빠진 얼굴을 했다. 오랑이는 삼개에서 정하상을 만난 일을 토설하려다 정호의 당부가 생각나 입을 다물어버린 것이다.

"내 한 번 알아볼 터이니 자네도 재게 뛰어다니며 찾아보게나."

한기는 그리 심각하게 생각하고 있는 것 같지 않았지만 한기의 집을 나선 오랑이는 불길한 느낌을 지울 수 없었다. 오랑이는 송현으로 달렸다. 혹 무슨 소식이라도 얻어들을까 해서였다.

'내가 어쩌다 그 위인을 알게 되어 팔자에도 없는 뜀박질을 하누.'

그런 생각이 다 들었다. 이윽고 오랑이는 방울소리가 나게 뛰어 송현에 닿았다.

"오랑 어른, 어디를 그렇게 바삐 가우?"

오랑이는 흠칫 걸음을 멈추었다. 오랑이의 길을 막은 사람은 변복을 한 벙거지였다.

"휴우."

"놀라긴 무얼 그리 놀라우. 무슨 죄를 지은 게 틀림없구려. 이리 와 오라를 받우."

실실 웃으며 놀리는 벙거지의 등짝을 오랑이가 철썩 때렸다.

"이런 젠장. 내 진텃골에서 주인 없는 과부 엉덩이 좀 쓰다듬어 주고 왔네만 그것도 죄가 된다던가."

오랑이의 말에 벙거지가 헤벌쭉 웃었다.

"헤, 그 과부 인심이 꽤나 후한 모양이구려. 오랑어른까지 차례가 온 걸 보니."

오랑이가 과장된 표정으로 주먹 쥔 손을 들어 보였다가 내리며 정색을 했다.

"떼끼 이 사람. 그래 자네는 무슨 도적놈을 찾기에 변복을 하고 있는가?"

오랑이의 말에 벙거지는 한숨을 길게 내쉬며 혀를 쯧쯧 찼다.

"말도 마우. 괜히 죄 없는 백성들 개잡듯 잡는 재미로 이러고 있는 것 아니겠수."

오랑이가 바싹 다가들었다.

"또 무슨 일인데?"

벙거지의 말투는 이미 심드렁해져 있었다.

"천주장이를 잡는대나 양코배기를 잡는대나 하면서 벌써 사흘째 이러고 있수."

오랑이의 가슴이 철렁 내려앉았다.

"천주장이를? 천주장이가 어디 있는데?"

"바로 저 집이 그놈들 소굴이라 합디다. 서넛 묶어 가기는 했는데 그것들은 아무것도 모르는 무지렁이들 같고 진짜배기는 벌써 줄행랑을 친 모양이우."

벙거지는 제가 가리킨 집을 노려보듯 하며 말했다. 오랑이도 벙거지를 따라 그 집을 보았다. 틀림없이 정하상이 머물던 집이다.

"혹, 잡혀간 사람들은 누구던가?"

오랑이의 목소리는 쫓기듯 다급했다.

"그건 알아 무엇하우?"

벙거지가 오랑이 앞으로 얼굴을 쑥 내밀며 장난스러운 표정을 지었다.

"내가 알아야 세상 사람들이 알지 않겠는가?"

"그렇기도 하우, 하하하."

오랑이가 벙거지와 노닥거리며 얘기를 들어보니 정호는 그 집에 갔다가 잡혀간 것이 틀림없었다.

"잡혀온 것들은 그 집의 노복들 같은데 유독 그 사람만은 주인을 찾아온 손인 모양이우."

"그렇다면 그자는 필경 천주장이일세."

오랑이는 짐짓 그렇게 말하며 벙거지의 눈치를 살폈다.

"글쎄요. 매타작을 당하다 보면 실토를 할까 지금은 그저 환쟁이라고만 우기는 모양이오만."

틀림없다. 정호가 잡혀간 것이다.

"그 환쟁이라는 자의 이름도 알던가?"

확인이나 해보려는 물음이었지만 벙거지는 고개를 저었다.

"나야 이름까지야 알 리 있겠수. 왜 아는 사람이우?"

벙거지는 호기심 어린 얼굴을 했다.

"글쎄 내 아는 사람이 하도 많아서. 혹, 내 잘 아는 선비님이 아니신지 모르겠군."

오랑이는 짐짓 그렇게 말했다.

"글 읽는 선비가 뭐가 아쉬워 천주장이가 되었겠수? 게다가 환쟁이라고 하던데."

"정말로 천주장이가 아닐지도 모르는 일이 아닌가?"

"그렇긴 하오만."

오랑이는 교대할 벙거지가 올 때까지 같이 수다를 떨다가 다른 벙거지가 나타나자 주막으로 끌고 가 술과 고기를 실컷 먹였다. 다음 날 오랑이는 옥에 가서 정호를 만나볼 수 있었다.

"아이고 서방님. 이게 무슨 꼴이십니까?"

난데없이 오랑이가 나타나자 정호의 얼굴에 화색이 돌았다. 살았다는 표정이 역력했다. 멀쩡한 걸 보니 아직 매타작을 당하지는 않은 것 같다. 오랑이는 정호에게 안 하던 합쇼를 하며 상전 대하듯 했다.

"어떻게 알고?"

오랑이는 옥졸들이 저만치 사라지자 눈부터 부라렸다.

"딱한 사람. 갈 데가 그리도 없어서 여기 들어앉은 겐가?"

"어서 꺼내주기나 하게."

정호는 오랑이가 무소불위의 힘이나 가지고 있는 것처럼 퉁명스레
말했다.

"기다리게. 식전에 인현동 허문(許門)에 들러 힘을 써달라 사정을 하
고 왔네. 하지만 그 사또 나리 말씀이 자네가 정말로 천주장이가 아
닌지 어떻게 알겠느냐고 하더군."

"그래서?"

"그 사정이야 나도 모른다 했네."

"뭐야?"

정호가 버럭 소리를 질렀지만 오랑이는 싱긋 웃고 말았다.

"그런 사람이 잡히기는 왜 잡혀오느냔 말이야."

그때 정호가 주위를 두리번거리며 작은 소리로 말했다.

"혹 정 선비의 일은 어찌 되었는지 아는가?"

정하상의 안부를 묻는 것이다. 오랑이가 혀를 끌끌 찼다.

"이런 위인하고는. 자네 걱정이나 하게. 낸들 어찌 알겠는가?"

오랑이의 핀잔에 정호가 소태 씹은 표정으로 입맛만 다셨다.

"그래 어쩌다가 이렇게 묶여 왔는가?"

"정 선비가 책을 준다고 하기에 얻으러 갔다가 난데없이 달려들어
묶여 왔네."

"아직 멀쩡한 걸 보니 자네가 천주장이는 아닌 모양일세."

오랑이의 말에 정호가 눈을 부라렸다.

"그런 소리 말게. 나하고 같이 묶여온 이 사람들도 영문을 모르기
는 나와 다를 게 없는 모양일세. 정 선비와 그 집주인만 천주장이인
모양이고 이 사람들은 그 집에서 입을 더는 식솔들이야. 천주장이가

무언지도 모르고."

정호가 가리키는 사람들 중 젊은 사람은 머리가 풀어헤쳐진 산발인 채 엉덩짝에는 벌겋게 핏물이 뱄다. 얼굴에는 눈물 콧물이 흐르다가 말라 땟국이 되었고 입술도 터졌다. 매타작을 된통 당한 모양이다. 늙은이도 한 사람 있었는데 정호처럼 말짱했다. 젊은 사람부터 족쳐본 것이다.

이튿날 정호는 함께 잡혀갔던 사람들과 함께 풀려 나왔다. 오랑이의 부탁을 받은 허경근이 판서를 지낸 형님의 힘을 빌리기도 했지만 포도청의 조사에서도 별다른 죄목이 밝혀지지 않았기 때문이다.

"인현동에서 자네를 좀 보자 하시더군."

옥에서 풀리는 정호를 기다리고 있던 오랑이가 말했다.

"인사를 받자는 겐가?"

정호가 퉁명스레 받았다.

"원, 사람. 성깔머리하고는. 부르지 않아도 먼저 뛰어가 인사를 올려야 도리거늘 매양 그리 툴툴거리기만 하는가."

오랑이는 정말로 못마땅한 표정을 했다.

"세상을 그리 살면 못쓰는 법일세. 아무리 잘난 맛에 산다고는 하지만 사람 사이에 정리라는 게 있는 법일세. 사람이 정으로 대하면 그 정을 받을 줄도 알아야 사람이지."

오랑이가 그렇게 덧붙이고는 휑하니 앞서 가버렸다. 생전 화를 내지 않던 오랑이였다. 정호는 멋쩍어져서 빠른 걸음으로 오랑이를 따라갔다.

"자네도 화를 다 내는군. 어서 가세."

정호는 진심으로 미안한 표정을 했다. 정호의 사과에 오랑이는 금세 누그러졌다.

"사람 참. 화를 내 미안하이. 인현동에서는 인사를 받자는 것이 아니라 긴히 할 얘기가 있다 하였네."

"할 얘기라니?"

"그야 낸들 알겠나. 가서 들어보면 알 터. 어서 가보기나 하세."

두 사람은 부지런히 허경근의 집이 있는 인현동을 향해 걸었다.

"최 선비께서도 지금쯤 자네를 찾느라 난리가 났을 걸세."

"혜강이? 어찌 알고."

"내가 자네를 찾아 뛰어 다니는 것을 보았으니 애가 탔으리."

"자네가 괜한 수선을 피웠군그래."

정호의 말에 오랑이가 다시 눈을 치떴다.

"허. 이 사람. 자네 내가 옥에 찾아갔을 때 대뜸 무어라 했는가."

"내가 뭐라 했는데?"

"이 사람 시치미 떼는 것 보게. 무작정 꺼내달라지 않았는가?"

그 말에 정호가 껄껄 웃었다. 오랑이는 그런 정호를 어이없는 표정으로 바라보았다.

"자네야 나를 꺼내줄 만하니까 그랬지만 혜강 그 샌님이야 어디 그런 재주나 있다던가. 발이나 동동 굴렀을 테지."

인현동 허경근의 집에 도착한 두 사람은 많은 사람들이 모여 있는 것을 보고 고개를 갸우뚱했다.

"무슨 일이우? 무슨 잔치라도 있는 겐가?"

오랑이가 안면이 있는 늙수그레한 하인에게 물었다.

"잔치는 잔치인 셈이지. 이 댁 작은 어른께서 다시 사또로 나가시게 되었다는군. 그래 원근의 일가붙이들이 인사하러 몰려들 온 거요."

오랑이의 그런 수작을 보고 있던 정호가 오랑이를 툭 쳤다.

"난 가겠네."

정호는 천성이 왁자한 분위기에는 잘 어울리지 못하였다. 또 허경근이 자신을 위해 힘을 써주었다고는 하지만 억지웃음을 띠고 벼슬 얻은 것을 치하하고 싶지도 않았다. 성격 탓이다. 일부러 꾸며서 듣기 좋은 소리를 하지 못하는 정호였다.

"예까지 와서 가기는 어디를 간단 말인가. 어여 이리 오게."

그러자 정호는 들어온 문을 도로 나서고 있었다.

"허, 저 사람."

오랑이가 정호를 잡으려고 돌아서는데 때마침 허경근이 오랑이를 보았다.

"오, 화사를 모셔왔는가?"

오랑이는 송구스러운 표정으로 머리를 긁적였다.

"모셔오기는 모셔왔는데……."

오랑이가 문을 나서고 있는 정호 쪽으로 시선을 주자 허경근의 시선도 오랑이를 따라갔고 이내 중문을 나서고 있는 정호를 발견하였다. 허경근은 정호를 소리쳐 부르려다가 주위에 시선이 많은 것을 의식하고는 혀만 끌끌 찼다.

"아니 예까지 왔다가 왜 그냥 돌아선단 말인가?"

그러나 오랑인들 무슨 말을 할 것인가.

"글쎄 손님들이 많이 계시니 방해나 될 거라면서 다른 날 다시 오겠답니다요."

오랑이는 없는 말까지 지어냈다.

"허 그럴 필요까지는 없었는데. 그럼 자네나 이리 와보게."

허경근은 오랑이를 뒤뜰 후원으로 데리고 갔다.

"그 화사가 그림뿐 아니라 지도를 그린다고 했던가?"

"그렇습지요. 일전에 말씀드린 대로……."

"그림을 그릴 줄 안다고 해서 지도를 그릴 수 있는 것은 아닐 터인데 지도 그리는 공부를 했던가?"

허경근은 웬일인지 정호가 하는 일에 많은 관심을 보였다.

"글쎄 저 같은 무지렁이가 무엇을 알겠습니까만 그 선비께서 어려서부터 지도 그리는 일에 취미를 가지고 계셨던 것 같습니다요."

"그럼 지도를 매우 잘 그리겠군."

"소인 놈은 그 선비께서 그린 지도라는 걸 보지는 못했사온데 지도를 그리겠노라며 여기저기 떠돌아다니는 것을 알고 있습지요."

허경근은 오랑이의 말을 들으며 고개를 끄덕였다.

"아무래도 내 그 화사의 긴한 도움을 받아야 할 것 같구먼. 내일은 꼭 좀 데리고 와주려나. 성미가 조금 괴팍한 것 같으니 자네가 잘 말해서 내일은 꼭 모셔오게나."

"알겠습니다요. 그리 하옵지요. 아무튼 고을살이를 나가시게 된 것을 경하드립니다요."

"고맙네. 그럼 내일 보세나."

오랑이는 인현동 허경근의 집을 물러나와 약현으로 내달렸다. 그러나 정호는 아직 집에 돌아오지 않았다.

"아주머니. 깜정 애비 아직 안 왔수?"

"집 나간 지 오래랍니다. 그때 나가서 아직 안 돌아왔어요."

정호가 옥에 갇혀 있다가 풀린 일조차도 알지 못하는 작은년이다. 작은년은 오랑이가 쌀섬이라도 실린 달구지를 몰고 오면 반색을 했지만 그렇지 않을 때에는 시큰둥했다. 꼴에도 양반 행색이라고 정호가 오랑이와 너나들이를 하는 것이 못마땅했던 것이다. 오랑이라고 그런 눈치를 모르는 것도 아니련만 모르는 척할 뿐이다.

"허 이 사람. 어디를 가서 이리도 소식이 없는 게야."

오랑이는 짐짓 그렇게 중얼거리듯 말하고는 돌아섰다.

"어디 산귀신이나 된 게지요."

작은년은 오랑이의 뒤통수에 그렇게 쏘았다.

'원, 마누라라고 소갈머리하고는.'

오랑이는 못마땅한 표정으로 한기의 집이 있는 창동으로 갔다.

한기는 오랑이의 성화에 정호를 찾는답시고 갈 만한 곳을 뒤지고 다녔지만 별 소득이 없었다. 한기가 막 들어와 앉는데 마침 정호가 따라오기라도 한 듯 불쑥 들이닥쳤다.

"자네 어찌된 일인가?"

한기는 입을 딱 벌렸다.

"오랜만이군."

정호는 아무렇지도 않게 말하며 털썩 주저앉았다. 꾀죄죄하기는 했지만 먼 길을 다녀온 것 같지는 않았다.

"그래 공부는 잘 되는가?"

"이 사람아. 오랑이 그 사람이 자네가 없어졌다며 발을 동동 구르고 다니던데 만나는 보았나?"

그러나 정호는 한기가 보던 책을 뒤적거리며 딴청을 부렸다.

"실없는 사람. 내게 빚 받을 거라도 있다던가?"

한기는 그저 어리둥절할 뿐이다. 그때 밖에서 오랑이 목소리가 들렸다.

"최 선비님 계십니까요?"

한기가 방문을 열었다.

"여기 있네. 들어오게."

오랑이는 정호가 앉아 있는 것을 보더니 헹 소리가 나게 콧바람을 내며 고개를 돌렸다.

"잘도 찾아왔군."

정호가 심드렁하게 말했다. 한기는 멀뚱한 표정으로 두 사람을 번갈아 바라볼 뿐이다. 정말로 빚이라도 받으러 쫓아다니는 것 같았다.

"무슨 일들이야?"

한기의 말에 오랑이가 정호는 본 척도 않고 한기를 향해 앉았다.

"최 선비님 깜정 애비 사람 좀 만들어주십시오."

오랑이가 한숨을 푹 내쉬며 말하자 정호는 코웃음을 쳤다.

"허, 자네는 내가 사람이 아니라 지나가는 삽살개로 보이는가?"

한기는 무슨 일인지 궁금해서 견딜 수가 없었다.

"무슨 일이 있었군그래."

한기가 오랑이에게 어서 얘기를 해보라는 듯 턱짓을 했다. 오랑이는 정호를 한 번 노려보듯 하더니 부아를 참는 듯 미간을 찌푸렸다.

"글쎄 이 사람이 지금까지 어디에 있었던 줄 아십니까요?"

오랑이가 딱하다는 듯 혀를 쯧쯧 찼다.

"어디에 있었기에? 어디 술청에라도 들어앉아 있던가? 사내 구실을 하겠다고?"

한기가 실실 웃었다.

"그러기라도 했다면 다행입지요. 글쎄 포도청 옥에 떡하니 들어앉아 있지를 않겠습니까요. 제 집 안방이나 되는 것처럼 들어앉아서는……."

그때 정호가 쿡 웃으며 오랑이의 말을 막았다.

"그런 소리 말아. 안방이라니. 난 숨이 막혀 죽는 줄로만 알았네."

정호의 말이 끝나기도 전에 한기가 놀라서 재우쳐 물었다.

"옥이라니? 이 사람이 무슨 잘못을 했기에 옥에 갇혀? 자네 무슨 일인가, 응?"

한기의 놀란 표정과는 달리 정호는 별일 아니라는 듯 크크 웃으며 손을 내저었다.

"별일 아니었어. 괜한 호들갑."

그러나 그런 정호가 또 못마땅한 모양인지

"별일이 아니기는 뭐가 별일이 아니라는 게야. 그래 실없이 옥에 갇혀서 멀쩡한 사람 애간장을 녹이는 것도 별일이 아니란 말이여."

정호에게 그렇게 쏘아준 오랑이가 한기를 향했다.

"글쎄 천주장이가 되었다고 옥에 갇히지를 않았겠습니까."

오랑이의 말에 한기의 눈이 화등잔만해졌다.

"천주장이? 자네가 천주장이가 되었어? 저런, 못쓰네, 아직 때가 아니라는 걸 왜 몰라. 아니겠지, 자네가 무슨 천주장이가 되었단 말인가? 포도청에서 잘못 안 거겠지. 그렇지? 자네가 천주장이가 된 건 아니지?"

한기의 말에 정호는 껄껄 웃고 말았다.

"이 사람. 흥분하지 마시게. 천주장이는 아무나 된다던가. 난 천주장이 노릇할 시간도 없네. 또 천주장이가 좀 되면 그게 무슨 큰일이라는 겐가. 그럴 것 없네. 사람 사는 것이 다 제 뜻대로 살아가는 법이거늘. 사암 그 어른의 말씀을 벌써 잊었는가."

그 말에 한기가 다가앉았다.

"사암 어른의 가르침을 내가 잊을 리야 있겠는가만 아직 때가 아니어서 하는 말일세. 아무리 천주학이 옳다고 해도 자신의 근본을 부정하는 짓을 한다지 않는가? 사당에 모신 위패를 불태우고 부모의 제사도 지내지 않는다는 말이 있네. 우리의 도덕이라는 것이 부모를 공경하는 것이 으뜸이거늘 부모의 제사를 지내지 않는다니 그게 어디 될 법한 소리인가?"

두 사람의 얘기는 엉뚱한 방향으로 흘러갔다. 답답한 것은 오랑이였다.

"지금 그 문제로 다투실 때가 아니라니까요. 깜정 애비 이 사람을 인현동 사또께서 꼭 좀 보자고 성화신데 이 사람이 자꾸 내치기만 하니 무슨 화나 당하지 않을지 걱정이라니까요."

한기로서는 그 말도 영문을 알 수 없는 소리였다.

"인현동 사또라니? 인현동에 무슨 사또가 있다는 게야?"

그러나 정호는 인현동 사또라는 말에 흥, 하고 돌아앉았다.

"자네 그 잘난 사또에게 가서 이르게. 아무리 내게 하늘 같은 은혜를 주었다고 해도 아랫것 부리듯 오라 가라 하지 말라고. 난 그런 오만한 사람 별로 달갑지 않아."

정호의 말에 오랑이는 기어코 짜증을 내고 말았다.

"참으로 잘난 위인일세. 그렇게 잘난 위인이 옥에는 왜 갇히는가. 그리고 그 사또 나리가 아니었으면 그 옥에서 어떻게 나올 수 있었겠느냐고. 내 아까도 말했지만 사람이라면 은혜를 고마워할 줄도 알아야 하고 고마움을 표시할 줄도 알아야 하는 게 아니냔 말이야. 난 높은 공부를 못해봐서 모르겠네만 그래도 자네처럼 그리 살아서는 안 된다는 것은 알고 있네."

답답한 한기가 오랑이에게 자초지종을 물었다. 오랑이가 허경근을 알게 된 경위를 자세하게 얘기했다. 정호는 괜한 헛기침에 입맛만 쩍쩍 다시며 한기가 보던 책을 뒤적였다.

"참으로 고마운 사람 아닌가. 그렇다면 일부러라도 찾아가 인사를 챙겨야 하겠구면. 더욱이 긴히 할 얘기가 있어 보자는데 퉁명을 떨 건 또 뭔가?"

한기도 오랑이와 같은 말을 하였다. 그러나 정호는 머리를 가로저었다.

"퉁명을 떠는 것이 아니라 괘씸하지 않은가. 제가 양반이고 남을 호령하는 가문이라고 해서 제 마음대로 사람을 오라 가라 해도 좋다는 말인가. 나도 그 사람에게 고맙게 생각하고 있네. 하지만 양반이라고 해서, 또 높은 벼슬을 지낸 집안이라고 해서 사람을 업신여기는 꼴은 볼 수 없어. 몇 푼 쥐여주었다고 제 마음대로 할 수 있다고 여기고 있지를 않는가 말이야. 난 싫네. 그리 살고 싶지는 않으이. 차라리 굶는 쪽이 속이 편하지."

허경근에게 도움을 받았다고 해서 인간적으로 머리를 숙이지는 않겠다는 것이다. 자존심이 허락하지 않는다는 것이다. 게다가 정호는 양반이랍시고 거들먹거리는 사람들을 매우 싫어했다. 정호의 눈에는 허경근도 그런 부류의 인간으로만 보였다. 세검정 계곡에서 허경근을 처음 보았을 때 받은 인상이 그랬다. 양반이랍시고 기생들과 어울려 술판을 벌이면서 자기에게 그림을 그리게 한 것을 모욕으로 받아들였던 것이다. 목구멍이 포도청이고 산 입에 거미줄 칠 수 없어 시키는 대로 하기는 했지만, 게다가 초상화까지 그려주고 많은 도움을 받았지만 정호에게는 그때 그 일이 참을 수 없는 수모였다.

그러나 오랑이는 그런 정호가 곱게 보이지 않았다. 정호의 생각을 이해할 수도 없었다. 굶어 죽게 된 판국에 허경근 같은 어진 이를 만나 그나마 양식을 얻어먹을 수 있었으며 억울하게 옥에 갇혀 매타작을 당하게 된 판에 힘을 써주었으니 그렇게 고마운 사람이 또 어디에 있겠는가. 오랑이 자신 같으면 백 번 천 번이라도 절을 할 판이다.

"자네 생각이 너무 꼬여 있는 것 아닌가?"

한기가 정호의 표정을 살피며 조심스레 말했다. 정호가 못마땅한 표정으로 한기를 바라보는데 오랑이는 한술 더 떴다.

"그렇습지요. 꼬여도 새끼줄처럼 배배 꼬였습지요. 인현동 사또 나리가 거들먹거리며 잡아오라는 것도 아니고 긴히 의논할 것이 있으니 모셔오라고 몇 번이나 당부했는데 저 위인이 저렇게 허연 눈을 뜨고 있으니 딱한 노릇입지요."

정호는 아무 말도 하지 않았다. 한기가 다시 말했다.

"내 생각에는 가보는 것이 좋을 듯하이. 그 사또라는 사람이 어떤 위인인지 알 수 없지만 오랑이 이 사람 말을 들어봐서는 자네가 생각하는 그런 사람은 아닌 것 같으이."

"글쎄 그렇다니까요. 오죽하면 사또 나리가 이 사람 성미가 조금은 괴팍한 것 같으니 말을 잘 해달라고 소인 놈에게까지 당부를 했겠습니까요."

결국 정호는 다음 날 오랑이와 함께 허경근에게 갔다. 점심때가 조금 지나서였는데 허경근은 아침부터 기다리고 있었다며 반갑게 맞았다. 허경근은 사람을 시켜 술상을 가져오게 하였다.

"이번 제 일에 힘써주셔서 그 은혜를 감당키가 어렵습니다."

정호는 오랑이가 몇 번이나 윽박지른 대로 인사부터 챙겼다.

"나라에 어지러운 일이 많다보니 그런 누명도 쓰게 되었겠지요. 마음고생 몸고생이 심했겠소. 그래 어디 상한 데는 없소?"

"덕분에 신체 멀쩡합니다. 보자 하신 것은……."

정호는 허경근과 마주 앉아 의례적인 인사나 나누고 있는 것이 편하지 않았다. 그래서 대뜸 용건부터 묻고 나서는 것이다. 그러나 정호의 속내를 알 리 없는 허경근은 온화한 미소를 띠고 술상만 어서 들이라고 채근했다.

"김 선비께서 사또 나리의 은혜가 하해와 같다고 하셨습니다요."

술상이 들어오자 오랑이는 정호의 치사가 부족하다 싶었는지 한마디 덧붙였고 허경근은 껄껄 웃으며 손을 저었다.

"별말씀을. 내 화사를 뵙자 한 것은 다름이 아니라 지도를 그린다는 말을 들었기 때문이오."

정호가 술잔을 들다말고 허경근을 바라보았다.

"지도라니요?"

사사로이 지도를 그리는 일은 나라에서도 금하는 일이 아니던가. 물론 지도를 그리는 사람이 있지도 않은 터여서, 나라에서 금한다고는 하지만 지도를 그린다고 잡으러 다니거나 하지는 않았다. 다만 드러내놓고 떠벌리며 할 일은 못 되었다. 정호의 반문에 오랑이는 찔끔하여 정호의 눈치를 살폈다.

"이런. 내가 앞 뒤 없이 말을 꺼냈구려. 내 차근차근 말하리다. 나는 이틀 후면 황해도의 신천(信川)으로 고을살이를 가게 되었소."

"경하드립니다."

정호는 고개를 숙여 인사를 하였다. 허경근은 입가에 부드러운 미소를 지어보였다.

신천의 고을살이라면 종4품의 군수였다. 원님, 또는 사또라 함은 그 고을의 수령을 일컫는 말인데 고을의 크기에 상관없이 그렇게 불렀다. 팔도에 한 명씩 두는 관찰사(觀察使, 또는 감사)는 종2품의 사또였으며 같은 종2품으로 경주, 전주, 평양, 의주, 함흥 등에는 부윤(府尹)이 있어 고을을 다스렸다. 목사(牧師)는 정3품인데 경기도 광주목사에 한해서는 종2품을 임명하였다. 같은 정3품으로 대도호부사(大都護府使)가 있으며 도호부사(都護府使)는 종3품이었다. 군수(郡守)는 종4품, 현령(縣令)은 종5품이고 가장 작은 고을은 종6품인 현감(縣監)이 다스렸다. 그러므로 군수는 결코 낮은 벼슬이 아니다.

그러나 허경근의 입장에서 볼 때 신천 군수로 나가는 것이 축하를 받을 만한 것은 아니다. 먼저 안성에서 종4품의 군수를 지냈으므로 내직으로 들어와 궁궐 출입을 하는 것이 순서였던 것이다. 벼슬아치들은 외직보다는 내직을 선호했다. 내직이 아니라면 종3품의 도호부사 정도로 나가는 것이 바라는 바일 터였다. 그러나 허경근은 그런 내색을 하지 않았다.

"인사나 받자고 보자고 한 것은 아니고 화사께서도 지도 그리는 취미가 있어 팔도를 이 잡듯 다닌다는 말을 듣고 내가 가야 할 고을의 풍속과 산물에 대해 알고자 함이오. 또 고을을 다스리는 데에는 변변한 지도를 갖추고 있어야 할 듯하여 화사의 도움을 받고자 함이오."

허경근이 정호의 잔에 술을 부으며 진지한 표정으로 말했다. 정호는 고개를 들어 허경근을 바라보았다. 허경근이 말을 이었다.

"알고 있는지 모르지만 나는 연전에 안성에서 고을살이를 한 바 있소이다. 그때 나라에서 각 고을의 부도(附圖)를 바치라 하여 예로부터 보관되어 있던 부도를 찾아보니 이건 숫제 어린 아이가 장난을 한 것 같았소. 그래서 화사를 수소문하여 부도를 새로 그리게 하였더니 수십 일이 걸려 그리긴 그렸는데 도무지 부도의 꼴이라 할 수가 없을 지경이었소. 여지학에는 깜깜절벽인 내가 보아도 그런 엉터리가 없었던 것이오. 시일은 촉박하고 그래 하는 수 없어 그냥 바치기는 했지만 참으로 딱한 일이 아닐 수 없었소."

정호는 허경근의 말에 흥미를 느끼며 다가앉았다.

"그렇겠지요."

능히 알 만한 일이다. 나라에서는 전국도며 각 부도의 제작에 관심을 가지고 각 고을의 부도를 수집했다. 하지만 지도 제작에 일가를 이룬 전문가들은 관상감에나 있을 뿐 지방에서는 허경근이 안성에서 그랬던 것처럼 산수화라도 그려본 화사가 있다면 그나마 다행이고 삐뚤빼뚤 난이나 쳐본 관리들이 지도를 그려 올렸다.

"물론 그 일이 있기 전까지는 난 지도에 대해 한 번도 관심을 가져본 적이 없었소. 그러나 그 이후로 고을살이를 나가게 되면 지도와 지지에 대한 연구가 있어야 하겠다는 생각을 하게 되었다오. 하지만 같이 어울려 여지학을 논해볼 사람을 만나지 못해 아직까지 그저 관심만으로 지내고 있었는데 젊은 화사께서 여지학에 몰두하고 계시다니 내 어찌 반갑지 않겠소."

허경근의 말을 들으며 정호의 표정은 차츰 환하게 밝아졌다.

"훌륭하십니다. 저야 그저 알량한 재주로 여지학에 뜻을 두었으나 사또께서 받자하시니 감당키 어렵습니다."

정호는 진심으로 고개를 숙여 예를 표했다. 허경근은 정호보다도 십수 년이나 연상이었지만, 게다가 정호로서는 감히 우러러보기도 어려운 높은 벼슬아치였지만 깍듯한 태도로 정호를 대했다. 허경근의 그런 태도는 새끼줄처럼 배배 꼬였던 정호의 굳은 마음을 실타래 풀듯 깨끗하게 풀어주었다.

"자, 오랑이 자네도 어여 한잔 들게나, 자네가 애썼으이."

허경근은 정호가 다소곳이 나오자 기분이 좋아졌다.

"소인이 감히 어느 안전이라고."

오랑이는 짐짓 빼는 척했지만 허경근은 과장되게 손을 저었다.

"무슨 소리를 하는가? 자네가 내게 좋은 친구를 소개해주었는데 어찌 공이 없다 하겠는가. 안 그렇소, 김 공?"

허경근은 정호에게 화사라 부르지 않고 공(公)이라 부르며 껄껄 웃었다. 그러나 허경근이 그렇게 나오는 데에는 정호로서도 민망하지 않을 수 없었다.

"말씀을 낮추시지요. 듣기에 송구스럽습니다."

정호는 배알이 꼴리면 누구나 소 닭 보듯 했지만 일단 마음을 열고 나면 다소곳하고 예의 바른 사람이다. 허경근에게 정호는 친근감을 가지게 된 것이다.

## 12. 살아 있는 지도

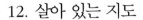

    정호는 허경근의 부임 행차를 따라 나섰다. 허경근의 행차는 단출했다. 식솔은 서울 집에 두고 부리는 사람만 하나 달랑 데리고 집을 나선 것이다. 정호가 따라 나섰으므로 일행은 셋뿐이다. 말을 타지도 않았다. 가마는 타지 않더라도 마부가 딸린 말은 타야 체면치레가 되었지만 허경근은 그런 허세를 부리지도 않았다. 정호는 허경근의 그런 모습이 퍽 마음에 들었다.

    "이번 기회에 내 관서 인근을 제대로 알아야겠네. 자네 덕분에 말이야."

    허경근의 말투가 그렇게 바뀐 데에는 이유가 있었다. 순전히 정호의 고집 때문이다. 허경근의 존대가 부담스러웠던 정호는,

    "저와 친구를 하시는 것이야 좋지만 말씀을 낮춰주셔야 제가 편합니다."

    라며 하게를 하지 않으면 따라나서지 않겠노라고 버텼던 것이다.

허경근이 정호와 함께 임지로 가고자 한 이유는 단순했다. 지도를 그리려는 것이다. 원칙과 명예를 중시하는 허경근은 지난번 고을살이 때 부도를 제대로 그려 올리지 못한 것이 못내 아쉬웠다. 그 부도를 보고 누가 무어라 한 것은 아니었지만 스스로는 그 부도가 엉터리였다고 여기고 있다. 그래서 지도에 취미를 가졌다는 정호를 알게 되자 퍼뜩 그때의 일이 떠올랐던 것이고 우선은 신천의 부도를 그린 다음 차츰 황해도, 평안도 등 각 지방의 지도를 그려볼 생각을 했던 것이다. 물론 그때 일 이후로 여지학에 관심을 가지게 된 것도 사실이다.

"신천은 황해의 감영이 있는 해주의 서북쪽으로 동으로는 재령이 있고 북으로는 안악이 있으며 바다 쪽으로는 장산곶이 있습니다. 황해에서는 패강(浿江)의 동쪽인 황주, 봉산, 서흥, 평산과 서쪽인 안악, 문화, 신천, 재령이 모두 토지가 비옥하고 풍속이 평화로워 백성들이 살기에 좋은 곳이지요. 오곡과 목화가 많이 나고 연철(鉛鐵)도 생산됩니다."

정호의 설명에 허경근은 고개를 끄덕였다.

"백성들이 살기 좋은 고을이라니 그곳의 수령은 한가하겠군."

그러나 정호의 말투는 심드렁했다.

"물론 척박한 곳보다야 낫겠지만 요즘은 그렇지도 않습니다."

허경근이 의아한 표정을 했다.

"그건 또 무슨 소리인가?"

정호가 잠시 난처한 표정을 지어보이더니 입을 열었다.

"외람된 말씀이오나 고을을 다스리는 수령과 아전들의 횡포 때문이지요."

"수령의 횡포?"

허경근의 표정이 약간 굳어졌다.

"언제부터인지는 모르겠으되 이 나라 백성들은 수령을 어버이로 여기지 않는 지 오래되었지요. 그것은 백성들이 편히 살 수 있도록 다스리는 것이 아니라 오히려 못살게 굴기 때문입니다."

"흠. 계속해보게."

"근래 들어 어진 수령을 찾아보기 힘들게 되었는데 그것은 작은 고을로 갈수록 더 심하다 할 수 있습니다. 그 이유는……."

정호는 다시 허경근을 힐끗 쳐다보았다.

"그 이유는?"

"그 이유는, 저의 좁은 소견입니다만, 작은 고을의 수령 자리를 차지하는 사람들은 부정한 방법으로 벼슬을 얻은 사람이 많기 때문입니다. 가령 전답을 팔아 세도가에게 벼슬자리를 산 사람들이 그 벼슬을 이용해 자기가 바친 재물을 찾고자 하기 때문이지요."

"그러니까 자기가 벼슬을 사기 위해 탕진한 재물을 백성들에게 긁어낸다?"

"그렇지요. 게다가 더 큰 문제는 아전들에게 있습니다."

"아전들은 또 어째서 그런가?"

"아전들에게도 나라에서 녹을 주어야 마땅할진대 지금 이 나라에서는 아전들에게 녹을 주지 않고 있습니다. 그렇다고 고을의 수령이 아전에게 몫을 나누어주는 것도 아니니 그들은 부정한 방법으로 살아갈 수밖에 없는 것입니다."

허경근은 멈춰 서서 정호를 바라보았다. 정호는 지나친 말을 했다 싶기는 했지만 담담한 표정을 지었다.

"자네 여지학만이 아니라 여러 가지 공부를 하는 모양이군."

비아냥거리는 것 같기도 했고 진심으로 하는 소리 같기도 했다.

"송구합니다."

그러나 허경근은 손을 저었다.

"아닐세. 자네 말이 하나도 그르지 않아. 이 나라에는 하루빨리 고쳐져야 할 못된 습속이 많네. 나 역시 고을살이를 하면서 그런 생각을 했네. 자네가 옳게 보았어."

허경근은 그렇게 말하더니 휘적휘적 앞서 걸었다. 내색을 하지는 않더라도 기분이 좋을 리는 없을 터였다. 정호는 멋쩍은 얼굴로 허경근의 뒤를 따랐다. 어느덧 개성에 도착했다. 정호는 허경근을 데리고 개성의 이곳저곳을 구경시켜주었다.

"이곳이 고려 우왕이 매일 술잔치를 벌였다는 화원 자리입니다. 이 돌무더기가 팔각전 터라는 증좌입니다."

정호는 개성에서 십여 년을 살았으므로 손바닥 들여다보듯 훤했다. 화원 자리는 원래 무신정권을 세웠던 최충헌의 집터였는데 그가 쫓겨난 이후 우왕이 화원과 팔각전을 세워 놀이터로 삼았다.

"우리 태조께서 칼을 빼드신 곳이군."

위화도에서 회군한 이성계는 고려를 무너뜨리기 위해 이곳으로 달려왔던 것이다.

"그렇다고 합니다."

정호는 허경근을 데리고 목청전(穆淸殿)으로 갔다. 허경근이 태조를 배알해야 한다고 하여 데리고 간 것이다. 목청전은 태조의 옛집으로 태조의 영정이 있다.

일행은 개성을 돌아보고 곧장 해주를 향해 발걸음을 옮겼다. 해주는 감사 재임지이므로 허경근은 감사에게 들러 부임인사를 하느라

하루를 지체하였다. 감사는 허경근의 초라한 행색을 보고는 못마땅한 표정을 드러내며

"어여 가보게."

했다고 허경근은 껄껄 웃었다.

"선물을 올리지 않은 탓이겠지요."

정호의 말에 허경근은 쓴웃음을 지으며 어서 가자고 앞장섰다.

"저기 보이는 산이 바로 수양산입니다. 백이와 숙제의 얘기가 전해 지는."

수양산은 해주의 북쪽에 우뚝 서서 해주를 바라보고 있다. 허경근 이 고개를 외로 꼬고 수양산을 바라보며 말했다.

"이보게. 백이 숙제 얘기는 주나라 때 아닌가? 여기가 주나라 영토 는 아니었잖나?"

정호가 그럴 줄 알았다는 듯 미소를 짓고 말을 이었다.

"물론입니다. 주나라 땅은 아닌데 동명의 산이 해주에 있는 거지요. 그래서 후세 사람들이 수양산에도 백이 숙제의 사당을 지었다는 겁 니다. 지금도 그런 생각을 하는 유자들이 있지만 옛날에는 중국을 부 모의 나라로 여기는 사람들이 많았으니까요. 게다가 백이 숙제의 높 은 뜻을 이어받겠다는 생각이었겠지요."

주나라의 무왕이 전쟁을 일으키려 하자 백이와 숙제가 간곡하게 말렸지만 왕은 듣지 않았다. 그러자 백이와 숙제는 주나라의 곡식을 먹지 않겠노라며 수양산 깊은 골짜기로 들어가 고사리만 뜯어먹다가 굶어 죽었다는 얘기이다. 해주 사람들이 중국의 수양산을 본떠 똑같 은 이름을 지었는지도 모를 일이다. 정호가 말을 마치자 허경근이 고 개를 끄덕이며 시를 한 수 읊었다.

수양산 바라보며 이제(夷齊)를 한하노라.

주려 죽을지언정 채미도 하는 것가.

아무리 푸새의 것인들 그 뉘 따에 났더니.


정호가 바라보자 허경근이 껄껄 웃었다.

"자네가 백이 숙제 얘기를 하니 문득 생각이 나기에 읊어보았네. 세종 때 충신 성삼문의 시일세."

"백이 숙제를 비난하고 있군요."

"그렇다네. 주나라와 결별을 하겠다면 주나라 땅에서 나는 고사리 조차도 먹지 않았어야 했다는 뜻이지."

"참으로 지조가 깊은 분이셨습니다."

"암은, 결국 세조가 단종을 밀어내고 왕위에 오를 때 대항하다가 목숨을 잃고 말았지. 만고의 충신이라지 않던가."

허경근은 눈을 스르르 감으며 옛일을 회상하듯 했다.

"별로 알려져 있지는 않지만 수양산에 은둔하며 안빈낙도의 생을 즐긴 전만거(田滿車)라는 분도 이제에 관한 시를 남겼습니다."

"전만거라……."

"전만거는 무슨 까닭인지 아내와 더불어 수양산에서 칠십 평생을 채식으로 지냈다 합니다. 한때 나라에 큰 흉년이 들어 청국에 곡물을 청해 백성들에게 나누어주었는데 전만거는 '들으니 연산의 곡식이/ 동으로 이만 석이 온다고 한다/ 해서민에게는 나누어주지 마라/ 수양 산에 고사리가 푸르다' 하여 차라리 수양산의 고사리를 뜯어먹을지 언정 오랑캐의 곡식은 먹지 않겠다고 했지요."

"그런 사람이 있었군."

"전만거는 그릇된 사회풍조를 못마땅해했기 때문에 세속의 인연을 두지 않으려고 했지요. 이런 시도 있습니다. '내가 본시 청한하지만 소 한 마리가 있으되/ 갈기를 다하면 협중에 내버려둔다/ 타고서 인간의 세계에 나가지 않는 것은/ 당년의 세이(洗耳)한 물을 먹을까 근심이 됨이로다' 했지요."

"소부(巢父)와 허유(許由)를 흉내 내고 있군."

소부와 허유는 중국 요나라 때 사람이다. 요임금이 허유를 불러 왕위를 물려주겠다고 했더니 허유는 정중히 거절한 다음 더러운 소리를 들었다며 영천(潁川)에 가서 귀를 씻었다. 그때 허유의 친구인 소부가 소에게 물을 먹이려고 영천에 나왔다가 허유가 귀를 씻는 것을 보고 연유를 물었다.

"자네는 어째서 얼굴을 씻지 않고 귀만 씻는가?"

허유가 답하기를,

"임금을 만났더니 나보고 왕위를 가지라 하기에 너무나 더러운 소리라 씻고 있네."

그러자 소부는 소를 끌고 허유의 위쪽으로 올라가며 말했다.

"하마터면 내 소에게 더러운 소리를 들은 귀를 씻은 물을 먹일 뻔했군 그래."

신천에 도착한 허경근은 곧바로 관아로 가지 않고 고을 곳곳을 다니며 민정을 살폈다. 정호의 조언에 따른 것이다. 정호는 오래전 월천에게서 들은 사암 정약용의 곡산 부사 시절 얘기를 기억했다.

"이왕 부임 행차야 보잘것없으니 백성들의 살림살이나 살펴보고 들어가시는 것이 어떻겠습니까?"

"무슨 소리인가?"

"지금 사또의 행색을 보면 누구도 신임 사또인 줄 알아볼 수 없을 것입니다. 그러니 마음 놓고 백성의 살림살이를 살펴볼 수 있지 않겠습니까? 만약 백성들이 사또를 알아보게 되면 그 또한 쉽지 않을 터이니 산천 고을을 한 바퀴 둘러보신 후에 관아로 가시지요."

허경근은 흔쾌히 정호의 의견을 따랐다. 그래서 같이 신천 백성의 살림살이를 살폈다. 한편 신천의 아전들은 신임 사또의 부임 행차가 당도하지 않는다며 오래전부터 기다리고 있었다. 이웃 고을인 재령에 말과 가마를 대령하여놓고 있었으며 백성들을 동원하여 길을 닦는다며 법석들을 떨었다.

신임 사또의 부임이 있게 되면 이미 하루 진쯤에 달려온 전령이 관아에 알려 맞을 준비를 하는 것이 관례처럼 되어 있었으므로 신천 관아의 아전들은 누구도 신임 사또가 신천에 들어와 있으리라고는 생각하지 못했다. 말을 탄 전령만 눈이 빠져라 기다리고 있는 것이다. 정호 일행을 흘끔거린 사람들도 한가한 유람객쯤으로나 생각하는 눈치였다.

신천에 들어간 지 이틀 후에 허경근은 관아로 갔다. 관아에는 신임 사또를 맞기 위해 쓸고 닦는 관노들만 있을 뿐 아전들은 보이지 않았다. 모두들 마중을 나가 있을 터였다.

"멈추슈. 여기가 어디라고 함부로 들어오는 거유?"

허경근이 정호와 함께 관아로 들어서자 문지기 포졸이 앞을 막아섰다.

"어서 비키우. 신임 사또님이시우."

서울에서부터 따라온 하인이 그렇게 말하자 포졸은 눈을 휘둥그렇게 뜨더니 걸음아 날 살려라 도망을 치고 말았다. 아마 다른 사람에게 알리러 가는 것일 테지만 얼마나 경황이 없었는지 고개도 숙여 보이지 못하고 달아난 것이다. 허경근과 정호는 그 모양을 보고 껄껄 웃었다. 한식경도 더 지나서야 아전들과 장교들이 관아로 몰려왔다. 모두들 놀란 토끼 눈이다.

허경근의 호통이 떨어졌다.

"관무를 팽개치고 어디들을 다녀오는 겐가!"

"소인, 이방입니다요. 사또께서 오시기를 이제나저제나 하면서 들어오실 길목을 잡고 엎드려 있었사온데……."

엎드려 있기야 했겠는가만 충성스러움을 나타내려는 이방의 답변이다.

"누가 이방더러 게 나가 기다리라고 하던가. 이 고을은 관무가 그토록 한가하던가!"

아전들은 속으로 저런 괴물이 다 있나 하면서도 연신 진땀을 흘려야 했다.

정호는 신천 인근의 지도를 그렸다. 허경근도 따라나서려고 했지만 새로 부임한 터라 처리해야 할 송사며 관무가 많아 짬을 낼 수가 없었다. 신천에 온 지 열흘 남짓 되었을 때였다. 인사차 허경근을 찾아온 사람이 있었는데 허경근의 먼 일가붙이였다. 서울에서 정호가 허경근에게 불려가 초상을 그려주었던 사람이 젊은이 한 사람을 데리고 찾아와 있었다. 그는 허경근의 팔촌형이라고 했다. 이름은 허만근

(許萬根)인데 해주에서 큰 장사를 한다고 했다. 데리고 다니는 젊은이는 허만근의 조카뻘이라고 했다. 허만근이야 아는 얼굴이었으므로 인사를 나누었지만 허만근이 데리고 온 젊은이도 정호에게는 낯이 설지 않았다.

"혹, 개성 살던 덕만이 아니냐?"

정호는 고개를 갸웃거리며 젊은이를 바라보다가 말했다.

"그렇구먼요. 정호 형님이 맞구먼요?"

긴가민가 하는 표정을 짓고 있던 허덕만이 씩 웃었다. 그는 작은년에게 노리개를 사다 주던 허덕만이었던 것이다.

"허, 두 사람이 아는 사이인가?"

허경근도 허만근도 어리둥절한 표정을 지었다.

"이를테면 개성에서 동문수학을 한 동접입니다. 하하."

정호의 대답이다. 월천의 문하에 있을 때는 눈여겨보지 않았지만 그래도 이렇게 만나니 반가운 마음이 들었다.

"그래, 무슨 벼슬을 하셨수?"

허덕만이 정호의 아래위를 훑듯 살피며 물었다.

"벼슬은 무슨, 그저 유람이나 다니네. 자네는 과거에 나갔던가?"

그러자 허덕만은 머리만 긁적였다. 사실 허덕만은 월천의 글방에서도 아이들 책이나 읽는 것이 고작이었다. 학문에 영 취미를 붙이지 못한 허덕만은 장가를 든 이후에도 기방 출입이나 하며 지내다가 장사나 배우겠다며 허만근을 따라나선 것이다. 다른 지방에서는 양반이 장사를 하는 게 보기 좋은 모습이 아니었지만 실리를 좋아하는 개성 사람들은 기꺼이 장삿길로 나서곤 했다. 허만근은 해주에 터를 잡고 있었지만 원근의 일가붙이들이 개성에 많이 있었다. 허경근의 집안은 일찍이 서울에서 벼슬살이를 하며 명문가로 살아왔고, 다른 일가붙이들은 벼슬을 사는 허경근 일가를 자랑스레 생각하며 개성이나 해주, 의주 등지에서 장사로 이름을 날렸다. 그 역시 억지로 말하면 실용지학의 실천이라 할 만했다.

"장가는 드셨수?"

허덕만은 작은년을 떠올리며 넌지시 물었다.

"들었지. 딸아이가 하나 있네."

정호의 대답을 들으며 허덕만은 작은년의 도톰한 입술이며 살진 엉덩이를 떠올렸다.

"자네도 알겠군. 월천 스승님 댁에 있던 규수를."

알다마다. 내가 퍽이나 안아주었지. 허덕만은 속으로 그런 생각을 하며 입맛을 쩍 다시고 고개를 끄덕였다.

"그랬구면요. 그 얌전한 규수가 아이 어머니구만요."

허덕만이 짐짓 그렇게 말하자 속 모르는 정호는 사람 좋은 웃음을 보이며 고개를 끄덕였다.

"그런데 어떻게 예까지……."

옆에서 얘기를 듣고 있던 허만근이 웬일로 환장이를 데리고 왔느냐는 듯 턱짓으로 정호를 가리키며 허경근을 바라보았다.

"이 사람이 알고 봤더니 여지학을 공부하는지라 도움을 받을까 하고 같이 왔습니다."

허경근의 말에 허만근이 무릎을 당겨 앉았다.

"여지학이라면, 지도를?"

"그렇습니다. 인근의 지도를 그려볼까 하고요."

"백성을 다스리는 데에도 지도가 필요한가?"

허만근이 호기심 가득한 표정으로 물었다.

"물론입니다. 지금까지야 주먹구구식으로 삼십 리 밖에 역이 있고 어디쯤에 대로(大路)가 있으며 어느 고을에서는 어떤 작물이 많이 나더라 하고 여겨왔지만 정확한 지도를 그리면 그 안에 그런 것이 모두 표기되므로 앉아서 모든 걸 알 수 있지요."

허만근은 허경근의 말은 건성으로 흘려들으며 정호를 빤히 바라보았다.

"그렇다면 육로나 수로도 모두 알 수 있겠구먼. 내 이 사람에게 일을 맡겨야겠네. 자네 일이 끝나면 이 사람을 내게 좀 보내주게."

허만근은 정호를 바라보며 허경근에게 말했다. 순간 정호의 눈썹이 꿈틀했다. 허만근은 정호를 허경근이 부리는 사람쯤으로 생각하고 있는 것이다.

"허, 형님. 뭔가 잘못 생각하고 계신 모양입니다. 이 사람은 내가 이래라저래라 할 수 있는 사람이 아닙니다. 형님이 직접 부탁을 해보시지요."

정호를 앞에 두고 두 사람은 그런 얘기를 주고받았고 정호는 고개를 숙여 보이고는 방을 나와버렸다. 불 같은 성미에 그런 얘기를 듣고 있자니 속에서 열불이 났던 것이다.

"아니 저 사람이!"

정호가 아무 말도 없이 자리를 박차고 나오자 허경근은 껄껄 웃었고 허만근은 어이가 없는지 눈만 끔벅거렸다. 정호는 허경근이 마련해준 거처로 와 벌렁 누웠다. 정호가 이런저런 생각을 하고 있는데 밖에서 인기척이 들리더니 허덕만이 조심스레 방문을 열었다.

"형님, 뭐 하우?"

"들어오게."

정호가 천천히 일어나 앉았다.

"지도를 그리신다고요."

정호는 말없이 고개를 끄덕였다.

"자네는 이제 장사에 이력이 붙었는가?"

"웬걸요. 그저 따라다니기는 하지만 아직도 멀었지요. 하기는 글공부하는 것보다야 재미는 있지요."

"아무거나 할 만한 것을 하면 좋지."

그때 밖에서 또 인기척이 들렸다.

"들여보내게."

허덕만이 방문을 열자 술상이 들어왔다.

"제가 청해 왔습니다. 술이나 한잔 하면서 지난 얘기나 나눌까 하고요."

"좋지."

허덕만은 정호의 잔에 술을 따르고 제 잔에도 넘치게 부었다.

"그래 살림은 어디서 하시우? 개성에는 안 사시는 모양이고."

"몰랐던가? 스승님께서 돌아가신 다음해 봄에 서울로 옮겼네."

허덕만은 장가들고 얼마 안 있어 해주로 옮겨 앉았으므로 정호네의 소식은 나중에나 얻어들을 수 있었다. 해주에서 얼마간 지내다가 개성 집에 다니러 간 일이 있었는데 불쑥 작은년이 그리워져 찾아가 보았던 것이다.

"우리 아저씨 말씀을 너무 고까워하지 마시우. 아저씨가 잘못 아시고 그리 말한 것이니."

"벌써 잊어버렸네."

정호는 허덕만과 권커니 자커니 술을 마시며 지난 얘기들을 두서 없이 나누었다.

"그래 내게 맡겨야 할 일이라는 게 뭔가?"

정호가 불쑥 물었다. 그러자 허덕만은 기다리기라도 한 듯 입을 헤 벌리며 웃었다.

"사실 우리 같은 장사치들이야 지도가 무슨 소용인지 알지도 못하 고 지내왔어요. 그런데 요즘 규모를 늘리다보니 짐을 옮기는 문제가 큽디다. 우리는 조선 팔도를 다 다니며 장사를 하거든요. 최근에는 청 국과 무역도 시작했어요. 한번 움직이면 일행이 적게는 수십 명에서 많게는 백여 명까지 되다보니 여간 번거로운 것이 아니랍니다."

정호가 고개를 끄덕였다.

"그래서?"

"아까 아저씨가 말을 꺼내다 말았지만 이제는 우리에게도 지도가 소용된다는 것을 깨닫게 된 겁니다. 뱃길은 어디가 가깝고 우마차는 어디가 안전한지를 알아야 하겠는데 가까운 곳이야 늘 다니는 길이 니 안다 하지만 먼 지방을 다닐 때는 그때그때 사람을 앞세워서 알아 보는 수밖에 없으니 그 걸리는 시간이 엄청나다는 겁니다. 많은 사람 이 움직이니 하루 노자만 하더라도 감당하기 쉽지 않거든요."

"그렇겠군."

"그래 지도가 있단 말을 듣고 그것을 구경해보기도 했지만 우리 같 은 사람들은 통 무슨 그림인지 볼 줄을 모른다는 말씀이거든요."

"지도라는 것이 다 쓰임이 다른 것이니 길을 찾기 위한 소용이라면 길을 그린 것이 필요할 테지."

"그럼 그런 지도가 있단 말씀이우?"

"없으면, 만들면 되지 않나."

정호는 퍽도 쉽게 말했다.

"이런. 우리가 형님을 제때에 만났구려. 제발 그 지도 좀 만들어주오. 이 판에 나도 얼굴 좀 세워봅시다."

허덕만은 장삿길로 나선 이후 이렇다 할 공을 세워보지도 못하고 눈칫밥이나 먹은 모양새다.

"그러세나."

정호는 순순히 대답했다. 허만근의 태도가 못마땅하기는 했지만, 또 허덕만이라고 해서 곱게 비친 것은 아니었지만 자신이 만든 지도를 실제로 사용하겠다는 사람을 처음 만난 것이다. 정호는 그것이 그저 기쁠 따름이었다.

"정말이지요, 형님?"

허덕만이 들뜬 목소리로 다그치듯 물었다.

"그래, 어디 지도가 필요한 겐가?"

"조선 팔도 전부지요. 우선은 의주에서 강을 타고 내려오는 길과 안주에서 청천강으로 들어가는 길, 대동강의 뱃길, 서해의 배가 닿을 만한 곳 등 수로도 알아야 하겠고 삼개를 중심으로 한강의 뱃길과 충청 해안, 남해안까지도 말이우."

"그야말로 조선 팔도 전부구만."

"그렇지요. 아무래도 먼 길은 육로보다 수로가 용이하고 내륙은 하는 수 없이 짐바리를 이용하지요."

"그거 하루 이틀에 될 일이 아니구먼. 시간이 꽤 걸리겠어."

이미 지도가 있는 곳은 그걸 참고하면 되지만 지도가 없는 고을도 꽤 많기 때문이다. 우선은 이미 만들어둔 자료들을 살펴보고 일을 시작해야 했다. 정호는 허경근에게 신천 인근의 부도를 그려준 다음 북쪽으로 올라갔다. 정호가 떠나기 전 신천에 다시 온 허덕만은 정호에게 몇 번이고 다짐을 두었다.

"잊지 마시우. 우리는 하루라도 빨리 그 지도가 필요하우."

그러면서 허덕만은 제 허리에 찬 전대를 풀어 정호의 허리에 매어주었다. 허리가 묵직해지는 것이 돈냥 깨나 들어 있는 모양이다.

"이건 뭔가?"

정호가 짐짓 묻자 허덕만은 씨익 웃어 보이더니.

"이게 지도를 그려줄 대가는 아니우. 이건 다만 제 성의 표시이니 받아두시고 우리 아저씨께서 따로 생각하시는 것이 있다하니 기대를 가져도 좋을 거유."

정호가 뭐라고 말할 사이도 없이 허덕만은 바쁘다며 해주로 획 달려가는 것이다. 정호는 정호대로 압록강까지 올라갔다가 서울로 돌아왔는데 기어코 사단이 나고 말았다. 작은년이 어느 뜨내기와 눈이 맞아 젖먹이 깜정이를 버리고 달아나버린 것이다. 모 영감은 큰 죄나 지은 것처럼 고개를 들지 못했다.

"글쎄 사흘 전에 깜정이를 내게 잠시 봐달라고 하더니……."

모 영감 마누라다.

"그러게. 이 여편네야. 그만한 눈치도 못 챘난말여!"

모 영감이 죄 없는 마누라에게 소리를 버럭 질렀다.

"주부 어른. 이놈이 못난 탓입니다. 고정하세요."

말은 그렇게 하지만 정호로서는 참 딱한 처지가 되었다. 그 옛날 소설의 심봉사처럼 젖동냥이라도 다녀야 하게 된 것이다. 깜정이가 두 돌이 다 되었으니 젖동냥까지는 안 해도 되려나……. 어쩌나, 어쩌

나. 악처라도 없는 것보다 있는 게 낫다더니.

그때 오랑이가 닥쳤다. 자초지종을 들은 오랑이는 길길이 뛰었다.

"어린년이 불쌍하지만 어쩌겠누. 개구멍받이라도 보내야 해."

그러자 모 영감이 펄쩍 뛰었다.

"자네 무슨 말을 그리 하누. 우리 깜정이를 어딜 보내?"

그러나 오랑이도 지지 않았다.

"주부 어른도 생각해보시우. 마누라도 달아난 마당에 이 사람이 깜정이를 어떻게 감당하겠소? 그러니 새 마누라를 업어오던지 깜정이를 뉘 집에 줘버리던지 해야 할 것이 아니겠습니까요. 허나 집구석에 박힐 줄을 모르는 이 사람에게 어느 미친년이 가랑이 벌리고 들어올 리도 없겠고 방법은 하나뿐입지요. 깜정이 팔자가 하루아침에 업둥이 팔자가 되어버렸어."

그러자 모 영감 마누라가 깜정이를 번쩍 안아들었다.

"우리 막돌이도 제법 컸으니 내가 키우겠소. 보내긴 어딜 보내."

마누라도 영감과 똑같은 소리를 했다.

"거 잘 생각했네, 마누라. 이제 깜정 애비도 깜정일 모씨네 딸인 줄 알게. 우리 집에 개구멍받이로 보냈다고 여겨!"

마누라가 달아난 것도 일이지만 모 영감네가 깜정이를 딸 삼아 기르겠다니 정호로서는 더 고마운 일이 있을 수 없다.

정호는 그까짓 마누라 찾을 생각도 하지 않았다. 몇 달 착실하게 이런 저런 일을 해 모 영감네 부엌에 양식을 쌓아놓았다. 그 사이 허만근에게 부탁받은 지도는 기왕에 나온 전국도를 요약해 여지승람식으로 만들어주었다. 여지승람식이라 하면 독사지리(讀史地理)의 성격을 띠는 것인 바, 허만근이 원하는 교통도와 조운도 등을 『택리지』에

서처럼 설명하는 방식으로 만든 것이다. 지도 형식이라면 나중에라도 문제가 될 수도 있겠기 때문이다. 허만근은 허경근의 본가를 통해 양식 달구지며 돈궤미를 보내왔다. 모 영감에게 얼굴이 선 정호는 다시 훌쩍 떠났다.

그렇게 정호는 밖으로 도는 일이 더 많아졌다. 일찍 돌아오면 반년에 한 번, 보통은 일 년에 한 번이나 들를까 말까였다. 손님처럼 잠시 묵었다가 떠나곤 했다. 그 사이 깜정이는 씩씩하게 자라났다.

# 13. 이화

어느덧 해가 바뀌어 봄은 세 번이나 왔다 갔지만 온다던 정호는 영 소식이 없었다.

'무심한 사람, 무심한 사람.'

이화는 파밭의 김을 매다가도 설거지를 하다가도 문득문득 정호를 떠올리고는 한숨을 내쉬었다. 정호 생각을 할 때면 정호에게 안겨 가슴이 마구 방망이질 치던 그 기억이 한동안 이화의 가슴을 두근거리게 했다.

배소금은 기력이 떨어져 마당이나 어슬렁거릴 뿐 예전처럼 힘든 일은 하지 못했다. 해수천식이 심해서 아침에 일어나면 요강 가득 가래침을 뱉어놓았다. 그런 아비에게 정호를 찾아달라고 떼를 쓸 수도 없는 이화였다.

"쿨럭, 쿨럭. 개똥이는 그저 소식이 없느냐?"

배소금은 가끔씩 그런 소리를 해서 그렇지 않아도 편치 않은 이화의 속을 뒤집어놓았다.

"김 생원 댁에 한 번 다녀오너라. 혹 거기 가면 개똥이 소식을 알 수도 있으리."

몸이 불편해서 거동을 잘 못하는 배소금은 이화에게 김 생원을 찾아보라고 일렀다.

그러나 가서 무어라고 묻는단 말인가. 감히 얼굴조차 마주 대하기 어려운 지체 높은 어른이 아닌가. 하지만 쑥스러운 것은 다음 일이었다. 이화는 쭈뼛쭈뼛 김 생원의 집으로 가서, 한두 번 얼굴을 마주쳐 안면이 있는 수다쟁이 부엌어멈에게 먼저 물었다.

"저, 혹시 정호 도령한테 무슨 기별이라도 없었나요?"

부엌어멈은 고개를 갸웃거리며 알 수 없다는 표정을 했다.

"글쎄, 생원님이나 아시지 내가 뭘 알까마는 무슨 기별이 온 눈치는 아니던데, 무슨 일이우? 전에는 아버지가 뻔질나게 그 총각 안부를 챙기더니 이제는 처녀가 또 오고."

이화는 대답할 말이 없어,

"그, 그냥요. 아버지가 알아보라고 하셔서."

하고 얼버무렸다. 그때 김 생원이 안마당으로 들어서자 부엌어멈이 쪼르르 달려갔다.

"생원 어른, 배소금이 정호 총각 안부를 묻는다고 이 처녀가 왔습니다요."

그러자 김 생원이 누구냐는 듯 이화를 아래위로 쳐다보았다. 이화의 얼굴이 빨개졌다.

"배소금 딸입지요."

부엌어멈의 말 빠른 소리에 김 생원이 고개를 끄덕였다.

"이웃 간의 정리가 꽤나 깊었던 모양이구나. 나도 연전에 네 애비가 개성에 다녀와 전해준 소식 말고는 들은 게 없다만."

김 생원은 그렇게 말하고는 안으로 들어가버렸다. 이화는 힘이 쭉 빠졌다. 절을 꾸벅 하고 내달아 집으로 돌아왔다. 이후로 사나흘에 한 번씩 이화는 김 생원 집을 찾았다. 한번 발을 들여놓고 나니 그 다음부터는 드나들기가 훨씬 자연스럽고 수월해졌다.

"정호 총각과 무슨 사연이 있구려."

눈치 빠른 부엌어멈은 이화를 앉혀놓고 미간을 좁히며 그렇게 물었다.

"아, 아니에요. 사연은 무슨. 아버지가 자꾸 가보라고 해서."

이화가 얼버무렸지만 부엌어멈은 고개를 저었다.

"그런 소리 마우. 나이든 사람 눈은 못 속이는 법이라우. 연정이라도 품고 있는 게지."

이화는 옷고름만 만지작거리며 고개를 저었다.

"글쎄 아니라니까요."

그러나 이화의 얼굴은 어느새 발갛게 물들었다.

"저것 좀 봐. 아니라면서 왜 저리도 수줍어하누. 그러지 말고 바른 대로 털어놓아요. 젊은 사람이 연정을 품는 게 무슨 흉이 된다고 저리도 펄펄 뛰누."

부엌어멈이 놀리듯 자꾸 물으면 이화는 어찌할 바를 모르고 집으로 도망치듯 달려오곤 했다. 이화의 기다림은 날이 갈수록 사무쳤다. 길을 가다가도 그럴듯한 젊은 사람의 뒷모습이라도 보게 되면 이화는 불쑥,

"개똥 오라버니!"

하고 불러보기를 몇 번이나 했다. 배소금의 병도 점점 깊어갔다.

"틀린 게다, 틀린 게야."

배소금은 고양이처럼 그르렁거리며 그런 말을 했다.

"틀리긴 뭐가 틀렸다고 그러셔요. 어서 몸이나 추스르셔요."

이화는 지극정성으로 배소금을 보살폈지만 차도는 없었다.

"틀리지 않고. 올 사람이면 벌써 왔을 테지 이렇게 네 애간장을 녹이겠느냐."

배소금은 아예 자리보전을 했다. 다리에 힘이 빠져 걷지도 못하게 된 지 오래였다. 젊어서 소금가마를 지고 고생을 많이 한 탓으로 뼈마디가 성한 곳이 없다는 것이 배소금 스스로의 진단이다. 약 한 첩 써볼 형편도 못 되었지만 그렇다고 약을 써 나을 몸도 아니다.

"너를 여의어야 내 편히 눈을 감겠다만 어쩌누, 어쩌누."

배소금이 이화만 보면 입버릇처럼 중얼거리는 말이다.

"글쎄 그런 걱정 마시고 어서 자리 털고 일어나기나 하셔요."

배소금은 입맛을 쩍쩍 다시며,

"너를 달라는 사람이 있기는 하다만 개똥이가 훌쩍 돌아올까 몰라 기다렸는데……."

그런 말을 하기도 했다.

"아버지, 그런 말씀 마시라니까요."

배소금은 이화를 혼자 두고 죽을 수는 없다며 어서 일어나 개똥이를 찾아보겠노라고 했다. 개똥이를 찾을 수 없으면 달라는 사람에게라도 주어버려야겠다고 중얼거리기도 했다. 그러나 배소금은 개똥이를 찾아보지도, 이화를 누구에게 주어버리지도 못하고 덜컥 눈을 감고 말았다. 이화는 어찌할 바를 모르고 밤새 엉엉 울기만 했다. 이웃

말고는 알려야 할 친척도 없다.

이화의 통곡을 듣고 사람들이 하나 둘씩 찾아와 불을 지피고 국을 끓이고 추렴들을 하여 술 말이나 내고 품도 보태 배소금을 내다 묻어 주었다. 그러나 죽은 사람이야 산 사람 걱정에 눈을 감았든 떴든 흙에 묻혔으니 비바람이야 피할 터이지만 정작 처녀 몸으로 혼자가 된 이화가 걱정이다.

재산이라고 해야 거저로나 주어야 고맙다고 할 쓰러져가는 오막살이 한 채가 전부였다.

이화는 아버지를 묻고 난 이후 며칠을 혼자 앓아누웠다. 배소금이 죽고 이화가 앓아누운 동안 동네의 못된 총각 놈들은 저마다 제가 먼저 이화의 머리를 올려주겠다고 내기들을 하며 시시덕거렸다. 이화가 무슨 동기(童妓)도 아닌 바에 머리를 올려주겠다는 것은 앞으로 이화의 팔자가 뻔하다는 뜻이다.

총각 놈들만이 아니다. 오히려 고기 맛을 모르는 총각 놈들은 입으로나 떠들어댈 뿐이지만, 악다구니 마누라 말고도 장터에 나가 주모 엉덩이라도 은근슬쩍 두드려본 적이 있는 나이든 축들도 괜히 이화의 집 앞을 어슬렁거렸다. 아직 향 냄새가 나는 집이라 선뜻 달려 들어가 어찌해보지는 못하지만 호시탐탐 기회를 엿보는 것이다.

"어디 아는 집이라도 없어?"

이화가 앓아누운 동안 옆집 할망구가 자주 들여다보며 하는 소리였다.

"아는 집이라니요?"

"처녀 혼자 어찌 살아가누. 살쾡이 같은 놈들이 눈을 벌겋게 뜨고 기웃거리는 판국에."

그런 말을 들은 이화는 소름이 돋았다. 그동안 한 식구처럼 스스럼 없이 지내던 동네 사람들이 아닌가. 며칠 후 이화는 김 생원의 집을 찾아갔다.

"처녀가 왔군. 그래 얼마나 상심이 컸수. 큰일을 치렀다는 말은 들 었수."

부엌어멈은 이화를 보자마자 손을 덥석 집으며 콧등을 씰룩였다.

"아주머니, 저 여기서 부엌일이라도 거들며 지낼 수 없을까요?"

이화가 부엌어멈을 똑바로 쳐다보며 말했다

"여기서? 참, 처녀는 일가붙이도 없다지. 나야 처녀같이 참한 사람 과 같이 있으면 일손도 덜고 좋겠지만 어디 나 같은 게 마음대로 할 수 있겠수. 생원 어른께 한 번 사정해보우."

부엌어멈은 그 길로 사랑 앞으로 쪼르르 달려갔다.

"생원 어른, 안에 계십니까요?"

김 생원은 문도 열지 않고 기침소리만 어험 밖으로 내보냈다.

"저, 며칠 전에 죽었다는 배소금 영감 딸이 찾아왔습니다요. 생원 어른께 드릴 말씀이 있답니다요."

그때서야 드르륵 문이 열렸다.

"그래 아버지는 잘 모셨느냐? 어린것이 상심이 컸겠구나."

김 생원은 다정한 목소리로 이화를 위로했다. 이화는 공연히 눈물 이 핑 돌아 옷고름으로 눈가를 훔쳤다.

"그래 내게 무슨 할 말이 있던고?"

김 생원의 목소리는 여전히 다정했다.

"저, 말씀드리기 송구하오나 어르신께서 오갈 데 없는 쇤네를 거두 어주셨으면……."

김 생원은 이화의 말을 선뜻 알아들을 수 없는지 부엌어멈을 쳐다보았다. 말 빠른 부엌어멈이 얼른 말을 이었다.

"그러니까 이 처녀가 이 댁에서 부엌일이라도 거들었으면 하는 것입죠. 이 처녀는 죽은 애비 말고는 피붙이가 하나도 없답니다요. 그러니 생원 어른이……."

그때서야 김 생원은 고개를 끄덕이며 알겠다는 표정을 했다.

"있는 거야 무에 어렵겠느냐. 있다가 갈 곳이 생기면 어디든지 가거라. 매인 몸이 아닌즉 매인 태를 낼 것도 없다. 그저 밥값이나 하고 있으면 될 것인즉."

"생원 어른 고맙습니다요. 이 은혜 죽어도 잊지 못할 것입니다요."

이화는 맨땅에 엎드려 절을 몇 번씩 했다.

"됐다. 어린것이 상심이 클 터이니 어멈이 잘 살펴주게나."

김 생원은 그렇게 말하고는 사랑문을 닫았고 이화는 다시 부엌어멈에게 몇 번이고 고맙다며 치사를 했다. 김 생원의 말대로 매인 몸은 아니지만, 이화만 그런 것이 아니다. 김 생원의 집에 들어와 사는 사람은 누구나 매인 몸이 아니다.

"나도 서방을 잃고 무작정 찾아왔다오. 벌써 십수 년도 더 된 일이지만."

부엌어멈은 이화와 친해지면서 그런 말을 털어놓았다. 그랬다. 김 생원은 드나드는 누구에게나

"내 집에 있는 부엌어멈이나 행랑아범이나 다 천것들이 아닌 한 식구들이니 각별히 언행을 조심하도록 하고 웃전 행세를 하려 들어서는 아니 되니라."

그런 당부를 먼저 했다. 사실 부엌어멈이나 행랑아범이나 다른 누

구도 종의 신분이 아니긴 했다. 그저 이화처럼 몸을 의탁해 들어왔을 뿐이고, 김 생원은 그런 그들을 업신여기지 않았다. 그러나 그들이 종의 신분은 아니더라도 천한 신분에 속했고 김 생원이나 김 생원을 찾아오는 사람들은 어엿한 양반이었으니 양반네들이 그들을 종 부리듯한다고 해서 손가락질할 사람은 아무도 없었지만 김 생원은 그러지 않았다.

"사람은 누구나 귀한 법이거늘 아래위가 어디 있단 말이냐. 그런 것에 개의치 말고 제 할 일이나 하며 살면 될 일."

처음에는 김 생원의 집에도 종의 신분을 가진 남녀 노복들이 꽤 있었다. 그러나 아버지가 죽고 자신이 직접 살림을 호령하게 되면서 김 생원은 그들을 한 사람씩 내보냈다. 다른 집에 보내는 것이 아니라 종 문서를 보는 앞에서 찢어버리고는 멀리 가서 살라고 등을 떠밀었던 것이다. 그러면 김 생원의 깊은 속을 헤아리지 못하는 미련한 축들은,

"제발 여기서 살게 해줍쇼."

하며 엉엉 울기도 했다. 남의 집에서 천덕꾸러기로만 살던 사람들은 제 주장도 없고 성격도 어느새 반편이 되어 혼자서는 살아갈 일이 막막하기만 했던 것이다. 그러나 눈치 있고 약삭빠른 사람들은 고맙다고 수십 번씩 절을 하고는 줄행랑을 치듯 달아났다.

그렇게 면천(免賤)이 된 사람들 중 약삭빠른 사람들은 그들의 신분을 알고 있는 곡산에서 되도록 멀리 달아났지만 곡산 주위에서 어슬렁거리며 터를 잡은 사람들은 동네 종노릇을 하기 십상이었다. 어찌 보면 더 고달픈 삶을 살게 된 것이다. 갓 쓴 양반네들이 그저 불러다가 일을 시켜도 끽소리 한번 못하는 것이다.

이화가 김 생원에게 몸을 의탁하겠다고 생각한 것은 딱히 갈 곳이 없어서이기도 했지만 정호의 소식이라도 얻어들을까 해서였다. 그러나 정호의 소식은 바람결에라도 묻어오지 않았다.

김 생원에게 드나드는 사람들은 꽤 있었는데 지방의 한다하는 학자들이거나 김 생원에게 가르침을 받으려는 사람들이다.

그러던 어느 날 김득수(金得壽)가 김 생원의 집에 들어앉았다. 과거 공부를 하기 위해 평양인지 어딘지 먼 데서 왔다고 했다. 김득수는 성격이 활달하고 다정다감했다. 키도 크고 얼굴도 잘생겨서 누구에게나 호감을 주었다. 김 생원의 분부도 있었지만 부엌어멈이나 이화에게 함부로 굴지도 않았다. 우스갯소리도 잘해서 부엌어멈과 대놓고 이야기판을 벌이기도 했다. 다른 사람 같으면 채신머리없이 천한 것들과 어울린다고 호통을 쳤겠지만 김 생원은 못 본 체했다.

이화도 김득수가 싫지 않았다. 이화로서는 김 생원의 집에 오기 전까지 양반과 마주쳐 본 적이 없다. 그래서 양반은 자기하고는 먹는 것도 다르고 생각하는 것도 다를 것이라고 막연히 생각했었다. 언감생심 양반과 마주 앉아 얘기를 하거나 한 집에서 살게 될 것이라고는 꿈에도 생각한 적이 없다. 그러나 김득수는 엄연한 양반이지만 이화가 생각했던 그런 양반은 아니었다.

"이거 마누라와 오래 떨어져 있었더니 책을 펴도 마누라 얼굴만 눈에 선하구려."

이화가 상을 들고 드나들 때마다 김득수는 웃으며 그런 농을 했다. 그럴 때면 순진한 이화는 얼굴이 빨개지면서도 또 다른 얘기는 안 할까 하고 기다리는 것이다.

"이화는 혼인을 안 해보아 내 마음을 모를 테지."

이화는 갓 쓴 양반에게 해라를 받지 않는 것만도 즐거운 일이었지만 김득수의 격의 없는 농에 사람대접 받는 것 같아 좋았다.

"이화가 임을 못 잊어 기다리고 있다니 참 안된 일이구려."

김득수는 그렇게 이화를 위로하기도 했다. 부엌어멈에게 들었을 터였다.

"연정을 품고 있다는 건 아름다운 일이오. 하지만 어서 그 사람이 나타나야 할 텐데……."

그런 말을 들으면 이화는 눈물이 핑 돌기도 했다. 이화의 물동이를 김득수가 번쩍 들어 내려놓아준 적도 있다.

"제법 무거운 걸."

그러나 김득수의 더운 숨이 확 끼쳐 이화의 온몸이 오그라들었다. 고맙다는 인사도 할 수 없었다. 오히려 중심을 잃고 휘청하여 김득수가 겨드랑이를 잡아주었는데 이번에는 김득수가 놀랐다. 이화의 젖가슴을 건드렸던 것이다. 용수철이 튀듯 김득수가 잡았던 이화 겨드랑이를 놓아 이화는 또 넘어질 뻔했다.

"물 떠왔어?"

부엌에서 나오던 어멈이 한마디 하는 통에 이래저래 놀란 김득수는 부랴부랴 방으로 들어가버렸고 얼굴이 새빨개진 이화는 도로 밖으로 나갔다. 어멈은 달아나버리는 두 사람을 보고 고개만 갸웃했다.

벌써 다섯 해가 지났다. 정호는 오지 않을지도 모른다는 생각이 들었다. 하기야 정호가 이화를 꼭 찾아올 이유는 없었다. 정호가 잠깐 나타났다가 가슴을 설레게 해놓고 떠난 지 다섯 해가 지나버린 지금, 이화는 이제 그런 생각을 했다.

정호와의 인연이라는 것은 어린 시절 앞뒷집에 살면서 신랑 각시 놀음을 하며 컸다는 것, 그리고 머리가 굵어져서 잠시 만나 야릇한 느낌을 가져보았다는 것, 그것이 전부였다.

이화가 정호를 기다리고 있었던 것은 당연히도 정호의 각시가 되기 위해서였지만 그런 약속을 했던가? 아니던가? 남의집살이 두 해 만에 이화는 철이 들었다.

그러는 사이 김득수는 그곳에 온 지 한 해 만에 돌아갔다. 과거를 보러 간다고 했다.

"잘 있으시오. 내 일간 이화를 보러 오리다."

김득수는 그렇게 말했다. 이화는 잘 가라 소리도 못하고 옷고름만 쥐어뜯다가 돌아섰다. 그간 김득수와 무슨 일이 있었던 것은 아니다. 다만 이화는 타는 듯한 김득수의 눈빛이 기다려질 뿐이다.

김득수는 간 지 몇 달이 지나 다시 왔다.

"그래, 생원이 되었다고, 잘했구나. 이제 서울에 가서도 급제를 해야지."

김 생원은 덤덤하게 말했다. 김득수는 석 달을 있다가 서울로 간다며 다시 떠났다. 그때도 김득수는 말했다.

"내 또 오리다."

김득수가 그렇게 떠난 지 또 한 해가 되었다.

그동안 이화는 농익을 대로 농익어 터질 듯한 처녀가 되었다.

"이제 이화도 짝을 찾아야 하겠구나."

김 생원은 가끔 그런 말을 하였는데 그럴 때마다 이화는 얼굴을 붉힌 채 아무 말도 못했다.

"에구 생원 어른. 이화는 데리러 올 사람이 있는 걸입쇼."

말 빠른 부엌어멈이 얼른 그렇게 받으며 입을 가리고 웃었다.

"그래? 정혼한 사람이 있었단 말이냐. 몰랐구나. 애비가 살아 있을 때 맺었느냐? 그럼 기다리거라. 여자는 모름지기 기다릴 줄 알아야 하는 법."

김 생원은 데리러 올 사람이 누구인지 궁금하지도 않은 모양이다. 그저 그렇게 말하고는 그뿐이었다. 그러나 누가 이화를 데리러 올 것인가. 정호인가. 이화는 도리질을 했다. 그렇다면 김득수인가.

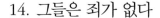

## 14. 그들은 죄가 없다

정호가 한기를 찾아온 것은 실로 두 해만이다. 워낙에 바람처럼 구름처럼 떠도는 사람인지라 한번 길을 떠나면 풍문에라도 종적을 찾기가 쉽지 않았다. 그런 정호가 해거름에 불쑥 닥친 것이다.

한 손에는 묵직해 보이는 무명 보자기를, 다른 손에는 버르적대는 닭을 새끼줄로 묶어들었다. 찌그러진 갓에 땟국이 흐르는 입성은 두 해 전이나 다름없었다.

"아주머니, 이놈을 닭달해서 맛있게 끓여주십시오."

정호는 이를 누렇게 드러내 웃으며 들고 온 닭을 한기의 아내에게 건네주고 한기에게 떠밀려 방으로 들어갔다.

"이 사람. 이제 제법 손 행세를 할 줄 아는 걸 보니 많은 걸 배웠네 그려."

정호가 닭을 들고 온 것을 보고 이르는 말이다.

"오는 길에 노자가 좀 생겼네. 급한 병자가 있어 약초를 조금 달여주었더니 몇 푼 쥐여주더군."

정호가 허허 웃었다.

"자네 의술도 배웠던가?"

한기가 갸우뚱했다.

"의술이라니? 당치 않네. 그저 돌아다니다보니 약초꾼들을 사귀게 되어 몇 가지 배운 거지."

말은 그렇게 하지만 정호는 이미 반은 의원이다. 모 영감 약국의 약재들을 외다시피 했으니 흔한 약초의 쓰임 정도야 웬만한 돌팔이보다 낫다. 모 영감, 을석이와 함께 『약초집성』이란 책까지 엮지 않았던가.

모처럼 만난 두 사람은 정이 가득 담긴 표정으로 한동안 한가한 얘기를 주고받았다. 밖에서는 한기의 아내가 아랫것과 함께 뜨거운 물을 끓인다, 닭 모가지를 비튼다 법석을 떨었다.

"자네, 혹 성교(聖敎)를 받드는 무리들을 알고 있던가?"

한기가 갑자기 정색을 했다.

"성교라니?"

"하늘에 있는 주(主)를 섬긴다는 천주장이들 말일세."

한기는 누가 듣기라도 하듯 은밀한 목소리로 말했다.

"알다마다. 그 사람들 고생이 여간 아니더군. 나도 억울하게 옥살이를 하지 않았던가."

"아, 자네도 옥에 갇혀 인현동 누군가가 꺼내줬다고 했지."

한기가 기억을 더듬었다.

"사실 그 사람들이 무슨 죄가 있다던가?"

정호의 목소리가 높아지자 한기가 입에 손가락을 갖다 댔다.

"쉿, 이 사람. 조용조용 말하게. 누가 듣기라도 하는 날이면…….."

한기의 모습에 정호가 한심하다는 표정을 했다.

"못난 사람. 누가 들으면 대순가. 그 사람들이 무슨 죄를 지었다고 그토록 닦달을 한단 말인가. 세상이 못난 탓일세."

정호는 닭을 끓이는 동안 목이나 축이라고 한기의 아내가 내온 술잔을 들었다. 한기가 수심이 가득 찬 한숨을 내쉬었다.

"누가 아니라 하겠나. 세상이 그러하니…….."

정호는 누구에게랄 것도 없이 눈을 부라려 보이고는 단번에 술을 들이켰다.

"크, 술맛이 좋군. 역시 술은 몰래 먹는 맛이라야 한다니까."

정호가 듬성듬성 난 수염을 훑으며 딴소리를 했다. 한기가 또 눈살을 찌푸렸다. 정호의 목소리가 너무 크다는 핀잔이다. 술을 담가 먹는 것이 관가에 알려지기라도 하는 날이면 양반입네 하는 한기 내외야 별일 없겠지만 애꿎은 아랫것들이 잡혀가 치도곤을 당할 터였다. 양반들을 치죄할 일이 생기면 대신 하인에게 벌을 주는 세상이다.

금주령이 내려진 때였다. 하지만 금주령이란 영(令)일 뿐이다. 금주령이 내려지지 않더라도 술이 없는 곳엔 없었고, 있는 곳에서는 흥청망청하였다. 일반에서도 마찬가지여서 집안의 대소사를 위해 술을 조금씩 담가두었다. 그러나 그것도 끼니 걱정 없는 집이 그러했지 피죽도 못 끓이는 집에서는 누룩 냄새도 맡을 수 없었다.

"자네 황모(黃某)의 백서(帛書)를 알고 있나?"

한참의 침묵 끝에 한기가 물었다. 정호는 끄응, 한숨을 냈다.

"자네가 그 사람들과 작당하여 다닌다는 소문이 있던데."

그러나 정호는 여전히 묵묵부답이다.

다만 들썩거리며 숨을 쉬며 심기가 매우 불편함을 드러냈다.

"자네는 무엇이 두려운 겐가?"

정호가 노려보듯 했다. 한기는 그런 정호의 표정에서 섬뜩함을 느꼈다.

"나는 천주장이는 아니지만 그 사람들을 잡아다 족치는 것은 옳지 않다고 생각하네. 오히려 그들에게서 배울 것이 많지 않던가?"

"하지만 자네가 나설 일은 아닌가보이. 나도 양인(洋人)들 책을 더러 얻어 보기는 하지만 여간 조심스러운 게 아닐세."

"왜? 그깟 벼슬아치들 눈이 무서워서?"

냉수라도 한 사발 들이켜야 꽉 막힌 가슴이 뚫릴 것 같다. 시어터진 김치 쪼가리를 우물거려보았지만 밍밍하기만 했다.

"자네는 그 글을 읽어보았던가?"

정호는 눈을 치뜨고 한기를 노려보았다. 한기의 표정도 만만치 않았다.

"여보게, 고산자. 자네는 목이 서너 개 된다던가? 왜 부질없는 참섭을 하시려는가?"

"부질없다니. 이게 어째 부질없는 일이란 말인가. 혜강 자네 말대로 사람 목숨과 바꾸는 중대한 일일세."

"글쎄 그건 그 사람들의 속생각이지 자네 속은 아니지 않는가?"

정호는 양미간을 잔뜩 찌푸리고 눈을 가늘게 떴다. 한기는 설레설레 고개를 저으며 정호의 눈을 피했다.

한참 동안 침묵이 흘렀다. 정호의 거친 숨소리만이 방안의 공기를 무겁게 짓누르고 있었다.

"가겠네."

정호는 기껏 그렇게 내뱉더니 박차고 일어났다.

"아니, 이 사람……."

정호는 말릴 사이도 없이 문을 걷어차듯 열고 툇마루로 내려섰다. 한기가 허겁지겁 무명 보자기를 들고 따라나섰다.

"이건 어떻게 하고?"

"불쏘시개나 하게."

정호는 너덜너덜한 짚신을 꿰더니 찬바람을 일으키며 나갔다.

"에잇, 용렬한 위인."

정호가 마지막으로 뱉은 말이었다.

"저런, 성깔머리하고는."

한기는 무명 보자기를 든 채 우두망찰할 뿐이다.

관상감.

영사(領事)를 겸하고 있는 영의정(領議政)이 갑자기 들이닥쳤다. 판관이 훈도 최도원을 앉혀놓고 한가하게 벼슬자랑이나 하고 있던 때였다. 소스라치게 놀란 판관이 영의정을 모시고 관상감 이곳저곳을 안내했다. 그러나 하필이면 영의정이 들춰보는 문서마다 제대로 정리된 게 하나도 없었다.

"당장 다들 모이라 해!"

관상감의 벼슬아치들이 부랴부랴 모였다. 영의정의 호통이 담을 넘었다.

"도대체 그대들은 무슨 일을 하는 겐가? 천문이며 기후며 누각(漏刻, 시간을 재는 일)의 기록이 제대로 되어 있는 것이 없구먼. 요즘 무엇들을 하는 겐가. 무슨 장한 일을 하기에 나라의 녹을 먹고 있는가?"

영의정의 호통에 판관이 얼떨결에 입을 뗐다.

"지금 여지도에 대해 논하고 있사옵니다. 지금까지의 지도가 매우 부실하와 제대로 된 지도를 제작하는 일이 시급하다 여겨져……."

그러자 영의정의 얼굴이 조금 누그러지면서 판관에게 말했다.

"그렇다면 앞으로 반년 안에 관상감에서 제작한 우리나라 전국도를 내게 보이게. 자네가 직접 가져오게."

영의정은 그런 말을 남기고는 가버렸다. 판관보다 낮은 벼슬을 사는 사람들이야 말할 것도 없고 판관 위에 있는 첨정(僉正)이나 부정(副正), 정(正)이 모두 판관만 바라보았다.

"지도를 제작하고 있다니 그게 무슨 소리인가?"

부정의 말에 판관이 한숨을 푹 내쉬었다.

"저는 다만……."

그러나 무슨 할 말이 있겠는가. 불쑥 들이닥친 영의정을 보고 놀란 판관이 무심결에 내뱉은 말이다.

관상감은 난데없는 지도 제작으로 비상이 걸렸는데 그 임무를 최도원이 맡게 되었다. 그러나 반년 동안 무슨 재주로 새 지도를 만든단 말인가. 최도원은 헐레벌떡 정호를 찾아다녔다.

한기는 정호가 내던지고 간 무명 보자기를 책상 위에 올려놓고 한참을 바라보았다. 보자기 속에는 이 나라 산천이 감춰져 있을 것이다.

그러나 한기는 보자기를 열어볼 마음보다는 정호의 안위가 걱정스러웠다. 만일 정호가 천주장이가 되었다면 목숨을 부지키 어려울 것이다. 벌써 오래전부터 시행되어오던 오가작통(五家作統)이 이제는 천주장이를 잡아들이는 데 소용되고 있다. 그러므로 민심은 점점 흉흉해져갔다.

오가작통은 숙종 때부터 시행되어온 제도였다. 죄를 지은 자를 잡아들이거나 부역에 끌어내기 위해 다섯 집을 한 통으로 묶은 것인데 흐지부지되었다가 천주장이들이 극성을 부리자 그들을 잡아들이기 위해 부활된 것이다.

한기는 양인(洋人)들에게 어느 정도 호감을 가지고 있었다. 물론 양인들을 직접 만나본 적은 없었지만 청국을 통해 들어온 그들의 지식을 접하고는 그 과학적 정교함에 혀를 내둘렀다.

한기가 그런 서적들을 접할 수 있었던 것은 말직이나마 조정에 출입하는 지기들이 있었기 때문이다. 관상감에 다니는 최도원은 한기와 열 몇 촌이 되는 일가였으나 연배가 비슷해 친구로 지냈고 외교 문서를 관리하는 승문원(承文院)의 종9품 부정자(副正字)를 지내는 조연수(曺衍株)는 최도원과 동문수학한 친구라 알게 되었다. 최도원은 급제하기 전부터 관상감에 들어가는 것이 소원이었는데 결국 소원대로 관상감에서 일했다.

조연수는 승문원이나 규장각의 서고에서 책을 얻어 볼 수 있었고, 최도원은 워낙 책 욕심도 많았지만, 선대로부터 물려받은 장서도 많았다. 이들은 새로운 문물을 전하는 책을 발견하면 한기, 정호들과 토론하기를 즐겼다.

한기의 집을 나와 휘적휘적 걷는 정호의 기분은 몹시 울적했다.

"젠장, 이래도 한 세상, 저래도 한 세상인 것을."

정호는 자신이 무엇 때문에 이리도 화를 내고 있는지 알 수 없었다. 그토록 화를 내고 한기의 집을 뛰쳐나올 이유가 대체 무엇인가. 왜 화가 났던가? 황사영 백서(黃嗣永帛書)가 문제였다. 한기가 황모 운운해 그것이 정호의 심기를 거스른 것이다.

황사영은 정약용의 형 약현(若鉉)의 사위이다. 일찍이 성교에 심취한 처숙 정약종의 권유로 입교했는데 15세에 급제한 신동이었다. 1794년 청나라에서 밀입국한 주문모에게 세례를 받았으며 1801년 신유년 박해를 피해 도망 다니다가 황심(黃沁) 등과 의논해 백서를 작성, 북경의 주교에게 보내려다가 발각되어 그해 11월 처형되었다. 백서의 내용은 조선에 교회를 세울 자금을 보내줄 것, 교황이 직접 청국 황제에게 편지를 내 조선이 전도사를 받아들이도록 압력을 넣어줄 것, 청국 황제를 설득하여 조선을 청국 속국으로 만들어 직접 다스리게 해줄 것 등이다. 당시 조선으로는 결코 용인될 수 없는 내용이었다. 조선 전도가 시급한 천주쟁이들의 입장일 뿐이다.

물론 정호는 천주쟁이가 아니다. 그러나 정하상을 보건대 천주쟁이들의 기도라는 것이 그저 맨 하늘을 보고 싹싹 빌거나 서낭당에 치성을 드리는 것과 무엇이 다르다는 말인지 정호로서는 이해가 가지 않았다. 하지만 그들이 들여온 여러 가지 지식들, 특히 기하나 천문 같은 과학지식은 잠자는 조선의 눈을 뜨게 하기에 충분한 것이다.

정호는 정하상 때문에 옥살이도 해보았지만 그것은 오히려 정호가 천주장이들에게 호감을 가지는 계기가 되었다. 정하상은 정호가 옥에서 나온 지 며칠 되지 않아 다시 연락을 해왔었다.

"나는 성교를 전파하여 이 땅에 천년만년의 복을 누리게 하는 사명을 가졌소만, 그대는 착실한 지도를 만들어 이 땅의 문물이 골고루 나눠지게 하고 백성들이 풍족한 삶을 누리는 바탕이 되게 하오."

정하상의 말이다. 정하상은 정호에게 몇 가지 책들을 건네주고는 총총히 사라졌다.

"『직방외기』는 미처 가져오지 못했소. 그러나 내 그 책을 반드시 전해주리다."

그 말은 정호가 정하상을 절대적으로 믿게 하는 계기가 되었다. 천주를 믿지는 않더라도 사람에 대한 믿음이야 가질 수 있는 것 아닌가. 몇 해만에 한기에게 들른 정호가 화를 내고 뛰쳐나온 것은 그런 이유도 있을 터였다. 물론 정호의 불뚝 성미가 문제이기는 하겠지만.

'혜강, 미안하이.'

정호가 불쑥 걸음을 멈추고 뒤를 돌아보며 중얼거렸다.

한기는 정호가 내던지고 간 무명 보자기를 끌렀다. 잘못 다루면 부정이라도 타는 듯 한기의 손놀림은 매우 조심스러웠다. 생각했던 대로 정성스레 싼 보자기 속에는 정호가 두 해 동안 각지를 떠돌며 그렸을 지도 초고가 들어 있다.

"과시 고산자답군."

한기는 정호가 그린 정밀한 지도 초고를 조심스레 넘겨보며 중얼거렸다.

"장한 일을 했군, 장한 일을 했어."

한기가 김정호가 그려온 지도를 보며 연신 감탄하고 있는데 방문이 드르륵 열렸다.

"벌써 노망이 났나. 혼자서 뭘 중얼거려."

관상감의 최도원이다. 최도원이 한기의 책상에 펼쳐져 있는 지도뭉치를 보너니 입을 딱 벌렸다.

"고산자가 돌아왔군?"

"왔네. 이렇게 장한 일을 해가지고 왔어."

최도원이 달려들더니 책상 앞으로 다가앉았다. 한참동안 지도를 들여다보던 최도원이 고개를 갸웃했다.

"왜 그러나?"

한기가 최도원을 쳐다보았다.

"고산자가 괜한 고생을 했는가보이."

이건 또 무슨 소리인가? 한기가 눈을 동그랗게 떴다.

"농포자의 지도보다 더 어지러운 것 같지 않은가?"

농포자(農圃子)는 「동국지도(東國地圖)」를 만든 정상기(鄭尙驥)의 호이다. 경상도 하동 땅 정인지의 후손이다. 그의 지도는 백리척(百里尺)을 이용했고 팔도를 분첩으로 제작하면서 채색도 달리했다. 「동국지도」는 영조 때 제작되었는데 지금까지의 지도 중 가장 상세하고 정밀한 지도였다. 최도원은 정호의 지도 초고를 보면서 그것을 떠올리고 있는 것이다.

"어지럽다? 농포자보다도?"

한기는 최도원의 말을 수긍할 수 없다는 표정을 지었다.

"겨우 초고일세. 너무 성급한 판단은 미뤄두세."

최도원도 고개를 끄덕였다.

"고산자는 언제 돌아왔던가?"

"오늘 들렀었네."

"허, 그럼 좀 붙잡아두지 않고서."

한기가 입맛을 쩍 다셨다.

"급히 가보아야 할 곳이 있다고 해서……."

한기가 어물쩍 넘겼지만 최도원은 대수롭지 않게 생각하는 모양인지 지도에만 눈을 두고 있다. 최도원이 정호의 초고를 꼼꼼하게 외듯하는 걸 본 한기는 흐뭇한 미소를 지었다.

"닳겠네. 이 사람아."

그러나 최도원은 듣는 척 마는 척이다. 지금 최도원 발등에 불이 떨어진 사실을 한기가 알 리 없다. 한식경도 넘게 정호의 초고에 눈을 주던 최도원이 일어났다.

"일간 다시 오리. 헌데 정호 그 사람은 집으로 갔는가?"

"집으로 갔겠지. 집에도 안 들른 눈치였네."

최도원은 고개를 끄덕여보이곤 한기의 집에서 나왔다.

'고산자에게 도움을 청하면 되겠어.'

최도원의 얼굴에 미소가 피었다. 혼자 끙끙 앓던 일이 말끔히 해결될 조짐이 보이는 것이다. 아무리 정호라도 처음부터 전국도를 제작하려면 피가 마를 일이지만 마침 저렇게 초고를 정리해왔으니 기존의 지도를 참조하면서 살을 붙여 완성하는 일이야 둘이 손과 머리를 합치면 영사가 지정한 기일 안에는 너끈할 것이다.

# 15. 모 영감

　멀리 보이는 한기의 집 굴뚝에서 연기가 하얗게 피어올랐다. 정호
는 불쑥 시장기를 느꼈다. 정호는 다시 걸음을 재촉해 서슬 퍼런 군
졸들이 장창을 꼬나 쥐고 잔뜩 위엄을 부리고 있는 남대문을 나왔다.
남대문 밖에는 남대문을 출입하는 사람들을 상대하는 장사치들이 가
가를 내어짓고 호객을 했는데 마침 '주(酒)' 자를 내건 집에서 육덕이
좋아 보이는 주모가 김이 뽀얗게 피어오르는 커다란 가마솥을 나무
주걱으로 휘젓는 것이 보였다.
　"술 좀 파시오."
　모처럼 돌아온 터라 모 영감에게 술 한 잔 대접할 생각이 난 것이
다. 주모가 정호를 빤히 바라보았는데 눈웃음을 얼마나 쳤는지 눈가
에 잔주름이 골을 팠다. 밉상은 아니었다.
　"지금 금주령이 내려 관가에서 매일 치도곤을 내린다는 걸 정녕 몰
라서 하는 말씀이우?"

주모는 돌아서서 가마솥 아궁이에서 불씨를 꺼내며 중얼거리듯 말했다. 정호가 전국 팔도를 다녀보니 나라 법은 참으로 무심했다. 눈치가 빠르면 절에 가서 젓국을 얻어먹는다지만 금주령이란 것도 따지고 보면 내리는 사람의 법일 뿐 지키는 사람도 마음대로였다. 오히려 술을 팔아먹고 사는 주막은, 금주령이 내리면 겉으로는 굶어 죽게 생겼다고 죽는 소리를 하지만 내심으로는 반겼다. 부르는 게 값이기 때문이다. 들키면 끌려가서 곤장 몇 대 맞으면 그뿐이다. 술 팔다가 들켜서 치도곤을 당하는 경우도 거의 없다. 기찰을 다니는 포교에게 몇 푼 쥐어주면 만사형통인 것이다.

"다 알고 있으니 그러지 말고……."

정호가 능글맞은 미소를 띠고 한마디 더 하려는데 누가 등짝을 철썩 때렸다.

"이 사람 업둥이 애비가 아닌가?"

오랑이다. 등에 찔러 넣은 장죽이며 책 몇 권을 짊어진 등짐이며 두 해 전이나 똑같은 행색이다. 정호가 반갑다는 시늉으로 고개를 끄덕이며 누런 이를 드러내며 웃었다.

"오랑이 어른. 오랜만이네."

정호가 어른이라는 말로 부르자 오랑이가 씽긋 웃었다. 물론 장난을 섞어 부르는 말이었는데 사람들이 하도 오랑아, 오랑아 하니까 말하는데 품 드는 것도 아니니 뒤에 '어른'이나 붙여달라던 오랑이였다. 그럴 때 오랑이는 퍽이나 천진스런 표정을 했다.

"업둥이 애비는 예를 안단 말씀이거든. 유람 다니면서 수작질도 배웠나보이."

마누라가 달아난 후 정호는 바깥 걸음이 더 잦아졌고 지금도 실로 두 해만에 돌아온 길인 것이다. 마누라가 달아난 후 깜정이를 업둥이로 보내려던 오랑이는 모 영감이 자기 집에 보낸 것으로 여기란 말에 정호를 농 삼아 '업둥이 애비'라고 불렀다.

"자, 들어가세. 업둥이 애비에게 빚진 것도 있으니 오늘 얼굴 본 김에 갚아버려야겠네."

빚이란 몇 해 전 정호가 베껴준 책에 대한 사례를 하지 못한 것을 두고 이르는 말이다.

"아닐세. 아직 집에도 들르지 못했어. 술이나 한 병 팔라고 했더니 금주령이 내려 안 된다는구먼."

정호가 주막 안을 곁눈질하며 말하자 오랑이가 눈을 찡긋했다.

"금주령이라."

오랑이가 제 집이나 되는 것처럼 사립을 걷어차며 주막 안으로 들어갔다. 잠시 후 오랑이가 제법 큼직한 술병을 들고 나왔다. 오랑이 뒤로 주모가 졸랑졸랑 따라 나오다가 정호를 보고는 움찔했다. 정호도 영문을 알 수 없어 어리둥절했다.

"헤헤. 나리 놈들은 다녀가셨나?"

오랑이가 주모에게 물었다. 기찰을 다니는 포교들을 놈 자를 써 가며 비꼬는 것이다.

"벌써 왔다 갔수. 그 짐승들이 오늘도 닷 돈이나 먹어 갔수."

닷 돈이면 반 냥 아닌가. 하루 품삯보다 많으니 주모가 입을 삐죽 내밀 만도 했다.

"허허. 원래 관을 쓴 짐승이 쇳가루를 좋아하는 법이지."

오랑이는 포교에게 뺏긴 돈은 아랑곳없다는 듯 술병을 정호에게 건넸다.

"주부 어른 드리려는 거지?"

정호는 고개를 끄덕이고 술병을 받으면서 눈으로는 오랑이에게 어찌된 영문인지 물었다. 오랑이가 정호를 한쪽으로 데려가서는 귓속말을 했다.

"내 이집 어멈하고는 속 살림을 한다네. 흐흐."

참 재주도 좋은 오랑이다. 정호는 너털웃음을 지으며 주모에게 고개를 약간 숙여 고맙다는 인사를 했다.

"참, 주부 어른 마나님이 해전에 졸하셨네. 알고나 가게."

순간 정호의 표정이 몹시 처연해졌다.

"저런……."

오랑이와 헤어진 정호는 터덜터덜 집으로 향했다. 약현을 거반 다지나 만리재에 오르기 전 게딱지 같이 납작 엎드려 있는 정호의 집은 사람이 드나드니 집인 줄 알 뿐 지나던 개도 한쪽 다리를 들어 오줌을 내갈기는 꼬락서니였다. 정호는 푸줏간에서 두어 칼 베어온 돼지고기를 가늘게 꼰 새끼줄로 묶어들고 오랑이 덕에 얻어온 술병을 보이지 않게 도포 안쪽 허리춤에 찬 채 모 영감의 집으로 들어섰다.

"이게 누구야. 애비 아닌가? 얘 깜정아, 깜정아!"

모 영감이 지팡이를 다듬던 손을 멈추고 몇 개 안 남은 누런 이빨을 훤히 내보이며 숨차게 깜정이를 불렀다.

"그간 별고 없으셨습니까?"

정호가 공손히 인사를 차리는데 부엌에서 깜정이가 물 묻은 손을 치마에 닦으며 달려 나왔다.

"아버지!"

깜정이가 정호의 품으로 달려들었다. 어느새 눈물이 뺨을 타고 흘러내렸다.

"그래 할아버지 할머니 말씀 잘 듣고 있었느냐?"

깜정이는 눈물을 줄줄 흘리며 고개만 끄덕였다.

"허허. 다 큰 녀석이 부끄러운 줄도 모르는구나."

"암. 우리 깜정이가 이제는 다 컸고말고."

모 영감이 실없이 거들었다.

"아버지. 할머니는……."

깜정이가 모 영감 눈치를 살피며 무슨 말인가를 하려고 했다. 정호가 손을 앞으로 모으고 모 영감을 향해 섰다.

"주부 어른. 오는 길에 오랑이 만나 얘기 들었습니다."

정호가 깜정이 말을 받아 모 영감에게 인사를 차렸다. 모 영감은 에헴에헴 잔기침을 하고는 만리재 쪽을 바라보았다.

"그 망구. 혼자서 좋은 귀경 하겠다고 갔네."

모 영감의 말투에서 쓸쓸함이 묻어 나왔다. 시선은 여전히 만리재를 향했다.

"그래, 이번에는 얼마나 머물게 되는가?"

모 영감은 정호를 손님 대하듯 했다. 워낙에 바람 같은 사람이라 머물 날짜를 묻기보다 떠날 날짜를 묻고 있는 것인지도 몰랐다. 하기는 이웃으로 살면서도 집에 붙어 있는 것을 본 적이 별로 없으니 그럴 만도 했다.

"한두 해 머물게 될 것 같습니다."

"정말이에요, 아버지."

깜정이의 입이 찢어졌다.

"허허. 애비가 집에 있겠다고 하니 저리도 좋아하누. 그동안 이 할

아비는 맘에도 없었군 그래."

모 영감이 짐짓 서운하다는 태를 보이자 깜정이가 화들짝 놀라 손을 가로저었다.

"아니에요, 할아버지. 저는 세상에서 할아버지가 제일 좋아요."

깜정이의 말에 모 영감이 장난기가 동했다.

"그럼 애비는?"

그러자 깜정이가 정호를 바라보더니 울상이 되었다.

"아버지두요."

정호와 모 영감은 그런 깜정이를 보며 즐겁게 웃었다. 마누라가 죽은 후 한동안 풀이 죽어 있던 모 영감의 집에서 모처럼 터져 나오는 웃음소리였다.

"내일부터는 저것부터 손을 좀 봐야 하겠습니다."

정호가 토굴 같은 자기 집을 가리켰다.

"쥐똥을 긁어낸다고 사람 살 집이 된다던가. 벌써 두 해나 묵힌 집일세. 그냥 두어두게."

모 영감은 아무렇지도 않게 말했지만 정호는 무슨 생각으로 그런 말을 하는지 알 수가 없었다.

"그냥 두다니요? 한두 해 좋이 들어앉을 셈이라니까요."

"글쎄 괜한 고생을 할 작정이 아니면 그냥 두어두라고."

"무슨 말씀이신지……."

모 영감이 쯧쯧 혀를 찼다.

"이 집은 두어 무에 쓰려나. 내 큰놈이 제 집으로 오라고 벌써부터 그런 성화가 없었네. 자네야 귀신 썬 사람이니 버려둔다지만 우리 깜정이도 데려오라고 하고. 그러니 자네가 안 떠나고 있을 양이면 이 집에서 지내면 되지 않겠나. 깜정이도 오죽 좋을라고.”

정호는 흔감한 마음에 목이 멨다. 막내 막돌이는 아직 어린 탓으로 모 영감 품안에 있었는데 마누라가 죽고 나자 을석이의 약국으로 달아나버렸다.

“주부 어른. 그렇게까지 생각해주시니 몸 둘 바를 모르겠습니다.”

“싱거운 소리. 그게 어디 자네 살라는 집인가. 우리 깜정이 살라는 집일세. 우리 할망구가 뒈지고 나서 깜정이가 조석을 끓여주고 찬물에 손 담가 빨래도 해주어 내가 얼마나 호강을 했는지 아나.”

정호는 모 영감의 말을 들으며 깜정이를 대견스레 바라보았다.

“자네가 있더라도 내 금방 가지는 않을 생각이네. 기력이 떨어질 때까지는 함께 지내세. 아무래도 삼개보다야 여기가 정이 들어서 말이야.”

“아무려나 좋을 대로 하십시오. 깜정이 덕에 못난 애비가 호강하게 생겼구나.”

정호가 깜정이의 머리를 쓰다듬자 깜정이도 모 영감의 말귀를 다 알아들었는지

“할아버지 고맙습니다.”

하고 고개를 꾸벅 숙였다.

그날 밤. 엎치락뒤치락 잠을 못 이루는 최도원이다.

‘고산자 따위가 대체 뭐란 말인가. 출신도 분명하지 않은 그런 자의 도움을 받는 게 관상감에 알려지기라도 하는 날이면 내 체모가 깎이는 것은 물론이고 자리보전도 쉽지 않으리.’

밤새 그런 생각을 하고 있는 것이다.

'나는 승승장구 벼슬을 해야 할 사람이고…….'

잠을 자기는 틀렸다. 벌써 새벽닭이 울었다.

'그렇다 해도 영사가 지정한 기일 안에 전국도를 제작하려면 고산자의 도움을 받아야 하는데…….'

최도원이 결심이나 한 듯 눈을 반짝 빛냈다. 최도원은 아침 이슬도 마르기 전에 창동 한기 집을 찾아갔다.

"이 사람. 조반 전에 무슨 일이야?"

최도원이 정호의 지도 초고 보따리를 가리켰다.

"이걸 내가 잠시 빌려갈 수 있겠나?"

"빌려가다니?"

"내가 집에 가져가서 며칠 볼 수 있겠나 그 말일세."

"자네가? 글쎄……."

한기는 잠시 생각에 잠겼다. 주인을 따로 두고 자기가 주인 행세를 할 수는 없는 노릇이라 여겨진 때문이다.

"빌려보아도 고산자에게 빌려보아야 할 것인즉 내가 무어라 할 수 있겠나?"

"그런 줄이야 아네만 지금 고산자가 없기로 하는 말일세. 자네가 지금 이 지도를 보관하고 있는 셈이니."

"정리가 되면 고산자가 어련히 보게 해주겠는가."

"한시라도 빨리 보고 싶은 욕심이지."

한기는 그런 최도원을 흐뭇하게 바라보았다.

"허허. 그럼 그렇게 하게나. 자네가 며칠 본다고 닳아 없어지기야 하겠나. 고산자에게는 내 잘 얘기함세. 관상감의 지리학훈도께서 미리 보아주시는 거야 고산자도 영광이라 생각하리."

한기는 그런 농까지 덧붙였다. 그러자 최도원은 주섬주섬 지도를 보자기에 쌌다.

"원 사람. 뭐가 그리도 급하다던가? 이왕 왔으니 조반이나 같이 들고……."

그러나 최도원은 고개를 저으며 일어섰다.

"식전에 폐가 많네."

"허허 사람 참."

최도원은 휑하니 나갔고 한기는 껄껄 웃고 말았다.

모 영감은 새벽닭도 울기 전에 잠시 다녀오겠노라며 집을 나섰다. 금세 오리라던 모 영감은 중화참이 다 되도록 돌아올 낌새가 없었다.

"어디를 가신 게냐?"

그러나 깜정이라고 알 턱이 없었다.

"종종 이렇게 식전 걸음을 하시더냐?"

깜정이가 머리를 가로저었다.

"알 수 없는 일이구나. 우리끼리 먹자꾸나."

정호가 깜정이와 마주앉아 늦은 아침을 먹고 났는데 대문 밖에서 왁자지껄 소란스러운 소리가 들렸다.

"무슨 일인가?"

정호가 혼자소리로 중얼거리며 짚신을 꿰는데 대문이 부서져라 걸어차며 들어오는 사람이 있었다.

"환쟁이가 오셨다구?"

거칠게 지껄이며 들어온 사람은 모 영감의 큰아들 모갑석이다.

"자네가 어찌 알고?"

정호가 반색을 하자 갑석이 다가와 정호의 등짝을 철썩 소리가 나게 때렸다.

"나오게."

갑석이 다짜고짜 정호를 대문 밖으로 끌어냈다. 밖에는 소달구지 두 대에 목재며 연장들이 잔뜩 실렸고 갑석이패 짐꾼들이 예닐곱이나 따라왔다.

"이게 다 뭔가? 무슨 일이야?"

영문을 알 수 없는 정호가 갑석을 바라보았다.

"자네 떠돌이병을 고쳐주러 왔네."

알 수 없는 소리였다. 정호는 멀뚱한 표정으로 달구지를 바라보다 갑석을 바라보다 했다.

"저걸 헐어버리고 저기다 광을 들이라는 아버님 분부일세."

갑석이 곧 쓰러질 것 같은 정호의 집을 가리켰다. 그때 모 영감이 뒤늦게 마당으로 들어섰다. 걸음이 뒤쳐졌던 것이다.

"주부 어른. 난데없이 무슨 광을?"

"깜정 애비를 넣어둘 광일세. 허허."

정호는 그때서야 모 영감이 하려는 일을 눈치 채고 목이 메어왔다. 간밤 얘기 끝에 정호는 바람이나 막고 이슬이나 피할 수 있는 커다란 광 같은 게 하나 있었으면 좋겠다는 얘기를 했다. 지도를 그리려면 넓은 공간이 아쉬웠기에 해본 소리였다. 정호의 처지로서는 언감생심 말이나 해본 터였다. 그러나 그 말을 들은 모 영감은 불쑥 정호의 집을 헐어버리고 그 자리에 널찍한 광을 지으면 되겠다는 생각이 들었다. 그리고 큰아들이 창고를 늘려 짓겠다며 목재 등속을 사들이던 것이 생각났다. 그래서 새벽 댓바람에 삼개로 달려갔던 것이다. 정호는 그저 감읍할 뿐이다.

공사는 일사천리로 진행되었다. 갑석이는 공사가 끝날 때까지 매일 패거리를 끌고 와 감독을 했고, 갑석이 마누라는 동서들을 데리고 와 참을 해댔다. 마누라들 틈새에 끼인 깜정이도 팔을 걷어붙이고 야무지게 한몫을 했다.

반나절 만에 정호가 살던 집은 말끔히 헐려나갔고 다음 날 중화 무렵에는 기둥이며 서까래가 번듯이 섰다. 지붕을 엮어 올린 다음, 수수깡을 얼기설기 엮어 바람벽의 뼈대를 만들었고 지게와 달구지로 찰흙을 파다가 작두로 손가락 길이만큼 썬 짚을 섞어 반죽을 하여 벽을 치니 닷새 만에 공사는 끝났다.

갑석이가 데려온 목수는 두 사람이 큰 대 자로 누워도 좋을 커다란 책상을 만들었다. 멋진 화실(畵室)이다. 정호는 눈물이 다 날 지경이다. 모 영감과 갑석이에게 몇 번이고 인사를 하였다.

"빌어먹을. 그런 쑥스러운 소리 말고 깜정이한테 애비 노릇이나 잘하란 말이여."

기껏 공치사를 하는 갑석이의 멋없는 말이다.

"그럼, 그럼……."

정호는 그저 흔감해 아무 생각도 할 수 없다. 완성된 화실을 이리저리 둘러보며 허허허할 뿐이다. 정호는 화실을 태연재(泰然齋)라 당호(堂號)하고 송판에 먹을 듬뿍 묻혀 갈긴 다음 문 위에 턱하니 걸었다. 개성 시절 뒷산의 낡은 정자 이름이다.

태연재.

먹을 끼니도 챙기지 못하는 위인이 꼴값을 한다고 사람들이 손가락질을 하면 어떠랴. 정호는 아직 흙냄새가 가시지 않은 태연재를 들락거리며 기쁨을 감추지 않았다.

"자, 이제 한 이틀 잘 마르게 화롯불이나 두어 개 피워두고 그 안에서 그림을 그리던 얘기책을 쓰던 알아서 하소. 난 가네."

갑석이가 패들을 이끌고 마누라들을 달구지에 태운 채 떠났다. 정호는 고개만 주억거릴 뿐 잘 가란 소리도 제대로 하지 못했고, 깜정이만 이 사람 저 사람 붙잡고 연신 고개를 숙여 '고맙습니다'를 연발했다. 이제 자리를 잡은 셈인가. 서울에 온 지 얼마 만인가. 참 모진 세월을 견뎌왔다.

정호의 지도를 가지고 집으로 돌아온 최도원은 작은사랑에 틀어박혀 나올 생각을 하지 않았다. 최도원은 병을 핑계하여 닷새 동안이나 관상감에도 나가지 않았다. 사람을 보내 최도원을 문안케 한 관상감에서는 최도원이 큰 병이 난 줄 알고 어육(魚肉)을 보내 위로하였다. 그도 그럴 것이 관상감에서 잡직(雜職)이 나와 보니 자리보전을 하고 있지는 않았지만 눈이 퀭하니 들어가고 얼굴이 푸석푸석한 게 영락없이 죽을병이나 든 것처럼 보였던 것이다.

"필경 병이 위중하여 쉬 나오기는 어렵겠소."

잡직은 그렇게 아뢰었다. 관상감에서야 어육 아니라 그보다 더한 것을 보낸들 아깝지 않을 것이다. 최도원이 어서 벌떡 일어나 지도를 제작해야 하기 때문이다. 그러나 최도원의 눈이 퀭하게 들어가고 얼굴이 푸석해진 것은 며칠 동안 잠을 제대로 자지 못했기 때문이다.

최도원은 밤잠을 안 자고 정호의 지도 초고를 베꼈다. 사흘 동안 베낀 지도는 제법 많았다. 사흘 후 최도원은 구종을 시켜 지도 초고를 한기의 집에 갖다 주도록 했다.

"그래, 주인은 안녕하시냐?"

"웬걸입쇼. 편찮으셔서 출입 못하신 지가 여러 날입니다요."

"편찮다? 멀쩡하던 사람이 갑자기 어디가?"

"소인은 잘 모릅니다요. 관상감에서 어육까지 보내온 걸 보면 많이 편찮으신 모양입니다요."

"알았느니. 내 일간 찾아가보리."

지도 초고를 돌려준 최도원은 이틀 동안 내처 잠을 자더니 멀쩡하게 일어났다.

# 16. 동업자, 최한기

나라는 안동(安東) 김씨의 손에 의해 주물러졌다. 순조(純祖)가 즉위
한 이후 정권은 순조가 아니라 순조의 장인인 김조순(金祖淳)이 잡았는
데, 이후 안동 김씨의 세도는 하늘을 찌를 듯했다.

임진년(1832년) 6월. 하늘에 구멍이 뚫렸는지 폭우가 그칠 줄 모르고
연일 쏟아졌다. 비에 떠내려가는 집이 수십 채였으며 한강에는 몸이
퉁퉁 불어 죽은 돼지들이 둥둥 떠내려 오기도 하였다. 물에 빠져 죽
은 사람도 수십 명이라는 소문이다.

사람들은 제발 비를 그치게 해달라고 빌고 또 빌었다. 그것이 효험
이 있었는지 비는 보름 만에 거짓말처럼 뚝 그쳤다. 그러나 비는 영
원히 그쳐버린 모양인지, 이번에는 산천이 빨갛게 타들어갔다. 이번
에는 기우제를 지내야 할 판이다. 어느 한 지역만 그런 것이 아니라
전국 각지의 사정이 비슷했다.

나라에서는 부랴부랴 금주령을 내렸고 선전관을 보내 지방 인심을

살폈다. 그러나 혼란은 더욱 가중되었다. 포졸들은 술 단속을 한다며 아무 집이나 들어가 닥치는 대로 뒤지고 분탕질을 하기 일쑤였는데 특히 관원들에게 밉보인 집들은 그 등쌀을 견딜 수가 없을 지경이다.

가을이 되면서 농사꾼들은 쭉정이에 시름만 거둬들였고 민심은 더욱 흉흉해졌다.

"허, 큰일이구나."

모 영감은 수심이 가득한 얼굴로 바가지를 들고 찾아오는 사람들을 맞았다.

"할아버지 왜 그러셔요?"

깜정이는 어린 깐에도 모 영감의 말에 걱정이 되는 모양이다.

"싸전에 쌀이 없다니 걱정이구나."

싸전을 하는 사람들이 쌀을 재워놓고 팔지를 않는 것이다. 그래서 동네 사람들이 모 영감에게 양식을 꾸러 찾아왔다. 큰아들 갑석이가 삼개에서 제법 사람들을 호령했고, 둘째 을석이도 문 안에서 약국을 하여 쌀가마를 제법 광에 들여놓고 있어 모 영감은 별로 걱정이 없었지만, 약현에 사는 다른 사람들은 겨우 됫박질이나 하는 처지에 싸전에서 쌀을 팔지 않으면 당장 호구지책이 막연했던 것이다.

"왜 쌀을 팔지 않아요?"

"글쎄다. 쌀이 없어서 못 판다고 한다더라만 쌀이 그렇게야 없겠니. 장난질을 하는 것이겠지."

쌀뿐만 아니고 다른 잡곡들도 마찬가지였다. 어떤 사람은 쌀을 사기는 샀는데 물에 퉁퉁 불었다고도 했다.

"왜 쌀이 불었소?"

"글쎄요. 비를 맞은 모양이오이다."

싸전 주인은 태연하게 말하며 싫으면 그만두라는 듯 딴청을 부린다는 것이다. 호위영(扈衛營)에서 말단 군관 노릇을 하는 김광헌(金光憲)은 평소에도 세상사에 불만이 많았는데 싸전에서 쌀을 팔지 않자 울화가 치밀었다.

"이보게, 억철이. 지난번 요미(料米, 하급 관리들에게 주는 봉급)에는 겨가 섞여 나왔더군. 세상에 이런 법이 어디 있나."

고억철(高億哲)은 그저 건달패였는데 김광헌과는 가까운 친구였다.

"그럼 그 쌀은 어느 놈이 처먹은 거야?"

"누군 누구야. 대장이나 별장 놈이겠지."

"저런 단매에 쳐 죽일 놈들이군."

"게다가 요새는 싸전에서 쌀을 팔지도 않아."

"때려 부숴야 해. 쳐 죽일 놈들. 이제는 장사꾼 놈들까지 세도가를 배워가니 말이야."

두 사람은 그렇게 울분을 토하다가 끝내는 이판사판 행패나 부려보자는 데 의기투합했다.

"우선은 민심을 우리 편으로 만들 필요가 있어. 당장 입소문부터 내야 해."

두 사람은 비장한 얼굴을 하고 손을 굳게 맞잡았다. 무엇을 얻어보려고 이런 일을 계획한 것이 아니다. 치미는 울화를 어쩌지 못하는 판인데 싸전이라도 때려 부수면 시원해지겠다 싶어서였다. 그리고 이왕 일을 벌일 바에는 서울에 있는 싸전이란 싸전은 몽땅 부숴버리자는 것이다. 그날 고억철은 평소에 알고 지내던 오랑이를 만났다. 고억철은 오랑이를 술도 안 파는 주막으로 끌고 들어갔다.

"복장이 터져 못 살겠네, 못 살겠어."

오랑이는 뜬금없는 고억철의 한탄에 무슨 일인가 궁금해졌다.

"글쎄 요새 싸전에 쌀을 안 판다지 않는가?"

"그렇다며."

"그게 그러니까 없어서 안 파는 것이 아니라 세도가들이 싸전을 다 차지하고 값을 올리기 위해 안 파는 거라네. 그러니 우리같이 힘없는 사람들은 모두 굶어 죽으라는 얘기가 아닌가."

고억철의 말을 들은 오랑이도 흥분했다.

"저런 말종들 같으니라고."

고억철은 그 말을 슬쩍 던져놓고는 가버렸다. 오랑이는 약현의 정호에게 와서 울분을 터뜨렸다.

"글쎄 그런 놈들이 나라를 맡고 있으니 나라꼴이 뭐가 되겠냐고."

오랑이는 나라의 운명이 제 손에 달려 있기나 한 것처럼 주먹을 흔들어 보이며 침을 튀겼고 정호도 양 미간을 찌푸리며 오랑이의 의견에 동조했다. 오랑이는 가는 데마다 그런 얘기를 하고 다녔고 사람들은 저마다 고개를 끄덕이며 울분을 토했다.

한편 고억철은 오랑이뿐만 아니라 만나는 사람마다 고관대작이 쌀을 다 차지하기 위해 쌀을 쌓아놓고 팔지 않는다고 귀엣말을 하고 다녔다. 소문은 삽시간에 서울에 퍼졌다. 민심은 더욱 흉흉해졌다.

김광헌과 고억철은 홍진길(洪眞吉)을 끌어들였고 홍진길은 강춘득, 우범이, 유칠성, 범철이 등을 불러냈다. 이들은 날을 정해 남대문 안에 있는 제법 큰 싸전으로 갔다. 사람들이 쌀을 팔라고 아우성을 쳤지만 싸전 문은 굳건히 닫힌 채 열릴 줄을 몰랐다.

"글쎄 없는 쌀을 어떻게 판단 말이오."

싸전의 주인인지 하인배인지 알 수 없는 사람이 사람들 앞에서 그

런 소리를 했다. 그러자 홍진길이,

"쌀이 있는지 없는지 한번 봅시다. 문을 열어보시우."

하며 싸전 주인에게인지 몰려와 있는 사람들을 향해서인지 큰 소리로 외치다시피 했다.

"그러시오. 열어보시오. 쌀이 없으면 우린 돌아갈 것이오."

목청 좋은 사람이 싸전 문을 두드리며 큰 소리로 말했다. 그러나 굳건히 닫힌 싸전 문은 열릴 줄을 몰랐다. 사람들은 와와 소리를 질러댔다. 그때 홍진길이 앞으로 썩 나서더니 요령을 흔들어댔다.

"싸전을 부수어라!"

흥분한 사람들이 기다리고 있었다는 듯 달려들어 싸전 문을 부수고 안으로 뛰어 들어갔다. 싸전 광에는 쌀이 그득했다.

"예라 이 죽일 놈아. 이건 쌀이냐? 흙이냐?"

사람들은 흥분해서 날뛰었다. 싸전 주인은 어느새 줄행랑을 쳤다.

"자, 마음대로 퍼 가시오!"

싸전이 열렸다는 소문이 나자 사람들은 더욱 몰려들었고 문 안에 있는 싸전들은 모두 부서지고 성난 군중들은 멜 수 있는 만큼 쌀자루를 메고 달아났다. 미처 쌀자루를 차지하지 못한 사람들은 쌀이며 잡곡 창고가 즐비한 삼개로 달려갔다. 삼개에는 우락부락한 건달들이 창고를 지키고 있었지만 수십 명씩 떼 지어 달려드는 민심을 당할 수는 없었다.

"강상 김재순 창고부터 갑시다!"

경강 상인 김재순(金在純)은 이번 쌀값 폭등을 주도한 인물로 알려졌다. 김재순의 창고를 비롯해 삼개의 싸전이며 창고들도 삽시간에 부서졌고 수십, 수백 명이 몰려다니며 소리들을 질러대 무슨 전쟁터라도 된 것 같았다. 나라에서는 그때서야 부랴부랴 군졸들을 내보내 진압에 나섰지만 군졸들 역시 겨가 섞인 요미에 진저리를 내고 있던 터였으므로 한쪽에 몰려서서 구경만 할 뿐이다.

다음 날, 어찌 알았는지 김광헌, 고억철, 홍진길 등 일곱 명이 관에 끌려가 그대로 참수당했다는 소식이 들려왔고 오랑이는 혼비백산하여 약현으로 달려왔다.

"이것 보게. 큰일 났네. 내가 죽게 생겼어."

오랑이는 숨이 턱에 차서 안절부절못하다가,

"자네한테 와서 이런다고 뭐가 되겠나. 어서 줄행랑을 치는 게 살길이지."

하더니 도로 달려 나갔다.

"가려거든 멀리 가서 한동안 오지 말게."

정호도 걱정이 되어 그렇게 소리쳤다. 그 난리로 갑석이의 창고 한 채도 불에 타버렸다는 소식을 들은 것은 한참이 지난 후였다. 그 창고에는 지도 제작에 쓰려고 정호가 갑석이에게 부탁해놓았던 잘 말린, 어른 키 만한 피나무가 통나무로 대여섯 개나 있었다는 얘기와 함께.

정호가 최도원을 찾았다.

"자네가 웬일인가? 내 집을 다 찾아오고."

최도원은 정호의 돌연한 방문에 무척 당황한 모습을 보였다. 그러나 그런 눈치를 알 리 없는 정호는

"관상감 서고를 한 번 구경할 수 없겠나?"

하고 다짜고짜 찾아온 이유를 말하였다.

"관상감 서고를?"

최도원이 되물었지만 정호는 자신의 할 얘기나 마저 하겠다는 듯

"관상감에는 우리나라의 지도들이 다 있을 거 아냐? 그걸 좀 보고 싶어서."

하였다. 최도원은

"우리나라 지도뿐이겠는가. 만국지도도 다 있네."

하며 정호를 사랑으로 안내했다.

"하지만 자네가 관복을 입었다면 모를까 관상감에 드나들기가 좀⋯⋯."

최도원이 자리에 앉자마자 하는 말이다.

"그렇겠군. 그렇다면⋯⋯."

정호가 말꼬리를 흐리며 최도원의 서가를 찬찬히 살펴보았다. 최도원은 뜨끔했지만 정호의 지도 초고를 베껴둔 것은 마침 내실에 두었다. 최도원이 정호의 시선을 따라 제 서가를 둘러보면서 말했다.

"여기 있는 서책들이나 지도들이 관상감에 있는 것만은 못하지만 웬만한 것은 내가 다 베껴둔 것이니 자네가 빌려다 보게."

"어디 한번 보세나."

정호는 일어나서 최도원이 가지고 있는 책이며 각종 지도들을 들 춰보았다.

"좋은 것이 많군."

정호는 서가에서 쓸 만한 것들을 골라 한쪽에 쌓았는데 지게꾼 두 엇을 불러야 할 정도로 많았다. 최도원은 아랫사람을 시켜 정호가 골 라놓은 책들을 약현까지 져다주도록 했다.

"고맙네, 곧 돌려드리겠네."

정호가 그렇게 여지학에 몰두하고 있는 동안 한기도 무슨 일인가에 열중하여 약현의 태연재에서 살다시피 했다.

"산천을 메주 밟듯 한다고 해서 지도를 그릴 수 있는 건 아닌 것 같으이."

정호의 말이다.

"그렇지. 그건 한 사람의 일생으로는 불가능한 일이야. 그래서 앞선 이들의 업적에 보태야 하는 거야. 여느 학문인들 그렇지 않겠나. 가만 그러고 보니 자네가 최 훈도의 책이며 지도를 빌려온 뜻이 거기 있었구먼."

"그래. 선배들의 업적은 따르고 잘못은 바로잡는 게 일의 시말이란 생각을 했어."

"아무렴. 잘 생각했네. 작은 고을 부도쯤 제작하는 거야 일도 아니지만 우리 삼천리 강산을 제대로 표기하려면 앞선 이들의 업적을 무시할 수 없네. 자네만 그런 게 아니라 어느 한 세대에서 완성하기도 어렵다고 보네. 수백 수천의 자네 같은 사람들이 한결같은 목적을 가지고 덤빈다면 모를까."

"잘 자란 피나무를 구했네."

한기가 싱글벙글하며 판자조각 하나를 보여주었다. 정호는 무엇인가를 열심히 베끼다 말고 한기가 내민 판자를 받아 이리저리 살펴보고 칼로 긁어 보기도 하였다.

"틀림없는 피나무군."

정호가 빙긋 웃었다.

"목수에게 잘 켜놓으라 일렀네."

한기의 말이었다.

"너무 두꺼워도 얇아도 아니 된다는 것을 잘 말해두었겠지. 켜서 물에 한동안 담가 진을 빼 그늘에 말려야 하네."

정호는 거듭 강조했다. 정호는 한기와 함께 청국에서 간행된 지구도를 새기려 하고 있는 것이었다. 한기가 어디선가 지구도 한 장을 구해 왔는데 그것을 중간(重刊)하려는 것이다. 지도의 이름은 「대청통속직공만국경위지구식(大靑統屬職貢萬國經緯地球式)」이었는데 청국 중심의 지구도였다.

"이 지구도는 믿을 수도 없군 그래. 이걸 또 새겨 뭘 하려나?"

한기가 가져온 「만국경위도」가 청국 중심으로 되어 있는 것이 확연함을 보고 정호가 하는 말이다. 그러나 한기의 생각은 달랐다.

"그렇긴 하네만, 지금 우리는 청국 식의 지구도라도 아쉬운 판일세. 게다가 이것을 판각해봄으로써 지도 판각의 이치도 깨달을 수 있지 않겠는가?"

썩 내키지는 않았지만 정호는 판각을 해보기로 했다. 이런저런 나무를 실험해 보았지만 피나무가 가장 좋았다. 갑석이가 어렵게 구해놓은 피나무가 불에 타버린 것이 여간 아쉽지 않았지만 한기는 어디선가 그것을 또 구해왔던 것이다. 한기는 대장장이에게 특별히 부탁해 만든 조각칼도 가져왔다.

"잘 벼렸나 모르겠군."

한기가 조각칼로 판각재를 파보았지만 잘 안 되는 모양이다. 정호가 그런 한기를 쳐다보다가,

"이리 주게. 칼을 그렇게 잡아서야 무슨 힘이 들어가겠는가."

하고는 칼을 빼앗아 '조선(朝鮮)'이라는 글자를 거꾸로 파 보였다. 한기는 쑥스러운지 에헴, 헛기침을 했다.

"자네가 선친의 주머니칼을 평생 들고 다닌 보람이 있구먼. 각수(刻手)가 다 되었어."

정호는 어려서부터 주머니칼로 나무를 다듬어 소품을 만드는 재주가 남달랐을 뿐만 아니라 여지학을 공부하면서부터는 직접 판각해 인쇄까지 할 생각을 해왔다.

"아버지, 손님 오셨어요."

깜정이가 밖에서 소리치듯 말했다.

"훈도 나리가 오신 게로군."

정호가 한쪽에 쌓아둔 최도원의 책들을 바라보며 중얼거리듯 말했다. 최도원이 책을 찾으러 오겠다고 했던 것이다.

"잘 있었는가? 혜강도 여기 와 있었군 그래."

역시 최도원이다.

"어서 오게. 자네 마침 잘 왔네."

한기가 최도원의 손을 덥석 잡으며 과장되게 반가운 시늉을 했다.

"왜 이리도 반색을 하누?"

최도원이 얼떨떨한 표정을 짓자

"이걸 좀 보게나. 이걸 판각하려던 참일세."

한기는 최도원에게 「만국경위도」를 펼쳐주었다. 최도원이 「만국경위도」를 들여다보았다.

"청국에서 만든 지도군."

한기가 고개를 끄덕이며,

"물론 관상감에도 이 지도가 있겠지?"

했지만 최도원은 고개를 저었다.

"아니, 없네. 본 적은 있지만 관상감에는 없네."

최도원의 말에 한기가 정호를 바라보며 환한 표정을 했다.

"그럼 어서 이걸 판각해서 관상감에도 보내주세. 아주 잘 되었군."

정호도 만족한 표정을 했다. 그러나 최도원은 그런 일에는 별 관심이 없다는 듯 다른 소리를 했다.

"자네의 지난번 초고 말일세."

정호가 한기의 집에 내던지고 갔던 보따리를 말하는 것이다. 정호는 내색은 안 하고 있었지만 한기에게 들어 최도원이 먼저 가져다 보았다는 것을 이미 알고 있다.

"보았으면 좀 어떤가. 어차피 보아달라고 하려던 참이네."

정호는 지레짐작으로, 허락도 없이 보아 미안하다는 말을 하려는 줄 알고 그렇게 말했다. 정호의 말에 최도원이 멋쩍게 웃었다.

"아니, 그걸 한 번 더 보았으면 해서 말일세."

최도원은 평상시와 다르게 불안정하고 쑥스러워하는 눈치까지 보였다.

"마음껏 보시게. 그게 뭐 어려운 일이라고 그리 힘들게 말하는가."

정호는 한쪽에 쌓아두었던 지도 초고를 꺼내 최도원에게 보여주었다. 최도원은 앞의 것은 볼 필요도 없는지 한참을 넘기더니 어느 부분에 가서 골똘히 초고를 살폈다. 입으로 웅얼웅얼하는 것이 마치 지도를 외우는 것 같았다.

"이 사람아, 뚫어지겠네."

한기가 최도원을 툭 치자 최도원은 나쁜 짓이라도 하다가 들킨 사람처럼 화들짝 놀라 고개를 들었다.

"응, 뭐라 했나?"

최도원은 딴 소리까지 했다.

"이 사람이, 한동안 아팠다더니 아직 제정신이 아닌 모양이군."

최도원이 사단을 눈치 챘는지 멋쩍게 웃었다.

"남의 밥 뺏어먹는 사람처럼 뭘 그렇게 정신없이 보는 겐가."

한기가 한마디 더 보태자 최도원은 뒤로 물러앉으며

"뺏어먹기는 뭘 뺏어먹는다고……."

했다. 한기와 정호가 그런 모양을 보며 껄껄 웃었다.

"그래, 어떻던가?"

정호가 지도를 본 느낌을 묻는 거였다. 그러나 최도원은 아직도 제정신이 아닌 모양이다.

"뭐가?"

최도원의 대답이다. 정호와 한기가 마주보고 박장대소를 했다. 태연재에서 자꾸 웃음소리가 들리니 깜정이가 무슨 일인가 하고 생글 웃으며 들여다보았다. 최도원은 그런 깜정이를 멀뚱한 표정으로 바라보았고 두 사람은 그 모양이 우스워서 또 배꼽을 잡았다. 최도원은 정호의 초고를 보고나서는 할 일을 다 했다는 듯 데리고 온 사람들에게 책을 짊어지게 하고는 총총 돌아갔다.

"꼭 얼이 나간 사람 같군."

한기가 나가는 최도원을 바라보며 혼잣소리처럼 중얼거리자 정호가 그런 말 함부로 하지 말라는 표정을 하며 한기의 등을 소리가 나게 때렸다. 들어와 있던 깜정이는 그런 어른들의 장난이 재미있는지 손으로 입을 가린 채 조용히 웃었다.

집으로 돌아온 최도원은 별당의 빈방을 깨끗이 치우도록 했다. 최도원의 누이가 시집가기 전에 쓰던 방인데 일 년여 동안 아무도 사용하지 않았다.

"그 방은 뭘 하시려고요?"

"내 그곳에서 할 일이 있으니 누구도 그 방을 드나들지 못하도록 엄히 단속하도록 하오."

방이 치워지자 최도원은 정호에게서 찾아온 여지학에 관련된 책들을 모두 옮겨왔다. 그리고는 전에 베껴두었던 정호의 지도 초고를 방안 가득 펼쳤다. 정호의 지도 초고뿐만이 아니었다. 관상감에서 가져온 각종 지도며 지지들을 잔뜩 쌓아놓았다.

한참동안 지도들을 바라보던 최도원은 조선 팔도의 윤곽을 잡아그리기 시작했다. 최도원은 정호의 지도 초고만을 가지고 지도를 만드는 것이 아니라 기존의 읍도며 전도의 것을 옮기기도 하고 빼기도하면서 정호의 초고 위에 살을 붙여 나갔다.

한편 정호와 한기는 「만국경위도」를 판각한 후 곧바로 정호가 그려온 지도 초고를 검토하기 시작했다. 이를테면 한기는 정호의 고문 역할을 하였는데 역사적인 고증에 대해 많은 도움을 주었다. 특히 천문에 대한 이론적 받침이 되어 주었으며 각도를 계산하는 데에는 정호가 도저히 따를 수 없을 정도였다.

"옛 지도들이 상세하지 못한 이유가 어디에 있다고 생각하는가? 다만 지도 제작 지식이 부족해서일까?"

한기가 옛 지도를 뒤적이며 물었다.

"물론 그럴 수도 있겠지. 하지만 더 중요한 이유는 다른 데 있다고 생각하네. 즉 옛 지도들은 종이 크기의 한계를 극복하지 못해 그리

된 것일세. 한 종이 안에 하나의 도를 전부 넣으려고 하다 보니 큰 고을과 작은 고을의 크기가 지도상에서는 같아져버린 거야. 그러니 경위선에서 자연히 성기고 빽빽한 것이 생기게 되고 경계를 찾기도 어려워지고 말았어. 나는 커다란 전도를 층층으로 만들어 고기비늘처럼 줄지어 책을 꾸밀 생각일세. 그러면 옛 지도들이 가지고 있는 폐단을 고칠 수가 있을 것 같아."

"좋은 생각이군. 그리 한다면 상세하게 표시할 수 있겠어."

"역(驛)이나 원(院)의 방위는 다소 틀리더라도 전체 지명간의 방위는 틀리지 않도록 할 거야."

한기는 고개를 끄덕이며 정호의 얘기를 듣고 있다가 다시 책 속으로 눈을 주었다.

"이것 보게."

정호가 땀을 뻘뻘 흘리며 지명을 써넣고 있을 때 한기는 옛 문헌을 뒤지며 지금의 지명과 옛 지명을 비교하였다.

"아직도 여기는 포주(抱州)라고 되어 있군."

한기는 포천(抱川)을 포주라고 표기해놓은 것을 가리켰다.

포주가 포천으로 바뀐 것은 벌써 국초(國初)의 일이다. 당시 나라에서는 어느 품계 이하의 수령이 다스리는 고을 중 '주(州)'를 쓰는 고을은 모두 '천(川)'이나 '산(山)'으로 지명을 바꾸라는 명을 내렸었다. 그래서 경기도 과주가 과천으로 충청도 아주가 아산으로 바뀌었다. 경상도의 울주(蔚州)나 양주(梁州)가 울산, 양산으로 바뀐 것도 같은 이유였다. 그것은 미루어보건대 2품의 부윤이나 3품의 목사가 다스리는 고을이 대부분 주(州)가 들어가는 것을 보면 고을의 격을 염두에 둔 것일 터였다.

그러나 그 고을 사람들은 나라에서 지명을 바꾸게 해도 그냥 쓰는 경우가 흔히 있었으므로 혼동이 오기도 하였고, 또 저술을 하는 사람들이 옛책을 인용하면서 지명까지도 그대로 베껴 쓰는 경우가 있어 이미 죽은 옛 지명이 버젓이 살아 있는 것이다. 편안하게 앉아서 저술을 하는 이들의 한계라 아니 할 수 없다.

"아무튼 꼼꼼히 살펴봐주게."

정호는 한기에게 그런 당부를 하며 다시 지도를 그리는 데 열중했다. 한기도 책 속으로 빠져 들어갔다. 어느 틈에 왔는지 조연수가 그들 옆에서 미소를 띠고 바라보고 있었지만 두 사람은 제 할 일에 정신을 뺏겨 몰랐다.

"쉬어들 하게."

조연수가 한참이나 바라보다가 한기를 툭 쳤다.

"어, 언제 왔나?"

조연수는 책을 한 보따리 들고 왔는데 그 역시 정호의 지도 및 지지 제작에 참고할 만한 자료들로 규장각의 서가에 보관되어 있는 것들이다. 조연수는 승문원에 나가고 있지만 관복을 입었으므로 규장각에 드나들 수 있는데다가, 규장각의 검서관(檢書官) 중 한 사람과 친분이 있어 정호가 보고자 하는 책들을 쉬이 구할 수 있었던 것이다. 정호는 조연수보다도 가져온 보따리가 더 반가운 모양이다. 조연수는 아는 체도 않고 보따리부터 끌렀다.

"저 사람이, 나는 안중에는 없는 모양이군."

조연수가 껄껄 웃으며 말하자 한기가 정호를 툭툭 쳤다. 정호는 표정 없는 얼굴로 두 사람을 힐끗 보더니 다시 조연수가 가져온 책들을 뒤적였다.

"좀 들어가도 되겠나?"

모 영감이 태연재의 문을 반쯤 열고 고개를 디밀었다. 정호가 어서 들어오시라는 시늉으로 몸을 반쯤 일으켰다.

"내가 방해나 안 하는 것인지 모르겠군."

"무슨 말씀을요. 그렇지 않아도 좀 쉬려던 참이었습니다."

그러자 모 영감의 얼굴이 밝아졌다.

"그럼 나하고 술이나 한 잔 하려나?"

모 영감은 술을 많이 마시는 편은 아니었으나 가끔씩 술자리를 마련해 정호를 불러내곤 했다. 정호도 아버지 같은 모 영감과 마주 앉아 술잔을 기울이며 이런저런 얘기를 하는 것이 싫지 않았다.

정호를 더할 나위 없이 따뜻하게 대해주었던 모 영감은 정호에게 아버지 이상이다. 정호에게 무엇도 바라지 않았지만 친부모이기나 한 것처럼 정호가 하는 일을 밀어주고 도움을 주어왔다..

모 영감이 한 가지 정호에게 바라는 것이 있기는 있다. 바로 깜정이다. 깜정이와 막내인 막돌이를 짝지어주고 싶은 것이다. 아직 깜정이가 어렸으므로 대놓고 내색은 하지 않았지만 정호도 진즉 눈치는 챘다.

"요즘은 오랑이 그 사람이 통 안 보이는군."

"그 사람의 얘기소리가 기다려지시는 게지요."

해가 뉘엿뉘엿 떨어지는 해질녘, 정호와 마주 앉아 술기운이 오른 모 영감의 주름 많은 얼굴은 아주 밝았다. 모 영감은 사람 좋은 얼굴로 정호를 한동안이나 바라보았다. 정호는 제 흥에 겨워 혼자서 껄껄 웃으며 술을 마시다가 모 영감을 쳐다보았다.

"제게 무슨 하실 말씀이라도?"

모 영감이 자기를 바라보는 것을 눈치 채고 정호가 물었다. 모 영감은 누런 이빨부터 보이며 허허 웃더니,

"저 아이 말일세."

하며 부엌을 드나드는 깜정이를 가리켰다.

"깜정이가 무슨……?"

정호는 깜정이가 무슨 일을 저지른 것이 아닌가 하여 속이 뜨끔했다. 지금까지 애비가 어린 깜정이 속을 끓였으면 끓였지 깜정이는 애어른이었다. 너무나 어른스러워 오히려 속이 상할 정도였다. 아이는 아이다운 맛도 있어야 하지 않은가. 그러나 깜정이는 키만 작았지 영락없는 어른 행세를 했다.

"아, 아닐세. 깜정이가 무슨 잘못을 한 게 아니라 저 아이를 내게 주었으면 해서 하는 말일세."

정호가 깜짝 놀라 모 영감을 바라보았다.

"달라시면?"

모 영감은 쑥스러운 얼굴로 말했다.

"허허. 우리 막내 놈이 있잖은가."

막돌이를 말하는 것이다. 막돌이는 깜정이보다 서너 살 위였지만 역시 어린아이기는 마찬가지였다. 그렇다고 장가들이기에 터무니없이 어린 나이도 아니다. 흔치는 않았지만 오줌 싸는 신랑을 색시가 업어 키우는 경우도 종종 있으니 말이다.

"아직 솜털도 가시지 않은 어린아이들인 걸요."

정호가 모 영감의 말뜻을 알아채고 그렇게 말했다. 그러자 모 영감

이 무릎을 당겨 앉았다.

"자네 그 말은, 그러니까 애들이 나이가 차면 맺어줘도 좋다는 말인가?"

그때 깜정이가 다시 부엌에서 나왔다. 저 아이가 시집을 간다? 그런 생각을 하니 정호의 입가에 웃음이 배었다. 정호와 눈이 마주친 깜정이가 생긋 웃었다.

"이리 좀 오거라."

정호가 입가에 웃음을 머금은 채 깜정이를 손짓해 불렀다. 깜정이는 어른이기나 한 것처럼 앙증맞게 앞치마에 손을 닦으며 다가왔다. 그런 모습을 보는 정호의 가슴이 아려왔다. 제 어미가 있었다면 공기놀이나 하며 놀고 있을 아이였다. 그러나 지금은 부엌살림을 도맡고 있는 어른스러운 아이.

"안주가 부족하셔요?"

깜정이가 다가오자 모 영감은 어색한지 헛기침만 두어 번 했다.

"너, 막돌 오라비가 좋으냐?"

정호의 느닷없는 물음에 깜정이가 어리둥절한 표정을 지었다.

"너 막돌 오라비에게 시집가려느냐?"

깜정이가 순순히 고개를 끄덕였다. 정호가 껄껄 웃으며 모 영감을 바라보자 모 영감이 흐뭇한 표정을 감추지 못하고

"에끼 이 사람아. 어린아이에게 그 무슨 장난인가."

# 17. 청구도(靑邱圖)

"지금까지 우리 지도라는 것이 농포자의 「동국지도」에 와서야 제 모양을 갖추었다고 볼 수 있을 것이네."

한기는 정호의 말에 고개를 끄덕이며 동의를 표시했다. 그러면서도 의문이 가시지는 않는 얼굴이다.

"보면 알겠는데 이론적으로는 어떻게 설명이 되는가?"

정호가 잠시 생각을 정리한 다음 대답했다.

"지난번에 내가 삼각산에서 내려다본 서울이라며 병풍 그림을 그리는 걸 본 적이 있지 않은가. 바로 그런 것이 옛사람들의 지도에 대한 인식이었다고 보면 될 것이네. 즉, 지도를 관상용으로 생각했던 것이지. 나라에서 여러 가지 필요에 의해 지도를 만들었다고는 하지만 실제로 사용을 했다기보다는 임금의 명에 의해 만들어 바침으로써 임금이 제 나라 땅을 감상하는 데나 쓰였다고 할까."

한기가 고개를 갸우뚱했다.

"그건 지나친 생각이 아닌가. 만일 지도가 관상용으로만 쓰였다면 지도를 중국에 보내려다가 처벌받은 사람들의 얘기는 어떻게 설명하겠는가?"

한기는, 이심(李深)과 지지용(智之用)이라는 사람이 송나라 상인과 짜고 고려 지도를 송나라에 넘기려 하다가 발각되어 옥중에서 죽었다는, 『고려사』의 기록을 상기하고 있다.

"물론 엉성한 지도라고 하더라도 지도인 이상 역로(驛路)라든가 산성(山城) 같은 것이 표기되어 있으니 군사적으로 이용당할 우려는 충분히 있었던 것이겠지."

정호는 '군사적으로'라는 말에 힘을 주어 말했다.

"군사적으로?"

한기가 반문했다.

"생각해보게. 우리는 지도만 가지고 내 땅을 제대로 살필 수 없기 때문에 지지나 지리지를 반드시 함께 만들어야 하네. 지지나 지리지에는 광범위한 내용을 담을 수 있기 때문이지. 그렇게 볼 때 지도는 다만 지지에 딸린 부도(附圖)가 되는 셈이지. 그러니까 지지 혹은 지리지가 주가 되고 지도는 그 다음인 것인데 가령 세종대왕 시절 만들어졌다는 『신찬팔도지리지(新撰八道地理志)』는 주·부·군·현의 고금 연혁, 명산대천과 사방 경계, 읍성의 위치와 거리, 군사의 수 같은 것이 자세히 기록되어 있지 않은가. 지도에는 담을 수 없는 것이지. 이런 것들이 다른 나라로 흘러 들어갔다고 생각해보게."

한기는 진지하게 머리를 끄덕이며 들었다.

"물론 내가 농포자 이전의 지도에 대해 험담을 하려는 것은 아닐세. 이전의 지도가 일천한 수준에 머물고 말았던 것은 우리 세계관이 그만큼 협소했기 때문이지. 그것은 꼭 지도에만 국한되는 것은 아니니까 딱히 지도에 대해서만 왈가왈부할 수 있는 것은 아니겠지. 우리 조선에서는 국초 이회의 「팔도도」 이후 나온 것이 정척(鄭陟)과 양성지(梁誠之)의 「동국지도」가 아닌가?"

정호가 묻듯 하자 한기는 고개를 끄덕였다. 정상기의 「동국지도」와 이름이 같은 정척과 양성지의 지도는 세조 때 제작됐다.

"그렇지."

"이 「동국지도」도 『신찬팔도지리지』의 부도 성격이 강한 거야."

"「동국지도」가 「팔도도」와 다른 점은 무엇인가?"

한기의 물음에 정호는 막힘없이 대답을 이었다.

"「동국지도」를 제작하게 된 배경을 알면 차이점도 알 수 있다네. 새로운 지도가 필요했던 것은 우선은 국경이 달라졌다는 점일세. 두만강 쪽에 윤관이 설치한 6진과 압록강 쪽에 4군을 설치하는 바람에 새로운 국경이 만들어졌잖아. 또 많은 지명이 초기와는 다르게 바뀌었네. 그러다보니 역로나 봉수망도 바뀌게 되었으니 새 지도에 대한 요구가 나온 거야."

한기가 크게 고개를 끄덕였다.

"정척의 「양계지도(兩界地圖)」는 그래서 만들어졌겠군."

정호가 보일 듯 말듯 미소를 띠었다.

"그랬을 테지. 아무래도 평안도나 함경도가 국경 문제에 있어 중요한 곳이니까 그쪽 지도를 먼저 만든 거 아니겠어. 특히 세종 대나 문종 대는 이 나라가 여러 가지 기틀이 잡혀가는 때임과 동시에 국경이 확정되는 중요한 시기였으므로 지도에 대한 관심이 매우 높았을 거야. 물론 위아래 할 것 없이 백성들의 사기도 충천해 있었을 테고."

한기도 정호의 생각에 동의한다는 표정을 지었다.

"옳은 얘기일세. 태조께서 나라를 세운 이후 태종과 세종께서 많은 일들을 해냈지. 그런 터전 위에서 지도에 대한 관심도 높았을 거라는 얘기군. 군신이 일심동체가 되어 나라가 안정되어 있었으니까 말이지. 혼란한 시기보다는 안정되어 있을 때 그런 지적 욕구가 생겨났다는 얘기로군."

"하지만 「양계지도」는 제도상(製圖上)의 문제를 보였던 모양일세."

실록 문종조(文宗條) 5월에 그 단서가 있다.

예조참판 정척이 「양계지도」를 찬진했다. 상(上)이 말씀하셨다.

"나는 지도를 많이 보아왔는데 지금 이 지도가 가장 상실(詳悉)하오. 그러나 도(圖)가 되게 하려면 각 관읍 상호간의 이수(里數) 및 서로 마주하고 있는 지방은 모름지기 자세하게 고찰하는 것이 마땅할 것이오. 가령 모관(某官)이 4면에 있을 경우 그 고을까지는 몇 식(息) 몇 리의 거리에 있다던가 말이오. 4방위를 가지고 말한다면 정확한 처소(處所)를 나타내기가 어려운즉 12방위(子, 丑, 寅, 卯, 辰, 巳, 午, 未, 申, 酉, 戌, 亥의 방향)로 된 범철(泛鐵, 지남철)을 놓고 한다면 그 경내에 있는 명산, 대천, 대령, 고관방(古關防), 고읍(古邑)은 어느 방위, 어느 지점에 있다는 것이 상세하기 마련이오. 그러니 양계 각관에게 명해 거리를 재서 올려 보내도록 한 뒤 다시 참고해서 교정하도록 하시오."

"거리와 방위에 대한 인식이 달라졌다는 얘기인가?"

한기의 말에

"바로 그걸세.「양계지도」이후에야 우리 지도는 정확한 거리, 정확한 방위에 대해 고민하기 시작했다는 거지."

하며 정호가 환하게 웃었다.

"세종 때 지도 제작이 활발했던 것은 아무래도 과학기술의 발달과도 연관이 있을 터."

한기가 말하자 정호는,

"물론이야. 지금 내가 쓰고 있는 기리고차 역시 그때 만들어진 것이라네."

하였는데, 한기가 웃으며 머리를 가로저었다.

"기리고차야 이미 진나라에서 쓰던 것인데 그 원리를 그때서야 터득했거나 중국의 기리고차를 보고 응용하여 만든 것이겠지."

한기는 과학기술의 이론에 남다른 조예를 가지고 있다. 기리고차(記里鼓車)는 거리측정용 장치가 붙어 있는 수레이다. 이 수레를 끌면 바퀴가 구르면서 크고 작은 톱니바퀴들이 서로 맞물려 일정한 회전 뒤에는 수레에 달린 징이나 쇠북 같은 것을 울려 줌으로써 거리를 알 수 있는 것인데 대개는 10리를 갈 때마다 소리를 내도록 되어 있다.

기리고차는 측량에 새로운 전기를 마련한 장치였다. 기리고차를 사용하기 전까지는 새끼줄로 재거나 도보로 실측을 할 수밖에 없었는데 기리고차의 등장으로 측량이 한결 쉬워지고 빨라졌다.

"진나라에서 썼단 말인가?"

정호가 믿기지 않는다는 표정으로 되물었다.

"그렇다니까. 그런 기록이 있네. 그러니 우리보다 천년도 더 앞서 있지를 않은가."

한기의 말에 정호가 입맛을 쩍쩍 다셨다. 한기도 씁쓸한 표정을 감추지 못했다. 중국에서는 천여 년이나 앞서서 사용했다는 장치를 이제야 사용하고 있다는 것이 답답했던 것이다.

"그러면서 서양 것이라면 무조건 내치기만 하는 작태가 딱하이."

정호가 한숨처럼 뱉었다. 정호는 중국에서 서양으로 훌쩍 뛰어넘어갔다.

"그만해두세. 자네 이 지도 얘기나 계속해보세."

한기는 정호가 무슨 말을 하려는지 알고 있다. 서양의 발전된 과학이나 기술을 마음놓고 배울 수 없음을 말하다가 나중에는 천주교 신자 얘기에 분통을 터뜨릴 것이다. 그러나 정호는 할 말이 더 있는 듯 잔기침을 한번 하더니,

"사실은……."

하며 한기를 바라보았다.

"지난번에 그 정 선비를 또 만났었네."

한기가 의아한 표정을 했다.

"정 선비라니?"

정호는 잠시 침묵을 지켰다.

"있잖은가. 내가 포도청에 끌려가 치도곤을 당할 뻔했던 때……."

한기가 알겠다는 듯 고개를 끄덕였다.

"옳지. 사암 어른의 조카 된다던……?"

정호는 고개를 끄덕이며 눈을 감았다.

정호가 정하상을 다시 만난 것은 의주 압록강 가에서였다.

압록강은 중국으로 들어가는 중요한 길목이다. 나루터에서는 강을 건너려는 인마(人馬)를 조사한다. 사람은 성명, 거주지, 나이와 흉터의 유무, 키가 크고 작음을 조사하고 말은 털빛을 조사하여 적는다. 또한

외국으로 가져갈 수 없는 금지된 물품을 조사하는데 황금, 진주, 인삼, 담비가죽 같은 것들이다. 또 우리나라 돈을 가지고 나갈 수도 없다. 하인들은 저고리를 헤치고 바지를 내리게 하여 조사하고 갓 쓴 도포짜리들은 행장을 풀어 조사한다.

조사는 모두 세 번을 하는데 기(旗) 세 개를 세워 각각 문을 만들고 그 안에서 조사를 한다. 만약 첫 번째 기에서 금지된 물품이 나오면 곤장을 때리고, 첫 번째 기를 요행 통과하더라도 두 번째 기에서 걸리면 귀양을 가게 된다. 세 번째 기에서 걸리면 목을 베기도 하는 등 중형에 처한다. 그러나 아무리 월경(越境)을 막고 밀무역을 막는다 하더라도 강을 건널 모진 마음만 있으면 누구나 건널 수 있을 것이다.

정호는 나루터에 이불 보따리며 가죽부대 같은 것들이 조사를 받느라 풀밭에 어지럽게 널려 있는 것을 보고 실없이 웃었다. 사람들이 서로 자기네 짐이네 어쩌네 하면서 언성들을 높이고 있었던 것이다. 압록강을 따라 내려오다가 중국 쪽을 하염없이 바라보고 있는 사람을 보았다.

"저 사람은 혹시?"

가까이 다가가 보니 짐작대로 정하상이다.

"정 선비 아니시오? 여긴 웬일이시오?"

정호는 반가움에 정하상의 손을 덥석 잡았다. 정하상도 정호의 손을 맞잡았다. 정호는 정하상의 몰골을 보고는 혀를 쯧쯧 찼다. 옷은 언제 갈아입었는지 땟국이 질질 흐르는데다가 얼굴은 광대뼈가 툭 튀어나오게 말랐고 온몸이 생채기투성이다.

"무슨 일이 있으셨소? 행색이 영……."

그러나 정하상은 정호의 모습을 보고 오히려 껄껄 웃었다.

"허, 고산자라고 나을 것도 없구려. 영락없이 동냥 다니는 걸인 행색인 걸."

두 사람은 마주보고 서로 손가락질을 해가며 한참을 웃었다.

"이거 받으시오."

정하상이 갑자기 생각난 듯 봇짐에서 뭔가를 꺼내 주었다. 『직방외기』였다. 정호를 포도청에 끌려가게 한 그 책.

"혹 고산자를 만나게 되면 주려고 넣어가지고 다녔소만 천주님 뜻으로 이렇게 만났구려. 그러나 조심하시오."

정호는 정하상의 사람됨에 감동하고 말았다. 자기와 한 약속을 지키기 위하여 위험을 무릅쓰고 책을 넣어가지고 다닌 것이다. 그날 정호와 정하상 두 걸인 양반은 주막에 들러 한 방에서 잤다. 정하상은 북경에서 누구를 모셔오려는데 어디로 넘어오는 것이 좋을까를 연구하는 중이라고 했다. 이를테면 관원의 눈을 피해 월강(越江)을 하려는 것이다.

"잘 찾아보시오. 어디든 길은 있을 것 같구면."

정호는 정하상의 일을 될 수 있는 한 묻지 않았고 정하상도 굳이 말하려고 하지 않았다. 정호가 정하상과 헤어지면서 가지고 있던 돈을 나누어주자 정하상은 몹시 고마워하였다.

"난 그네들의 신의에 탄복하고 말았네."

정호가 말하자 한기도 감동한 표정이었지만 단서를 달았다.

"그거야 정하상이라는 그 선비 개인의 사람됨이지 천주장이 모두가 그렇다고 볼 수는 없지."

그러자 정호가 한기를 쏘아보듯 하며

"사람이 어찌 그렇게만 생각하는가. 또 천주장이가 사람됨이 어떠면 그게 무슨 상관이고. 그 얘기는 그만하세."

하고는 말을 끊어버렸다. 한기도 불필요한 토론을 벌이고 싶지는 않았으므로 더 말하지도 않았다. 한참동안 어색한 침묵이 흘렀다.

정호는 벌떡 일어나 태연재 한 구석에 놓인 보퉁이를 집어 들고 삽한 자루 메고 뒷산으로 올라갔다. 평평한 곳에 이르러 땅을 파고 보퉁이에 담긴 씨앗을 심었다. 피나무다. 산야를 떠돌 때 보이는 대로 주워온 피나무 열매가 한 됫박 실히 됐다. 듣기로는 피나무 발아율이 열에 둘도 안 된다고 했다. 여남은 개라도 싹을 틔워주면 다행이겠다. 지도 판각에 가장 좋은 나무가 피나무인데, 바둑판이나 소반, 심지어 한약재로도 쓰이는 등 쓰임새가 많아 구하기가 쉽지 않았다. 언제 거목이 돼 판각재로 쓰일지 알 수 없지만 정성을 다해보는 것이다.

얼마 후 정호와 한기는 다시 태연재에 마주 앉았다. 두 사람 사이에 두툼한 책이 한 권 놓였는데 순서대로 펼치니 지도였다.

"자네가 이 지도를 제작한 식(式)에 대해 말해보세."

한기가 먼저 입을 열었다.

"그야 배수의 식이 따를 만하지."

배수(裵秀)의 식(式)이란 지도를 만드는 여섯 가지 격식이다.

"농포자의 「동국지도」를 살펴보면 이 식을 잘 따르고 있다네."

"그렇다면 그 이전 지도는 다르던가?"

"다르기야 하겠나. 배수의 식이야 지극히 당연한 것인데. 전 왕조에서도 배수의 식에 대한 논의가 있었다네. 하지만 납득할 만하게 충분한 응용이 되지 못하였기에 농포자의 지도를 들먹이는 게지."

배수는 중국 위나라의 지도학자인데 「우공지역도(禹貢地域圖)」를 제작한 바 있다. 배수는 지도를 만드는 격식으로 분률(分率), 준망(準望), 도리(道里), 고하(高下), 방사(方邪), 우직(迂直)의 6체를 들었다.

분률이란 지형의 광륜(廣輪, 동서와 남북, 즉 넓이)의 크기를 나누는 것이며, 준망이란 한 곳에서 다른 곳까지의 지형을 바로잡는 것이고, 도리란 거리의 이수를 정하는 것이다. 또 고하란 지형의 높낮이를 말하며, 방사는 모나고 비뚤어진 것을, 우직은 둘러쳐진 것과 곧은 것을 말한다. 이것은 평탄하고 험준한 것, 가까운 것과 먼 것을 살펴 제대로 도형에 나타낼 수 있는 방식이다.

"또 나는 지도를 제작함에 있어 천문 관측을 중요시하였네. 그것이 경위선을 나누는 데에는 아주 정확하였지."

"경위선을 어떻게 나누었는데?"

"하늘의 1도는 땅의 이백 리가 되네. 시(時)로는 4분이 되지. 월식 때는 동서 두 곳의 시각차가 4분이므로 동서간의 거리도 이백 리가 되지. 위도 역시 남에서 북으로 이백 리면 북극의 출지의 높이가 1도, 또 북극의 낮음이 이백 리가 되므로 이것을 응용하여 위도를 추정할 수 있지."

스승이 묻고 학동이 대답하는 것 같다. 그러나 그렇지 않다. 한기도 지리학자로서 그 이론의 정교함은 이미 정호가 손을 든 바 있다. 혹 잘못된 것이 있을까 확인하여 바로잡으려는 문답이다.

"비록 지도지만 우리 고대사에도 관심이 있어야 하거늘 강역의 변천은 어찌 보았는가?"

한기의 물음에 정호가 자세를 바로했다.

"고민이 많았네. 우리 역사에서 신라 중심의 삼국은 얘기하되 그 이전이나 통일신라와 어깨를 나란히 한 발해는 감춰져 있지 않던가. 어쨌든 내 주관은 고대사를 찾아내 복원해야 한다는 것이지만 지도는 과학이라 정확해야 한단 말일세. 해서 아쉽지만 기록에 근거할 수 있는 통일신라까지만 참고하고 있네."

한기가 고개를 끄덕였다.

"암. 과학이고말고. 그런데 주기(注記)가 너무 많지 않은가."

"글쎄."

정호는 피곤한지 눈을 끔벅거렸다.

"좀 쉬게나, 고생이 많았으니."

그러나 정호는 더 할 말이 있는 모양이다. 길게 하품을 한 정호가,

"천문의 관측은……."

하고 말하자, 정호의 지도를 살펴보던 한기가 정호를 바라보았다.

"정조 임금 때 한 적이 있네. 그것을 가지고 방위를 바로잡았지."

"흠."

"이제 그만 가시게. 나는 잠을 좀 자야겠네."

정호는 한기를 밀어내고 문을 닫았다. 한기는 쫓겨나는 꼴이었지만 얼굴 가득 웃음을 띠고 정호가 완성한 지도를 대견한 듯 한 번 더 쳐다보고는 집으로 돌아왔다. 집으로 돌아온 한기는 지필묵을 당겨 붓을 잡았다.


청구도제(靑邱圖題).

여지도를 만드는 것은 획야분주(劃野分州)에서 시작하여 경선과

위선을 정하는 데서 완성된다. 월식이 혹은 빠르고 혹은 느리지만 경선의 도수는 차이가 없다. 또 북극성의 높고 낮음을 생각해보면 위도에는 한정이 있다. 이것은 천문을 관측하여 지형도 관찰할 수 있다는 것을 알려준다.

정조 신해년에 여러 신하에게 명령하여 의상(儀象)을 밝혀 선표(線表)에 따라 지역을 분별하니 목부(牧府) 112, 군현(郡縣) 222로 산수의 둘린 것으로 경계를 나누었고, 경도 154와 위선 280여로 해륙의 방위를 바로잡았으니 이것이 방위를 분별하고 위치를 정하는 좋은 표본이다. …… 내 친구 김정호는 소년 때부터 깊이 도지(圖地)에 뜻을 두고 오랫동안 섭렵하였다. 모든 방법의 장단을 자세히 살피며 매양 한가한 때에 사색을 하였으며 간편한 비람식(比覽式)을 구득하였다. 방안(方眼)을 획성(劃成)하여 물을 자르고 산을 끊어 주현(州縣)을 배열하였으나 진실로 표에 의하여 경계를 살피는 것은 어려웠다. 그래서 그는 전폭을 구분하여 가장자리에 선을 긋고 본조의 역산표를 모방하여 한쪽은 위로, 한쪽은 아래로 하여 길고 넓은 형세가 제 강역대로 접하게 되고 반청반홍으로 수놓은 듯한 강산이 같은 것을 따라 찾을 수 있게 되었다. …… 차례를 따라 펴보면 완연한 한 폭의 전도요 접어서 책으로 만들매 팔도의 진상(眞象)이라. ……

최도원도 별실에 따로 마련한 방에서 지도를 완성했다. 완성된 지도를 펼쳐놓고 바라보는 최도원의 입가에 자기도 모르게 만족스러운 미소가 번졌다. 최도원은 지도를 한참동안이나 바라보다가 사랑에 나와 깊은 잠에 빠졌다. 저녁을 드시라고 몇 번이나 깨웠지만 최도원은 잠만 잤다.

다음 날, 최도원은 아침 일찍 관상감으로 갔다.

"왜 이리 늦었는가? 어찌 되었어?"

판관이 기다리고 있었다는 듯 최도원을 맞았다. 최도원은 판관의 다그침에 눈을 빛내며 싸들고 온 지도를 내놓았다.

"이만하면 영상께서도 흡족하실 겁니다."

판관은 최도원이 내미는 지도를 빼앗듯 받아 펼쳤다.

"헹, 자신하지 말게. 시원찮은 것을 가지고. 아무튼 시간이 없으니 내 이걸 가지고 영상을 뵈어야겠구먼."

판관은 그렇게 말하며 최도원이 제작한 지도를 가지고 바람소리가 나게 달려갔다. 최도원은 판관의 뒷모습을 보며 만면에 미소를 지었다. 결국 최도원은 정호의 초고를 이용해 지도를 제작하는 데에 성공한 것이다. 물론 한기나 정호가 보면 단박에 알겠지만 지도라는 것이 어디 민간이 사사로이 볼 수 있는 물건이던가. 최도원이 만든 지도는 영의정이나 본 다음 관상감의 서고나 또는 필요한 다른 곳에 깊숙이 보관될 터였다.

최도원의 생각은 적중했다. 영의정에게 다녀온 판관은 그 다음 날로 두 품계를 훌쩍 뛰어넘어 조연수가 다니는 승문원의 교감(校勘)이 되었다. 최도원도 무려 다섯 품계를 뛰어넘어 종6품의 지리학교수가 되었다. 종6품이면 작은 고을의 수령인 현감의 품계였다. 그런 영문을 모르는 정호와 한기는 최도원의 영전을 진심으로 축하해주었다.

"뭘 그까짓 걸 가지고."

최도원은 한껏 기세가 올라 어깨를 으쓱했다.

## 18. 봄이 오면 꽃은 다시 피건만

"누가 찾는 사람이 있는데 나가 보우."

"누가요?"

"글쎄 처음 보는 여잔데 아무튼 이화를 찾아."

부엌어멈의 전언에 이화는 고개를 갸우뚱하며 밖으로 나갔다. 대문 밖에는 중년의 아낙이 목을 길게 빼고 안을 들여다보고 있다.

"저를 찾으셨나요?"

"처녀가 이화유?"

"그렇기는 한데, 누구신지……."

"따라오우. 내가 처녀한테 볼일이 있는 게 아니고 어떤 선비님이 처녀를 찾으십디다."

이화는 아낙의 말에 가슴이 철렁 내려앉았다. 누가 찾아온 걸까.

'혹시?'

문득 이화는 정호를 떠올렸다. 그러자 가슴이 턱 막혀왔다. 한동안

숨조차 제대로 쉴 수 없었다. 정호의 꼭 다문 입이며 넓은 등짝이 머리를 스쳐갔다. 길게 심호흡을 하고난 이화가 아낙에게

"잠깐 기다리세요."

하고는 안으로 뛰어 들어갔다. 때에 전 치마저고리를 벗어버리고 고이 아껴둔 새 옷을 꺼내 입었다.

얼마만인가. 벌써 여러 해가 지났지만, 봄은 봄이었다. 봄에 오마던 개똥 오라버니 아니었던가. 이화는 두근거리는 가슴을 지그시 누르며 자꾸만 엇매어지는 옷고름을 몇 번이나 다시 매야 했다.

이화가 옷을 갈아입고 나오자 중년의 아낙은 어서 따라오라는 시늉을 하며 앞서 걸었다. 이화는 허공을 걷는 듯 휘청거리면서도 부지런히 뒤를 따랐다. 아낙이 이화를 데리고 간 곳은 주막이다. 술꾼들이 왁자하게 떠드는 주막을 이화는 태어나서 처음 들어와보았다.

"이리 오우."

이화가 멈칫거리자 아낙은 이화를 구석방으로 데리고 갔다. 이화는 낯선 동네에 와서 꼬리를 사리는 개처럼 쭈뼛거리며 아낙을 따라 방 앞에 섰다.

"들어가보우."

아낙이 그렇게 말하고 돌아섰다. 그러나 이화는 선뜻 방문을 열 수가 없었다. 이화가 고개를 숙이고 가만히 서 있자 아낙이 혀를 쯧쯧 차며 다시 왔다.

"부끄러워 그러우?"

아낙이 그렇게 말하더니,

"선비님. 처녀를 데려왔습니다요."

하며 방문을 열었다. 이화는 뛰는 가슴을 한 손으로 누르며 천천히

고개를 들어 방안을 들여다보았다. 방안에는 몸을 반쯤 일으킨 사람이 웃고 있었는데, 김득수였다. 봄에 온다던 정호가 아니고 높은 과거를 보러 일 년 전에 떠난 김득수가 환하게 웃고 있다.

"어……."

이화는 멍청하게 보일 정도로 입을 벌린 채 다물 줄을 몰랐다.

"그렇게 서 있지 말고 들어오구려."

아낙은 할 일을 다했다는 듯 주막의 부엌으로 들어가버렸다. 이화는 조심스럽게 방으로 들어갔다.

"내 다시 온다고 하지 않았소."

그러나 이화는 무슨 말을 해야 할지 몰랐다. 그저 한쪽 구석에 쪼그리고 앉아 있을 뿐이다.

"이화는 내가 온 것이 하나도 반갑지 않은 모양이구려."

"오셨으면 생원님 댁으로 오시지 않고……."

이화가 모기소리 만하게 말했다.

"허허. 이렇게 오붓하게 이화를 보고 싶어서 그랬소."

그러나 이화는 속으로 세차게 도리질을 했다.

'개똥 오라버니를 기다리고 있는 것도 주제넘은 일인데.'

이화는 갑자기 고개를 번쩍 들었다. 그 서슬에 김득수도 놀란 표정을 지었다. 이화의 표정은 냉랭했다. 그러나 고개만 들었지 김득수의 얼굴을 마주 쳐다보자 아무 할 말도 떠오르지 않았다. 김득수의 타는 눈빛에 얼굴만 화끈 달아올랐을 뿐이다. 정호의 얼굴은 벌써 지워지고 김득수의 얼굴과 숨소리만 방안 가득이다.

'이게 아닌데…….'

그러나 속으로만 아니었지 무슨 말도, 내색도 할 수가 없다.

"이화. 그동안 그리웠소."

김득수가 무릎걸음으로 다가오자 이화는 화들짝 뒤로 물러났다.

"이화……."

김득수가 처연한 낯빛으로 이화를 바라보았다.

"집으로 가서요. 생원님도 반가워하실 거예요."

이화는 재빨리 일어나 문 앞에 섰다. 김득수는 그런 이화를 바라만
볼 뿐이다.

"자, 어서 나오셔요."

이화는 방문을 열고 밖으로 나왔다. 김득수의 잘생긴 얼굴이 울상
이 되었다.

"제가 먼저 가겠어요. 곧 오세요."

이화는 고개를 숙여 보이고는 잰걸음으로 집으로 돌아왔다. 오는
길에 자꾸만 눈물이 났다. 눈물과 함께 정호의 굳게 다문 입도 다시
떠올랐다. 김득수는 한참이나 지나서 김 생원의 집으로 왔다.

"이보게, 어멈. 저녁상 걸쭉하게 차리게. 이 아이가 급제를 했다네
그려."

김 생원이 싱글거리며 말했다. 김득수는 과거에 급제를 하고 식솔
을 서울로 불러가는 길에 말미를 내어 들른 것이라 했다.

"아이구 저런. 감축드립니다요. 그렇게 큰 벼슬을 하셨다니."

부엌어멈은 급제라는 말에 그게 무슨 큰 벼슬이라도 되는 양 호들
갑을 떨었다.

"생원 어른. 우리 이화가 애타게 기다리는 정호 도령도 지금쯤은
크게 되었겠지요?"

부엌어멈의 난데없는 말에 김 생원과 김득수가 놀란 눈으로 이화

를 바라보았다. 이화도 당황한 낯빛이 되었다. 김 생원도 눈이 커져

"아니 이화가 정혼한 사람이 있다더니 그게 정호였단 말이냐?"

하며 이화를 바라보았다. 김득수의 시선도 이화에게 박혔다.

"허, 그 녀석. 너를 이렇게 기다리게 해놓고 벌써 몇 해 동안이나 발걸음도 않는단 말이냐?"

이화의 얼굴은 장독대에 핀 맨드라미처럼 새빨개졌다.

"저 얼굴 좀 봐. 뭐가 그리 부끄럽다고."

속없는 부엌어멈은 깔깔거리며 이화를 놀려댔다. 이화는 자리에 더 있을 수가 없어 얼굴을 감싸고 부엌으로 달아났다. 그 모양을 보고 부엌어멈은 까르르 배꼽을 잡았고 김 생원도 빙그레 웃었는데 김득수만 떫은 감 씹은 표정이 되었다.

"그 아이는 지금 어디서 무얼 하고 있는지. 제 뜻대로 열심히 하고 있는지 원."

이화가 달아난 부엌 쪽을 바라보며 김 생원이 혼잣소리로 중얼거렸다.

"정호란 사람이 누구입니까?"

김득수가 사랑으로 들어가는 김 생원에게 물었다.

"이화가 기다리는 사람이라고 하지 않더냐. 허허."

김 생원은 어울리지 않게 농을 다 하였다. 김득수가 쓸쓸레한 웃음을 흘리자 김 생원은 앉으라는 시늉을 하며 입을 열었다.

"그 아이는 내 가까운 지기 월천의 문하인데 제법 큰 뜻을 품고 있느니라."

"큰 뜻이라면 과거에……."

김득수의 반문에 김 생원이 쯧쯧 혀를 찼다.

"네가 과거에 급제를 한 것은 장한 일이다만 어찌 그것만이 큰 뜻이라 하겠느냐. 모름지기 사람은 학(學)이면 학, 실(實)이면 실의 도리에 충실해야 하는 법인데 그 아이는 실의 학을 염두에 두고 있으니 어찌 큰 뜻이라 하지 않겠느냐."

그러나 김득수는 무슨 말인지 알아듣기가 힘든 모양이다. 김 생원은 그윽한 눈초리로 김득수를 바라보다가 다시 입을 열었다.

"위정이덕(爲政以德)이라. 네가 치(治)의 길로 나아가려 하니 이르는 말이다만 치는 반드시 덕을 바탕으로 해야 하느니라. 먼저 벌을 주려 하지 말라는 것이다. 무슨 말인 줄 알겠느냐?"

김 생원은 엉뚱한 화제를 꺼냈다.

"예, 명심하겠습니다."

김득수가 머리를 조아렸다.

"중국의 전국시대 사람 오기(鳴起)는 나라를 지키는 것은 산하의 험준함이 아니라 임금의 덕행에 있다고 했느니라. 또한 백성을 가까이 해야 할 것이며 그리하여 백성들이 따르게 해야 할 것이니라."

"예."

김 생원은 할 말을 다 했다는 표정이다.

"그런데 그 정호라는 사람이 실의 학을 한다고 하는 것은 무슨 말씀이신지……."

김득수의 물음에 김 생원은 금방 대답하지 않았다. 잠시 침묵이 흐른 후,

"위민지학(爲民之學)이라 하면 어떤 생각을 하겠느냐?"

김 생원의 물음에 김득수는 금세 답했다.

"모든 학문의 뜻이 거기에 있는 줄 압니다. 깊은 학문과 덕을 통하

여 어리석은 백성을 교화하고 위무하는 일이야말로 학문의 근본이 아니겠습니까."

"옳은 말이다. 그러나 백성이 어리석다 하는 것은 신분의 귀천(貴賤)을 먼저 생각하고 있는 것이 아니더냐?"

"무슨 말씀이신지……."

"귀와 천은 하늘이 정한 것이 아니고 인간이 정했다는 말이다. 그러므로 진실한 학(學)은 어리석은 백성을 교화하는 것이 아니라 백성들에게 도움을 주어야 하는 것이니라. 즉, 위민지학이라 함은 백성을 위하는 학문이라 함이지 어리석은 백성을 다스리는 데 쓰이는 것이 아니니라."

"……."

"학문을 하는 사람에게 물건을 팔라고 하면 잘 팔겠느냐? 장사를 하는 사람에게 파종을 하고 곡식을 거두라 하면 소출이 늘겠느냐? 농사를 짓는 사람에게 책을 읽으라 하면 무슨 이론이 나오겠느냐? 그러므로 농사를 짓는 사람은 학문을 하는 사람이나 장사를 하는 사람이 고루 먹을 수 있는 쌀보리를 생산해야 할 것이고, 장사를 하는 사람은 농사짓는 사람이 거둔 것을 학문하는 사람도 먹을 수 있도록 날라주어야 하며, 학문하는 사람은 장사하는 사람도 농사짓는 사람도 참고할 만한 실용적인 저술을 내놓아야 할 것이니 그것이 바로 위민지학인 것이다. 위민지학은 치(治)를 말함이 아니라 사람이 서로 나눔을 의미하는 것이니라. 인간에게 귀천이란 있을 수 없음이고 다만 각자의 역할이 나뉘어 있을 뿐임을 명심해야 할 것이니라. 그것이 또한 치의 도리인 게야."

김득수는 알 듯 모를 듯한 표정으로 김 생원의 얼굴만 바라보았다.

"과거라는 것만 해도 참으로 딱한 것이다. 갓 쓴 양반들만 과거를 보고 벼슬에 나가는 것도 우스울 뿐 아니라 소위 양반의 자제라면 누구나 과거에 나가는 것만을 좋아하고 벼슬을 해야만 할 일을 다한 것처럼 생각하는 풍토가 문제인 것이다. 내 말을 잘 명심해 새겨두고 벼슬살이를 하도록 하거라."

김득수가 다시 머리를 조아렸다. 김 생원의 말이 충분히 납득이 가는 얼굴은 아니었다.

"그렇다면 그 정호라는 사람은 어떤 학을 하기에……."

김득수의 관심은 아무래도 정호에게 있는 모양이다.

"여지학이라고 하면 알겠느냐?"

"여지학이라 하시면 지(地)의 도(圖)를 말함이십니까?"

"도(圖)도 있을 것이요 지지(地誌)도 있을 것이니 지(地)에 관련한 모든 것이 그 해당이니라."

"여지학의 소용이라면?"

"예로부터 지도는 우리 생활에 밀접하게 쓰여왔느니라. 가령 이곳 곡산에서 네가 사는 평양까지의 거리는 얼마나 되겠느냐. 다녀본 사람이야 그 길을 익히 알고 있을 것이되 초행인 사람은 어떻게 그 길을 알 수 있는가 생각해보거라."

"그야 길을 다녀본 사람에게 물어 알 수 있지 않겠습니까?"

"물론 물어서 알 수도 있다만 물을 만한 사람이 없다면 어찌 하겠느냐?"

"그렇다면……."

"물을 만한 사람이 없어도 보면 알 수 있도록 만드는 것이 지도요, 그것을 상세하게 설명한 것이 지지이니라. 또한 이 땅의 시원은 어찌

되며 나라의 연혁은 어찌되며……."

김 생원은 산은 얼마나 높으며 강은 어디로 뻗어 있는지, 성곽은 어떻게 둘러쳐져 있으며 창고는 어디에 있는지, 역참과 봉수는 어디쯤 설치되었는지, 그런 것들을 꼼꼼히 살피는 것이 지도이며 지지이고 여지학이라 했다. 또한 호구(戶口), 군병(軍兵), 인물(人物), 풍속(風俗), 도서(島嶼), 목장(牧場), 토산(土産), 장시(場市), 궁실(宮室), 사찰(寺刹), 고적(古蹟), 고읍(古邑) 등도 여지학에서 관심을 두고 살피는 것이라 했다.

"그뿐이냐. 천문을 알아야 지도를 제작할 수 있으니 천문에 통달해야 할 것이며 산법에 능해야 이수의 원근을 정확히 따져 비율에 따라 표기할 수 있는 것이다."

김득수는 놀라는 표정을 했다.

"역사며 과학뿐만 아니라 도화에도 능해야겠군요."

"암은. 참으로 어려운 학문이라 할 것이야. 공맹이나 외우고 음풍농월의 시부나 외워 벼슬아치가 되는 것보다야 몇 배나 힘들면서도 가치 있는 일이라 할 수 있을 터."

김 생원의 말은 딱히 김득수를 지칭하는 것처럼 들리지는 않았지만 김득수는 자신도 모르게 목을 움츠렸다.

"참으로 큰일에 뜻을 두고 있는 사람이군요."

"암은, 암은."

"그 사람이 스승님께 와서 공부를 했었던 모양이군요."

"잠시 머물렀지. 그 아이는 이곳이 고향이라 이화와는 어려서부터 같이 자랐던 모양이다만 그런 연유로 정분이 난 모양이구나. 허허."

김 생원은 재미있다는 듯 웃었지만 김득수는 고개를 갸웃했다.

"이화와 어려서부터 같이 자랐다면 이화가 양반 가문의……."

김 생원은 김득수가 무엇을 알고 싶어 하는지 감을 잡지는 못했지만 김득수의 말에 얼굴을 찌푸렸다.

"허, 양반이면 어떻고 천출이면 어떻다더냐. 이화는 소금장수의 딸이다만 내 전에도 일렀듯 내 집에 사는 사람은 누구나 고르다 하지 않더냐."

"그렇다면 정호라는 사람은……."

김득수는 김 생원이 자신의 물음을 탐탁지 않게 여긴다는 것을 알고 있었지만 또 물었다.

"허, 말귀를 못 알아듣는 게냐? 정호 그 아이는 근본은 양반이되 쇠락하여 내세울 것이 없다만 큰 뜻을 품고 학문에 정진하고 있으니 우리가 본받아야 함이다."

김득수는 건성으로 고개를 끄덕였다. 그러면서도 정호가 어떤 사람인지는 알 수 없으되 한번 만나보았으면 하는 생각을 하였다. 그러나 명치끝이 아려오는 것은 왜 그런지 알 수 없었다.

"자네가 벼슬도 제법 높아졌으니 이 지도를 나라에 바쳐 활용할 수 있는 방안을 연구해볼 수 있으리."

최도원에게 「청구도」를 내밀며 그렇게 말한 것은 한기였다.

"모름지기 지도라는 것이 개인이 소장하는 것은 의미가 없네. 지도가 소용되는 나랏일 하는 사람들이 누구나 볼 수 있게 해야 해. 사사로이 지도를 만들거나 소장하는 것이 금지되어 있기는 하지만 자네가 이 기회에 이 사람의 노고를 치하도 할 겸 한번 나서보게."

한기는 그렇게 덧붙였다. 정호도 최도원을 바라보았다.

"그러세, 내 방법을 찾아보겠네."

최도원은 흔쾌히 「청구도」를 받아들고 돌아갔다.

"이제 됐네."

한기는 금세 좋은 일이라도 생길 것처럼 좋아하였다.

"그럼 판각은 하지 않아도 되겠군. 큰 걱정을 덜었네."

정호의 말이다. 마침 판각재가 없어 걱정을 하고난 차였다. 정호는 「청구도」를 완성한 다음 한 벌을 더 필사하였다. 한기와 한 벌씩 나누어 갖기 위해서였다. 정호가 「청구도」를 제작하는 데에 한기는 매우 열정적으로 도움으로 주었다. 게다가 정호와 몇 날의 토론을 거쳐 '청구도제'란 발문을 써주기도 하였다. 정호가 최도원에게 내준 지도는 정호 자신의 몫으로 가지고 있던 것이다. 한기는 이미 창동 집 깊숙한 곳에 잘 두었다고 하였다.

"허, 이 사람아. 지도를 보자고 만드는 것인데 집에 감추어두면 무슨 소용인가."

정호의 말에 한기는 껄껄 웃었다.

"어차피 판각을 해서 찍어낼 것인데 하나쯤 감추어두면 어떤가. 후일 자네 제삿날이 되면 내 한 번씩 꺼내 보면서 자네 생각을 함세."

"그것도 좋겠군. 그럼 자네가 쓴 책도 내게 한 권 주게. 나는 저승에 가서 꺼내 봄세."

그런 말을 하면서 두 사람은 모처럼 여유 있는 웃음을 나누었다. 집으로 돌아온 최도원은 「청구도」를 아궁이에 던져 버렸다.

'흥, 미안하이.'

최도원은 한기가 또 한 벌의 「청구도」를 가지고 있다는 사실은 알지 못했다.

김 생원에게 정호의 내력을 들은 다음 날 김득수는 다짜고짜 이화를 찾았다. 이화는 전날 주막에서의 일이 아직도 마음에 남아 있는지 표정이 밝지 않았다. 김득수 역시 착잡했다.

"부르셨어요?"

이화는 다소곳하게 고개를 숙인 채였다.

"이화. 이런 말이 도리에 맞지 않는 것인 줄이야 알지만 나와 함께 서울로 갑시다."

그 말에 이화가 고개를 번쩍 들었다.

"가다니요?"

"나와 서울로 가잔 말이오. 나는 이화를 잊기가 힘드오."

이화의 눈에서는 눈물이 뚝뚝 떨어졌다.

"아니 되실 말씀입니다. 그리 해서는 아니 되십니다. 저를 그냥 버려두세요."

김득수의 처연한 얼굴은 금방이라도 눈물을 쏟을 것만 같았다.

"그렇게 오랜 세월 기다리고 있었다면 이화의 할 일은 다한 것이오. 혼인을 했던 것도 아니고. 그러니 나와 갑시다."

이화는 세차게 도리질을 하였다.

"아니 됩니다. 서방님은 처자가 있으신 몸. 그리 하셔서는 아니 됩니다."

이화는 말을 마치고 벌렁벌렁 뛰는 가슴을 짓누르며 밖으로 달아나 버렸다. 물론 이화도 김득수가 마음에 없는 것은 아니다. 아니, 오히려 개똥 오라버니보다야 훨씬 좋은 것 같기도 했다. 그러나 김득수는 이미 처자식이 있는 몸이고, 정호가 족보도 없는 양반이라면 김득수는 어엿한 양반 가문의 귀한 사람이다. 옛날 배소금이 정호는 언감생심 꿈도 꾸지 말라고 했었는데 김득수라니.

김득수는 이화가 달아난 쪽을 바라보며 우두망찰할 뿐이다. 곡산에 와서 공부를 하는 동안 김득수는 이화에게 깊은 연정을 느꼈다. 물론 김득수는 혼인을 해서 처자식을 거느린 몸이다. 설사 혼인을 하지 않았더라도 이화와 정식으로 혼인을 할 수는 없을 터였다. 하지만 김득수는 이화를 잊을 수가 없었다.

김득수가 이번에 곡산에 다시 온 것은, 명분은 김 생원에게 인사를 한다는 것이었지만, 사실은 이화를 서울로 데리고 가려는 생각에서였다. 이를테면 작은댁을 삼으려는 것이다. 그것이 어울리는 푼수가 아님을 김득수 자신이 누구보다도 잘 알고 있었지만, 그러나 이화를 향하는 자신의 마음을 주체할 수가 없어 그렇게라도 하려는 것이다.

하지만 당장 급한 것은 과거에 급제하는 것이므로 더 열심히 공부를 하였다. 그것이 이화를 하루빨리 자기 사람으로 만들 수 있는 길이라고 믿었다. 물론 이화 정도야 우격다짐으로 어찌 해볼 수도 있겠지만 그러고 싶지는 않았다. 우선 과거에 급제하여 평양에서 살림을 옮겨가게 되면 그때 이화를 집 가까이에 데려다 놓으려는 생각이었다. 김 생원의 영향 탓이겠지만 이화의 신분 따위야 무슨 상관인가 하는 생각이 들었다.

결국 김득수는 과거에 급제하였다. 그리고 홍문관(弘文館)의 정7품 박사(博士) 벼슬도 받았다. 홍문관은 국가의 문한(文翰)을 맡아보는 관청으로 임금의 고문에 응하기도 했는데 일종의 왕실 도서관의 역할이기도 했다.

김득수는 관에 나가 인사를 한 다음 살림을 옮기기 위한 말미를 얻어 본가가 있는 평양으로 왔다. 평양으로 온 김득수는 살림을 옮길 준비를 시킨 다음 부랴부랴 곡산으로 달려온 것이다. 이화를 데려가기 위해서였다.

곡산으로 오면서 이화를 어떻게 데려갈 것인가 갖은 궁리를 해보았지만 뾰족한 수는 나오지 않았다. 자신의 뜻을 김 생원에게 말해보았자 덜 떨어진 사람 취급이나 받을 것이 빤했다. 그렇다면 김 생원에게 못할 짓이기는 해도 이화를 설득하여 스스로 나오게 하는 수밖에 없었다. 김 생원은 누구든 가고 싶으면 가고 있고 싶으면 있으라고 하지 않던가. 그래서 이화를 주막으로 불러냈지만 말 한마디 건네보지 못한 것이다.

그런데 수절과부도 아닌 이화가 기약도 없는 사람을 십수 년이나 기다리고 있다지 않은가. 김득수는 닭 쫓던 개 신세가 되고 말았다.

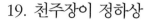

## 19. 천주장이 정하상

정약용이 죽었다. 정호나 한기에게 부고장이 날아올 리는 없지만 한 해 남짓 서울을 떠났다가 돌아온 소식통 오랑이가

"정약용인지 누군지가 죽었다고 아깝다고들 말들이 많아."

하고 남 얘기하듯 해서 알았다. 벌써 며칠 되었으니 장례는 끝났을 거라고 했다.

"그래도 가보세. 가서 술이라도 부어드려야 하지 않으리."

정호의 말에 한기도 고개를 끄덕였다. 둘은 바로 마현으로 떠났다. 정약용의 무덤은 집 뒤뜰, 여유당(與猶堂) 뒤편에 있었다. 두 사람은 정약용의 무덤에 술을 따르고 재배한 다음 강 쪽을 바라보고 앉아 그를 추모하였다. 그때 한 사람이 정약용의 무덤에 와 무릎을 꿇었는데 자세히 보니 정하상이다. 정호는 정하상의 기도가 끝나기를 기다렸다.

"아는 사람인가?"

한기는 정호의 태도를 보고는 이상하다는 듯 고개를 갸웃했다. 정호는 가만히 고개만 끄덕였다. 한기도 알 만하다는 표정을 지었다.

"그 사람이군."

정호는 또 고개를 끄덕였다.

잠시 후, 정하상이 무릎을 펴고 일어나 무덤을 휘 둘러보았다.

"오시었소?"

정호가 불쑥 나타나자 정하상은 몹시 놀란 표정을 했다.

"고산자 아니오? 언제 오시었소?"

"소식을 늦게야 들어 이제야 뵈었소이다."

정호의 말에 정하상은 고개를 떨궜다.

"나도 이제야 뵙는다오. 이런 불효가 어디 있겠소."

정하상은 무덤을 손으로 어루만졌는데 속울음을 삼키고 있다. 정호
가 정하상의 어깨를 다독였다. 정하상은 정호와 한기를 데리고 집으
로 내려와 사랑으로 안내했다.

"벌써 열다섯 해 전에 이런 걸 정리해놓으셨다는구려."

열다섯 해 전이라면 정호와 한기가 월천을 따라 왔던 그 몇 해 후
일 터였다. 정하상이 보여준 책은 『자찬묘지명(自撰墓誌銘)』이라는 제목
의 자서전이다.

> 육경(六經), 사서(四書)의 학문을 끝마치고 경세실용(經世實用)의 학
> 문을 마무리해서 남자로서 할 일은 대강 마쳤으니 이제 죽어도
> 두려울 게 없다.

스스로 얼마나 자신 있는 삶을 보냈다는 말인가. 과연 우러러볼 만
했다. 책에는 자신의 자서 목록도 적혀 있는데 경집(經集)으로 『모시강

의(毛詩講義)』12권,『매씨상서평(梅氏尙書評)』10권 등 모두 232권이, 문집으로『경세유표(經世遺表)』49권,『목민심서(牧民心書)』48권 등 260여 권의 목록이 수록되어 그 방대한 저술에 혀를 내두르게 하였다.

"일찍이 사암 어른을 뵙고 감동을 받은 바 있었지만 이토록이나 다양한 저술이 있을 것이란 생각은 못했습니다."

한기가 놀랄 만도 한 것이『마과회통(麻科會通)』은 천연두에 관한 것이며,『아방강역고(我邦疆域考)』는 지리지이고,『악서고존(樂書孤存)』은 음악에 관한 연구서이며,『아언각비(雅言覺非)』는 언어학에 관한 책이다.

"참으로 머리가 숙여지는군."

정호도 책을 넘겨보며 입을 벌렸다. 잠시 침묵이 흘렀다.

"그래 여지학은 진척이 있으시오?"

정하상이 정호에게 묻는 말이다.

"이렇게 사암 어른의 업적을 보게 되니 부끄러울 뿐입니다."

그때 한기가 옆에서 거들었다.

"이 사람은 얼마 전「청구도」란 대작을 완성했습니다."

정하상은「청구도」가 어떤 지도인가를 물었고 정호는「청구도」의 제작 동기며 뜻과 의미를 상세하게 설명했다.

"그 지도가 나라에서 받아들여져 전국에 배포될 수 있다면 미흡한 것을 바로잡을 수 있겠는데 아직 소식이 없어 답답할 따름이오."

최도원이 지도 한 벌을 관상감으로 가져간 것을 두고 하는 말이다.

"곧 좋은 소식이 있지 않겠소?"

정하상은 위로삼아 그렇게 말했다.

"사실「청구도」를 완성하는 데에는 이 사람 혜강의 도움이 절대적이었어요."

그러자 정하상이 한기를 바라보며 미소를 떠었다.

"같이 여지학을 공부하시는 모양이구려."

정하상의 말에 한기는 손을 저었다.

"그렇지는 않습니다만 관심을 두고 있다고나 할까요."

한기가 그렇게 대답하자 정호가 나섰다.

"이 사람은 과학과 철학 연구에 몰두하고 있습니다. 최근에는 『신기통(神氣通)』과 『추측록(推測錄)』을 집필하였는데 심오한 경지입니다. 게다가 여지학의 이론에도 매우 밝아 내가 큰 도움을 받고 있지요."

정하상이 놀랍다는 얼굴을 했다.

"참으로 두 분의 교유는 본받을 만합니다. 숙부께서도 학문을 논할 벗이 있다면 부러울 것이 없다고 말씀하셨는데 진정 부러운 생각이 드는군요. 그 저술들은 어떤 내용을 담고 있습니까?"

한기가 머뭇거리지 않고 대답했다.

"사암 어른도 경세실용의 학을 강조하셨습니다만 저는 그 경세실용의 학에 대한 사상적 배경을 고찰하고자 했습니다. 우리는 지금까지 학문이라 하면 당연히 성리학의 전통 위에 있었음을 부인할 수 없지요. 그 성리학이 주관적인 수준에 머물고 있느냐, 객관성을 얻고 있느냐 하는 문제는 아직 어느 학자도 이의를 제기하지 않았던 것 같습니다. 경세실용의 정신이 금석학(金石學)이나 전고학(典故學)의 범위로 사그라져서는 학문의 발전을 기대하기가 어렵겠지요. 물론 주기론(主氣論)을 강조한 기대승(奇大升)이나 이이(李珥) 같은 선학이 계셨고, 주리론(主理論)을 역설한 이언적(李彦迪), 이황(李滉) 같은 분들이 계시지요. 이를테면 이런 사상에 과학을 대비하여 본다고나 할까요. 굳이 입장으로 말한다면 주기론에 더 많은 관심을 가지고 있지만요."

정하상은 고개를 끄덕이며,

"일찍이 숙부님과 교유하셨다면 두 분에게 많은 도움이 되셨을 터인데."

하고는 정약용의 영정을 바라보았다.

"사암 어른을 따르려면 평생을 연구해도 모자라지요. 저는 사암 어른을 한 번 뵌 이후 항상 스승님으로 모시고 가르침을 받고자 했습니다. 제가 이만큼이라도 저술을 할 수 있는 것은 모두 사암 어른의 가르침입니다."

한기나 정호는 월천을 따르던 어린 시절 정약용을 딱 한 번 만났지만 그들의 머릿속에는 항상 정약용이 자리 잡고 있다. 물론 한기의 학문이 정약용처럼 경세실용의 직접적인 것은 아니다. 오히려 그것보다 한 단계 위에 있는 사상적인 것을 연구하는 것이다. 하지만 학문에 임하는 자세나 태도는 정약용에게 많은 가르침을 받고 있었다.

그날 정호와 한기는 마현에서 묵었다. 마현은 숙부의 집이기도 했고 사촌형제들이 있기는 했지만 정하상도 손이기는 마찬가지여서 세 사람은 객방에서 함께 묵었다. 집안 식구들이 모두 정하상의 활동을 익히 아는지라 퍽 조심하고 있던 차였는데 정호들이 와서 함께 어울리니 정하상의 신분을 감추기가 한결 쉬웠다.

"지난번 압록강에서 연구하던 일은 잘되었소?"

정호가 정하상에게 물었다. 한기가 같이 있었지만 정하상은 별로 경계하는 빛이 없었다. 정호를 믿듯 깊은 신뢰가 갔던 것이다.

"한 군데 보아두기는 했소만 이번에 다시 가볼 작정이오."

정하상은 하룻밤을 묵고 바로 의주로 갈 것이라 했다.

"한겨울이 되면 강이 얼어 길이 많아진다오."

정호의 말에 정하상이 반짝 눈을 빛냈다.

"그런 생각을 못했구려. 고맙소. 이제는 되었소."

정하상은 정호의 손을 잡으며 몇 번이나 고맙다는 인사를 되풀이하였다. 정하상은 어떻게 하면 배를 타되 들키지 않을 것인가만 생각하고 있었지 얼어붙은 강을 도보로 건넌다는 생각은 미처 하지 못했던 것이다.

"자, 여길 보시오."

정호는 지필묵을 당겨 압록강 줄기를 그려 보인 다음 나루터와 군졸들이 지키고 있는 진을 표시해 보였다. 정하상은 정호의 붓끝을 보며 고개를 끄덕이기도 하고 흔들어 보이기도 했다. 두 사람은 말은 않고 붓과 고갯짓으로만 의사소통을 했다. 한기는 그런 두 사람을 멀뚱하게 바라만 볼 뿐이다.

말없는 대화가 끝난 뒤 정하상은 정호가 그려 보여준 종이에 불을 붙여 나갔다. 태워버리려는 것이다.

"우리는 조만간 커다란 은혜를 입게 된다오."

종이를 태우고 들어온 정하상이 불쑥 말했다.

"무슨 말이오?"

"허허. 그럴 일이 있소이다. 곧 알게 되리다. 내가 말을 않으려 하는 뜻은 혹 일이 잘못되면 그대가 모르는 것이 훨씬 안전하기 때문이오. 그러나 시간이 지나면 자연 알게 될 것이니 뭐가 더 궁금하겠소."

정하상은 어려서부터 나라에서 금하고 있는 천주신자로 살아왔으므로 말을 아끼는 것이 생활처럼 되어 있는 모양이다. 천주신자들에 대한 감시는 최근 몇 년 사이 다소 누그러들었다. 그러나 몇 해 전부터 외국 선박들이 자꾸 들어오자 천주신자들은 불안해졌다. 감시가 소홀해진 틈을 타 신자는 많이 늘었지만 외국 선박이 자꾸 들어오면 천주신자들은 그 화살이 자신들에게 돌아오지나 않을까 하는 걱정이 앞섰던 것이다.

"하지만 더 이상 머뭇거려서는 안 되오. 우리도 로마에 연락해서 교구를 신설토록 해야 하오."

정하상, 조신철(趙信喆), 유진길(劉進吉) 등은 종로에 있는 정하상의 집에 모여 밤새 토론을 하였고 역관의 신분인 유진길을 북경으로 내보내기로 했다. 유진길은 벌써 몇 차례 북경을 오가는 길에 주교를 만나 조선 천주교의 실상을 얘기하며 신부의 파견을 요청한 바 있다.

1832년에는 정하상, 조신철도 유진길의 안내로 북경의 남당(南堂)에서 영세를 받고 돌아왔었다. 그때는 청국 신부인 유방제(劉方濟)를 조선 사람인 것처럼 변복을 시켜 데리고 왔었다. 이번에 정하상 등은 서양인 신부를 데리고 오려는 것이다. 또한 조선 교구를 세우는 것도 급한 일이었다. 지금 정하상은 그 일로 분주한 것이었고 압록강을 안전하게 넘는 궁리를 하고 있는 것이다.

다음 날, 정하상은 의주를 향해 떠났고 정호와 한기는 서울로 돌아왔다.

"천주장이들이라고 해서 조금 다른 구석이 있을 줄 알았더니 똑같은 사람이군그래."

그저 해보는 소리일 터이지만 정호는 한기가 천주장이를 바라보는 태도가 달라졌음을 느꼈다. 정호나 한기는 신앙으로서의 천주학이 아니라 서양의 발달된 학문을 접할 수 있는 방편으로 천주학에 관심을 가졌다. 정하상이 부럽기도 했다. 정하상은 의주에서 어쩌면 바로 북경에 가게 될지도 모른다고 했다. 북경에 가면 한자로 옮긴 많은 서양 책들을 접할 수 있으니 얼마나 좋을 것인가. 그러나 정하상은 정호나 한기처럼 책에 목매는 사람이 아니었다. 그렇다고 정호나 한기가 그저 책을 구하기 위해 북경에 간다는 것은 쉬운 일은 아니다. 정호 같으면 전국 팔도를 헤집고 다니는 노력으로 얼마든지 북경에도 다녀올 수 있겠지만 그런 맘을 먹기가 어디 쉬운 일인가. 노자도 노자지만 그런 생각조차 품기가 어려웠던 것이다. 그러나 정하상은 천주학을 위해서라면 언제든 죽을 각오가 되어 있다는 것이 아닌가. 그런 각오로 학문에 임한다면 못 이룰 것도 없으련만. 죽을 각오로……

서울로 돌아온 정호와 한기는 각자의 집에 틀어박혀 연구에 몰두하였다. 마현에 다녀온 이후 정약용이 남긴 저술에 더 크고 깊은 감명을 받았던 것이다.

그렇게 몇 달이 지났다. 약현 정호의 집에 낯선 손님이 찾아왔다.

"어떻게 오시었소?"

처음 보는 사람이었다.

"이걸 받으시오."

그 사람은 제가 등에 졌던 봇짐을 그대로 끌러놓고 휑하니 돌아서 가버렸다. 정호는 고개를 갸웃거리며 봇짐을 풀어 보았다. 책이었다. 꽤 많았다.

"누가 이런 걸……"

책은 천문학에 관한 것도 있었고 서양 지리, 과학이론에 관한 책도 있었다. 참으로 귀한 책들이다.

"이건 또 뭔가?"

책 한 권을 들어 뒤적이다 보니 책갈피에 서찰이 끼워져 있다.

보시오.

그대들의 보기 좋은 충고와 격려에 답하는 뜻으로 구해왔소. 모름지기 이 책들이 그대들의 연구에 보탬이 될 수 있다면 그 아니 기쁘겠소. 나는 무사히 다녀왔고 은혜로운 일도 경험하였소. 우리는 굳건하며 튼튼하오. 아무쪼록 그대들도 그대들이 우러르는 그분만큼이나 높은 학문을 이루기 바라오. 그래서 이 나라의 무지몽매를 깨워주기 바라오. 정진들 하시오.

받는 사람도, 보내는 사람도 없이 그렇게 서찰은 끝났다. 그러나 정호는 단박에 보낸 사람을 알아챘다. 정호는 봇짐을 그대로 지고 한달음에 창동으로 달려갔다.

"이걸 보게."

정호가 내놓은 책들을 보고 한기의 눈이 휘둥그레졌다.

"이런 일을 할 사람이라면 정 선비가 아니겠나?"

"왜 아니겠나. 이걸 좀 보게."

정호는 품속에서 서찰을 꺼내 보여주었다.

"고마운 일이군. 고마운 일이야."

서찰을 읽고 난 한기가 중얼거리듯 말했다.

"우리의 안위를 염려해서 이름을 밝히지 않은 게야."

정호의 말에 한기가 고개를 끄덕였다.

"우리가 복은 있네. 사암 어른의 크나큰 가르침을 입더니 또 그 조카에게 이런 은혜를 입는군. 월경을 하는 처지에 이런 것까지 구해서 보내주다니."

뉘엿뉘엿 지는 해가 두 사람의 얼굴을 붉게 물들였다.

허경근은 신천으로 고을살이를 간 지 일 년 만에 품계가 뛰어 예문관의 정4품 응교(應敎)로 내직에 들어왔다가 다시 종3품 도호부사가 되어 외직으로 나갔다. 수원, 장단 등에서 명관으로 목민관 노릇을 착실히 한 후 몇 년 만에 종2품 홍문관 제학(提學)으로 조정에 들어왔다.

정호가 허경근을 찾아간 것은 사람을 보내왔기 때문이다.

"어서 오게나."

허경근은 반갑게 정호를 맞았다. 정호도 호들갑스럽게 내색을 하지는 않았지만 오랜만에 만나는 터라 반갑지 않을 리 없었다.

"이렇게 돌아오셨으니 큰일을 많이 하십시오."

정호가 그런 말로 인사를 대신했다.

"허, 자네야말로 큰 뜻을 이루게나."

허경근은 껄껄 웃으며 옆에 앉아 있는 사람을 손짓했다. 서른 살쯤으로 보이는, 단아하게 생긴 사내가 엉거주춤 일어났다. 정호도 반쯤 앉으려던 몸을 얼결에 도로 일으켰다.

"인사들 나누게. 얼마 전 과거에 급제하고 홍문관에서 같이 일을 보는 사람일세. 얘기를 나눠보니 자네 생각과 상통하는 점이 많은 것 같더군. 자네와 좋은 친구가 될 것 같아 내 일부러 데려왔네."

"김득수라 하오. 많은 가르침을 주시오."

"김정호라고 합니다. 뵙게 되어 반갑습니다."

김득수가 맞절을 하고 일어나 앉다말고 깜짝 놀란 표정을 했다.

"함자가 어찌 되신다고?"

김득수가 되물었다.

"김정호라 하오. 고산자라 불러주는 사람도 있소."

정호는 담담한 목소리로 또박또박 말했다. 김득수는 눈을 똥그랗게 뜨고 정호를 노려보듯 했다.

'정호라……, 어디서 들었나? 혹…… 이화?'

김득수가 그렇게 갈피를 잡아보고 있는데 허경근이

"고산자는 여지학에 출중한 인물일세."

하고 껄껄 웃으며 덧붙였다.

'김 생원 어른께서 정호란 사람이 여지학을 한다고 했지. 그렇다면……'

김득수는 눈을 껌뻑거리며 정호를 몇 번이나 다시 쳐다보았다. 그러나 정호는 김득수가 왜 그러는지 알 리 없다.

"허허, 자네 뭘 그리 뚫어지게 쳐다보나?"

허경근이 웃으며 말하자 김득수는 얼른 자세를 바로했다.

"아, 아니옵니다. 그저 낯이 익어 잠시……"

김득수가 얼결에 한 말이다.

"그래? 허허. 그럴 수도 있으리. 고산자 이 사람이야 한시도 가만있지를 않고 전국 팔도를 메주 밟듯 하는 사람이니 말이야. 그래 어디서 본 듯한가?"

그러나 김득수는 정호를 맞바라보기만 할 뿐이었다. 김득수의 쏘는 듯한 눈길에 민망해진 정호가 헛기침을 했다.

"죄송하게도 저는 통 뵌 기억이……"

그때까지도 정호를 바라보던 김득수가 못을 박듯 물었다.

"혹, 곡산에 사신 적이 있으시오?"

"오, 곡산 분이시군요. 저도 곡산에서 났습니다. 열 살 남짓까지는 곡산에서 살았지요."

정호가 얼굴에 미소를 띠고 말했다.

"내가 곡산에서 난 것이 아니라, 혹 곡산 사시는 김 생원님을 아시는지……."

그러자 정호가 더 반가운 태를 보였다.

"스승님으로 모시고 공부를 했소이다."

"저도 생원님을 스승님으로 모셨습니다."

김득수의 말에 정호가 활짝 웃었다.

"그렇다면 우리는 동접인 셈이올시다. 허허허. 그래 스승님은 안녕하시겠지요. 이제 연세가 많이 높아지셨겠습니다."

"스승님께 말씀을 많이 들었습니다. 궁금해 하시는 눈치였습니다."

"참으로 불효막급입니다."

정호는 눈을 감았다. 정말 김 생원을 까맣게 잊고 살아오지 않았던가. 월천과 김 생원은 자기의 눈을 뜨게 해준 고마운 분들이다. 서울로 옮겨오면서 십수 년 세월이 어느새 훌쩍 지난 것이다.

"어, 이 사람들이 그런 인연을 감추고 있었구먼. 그래서 세상이 좁다는 말씀이거든."

허경근은 두 사람의 인연이 재미있는지 껄껄 웃었다.

"스승님의 학문은 참으로 깊으십니다. 참으로 존경할 만한 분이시지요."

정호의 말에 김득수가 크게 고개를 끄덕였다.

"그렇습니다. 저도 많은 가르침을 입었습니다. 스승님 덕분에 이렇게 벼슬도 하게 되었으니까요. 여지학을 하신다고요? 스승님께서 큰 재목이 되실 거라며 칭찬이 많으셨습니다."

그 말에 정호가 머리를 긁적였다.

"스승님이 제 말씀을 다 하셨습니까?"

김득수가 고개를 끄덕였다.

"자주 하셨지요. 자고로 학문을 하려거든 옛날 내게 자주 들르던 정호만큼은 해야 할 거라고요. 그래서 어떤 분인가 참으로 궁금했습니다.

정호의 얼굴이 붉어졌다.

"괜한 말씀이시지요. 여지학에 한 뜻을 두고 있기는 하지만 그릇이 작아서인지 큰 진척이 없어 고민입니다."

그때 허경근이 손을 내밀어 두 사람의 말을 가로막았다.

"이 사람들이 중매쟁이인 나는 제쳐놓고 자네들끼리만 얘기를 나누고 말 텐가. 나도 한자리 끼워주게나."

세 사람은 마음껏 웃으며 세상 돌아가는 얘기를 나누었다. 그러나 김득수의 얼굴에 알 수 없는 구름이 끼어 있는 것을 눈치 챈 사람은 없었다.

"내 고산자에게 할 말이 있소."

김득수는 허경근의 집을 나오자마자 표정이 굳어졌다. 정호는 아까부터 자신을 향하는 김득수의 눈초리가 예사롭지 않다고 느끼던 차였다.

"할 말이라니, 무슨 말이오?"

정호가 의아한 표정으로 김득수를 바라보았다.

"이화라는 여인을 아시오?"

정호의 눈이 번쩍 뜨였다.

"이화? 곡산의 이화를 말하는 거요? 어찌 이화를 아시오?"

정호의 가슴이 아려오는 것을 김득수가 알 리 없다.

"내가 곡산에서 공부를 했다지 않았소."

김득수는 시비를 걸 듯 말했다.

"그야 그렇지만 이화를 어찌. 아무리 작은 곡산이라지만."

김득수가 딱하다는 얼굴로 정호를 바라보았다.

"참으로 무심하구려. 그 처자가 생원님 댁에서 지냅디다."

정호가 문득 발걸음을 멈췄다.

"알 수 없는 일이구려. 이화가 왜 그 댁에 가 있단 말이오. 배소금 어른은 어찌되시고."

정호는 혼잣소리처럼 중얼거리듯 말했다.

"이화의 애비는 벌써 오래전에 죽었다고 합디다. 그 이후로 생원님 댁에서 살고 있다 하오. 거기서 누구를 기다린다 합디다."

빠르게 말하는 김득수의 표정이 사나워졌다.

"그 댁에서 누구를 기다린다?"

정호도 김득수를 빤히 바라보았다. 김득수의 눈이 이글거렸다.

"그렇소. 게서 누구를 기다린다 합디다. 벌써 기다린 지 십수 년이 되었다합디다."

김득수의 목소리는 시비조였다.

"십수 년이나……?"

정호가 김득수를 바라보며 멀뚱하게 서 있다가 갑자기 김득수에게 달려들 듯 말했다.

"이화가, 이화가 무슨 말을 합디까? 이화가 아직 혼인도 아니 하였단 말이오? 이화에게 무슨 말을 들었소? 어서 말을 해보시오, 어서!"

김득수가 맥이 빠진 듯 쓴웃음을 지어 보였다.

"그러니까 고산자는 아무 생각도 없이 계셨구려. 이화에게 무슨 약조라도 한 게 아니었단 말이오? 잘 생각해보시오."

김득수는 횡하니 가버렸다.

"이보시오, 김 공!"

그러나 김득수는 들은 체도 않고 부지런히 걸음을 옮겼다. 정호는 온몸에서 힘이 쭉 빠지는 걸 느끼며 멀어져 가는 김득수의 뒷모습만 바라보았다.

'이화가 나를 기다리고 있다?'

벌써 언제 적 일인가. 기억이 다 가물거릴 정도였다. 정호는 도리질을 하며 태연재로 돌아왔다.

"어딜 다녀오는가?"

오랑이였다. 그러나 정호는 오랑이를 쳐다보지도 않고 털썩 주저앉았다.

"안색이 안 좋군. 벌써 들은 게야?"

그러나 정호는 오랑이의 말을 귀담아 듣지 못했다. 하기야 정호의 머릿속은 이화가 온통 차지하고 있다. 오랑이가 한숨을 푹 내쉬었다.

"이번에도 죽일 테지."

그때서야 정호가 오랑이를 쳐다보았다.

"무슨 소리인가? 누가 누굴 죽여?"

오랑이가 갸웃했다.

"누구긴. 잡혀간 사람들을 말하는 것이지."

정호는 오랑이가 무슨 소리를 하는지 통 알 수가 없었다.

"누가 잡혀갔는데?"

정호의 물음에 오랑이가 낯을 찌푸렸다.

"자네 정말 모르고 있었군. 정 선비가 잡혀갔네."

정호가 자리에서 벌떡 일어났다.

"언제?"

정호는 어디론가 당장 달려갈 태세였다. 그런 정호를 오랑이가 끌어 앉혔다.

"며칠 되었다네. 오늘 종로에 나갔더니 사람들이 수군거리더군."

정하상은 정호들과 헤어져 의주로 달려갔다. 역관인 유진길은 정하상도 역관의 복색을 하게 하여 북경으로 데리고 갔다. 북경에는 프랑스인인 모방 신부가 조선에 들어갈 날을 기다리고 있었다. 정하상은 다른 신자 몇 명과 함께 모방 신부도 역졸의 복색을 하게 하여 호위하듯 데리고 왔다. 양인임이 들통 나지 않게 하기 위해 얼굴은 광목수건으로 칭칭 동여맸다. 마침 한겨울이었으므로 얼굴을 싸맨 것이 이상하게 보일 일은 아니다. 압록강은 꽁꽁 얼었다. 게다가 정호가 알려준 길은 군졸들의 그림자도 볼 수 없는 안전한 길이다. 그러나 막상 조선에 들어와서가 문제였다.

정하상은 모방을 상제의 복색을 시키기도 하고, 가마에 태우기도 하면서 천신만고 끝에 종로 자기 집으로 데리고 왔다. 그런 와중에도 정하상은 정호와 한기가 보고 싶어 하는 책들을 구해왔다.

한편 청국 신부 유방제는 용인에 사는 김제준(金濟俊)의 아들 김재복(金再福) 등 천주신자의 어린 아들 셋을 데리고 청국으로 돌아갔다. 어려서부터 천주학을 가르치려는 생각에서였다. 김재복은 후에 이름을 대건(大建)으로 고치고 신학을 공부하여 조선 최초의 신부가 되었다.

모방이 조선에 들어온 다음 해에는 역시 프랑스인인 샤스탕 신부가 들어왔고 그다음 해에는 조선교구가 설립되면서 주교인 앵베르가 들어왔다. 이들은 정하상의 집과 그 이웃에 숨어 지내면서 은밀하게 선교를 하여 천주신자의 숫자는 날로 늘어만 갔다.

헌종 5년(기해년, 1839). 3월에 여자 천주신자 몇 사람이 포도청에 잡혀오면서 우의정 이지연(李止淵)은 궁내에 침투해 있는 천주신자를 색출하라는 명령을 내렸고 궁녀 박희순(朴喜順) 등 수십 명의 천주신자가 잡혀 참형을 당했다.

이후로 포졸들은 기세가 등등하여 천주신자를 잡는 데 혈안이 되어 돌아다녔다. 천주신자를 잡아오면 벼슬을 높여주기도 했다. 정하상은 집에서 잡혀갔고 역관 유진길도 잡혔다. 이때 천주신자 중에 김순성(金順性)이라는 사람이 있었다. 이 사람은 역관 유진길을 따라 북경에도 몇 번 다녀온 독실한 천주신자였다.

"큰일났구나. 큰일났어."

김순성은 나라에서 천주신자들을 마구 잡아다가 고문을 가하고 끝내 참형을 가하는 걸 보고 겁이 덜컥 났다. 게다가 자신이 그토록 믿고 따르던 유진길마저 잡혀갔으니 자신이 잡혀가는 것은 시간문제였다. 마침 조정은 서양 사람들이 들어와 천주학을 퍼뜨린다는 정보가 있지만 그 자취를 알 수 없어 고민하고 있던 차였다.

서양인 천주장이를 잡아오면 설사 천주장이라 할지라도 그 죄를 용서하겠노라. 또한 큰 상을 내리겠노라.

급기야 길거리에 방이 나붙었다. 김순성은 이 방문(枋文)을 보고 결심했다.

'천주학이 다 무엇이냐. 우선 살고 보아야 하리.'

김순성은 은밀히 서양인 신부가 있는 곳을 알아내려고 하는 한편 친구인 포교(捕校) 손계창(孫啓昌)을 찾았다.

"어서 말하게. 어서 말해."

손계창은 김순성이 어떤 고민을 하고 있는지 눈치 채고 닦달했다.

"내 오래전부터 자네가 천주장이임을 알아보았으나 친구의 정을 생각해 눈을 감고 있었네. 하지만 국법이 지엄한지라 이제는 나로서도 어쩔 수 없네. 자네가 서양인 신부가 있는 곳을 알아내어 내게 알려주지 않는다면 나는 자네를 묶어갈 수밖에 없네. 어찌하겠는가?"

김순성이 망설이는 것은 본 손계창이 이렇게 협박을 하자 김순성은 이왕 배신을 하려면 살 길을 찾아야겠다고 생각했다.

"내가 서양인 신부가 있는 곳을 알아낸다면 정녕 내 죄를 용서하고 상을 주겠는가?"

손계창이 다가들었다.

"이를 말인가. 어서 양도깨비가 있는 곳을 대기만 하게. 자네는 아무 죄도 받지 않을 거야. 내가 장담하네."

그리하여 김순성은 변복을 한 손계창과 함께 서양인 신부를 찾아 다녔다. 그러나 신부들은 이미 서울을 떠났다. 김순성은 평소에 안면이 있는 천주신자들을 찾아다니며 탐문을 하였는데 누구도 김순성을 의심하지 않았다. 그저 평범한 신자도 아니고 북경까지 다녀온 고급 신자였기 때문이었다.

드디어 김순성은 신부가 수원으로 피신한 사실을 알았다. 김순성은 손계창과 함께 수원으로 달려 내려갔다. 과연 조선교구를 총괄하는 앵베르 주교가 거기 있었다.

"싹은 텄으되 시들고 말겠구나."

앵베르 주교는 중얼거리듯 말하고는 두 손을 내밀어 순순히 오라를 받았다. 모방과 샤스탕은 충청도 홍주에서 잡혀왔다.

"을미년에 조선에 들어와 정하상의 집에 머물면서 전교하였으며 역관 유진길이 북경을 왕래하면서 남천주당에서 보내주는 돈으로 살았소."

"병신년 6월에 들어와 정하상의 집에 유숙하면서 천주의 십계명을 알려주었소."

모방과 샤스탕은 그렇게 자복하였는데 조금도 두려운 빛이 없었다.

"나는 신미년에 천주의 뜻으로 죽음을 당한 정약종의 아들이오. 우리가 천주를 믿는 것은 그대들이 공맹을 숭상하는 것과 조금도 다름이 없는 것이오. 그대들은 천주학이 갑자기 들어온 허무맹랑한 것이라 여기고 있지만 그렇지가 않음을 알아야 할 것이오. 그대들이 아비의 나라로 여기고 있는 중국에서는 오래전부터 우리 천주학의 흔적이 발견되고 있소. 옛날 중원의 삼국시대 오나라의 적오(赤烏) 연간에 철로 된 십자가를 얻었다는 기록이 있소."

정하상은 그뿐 아니라 천주교의 십계명까지 자세하게 설명했다. 그러나 이들을 문초하는 사람들은 이런 말을 귀담아 들을 리 없었다. 숨어 있는 천주신자들의 이름을 대라며 모진 악형을 가하다가 결국은 참수할 뿐이다.

## 20. 때늦은 순정

정호가 또 봇짐을 꾸린 것은 오랑이와 한기가 등을 밀듯 했기 때문이다.

"이번에는 자네 차례군그래. 어여 가게."

오랑이 자신이 쌀 폭동 때 엮여 갈 것이 두려워 몸을 피했던 것에 빗대어 하는 말이다. 한기도 불안해하면서 정호에게 어디든 다녀오라고 했다.

"내가 위험하면 자네라고 괜찮겠나. 가려거든 자네도 가야지."

그러나 한기는 고개를 저었다.

"나야 사암을 뵈러 갔던 길에 우연히 만난 것이라고 잡아떼면 되지만 자네는 정 선비 때문에 끌려간 적도 있지 않나. 그러니 어서 피하게. 정 선비도 사람인데 악형을 견디지 못해 자네 이름을 토설하면 어쩌겠나. 이번에 또 끌려가게 되면 쉬이 나오기는 어려울 거네."

"일 없네. 정 선비가 그럴 리도 없지만 설사 그렇다고 해도 내가 무슨 잘못이 있다고 도망을 가겠나."

정호는 아무 데도 안 가겠노라며 버티었다.

"이 사람아. 똥이 무서워서 피하나. 더러우니까 피해가는 거지."

오랑이와 한기는 막무가내로 정호의 등을 밀었다.

"사람들 참. 알았네, 알았어. 그럼 이번 참에 곡산에나 좀 다녀와야
겠군."

어차피 정호는 곡산에 다녀올 생각을 가지고 있었다. 이제 칠십 세
가 넘었을 김 생원의 안부가 궁금하기도 했지만, 무엇보다도 이화를
만나봐야 했던 것이다. 적어도 김득수를 만나기 전까지는 잊고 살았
던 이화였다. 그러나 그 이화가 자신을 오매불망 기다리고 있다지 않
은가. 이화 생각만 하면 정신이 아뜩해지는 정호였다.

'못난 것. 시집이나 가버리지 않고.'

만약 김득수의 말대로 자신을 기다리며 청승을 떨고 있다면 어찌
해야 하는가. 그것도 난감한 일이 아닐 수 없다. 십수 년이나 기다리
고 있다면 그 책임은 어찌되었든 정호 자신에게 있을 터였다.

정호는 부지런히 걸어 그날 중에 임진나루에 당도하였다. 누구에게
쫓긴다는 생각은 없었지만 나루에서 기찰을 하는 포교를 보니 가슴
이 오그라들었다. 날이 저물어 사공은 이미 집으로 들어간지라 주막
에 들어야 했다.

"이게 누구시오. 그렇지 않아도 내 형님을 뵈러 가는 길이오만."

허덕만이다. 허덕만은 풍채가 더 좋아져 제법 부상(富商)의 태가 흘
렀다.

"나를? 무슨 볼일이 있나?"

정호는 웃음을 파는 계집을 옆에 끼고 얼굴이 벌겋게 되어 호기를

부리고 있는 허덕만을 시큰둥하게 바라보았다.

"우선 이리 앉으시우."

허덕만은 잔을 내오라 하여 철철 넘치게 술을 따라 내밀었다. 계집이 얼른 안주를 집어 정호의 코앞에 들이밀었다. 정호는 잠시 낯을 찡그리다가 마지못해 안주를 입에 넣었다.

"어디를 가시우?"

허덕만은 그저 지나가는 말로 물었다.

"곡산에 가는 길이네만."

"곡산이라면?"

"게가 내가 나서 자란 곳이지."

"그랬구먼요. 그러니까 고향이 계셨구먼요."

허덕만은 정호를 월천이 어디서 주워다 기른 자식이라고 생각하고 있었으므로 크게 고개를 주억거리며 이제야 알았다는 시늉을 했다. 정호가 무슨 볼일이냐는 듯 허덕만을 향해 턱을 치켜들었다.

"사실은……."

허덕만이 서두를 잡다말고 옆에 생글거리며 앉아 있는 계집의 엉덩이를 철썩 때렸다.

"이년아. 냉큼 가서 소피나 보고 오거라."

계집이 눈을 흘기며 일어나자 허덕만이 비밀스러운 얘기나 되는 듯 주위를 살피며 작은 소리로 말했다.

"어떠우? 형님. 몸보신 좀 하실라우? 저년이 맹한 구석은 있어도 제법 색을 쓸 줄 아는 년이라우."

허덕만의 말에 정호는 어이가 없는지 피식 웃고 말았다.

"자네, 할 얘기나 해 보게."

"아따 형님도 아주머니가 무서우신 게로군요."

허덕만은 아주머니라는 말을 하면서 실실 웃었다. 옛날 작은년과의 일이 생각나서일 터였다.

"글쎄 쓸데없는 소릴랑 말고 할 얘기나 해 보라니까."

정호가 약간 짜증스럽게 말하자 허덕만이 움찔하는 시늉을 했다.

이제 김득수는 다시 안 올 것이다.

"내 그 사람을 찾아보리다."

김득수가 가면서 남긴 말이다. 그러나 전국 팔도 어디에서 그를 찾는단 말인가. 말만이라도 고마운 일이다. 아니, 고마울 것도 없다. 이화는 정호를 이미 없는 사람이라고 여긴지 오래다. 기다리기는 기다리지만 달리 다른 맘먹을 게 없어 그럴 뿐이다.

김득수는 자꾸만 뒤를 돌아보며 떠났다. 아직 늦지 않았으니 어서 따라오라고 하는 것만 같았다.

그날, 김 생원이 이화를 사랑으로 불렀다.

"네가 정호를 기다리고 있다니 참으로 장한지고. 그러나 너무 오랜 세월이구나."

이화는 아무런 대답도 할 수 없었다.

"그 녀석이 너무 무심하여 십수 년 동안이나 소식 한 자 없으니 딱한 노릇이다. 멀쩡한 수절과부를 만들지 않았는가 말이다. 그러나 자고로 큰 뜻을 품은 사람들은 작고 사소한 일에 무딘 법이니 네가 견뎌야 하지 않겠느냐. 정호가 오면 불문곡직하고 혼사를 치르도록 할 터이니 심지를 굳게 하고 행실을 정히 하면서 기다리도록 하거라."

이화의 속을 알 리 없는 김 생원은 허연 수염을 쓰다듬으며 흐뭇한 미소를 지었다. 이화는 그저 고개를 숙여 보일 뿐이다.

"그래 생활에 불편함은 없더냐?"

김 생원은 이렇게 평소에 보이지 않던 살가움을 보이기도 하였다. 이화가 기특하여 어찌할 줄을 모르겠다는 표정이다. 이화는 갑자기 가슴이 뜨거워오면서 설움이 복받쳤다. 김 생원의 따뜻한 말이 난데없이 가슴을 저리게 했다. 이화의 눈에서 눈물이 한 방울 떨어졌다. 그러나 김 생원은 눈치 채지 못했다.

"네가 장하고말고. 정호 그 녀석, 아무리 학문이 중하기로서니 너를 이토록이나 기다리게 하다니 무심한 녀석이다."

김 생원은 상체를 흔들흔들하며 중얼거리듯 말하다가 이화가 어깨를 들먹이며 울고 있는 것을 보았다.

"저런. 우는 게냐. 왜 아니 서럽겠느냐. 허지만 정호 그 녀석은 꼭 온다. 그 녀석은 절대로 허튼소리를 입 밖에 내는 녀석이 아니다. 꼭 올 거야. 암은 오고말고."

이화는 그 자리에 더 있지 못하고 뛰쳐나오고 말았다.

정호는 허덕만의 간절한 청에 이끌려 해주로 갔다. 애초에 곡산에 가서 김 생원도 만나보고 이화도 보리라 하고 길을 떠났지만, 막상 이화를 보면 어떻게 할 수 있단 말인가. 어떻게 대하겠다는 작정이 서지 않았으므로 좀 더 시간을 두리라 하고 못 이기는 척 해주로 향한 것이다.

해주 허만근의 집에 도착한 정호는 입이 딱 벌어졌다. 태어나서 그렇게 큰 집은 처음이다. 허만근이 해주 인근에서 가장 성공한 상인임을 알고는 있었지만 그의 집은 궁궐과 다를 바 없었다. 서울에서도 더러 큰 집을 보아오기는 했지만 그저 밖에서 보았을 뿐이지 몇 개의 대문을 거쳐 안으로 들어와 보기는 처음이었다.

마당에는 수십여 대의 달구지들이 질서 있게 세워져 있다. 사람들이 어찌나 많은지 무슨 장거리같이 북적거렸다. 잇대어 지어져 있는 커다란 창고도 보였고 무슨 장부 같은 것을 들고 다니며 일꾼들에게 호령하는 사람도 여럿이다.

대문 안으로 들어서자 거기도 역시 창고 같은 방들이 양옆으로 쭉 늘어섰는데 짐바리들이 들어오고 나가는 것이 정신이 다 없을 지경이다. 청국 사람들도 간혹 눈에 띄었는데 알 수 없는 소리를 지껄이며 핏대를 올리는 걸로 보아 무슨 흥정을 하는 모양이다.

일꾼들이 허덕만에게 굽실거리며 인사를 하였는데 허덕만이 한껏 거드름을 피우며 인사를 받는 모습은 볼썽사나워 웃음이 나왔다. 그렇게 몇 개의 대문을 지나쳐 들어가서야 안채가 나왔고 거기에는 또 남녀 노복들이 바쁘게 움직였다.

"어서 오시게. 어떻게 이리 빨리들 왔는가?"

허만근은 정호의 손을 맞잡으며 퍽이나 반가워하였다.

"헤헤. 마침 임진나루에서 만났습니다. 어디 볼일이 있다는 걸 간청을 해서 모셔왔지요."

허덕만은 정호를 임진나루에서 만난 것이 자신의 공이나 되는 듯 어깨를 으쓱해 보이기까지 했다. 그러나 허만근은 허덕만의 말을 듣는 둥 마는 둥 정호를 방으로 데리고 들어갔다.

"내 긴히 청할 것이 있어 이렇게 뵙자 하였네."

허만근은 자리에 앉자마자 은밀한 목소리로 속삭이듯 말했다. 정호가 의아한 눈빛으로 허덕만을 바라보았다. 허덕만은 잘 모르겠다는 시늉으로 고개를 갸웃해 보였다. 일의 영문도 모르는 채 숙부가 정호를 데리고 오라하니 그리한 것이다.

"너는 나가서 입맛 다실 것을 준비하도록 이르거라."

허덕만은 한자리 끼어 공치사라도 들으려니 했다가 얼굴이 부어 밖으로 나갔다.

"청이시라면?"

정호는 허덕만도 모르게 하는 일이 과연 무슨 일일까 생각하며 조심스레 물었다.

"지도를 또 좀 그려주시게."

허만근은 기껏 지도를 그려달라는 말을 그렇게 은밀하게 했다.

"지도라고요?"

정호는 그렇게 반문하며 껄껄 웃고 말았다. 지도를 그리는 것이야 자신의 업이 아니던가. 허만근이 이토록 어려워할 일이 아닌 것이다. 게다가 허덕만까지 내보내고 해야 할 얘기는 더욱 아니라는 생각이 들었다.

"그래 이번에는 무슨 지도가 소용입니까?"

그때 방문이 열리며 잘 차린 술상이 들어왔다. 허덕만도 따라 들어와 허만근의 눈치를 힐끗 살피며 한자리 차지하고 앉았다. 허만근은 허덕만을 좋지 않은 눈초리로 바라보았지만 나가란 소리는 하지 않았다.

"자, 드시게."

허만근이 정호에게 술을 따랐다. 자고로 술은 윗사람이 아랫사람에게 내리는 법이다. 정호는 공손히 술잔을 받았다.

"그래, 서울에서 우리 사또는 뵈었는가?"

허만근은 딴 소리를 했다. 아마도 허덕만이 있어서 그러는 모양이라고 정호는 생각했다.

"벼슬이 높아지셨더군요."

정호는 허경근을 만났다는 대답을 그렇게 했다. 허만근이 정호의 눈치 빠름에 만족한다는 듯 눈을 끔벅 감았다 떴다.

"학문을 한다는 것이 쉬운 일은 아닐진대 큰 어려움은 없으신가?"

그때 허덕만이 나섰다.

"숙부님. 우선 형님을 청하게 된 연유부터 말씀하시지요. 형님도 어딘가 들를 데가 있으시다는 걸 제가 억지로 모셔왔는데……."

허덕만이 생색도 낼 겸 궁금증도 풀 겸 하는 소리였다. 그러나 허만근은 허덕만을 노려보듯 했다.

"너는 나가서 오늘 들어온 품목이나 좀 살펴보거라."

더 버틸 재간이 없는 허덕만은 못마땅한 표정을 드러나게 지으며 일어나 나갔다. 허만근은 문이 닫히고 발소리가 멀어져가자 다시 은근한 목소리로 말했다.

"서울 지도가 필요하네."

정호는 서울 지도라는 말에 의아한 표정을 지었다.

"서울 지도라니요? 장사를 하시는 데 그것이 무슨 소용입니까?"

허만근이 입에 손가락을 갖다 댔다.

"나는 천생 장사꾼이라 자네하고 거래를 하려 하네만."

점점 알 수 없는 소리였다.

"내 알아보니 여지학을 하는 데에도 재물이 있어야 하겠더군."

허만근은 배를 쑥 내밀며 엷은 미소를 띠었다.

"그야 이를 말씀입니까. 종이도 많이 필요하고 판각재를 구하기도 쉬운 노릇은 아닙니다."

정호가 한숨 비슷하게 허만근의 말에 동의를 표했다.

"그래서 하는 말일세. 그래서 내가 자네의 재주를 조금만 사려 하는 것일세."

허만근의 말인즉슨 서울 지도를 사려는 내상(萊商, 동래 상인)이 있다는 것이다. 허만근은 오래전부터 청국 상인들과 무역을 해왔는데 물론 밀무역이다. 나라에서는 청국과 무역을 할 수 있는 자격을 엄격하게 심사하여 제한을 두었는데 의주에 본거지를 두고 있는 만상(灣商)과 개성의 송상(松商)만이 그 자격을 가졌다. 원래는 의주의 만상만이 청국과 무역을 할 수 있는 자격이 있는데 개성의 인삼 재배가 성행하면서 송상들도 인삼 무역에 낄 수 있게 되었다. 이때 무역은 홍삼이 주종을 이루었으며 송상이 만상을 제치고 큰 자본을 가질 수 있게 된 것은 오로지 홍삼 덕분이다.

허만근은 처음에는 보부상을 상대로 창고를 두고 물건을 운송하는 보상객주(褓商客主)였는데 밀무역을 하면서 점차 규모가 커져 지금에 이른 것이다. 개성에 있는 허만근의 형, 즉 허덕만의 아버지는 광대한 인삼밭을 가지고 있었고 허만근이 밀무역을 시작하게 된 것도 그 인삼을 이용해서였다. 개성의 상인들은 그 많은 인삼을 허만근이 독차지하는 것이 못마땅했지만 인삼 주인의 동생이라는 것을 알고는 감히 어쩌지 못했다. 허만근은 형의 인삼으로 밀무역을 하여 엄청난 부를 축적하였다. 이때 밀무역의 주요 수출품은 인삼이 압도적이었고 소가죽, 종이, 쌀 같은 것들이 있다. 청국에서 들어오는 것은 주로 놋

쇠, 납, 동, 은, 물감, 백반 같은 것들이다.

허만근은 주로 풍천(豊川)의 초도(草島)를 밀무역 장소로 이용하였다. 해주에도 흑도포까지 청국의 배들이 들어오곤 하였지만 멀찌감치 나가서 거래를 하는 것이 안전하였기 때문이다. 게다가 초도 앞바다는 송상들의 홍삼 밀무역이 성행하였으므로 허만근도 그중의 하나인 것처럼 위장하기가 쉬웠던 것이다.

그곳으로 홍삼을 사기 위해 왔던 경상도의 내상이 서울 지도를 구해오면 높은 값을 쳐주겠다는 은밀한 흥정을 해온 것이다. 만상과 송상은 주로 청국을 상대하지만, 내상은 지리적으로 일본을 상대하기가 용이하다. 일본 상인들은 내상의 중계를 통해 개성 인삼을 사들인다.

"자네의 있는 재주를 쓰자는 것이니 따로 품을 들일 일도 없을 터요, 장차 자네가 먹고사는 것은 물론 여지학을 하는 데에 필요한 재물을 한 번에 거머쥘 수 있으니 그 또한 쏠쏠한 거래 아니겠나?"

허만근이 미소를 띠고 정호를 바라보았다. 그러나 정호는 눈을 감았다.

"어떤가?"

허만근이 정호의 대답을 재촉했다. 정호는 부르르 떠는 듯하더니 벌떡 일어났다.

"이 사람. 왜 그러는가?"

정호는 눈을 부릅뜨고 허만근을 노려보듯 하였다.

"귀를 씻어야 하겠습니다."

정호의 말에 허만근은 얼떨떨한 표정을 지었다.

"귀를 씻다니? 그게 무슨 소리인가?"

"더러운 소리를 들었으니 귀를 씻어야지요."

소부와 허유의 고사를 흉내 내는 것이다. 정호가 나가려 하자 허만
근이 앞을 가로막아 눌러 앉혔다.

"이 사람, 성질하고는. 차근차근 얘기하세. 그렇게 내치기만 해서야
쓰겠는가. 경근이 그 사람을 생각해서라도 이러면 못쓰네. 뭐가 잘못
되었는지 얘기를 해봐야 하지를 않겠나."

급해진 허만근은 허경근을 들먹이며 입맛을 쩝쩝 다셨다. 정호도
무슨 생각을 했는지 다시 자리에 앉더니 앞에 놓인 술잔을 단숨에 들
이켰다.

"그자들의 속셈을 생각해보셨습니까?"

정호가 대들듯 말했다.

"속셈이라니?"

무슨 소리인지 알 수 없다는 허만근의 표정이다.

"그자들이 순전히 장삿속으로 서울 지도를 사려 한다고 생각하셨
습니까?"

비아냥거리는 듯한 정호의 말에

"그럼 다른 속셈이 있다는 말인가?"

허만근은 눈을 크게 떠 보였다.

"내상이 서울 지도를 필요로 한다면 뭐겠습니까? 일본 상인들과 연
관이 있지 않겠습니까?"

"그렇겠지. 일본 상인들이 서울로 진출하고 싶은……."

"그게 일본 상인이겠습니까? 그들 나라에 바쳐 우리 조선을 도모하
려는 속셈이 아니고 무엇이겠습니까?"

그 말에 허만근은 벼락이나 맞은 듯 깜짝 놀라는 시늉을 하였다.

"저런. 천하에 주리를 틀 놈들이군그래. 그렇다면 지도를 팔 수 없

지. 암 없고말고."

주먹까지 불끈 쥐어 보이는 허만근의 표정은 산전수전 다 겪은 장사꾼의 모습이 아니다. 순진하기 이를 데 없는 어린아이 그대로였다. 일본은 미국을 통해 개항한 후 서구열강의 제국주의를 학습하면서 근대화에 박차를 가하고 있었다. 일본의 군부와 지식인들 사이에서는 조선을 정벌하여 속국으로 삼아야 한다는 정한론(征韓論)이 고개를 쳐들고 있었지만 정호가 그것을 알 리는 없었다. 허만근도 장사꾼의 잇속만 굴렸지 나라를 팔아먹는다는 생각을 하지는 않았을 것이다. 정호는 허만근의 금세 달라진 모습에 굳은 얼굴을 풀었다.

"암은요. 그리해서는 안 되지요."

허만근은 급하게 정호에게 술을 따랐다.

"자, 잊어버리고 술이나 들게. 내 소견이 없어 큰일을 저지를 뻔했네그려."

정호도 허만근도 껄껄 웃었다. 정호는 허만근의 집에서 하룻밤을 자고 다시 곡산으로 향했다. 괜한 걸음을 한 꼴이다. 소득이 있다면 허만근이 한사코 찔러준 노자였다고나 할까.

하지만 정호가 저만치 갔을 때

"괘씸한 놈."

허만근이 이를 부드득 갈며 내뱉는 소리를 정호는 듣지 못하였다. 그리고 그날로 허덕만이 허만근의 지시를 받아 다시 서울로 떠났음을 정호는 알 까닭이 없다.

정호는 길을 가면서 다시 이화 생각에 골몰했다.

'가서 어찌해야 하는가?'

무작정 만나보기만 한다고 될 일은 아니지 않는가. 정호는 곡산으

로 향하는 동북쪽이 아니라 평양으로 향하는 북쪽으로 방향을 틀고
말았다.

　김 생원의 집에 난데없는 손님이 찾아왔다. 그는 자신이 김 생원의
손자라고 했는데 부엌어멈도 이화도 처음 보는 사람이다. 김 생원은
불쑥 찾아온 손자 김대유(金大儒)를 썩 반가워하지 않았다.
　"글은 읽었느냐?"
　김 생원은 넙죽 절을 하는 김대유에게 다짜고짜 그렇게 물었다.
　"예, 조금……."
　김 생원의 얼굴은 못마땅한 표정이 역력했다.
　"그래 그동안 무슨 일을 했느냐?"
　그러나 김대유는 아무 말도 못하고 우물쭈물했다.
　"못난 놈. 네 녀석도 애비를 닮았더냐?"
　김 생원은 찬바람이 나게 돌아앉았고 김대유는 어물쩍 사랑을 물
러나오는 수밖에 없었다.
　김 생원에게는 외아들이 있었다. 그는 아들이 학문에 뜻을 두게 하
기 위해 갖은 노력을 했지만, 어려서 응석받이로 기른 것이 큰 실수
였다. 열서너 살까지 데리고 있으면서 매도 때리고 어르기도 하면서
가르쳐보려다가 실패하고 결국은 다른 사람에게 보냈다. 부모가 자식
을 가르칠 수 없음을 탓하면서.
　그러나 아들은 보름을 견디지 못하고 집으로 돌아왔다. 김 생원은
문 안에도 들어오지 못하게 하여 도로 쫓아 보냈다. 그 다음에는 한
달 만에, 다음에는 석 달 만에, 반 년 만에, 자꾸만 집으로 돌아오는

것을 그때마다 엄히 꾸짖어 쫓아 보냈다.

　그러나 부모의 정성이 하늘을 감동시킨다 할지라도 따라주지 않는 자식은 어쩔 수가 없었다. 아들은 기껏 오입쟁이 건달이 되고 말았다. 울화가 치민 김 생원은 아들과 의절하고 말았다. 김 생원이 정호에게 각별한 정을 가지고 대한 것도 따지고 보면 아들 대신으로 여겼던 때문일 터였다.

　김대유는 김 생원이 받아들이든 말든 방 하나를 차지하고 눌러앉았다. 아들 같았으면 벌써 내쫓았을 터이지만 손자를 대하는 정은 다른 모양이다. 나이가 드니 복(喪服)을 입어줄 손자라도 찾아와준 것이 고마웠는지도 몰랐다.

　김대유는 김 생원이 쳐다보든 말든 아침저녁으로 깍듯하게 문안을 드렸고 제가 차지한 방에서 책을 펴놓고 앉아 있었다. 대유(大儒), 큰 선비가 되라는 염원 때문이었을까. 김대유는 그야말로 대유(大儒)가 되기 위해 글공부에 여념이 없는 사람처럼 보였다. 그러나 김 생원에게 '대유'가 무슨 소용이란 말인가. 김 생원은 유(儒)보다는 실(實)에 더 큰 비중을 두고 학문을 해오지 않았던가.

　"애비는 어디에 살고 있느냐?"

　김대유가 온 지 이레가 지나서야 김 생원은 처음으로 아들 안부를 물었다.

　"돌아가셨습니다."

　김대유는 담담하게 대답했다.

　"죽어?"

　김 생원은 순간적으로 몸을 움찔하는 것 같더니 이내 평정을 되찾았다.

"돌아가시면서 할아버님 사시는 곳을 알려주셔서 이렇게 찾아왔습니다."

김 생원은 눈을 감았다.

"이태 전부터 수안에 와서 살았습니다."

수안이라면 산을 하나 넘기는 하지만 곡산 이웃고을이다. 수안으로 오기 전에는 파주에 살았고, 태어나기는 수원이라 했다. 그러니까 차츰차츰 고향 쪽으로 옮겨온 셈이다.

"아버지는 할아버님께 오려 했지만 결국 오지 못했습니다. 그러나 할아버님 소식이라도 가까이 들으려고 수안으로 온 것입니다."

제 애비와 김 생원의 관계를 짐작은 하고 있는 눈치였다. 김대유 역시 외아들인 데다가 어미는 더 일찍 죽어 다른 가족은 없다고 했다. 애비는 늦게 침술을 배워 침쟁이 노릇을 하며 살았다고 했다. 그러면서 아들 김대유에게는 글공부를 시켰다는 것이다. 할아버지가 훌륭한 선비라는 얘기를 자주 했다고도 했다. 그러나 침쟁이 아들 처지에 공부하기 여의치 않았을 것임은 불 보듯 뻔한 일이다.

다음 날, 김 생원은 김대유를 앞세워 아들의 무덤을 찾아갔다. 무덤은 살던 집 뒷산에 되는 대로 만들어져 있었다. 잠시 넋이 빠진 듯 아들의 무덤을 바라보던 김 생원은 자르듯 시선을 거두고 휑하니 돌아섰다. 집으로 돌아온 김 생원은 인부들을 불러 아들을 선산으로 옮기도록 했다. 그러나 방에만 틀어박혀 있을 뿐 내다보지는 않았다.

그날 이후 김 생원은 시름시름 앓기 시작하더니 자리보전을 하고 말았다. 아들을 유골로나마 찾고 나서 마음고생이 너무 심해 기력이 떨어져버린 탓이다. 김대유는 정성을 다해 김 생원을 보살폈다.

"이화를 부르거라."

이화가 물 묻은 손을 앞치마에 닦으며 들어서자 김대유는 일어나 나가려 했다.

"너도 게 앉거라."

김 생원은 두 사람을 나란히 앉혀놓고 말했다.

"내 이제 살 날이 얼마 안 남은 듯하구나. 오래 살기도 했다. 그래 너희들에게 이를 말이 있느니……."

김 생원은 숨이 가쁜지 한참을 쉬었다가 말을 이었다.

"대유가 내 집에 온 지는 얼마 안 됐다만 그만하면 앞가림은 하고 살 듯하다. 그러니 앞으로 몇 년 공부를 열심히 하여 나처럼 아이들을 가르쳐도 좋고 혹은 다른 공부를 해도 좋으리."

김대유가 머리를 조아렸다.

"명심하겠습니다, 할아버님."

김 생원은 이화를 바라보았다.

"그리고 이화는 내 집에 와서 십수 년이 되는 동안 고생이 많았느니라. 이제 네가 기다리던 배필이 온 셈이니 저 아이와 혼사를 치르도록 하거라."

김대유와 이화가 동시에 고개를 번쩍 들었고 서로 마주 보았다. 이게 무슨 날벼락 같은 소리인가. 김대유의 눈도 커졌지만 이화는 김 생원이 노환이 나더니 필시 망령까지 든 것이라고 생각했다. 얼마 전까지만 해도 정호를 기다리는 이화가 장하다고 몇 번이나 등을 두드려 주지 않았던가.

"대유는 내 말을 알겠느냐?"

김대유는 다시 고개를 숙였다.

"예. 할아버님."

"그럼 너는 나가 보거라. 내 이화와 할 얘기가 있느니라."

김대유는 고개를 숙여 보이고 나갔고 이화는 눈만 끔벅거렸다.

"내가 망령이 난 게라고 생각하느냐?"

이화는 아무 대답도 하지 못하고 입술만 잘근잘근 씹었다.

"내 많이 생각해보았다만 정호 그 아이가 다시 오기는 틀린 것이라 생각되는구나. 벌써 십수 년이 지났다만 바람결에 소식 한 자 없지 않더냐. 너도 나이가 있으니 저 아이와 혼사를 치르는 것이 좋을 게야. 저 아이를 내가 데리고 살지는 않았다만 아이가 제법 앞뒤가 있고 분별이 있으니 그만하면 되었다. 내 말을 알아듣겠느냐?"

이화는 어떻게 대답해야 할지 몰랐다.

"망설일 것 없다. 내가 시키는 대로 해라. 나가 보거라."

김 생원은 할 말을 다 했다는 듯 이화를 내보냈다. 이화는 이렇다 저렇다 말 한마디도 못 해보고 물러 나와야 했다.

## 21. 운명

　　허덕만은 허만근에게 모종의 지시를 받고 서울로 달려가는 길인데 임진나루의 주막에서 한가하게 계집을 어르고 있다. 허만근이 허덕만의 그런 방탕함을 모를 리 없다.

　　"서방님 예 계시우?"

　　허덕만이 계집을 막 자빠뜨렸는데 밖에서 굵직한 사내 목소리가 들렸다. 계집이 소스라치게 놀라 허덕만을 밀치고 일어나 풀어진 옷고름이며 말려 올라간 치마를 수습했다. 허덕만도 가자미눈을 뜨며 씩씩거리고 일어나 앉았다.

　　"있수, 없수?"

　　방문이 벌컥 열렸다. 허만근이 오른팔처럼 부리는 차인(差人) 정서방이다.

　　"내 이럴 줄 알았수."

　　정서방은 허덕만의 눈치 같은 건 볼 필요도 없다는 듯 안으로 들어와 휘 살펴보고는 술병을 들어 꿀꺽 마셨다.

"또 뭐야?"

허덕만이 볼멘소리를 했다.

"뭐긴 뭐유. 어서 갈 길을 가자는 게지."

정서방은 퉁명스레 말하며 허덕만을 잡아끌었다. 밖에는 허만근의 하인이 말 두 마리의 고삐를 잡고 기다리고 있다.

"너는 말고삐를 서방님께 드리고 돌아가야겠다. 걷는 길이 고되겠구나. 옛다. 이 집에서 술 한 잔 하면서 회포나 풀고 가거라."

정서방이 허덕만에게 눈을 찡긋해보이고는 말고삐를 잡고 있던 치에게 쩔렁 돈을 던져주었다. 그자는 입을 헤벌쭉 벌리며 굽실했다. 허덕만은 정서방의 태도에 심사가 뒤틀리는지 끙 소리를 냈다.

"자, 어서 오르시우. 냉큼 다녀오라는 말씀이 계셨수."

허덕만과 정서방은 말에 올라 쏜살같이 달렸다. 허만근이 정서방을 뒤쫓아 보낸 것은 허경근에게 보낼 서찰 때문이다. 허덕만이 어디선가 지체하며 술이나 마시고 있을 게 빤한 일이었으므로 처음부터 사람을 딸려 보내지 않은 것도 불찰이라면 불찰이었다.

정서방으로 말할 것 같으면 이십여 년 전부터 허만근을 따라 다니며 장사를 하였으므로 허만근의 심중을 누구보다도 잘 헤아렸다. 허만근도 정서방을 그냥 부려먹기만 하는 것이 아니라 재물을 듬뿍 집어주어 제법 떵떵거리며 살 만하게 해주었다. 이를테면 정서방은 허만근 상단(商團)의 행수였다. 허만근이 부리는 수백의 수하(手下)들도 허만근은 누구인지 몰라도 정서방만 나타나면 굽실거리며 쩔쩔맸다.

허덕만과 정서방은 그날로 허경근의 집에 도착했다.

"이걸 전해주라는 말씀이우."

그때서야 정서방이 허만근의 서찰을 품에서 꺼내주었다. 허덕만은 정서방이 내미는 서찰을 못마땅한 표정으로 받아들었다.

허덕만은 숙부인 허만근이 자신을 신뢰하지 않는다는 걸 잘 알고 있다. 그래서 허만근에게 한몫 떼어주면 혼자 장사를 해보겠노라고 말한 적도 있었지만 일언지하에 거절당했다.

"미친 놈. 배우라는 장사는 배우지 않고 재물부터 탐을 내!"

그런 소리를 들었을 뿐이다. 아버지에게도 그런 얘기를 해본 적이 있었지만 역시 꾸지람만 들었다.

"숙부에게 착실히 배우면 어찌 기회가 오지 않으리."

그래서 요즘 허덕만의 심사가 뒤틀려 있는 것이다. 허경근은 마침 집에 있었다.

"웬일이냐?"

허경근은 온화한 미소로 허덕만을 맞았다.

"숙부님 심부름으로 왔습니다. 여기……."

허덕만이 서찰을 내밀었다. 서찰의 내용은 다른 것이 아니다. 지도를 그릴 만한 사람을 소개해달라는 것이다. 허만근은 처음 허덕만을 서울로 보낼 때 서울에 가서 지도를 그릴 사람을 찾아보라 하였다.

"정호 형님에게 부탁하면 될 일이지요."

사정을 알 리 없는 허덕만의 말에 허만근이 눈살을 찌푸렸다.

"그자 말고 다른 화사를 찾아보거라. 정호 그자에게는 입도 뻥긋하지 말고."

허덕만은 고개를 외로 꼬며 숙부를 바라보았지만 허만근은 귀찮다는 듯 어서 나가보라며 손짓을 했다. 그러나 허덕만이 서울에 가서 무슨 수로 지도 그릴 사람을 찾을 것인가. 허만근은 관상감이나 도화원 같은 관청이 있어 그런 곳에 지도를 그릴 만한 화원이 있을 것이라 생각하고 있었지만 미련퉁이 허덕만은 그런 관청이 있는 줄도 모를 터였다. 그래서 부랴부랴 정서방을 딸려 보내 허경근에게 데려가도록 했던 것이다. 허덕만 혼자라면 허경근은 생각도 못하고 그저 어느 술집에나 틀어박혀 허송세월을 하다가 못 찾았다며 내려올 것이 뻔했던 것이다.

허경근도 영문을 모르기는 마찬가지여서 얼른 정호를 떠올렸고 정호의 집에 사람을 보냈지만 집을 비운지 여러 날이라고 했다. 허경근은 다시 관상감의 알 만한 벼슬아치에게 사람을 보냈고, 관상감에서는 지리학교수 최도원을 만나보라고 하였다.

허덕만은 최도원의 집을 찾아갔다. 정서방이 들고 온 산삼 한 뿌리가 허덕만의 손에 들렸다. 최도원은 연락을 받기는 했지만 불쑥 산삼을 들고 찾아온 허덕만을 경계하지 않을 수 없다.

"무슨 일이오. 무슨 일인데 이렇게 귀한 걸 다 가져오셨소?"

최도원은 세상살이에 어두운, 그래서 앞뒤 꽉 막힌 벼슬아치의 꼬장꼬장함과 뇌물에 약한 속성을 그대로 드러내보였다.

"긴히 드릴 말씀이 있어 감히 이렇게 왔소이다. 관상감에서 교수를 지내신다지요."

허덕만은 정중하게 예를 갖추며 허리를 깊이 숙였다.

"그렇소만."

최도원은 뇌물 따위에는 만만히 보이지 않겠다는 듯 잔뜩 위엄을 부렸다.

"저는 해주 인근에서 장사를 하는 사람이올시다. 허덕만이라고 합니다."

"장사를 한다면 더군다나 나 같은 사람에게 볼 일은 없을 터인데."

최도원이 고개를 갸웃했다. 최도원은 무슨 벼슬 청탁이라도 하려는 것인가 생각했던 것이다. 그러면서 속으로 번지수를 잘못 찾았다 했던 것이다.

"아니지요. 우리 같은 장사꾼들이야말로 지도 지리가 요긴하지요."

허덕만은 대뜸 지도 지리부터 꺼냈다. 최도원은 또 한 번 알 수 없다는 표정을 했다.

"무슨 말인지 원……."

허덕만이 바로 본론을 이었다.

"단도직입적으로 말씀드리면 서울 지도가 필요해서 왔소이다. 물론 지도를 사사로이 소장하는 것은 나랏법으로 금지되어 있는 줄은 알고 있지만 우리 같은 장사꾼들은 지도가 하도 요긴해서 이렇게 청을 드리게 되었소."

"서울 지도?"

허덕만은 말꼬리를 놓치지 않으려고 재빠르게 받았다.

"그렇습니다. 서울 지도가 필요합니다."

최도원은 한참이나 미간을 찌푸리며 뭔가 궁리를 한 다음 천천히 말했다.

"조선 팔도를 다니려면 지도가 필요할 것이라 생각은 되지만 서울 지도가 필요한 까닭은 모르겠구려. 서울이라고 해봐야 손바닥만한 것을. 게다가 장사를 한다면 운종가(종로)에 물건을 대주는 일이거나 삼개에서 물건을 싣고 내리는 일이 긴할 터인데."

순간 허덕만은 조금 켕기는 듯 움찔했지만 이내 껄껄 웃었다.

"하하하. 모르시는 말씀입니다. 높은 벼슬을 사는 귀한 분들이야 우리 같은 장사꾼 드나드는 곳이 운종가 육의전밖에 없는 줄 아시겠지만 과일이나 채소, 유과 같은 건 배오개장(동대문시장)에 많고 건어 같은 수산물은 남문안장(남대문시장)으로 모이게 되오. 또 외지에서 들어오는 물건이 삼개로만 뫼는 줄 아시지만 송파진을 중심으로 한 송파장이 서울 인근에서 가장 큰 장입니다."

허덕만의 설명에 최도원이 고개를 끄덕였다.

"그뿐입니까. 우리 같은 장사치들은 그런 큰 장뿐만 아니라 방방곡곡을 누비고 다녀야 하오. 그래서 지도가 요긴한 겁니다."

허덕만은 큰 장사를 하는 당사자이기나 한 듯 어깨를 으쓱했다.

"그래서 서울 지도가 필요하다? 하지만 지도를 사사로이 지니는 것은 금하고 있는데다가 지도는 관상감에 깊숙이 보관되어 있어 감히 얻기가 쉬운 일이 아니오. 쉬쉬하며 새로 만든다면 모를까."

"그야 그렇겠지만……. 사실 제가 지도 그리는 화사를 알고 있기는 합니다만 다들 최 교수께서 출중하다고 해서."

허덕만 딴에는 너 아니어도 우리가 사람이 없는 줄 아느냐, 너무 재지 마라, 하는 뜻으로 슬쩍 해본 말이다. 최도원이 물었다.

"지도 그리는 화사를 아신다? 그게 누구요?"

"들어는 보셨는지. 김정호라는 화사입니다만. 집안 아저씨인 홍문관 허 제학 대감과 가까이 지내는 사람이지요."

김정호라는 말에 최도원이 움찔 놀랐지만 내색은 하지 않았다.

"그럼 그 화사에게 부탁하시구려. 관상감 자료 없이 지도 제작이 가능할지는 모르겠소만."

최도원이 짐짓 그렇게 말하자 허덕만은 더 할 말을 잃어 머뭇거렸고 이때 정서방이 허덕만을 쿡 찌르고는

"저희 나리께서도 그쯤은 생각하고 계십니다요. 그래 그 어려움은 충분히 생각하시겠다는 말씀이 계셨습지요."

하고는 품속에서 뭔가를 또 꺼냈다. 환표(換標)였다. 환표는 멀리 떨어진 사람에게 돈을 지불하게 하는 편지 형식의 지불 명령서이다. 즉 이 환표를 가지고 위탁된 사람에게 가서 환표에 적힌 액수만큼 돈을 받을 수 있는 것이다. 다른 말로 환간(換簡)이라고도 했다. 일종의 어음(語音)인 셈인데 신용도가 높은 거상들이 주로 발행하였다. 또 객주들이 어음과 함께 특별한 경우에 발행하였다. 어음은 지정한 날짜에 대금을 갚을 것을 약속하는 증서인데 수결(手決, 손바닥도장)이나 도장을 찍고 한가운데를 잘라서 이름이 쓰인 쪽은 돈을 받을 사람에게 주고 다른 쪽은 어음을 발행한 사람이 가졌다. 어음이 일 대 일 거래관계라면 환표는 제삼자를 통한 거래라고 할 수 있다. 이런 어음이나 환표는 엽전의 부피나 무게가 커서 운반하기가 어려워 생겨난 신용화폐이다. 그도 그럴 것이 엽전 백 개가 있어야 한 냥이 되었고 백 냥이 되려면 만 개의 엽전이 필요했다. 말이 끄는 달구지가 엽전 이백 냥을 운반하기가 어려웠으니 장사치들에게 어음이나 환표는 매우 유용한 증서였다.

정서방이 꺼낸 환표에 오백 냥이 적혀 있는 걸 본 최도원의 눈이 화등잔만해졌다.

"우선 이걸 쓰시고 지도가 마련되면 그때 다시 인사를 드리겠다고 하셨습니다."

다 자란 황소 한 마리 값이 마흔 냥이다. 쌀 한 섬이라고 해야 여섯 냥이다. 최도원의 눈이 커지는 것은 당연했다. 최도원으로 말할 것 같으면 대대로 큰 벼슬을 하지는 않았지만 벼슬을 지낸 집안으로서 서울 인근에 땅마지기나 장만하여 부잣집 소리를 들으며 풍족하게 살고 있다. 하지만 오백 냥이라는 거금을 보고는 가슴이 뛰지 않을 수 없었다.

"허허 이거야 원."

최도원은 마지못해 그러는 것처럼 시간을 좀 달라 하였다.

"워낙 조심스러운 일이라 쉬이 되지는 않을 거요. 그러니 말미를 좀 주시오. 그리고 나는 장사하는 사람들과 어울려본 적이 없는지라 이걸 어떻게 쓰는 건지⋯⋯."

환표를 두고 하는 말이다. 허덕만은 아예 뒷전이고 다시 정서방이 껄껄 웃으며 장사치답게 나섰다.

"그건 제가 하루 이틀 새에 바꾸어드리지요. 혹 다른 물품이 필요하시다면 그렇게 해드릴 수도 있습지요."

최도원은 얼굴에 흡족한 표정을 드러내지 않으려고 애를 썼지만 입가에 자꾸만 웃음이 배어 나왔다. 눈치 빠른 정서방도 미소를 지었다. 최도원의 표정으로 봐 일은 다된 셈이다. 허경만의 집으로 돌아오는 길에 허덕만은 기어코 정서방을 노려보며 툴툴거렸다.

"자네가 뭔데 중뿔나게 나서서 감놓아라 배놓아라 하는 겐가?"

"저야 나리의 심부름이나 할 뿐입지요."

"글쎄 그런 말을 내가 해야지 왜 자네가 해? 내가 아니면 자네 주제에 그런 벼슬아치를 만날 수나 있겠느냐고."

"그러니까 서방님이 앞장서 일을 해결하신 게 아닙니까."

정서방은 실실 웃으며 대꾸했다. 허덕만은 정서방이 서찰을 품고 온 것이며 자신을 무시하고 직접 환표를 최도원에게 건네준 것 등이 배알이 뒤틀려 해주로 돌아가고 말았다. 영문을 모르는 허경근은 허만근에게 안부를 전하라며 껄껄 웃었고 정서방은 갈 테면 가라는 듯 빙긋이 웃기만 했다.

이틀 후 정서방은 달구지에 돈을 잔뜩 싣고 최도원에게 갔다.

"우선은 삼백 냥만 실어 왔습니다."

정서방은 낑낑대며 돈궤를 부려놓고는 나머지 이백 냥짜리 환표를 내밀었다.

"이 증서는 삼개의 아무개가 언제든 필요하면 돈을 내주겠다고 약조한 증서입니다요. 아무개는 신용이 좋아 누구든 믿고 거래를 합지요. 우리 나리하고도 절친한 사이인 걸요. 이 증서를 잘 보관해 두셨다가 직접 가실 일도 없고 부리는 사람 아무에게나 가서 바꿔오라고 하면 되는 겁니다. 하지만 이 증서를 잃어버리면 보증이 안 되니 그것만 명심하시면 될 일입니다."

최도원은 정서방이 삼백 냥이나 되는 돈을 가져온 것을 보자 싱글벙글하였다. 이 정도면 믿을 수 있겠다 싶었던 것이다.

"가서 기다리게. 내 며칠 사이에 지도를 구해봄세."

지도를 구하는 일이야 식은 죽 먹이였다. 지도에 관한 모든 책임을 최도원이 지고 있기 때문이다. 하지만 돈을 보자 욕심이 더 생겼다. 지도가 돈이 될 수 있다는 생각은 해본 적이 없는 터였다. 그런데 거금 오백 냥이 이렇게 쉽게 수중으로 들어올 수도 있다니.

"그러나 한 가지 약조할 일이 있네. 이 얘기는 누구에게도 발설하지 말게."

최도원의 말에 정서방은 고개를 크게 끄덕였다.

"물론입니다요. 오히려 우리 나리께서 신신당부하셨습니다요."

은밀한 일을 벌이는 최도원과 정서방의 눈빛이 허공에서 만나 반짝 빛을 냈다.

최도원은 정서방이 선뜻 오백 냥을 내놓는 것을 보고 큰돈을 벌 기회라 생각했다. 우선 지도는 필요하겠다 싶어 관상감에 보관된 지도 중 서울 지도 한 질을 가져다 대충 베껴놓았다. 그리고는 며칠 궁리를 하다가 무릎을 쳤다. 최도원은 바로 정서방에게 사람을 보냈다.

"아무래도 내 힘만으로는 조금 벅찬 듯 하이. 위로 판관이며 여러 영감들에게 힘을 좀 써야 할 것 같네. 내 알려줄 터이니 자네가 직접 찾아가 인사를 차리도록 하게."

최도원이 짐짓 인상을 써가며 그렇게 말했다. 정서방은 난감한 표정을 짓더니 며칠 말미를 달라고 하고는 해주로 말을 달렸다.

"그래. 애썼구나. 구해왔느냐?"

허만근은 반색을 하며 정서방을 맞았다.

"아무래도 뒷돈을 더 써야 할 것 같습니다. 관상감 지리학교수 최도원이라는 자를 만나 일이 다된 듯 했는데 이 자가 자기 위의 몇 사람에게 힘을 써야 할 것 같다면 이렇게 적어주었습니다."

정서방이 내민 종이를 받아든 허만근은 고개를 설레설레 저었다. 최도원이 적어준 사람들은 성품이 대쪽 같기로 이름난 청백리(淸白吏)들이었던 것이다. 큰 장사를 하는 허만근은 그런 정보쯤은 알고 있다.

"안 된다, 안 돼. 이 사람들에게 돈은 싸들고 갔다가는 우리가 망하고 말지. 암, 망하고말고."

최도원의 의도는 적중했다. 적어도 허만근이 해주 인근에서 가장 큰 장사꾼이라면 높은 벼슬아치하고도 교분이 있을 것이고, 누가 어떤 성품을 가지고 있는지도 알 것이라 생각하여 감히 상대할 수 없는 벼슬아치들만 골라서 적어준 터였다.

관상감은 직제가 정5품의 판관 중심으로 운영되었다. 최고 책임자인 영사는 영의정이 겸임했고 필요에 따라 종1품이나 정2품, 또는 종2품 제조(提調)가 다른 직에서 겸임했다. 당하관(堂下官)인 정3품의 정(正)이나 부정(副正)도 대개 그러했다. 그러므로 최도원이 다른 관청의 벼슬아치를 적었다고 해서 허만근이 그 내막을 알기는 어려웠다.

"그자가 우리보고 직접 인사를 하라고 하는 것을 보니 나쁜 수작을 부리는 것 같지는 않구나. 그 자를 잘 구워삶도록 해라."

허만근은 그 자리에서 오백 냥짜리 환표 두 장을 또 끊어주었다.

"이번 일만 잘 해서 성사시켜라. 그러면 네게도 섭섭지 않을 몫이 돌아갈 것이다."

허만근이 은밀한 목소리로 다짐을 두듯 말했다. 정서방은 고개를 끄덕이다가 불쑥 물었다.

"서방님은 어디 나가셨습니까?"

정서방이 두리번거렸다.

"누구?"

허만근이 의아한 표정을 했다.

"덕만 서방님 말씀입니다."

정서방의 말에 허만근이 고개를 갸웃했다.

"덕만이가 왜? 그 아이는 지금 서울에 있지 않은가?"

정서방이 고개를 저었다.

"무슨 말씀을요. 벌써 가겠다고 갔는걸요."

"그래? 그 녀석 또 제집으로 달아난 모양이군. 어디 기생집에나 처박혀 있든지. 그 녀석 신경 쓰지 말고 자네 할 일이나 서두르게."

허만근은 정서방의 등을 밀어 어서 지도나 구해오라며 서울로 보냈다. 서울로 다시 온 정서방은 먼저 삼개로 달렸다. 환표를 바꾸기 위해서였다. 백 냥, 이백 냥, 삼백 냥짜리 등으로 바꾼 정서방은 바로 최도원에게 갔다.

"어서 오시게. 그래 찾아뵈었던가?"

최도원은 짐짓 그렇게 물었다.

"웬걸요. 아무래도 나리께서 직접 나서주셔야 일이 성사될 듯싶습니다요."

정서방은 백 냥짜리와 이백 냥짜리를 합쳐 오백 냥을 내놓았다. 최도원은 정서방이 내놓은 환표를 힐끗 보면서 고개를 갸우뚱했다.

"글쎄 내가 나선다고 잘될 수 있을지 모르겠군."

최도원이 짐짓 난색을 보였다.

"부탁드립니다요."

정서방이 돈을 최도원 앞으로 쑤욱 밀며 머리를 조아렸다.

"내 한번 나서보겠네만 어찌 되는지……."

정서방은 몇 번이고 굽실거려 다짐을 두고는 최도원의 집을 물러나왔다. 정서방이 나가자 최도원은 음흉한 미소를 지었다.

'이놈들아. 장사 참 잘하는구나.'

최도원은 환표를 거두어 문갑 깊숙이 넣었다. 정서방 역시 최도원의 집을 나오면서 제 품속을 툭툭 건드리며 흐뭇해했다.

'네가 겨우 하찮은 벼슬살이나 하는 샌님 주제에 천 냥이나 먹었으며 되었지 또 손을 내밀 줄이나 알겠느냐.'

정서방의 말대로 최도원은 돈을 그만큼 먹은 것에 만족을 느꼈는지 사나흘 지나서 정서방을 불러 큼지막한 기름종이로 잘 싼 지도를 건네주었다. 정서방은 지도를 받으며 쾌재를 불렀다. 오백 냥이면 어디인가. 언제나 뒷거래에는 눈먼 돈이 있기 마련이다. 정서방이 가져온 지도를 보며 즐거워하기는 허만근도 마찬가지였다.

"흐흐흐. 이 지도만 있으며 흐흐흐."

내상과 은(銀) 만 냥 어치와 바꾸기로 한 지도였다. 그러니 그까짓 천오백 냥쯤 날려도 아쉬울 것이 하나도 없는 허만근이다. 물론 정호가 그려주었다면 까짓 백 냥쯤 집어주면 해결되었을 터이지만 이왕 끝난 얘기에 미련 둘 것은 없었다.

김 생원은 서둘러 혼사 준비를 시켰다. 일어날 기력은 없었지만 가까운 일가붙이를 불러 이것저것 준비를 하도록 했다. 사람들은 김 생원이 죽을 때가 되어서야 아들을 용서하고 받아들였다고 수군거리면서 제 일처럼 팔을 걷어붙이고 나섰다. 김대유가 아들은 아니었지만 그 아들에게서 난 자식이니 아들 대신이었던 것이다.

그러나 이화는 눈물만 하염없이 흘릴 뿐 가타부타 말이 없었다. 그런 이화의 사정을 조금도 알지 못하는 김대유만 그저 싱글벙글했다.

"이화. 우리 한번 잘살아보십시다."

이화는 김 생원이 왜 갑자기 김대유와 혼인을 하라고 했는지 이유를 알 수 없다. 아무리 곰곰 생각해보아도 김 생원이 갑자기 망령이 든 것이라고 밖에는 달리 생각이 들지 않았다. 어찌되었든 혼례일은 정해졌고 모든 준비는 착착 진행되었다. 이화나 김대유가 한 집에 사는 사람이기도 한데다가 김 생원이 웬만한 것은 생략하고 간단하게 하라고 한 까닭에 초례나 치르면 그만일 터였다.

김 생원은 기운을 어느 정도 회복하여 마당에 나와 어슬렁거릴 수

있게 되었다. 이화는 이제 그만 정호는 잊기로 하였다. 아니 잊기로
치면 이미 김득수를 만났을 때 잊은 것이나 다름없었다. 여자 팔자
뒤웅박이라던가. 그저 그렇게 여기고 살기로 마음먹었다.

그날 저녁.

"에구머니나 세상에. 이게 누구야?"

부엌어멈의 호들갑이 온 집안 사람을 다 뛰어나오게 했다.

"허허. 안녕하셨소. 나를 알겠소? 오랜만이구려."

정호였다. 부엌어멈은 귀신이나 본 듯 뒷걸음질을 치며 벌린 입을
다물지 못했다.

"놀라기는. 나 옛날 이 집서 밥 얻어먹던 정호요. 모르시겠소?"

정호는 사랑 쪽을 향하여 성큼 안으로 들어섰다. 집안에는 잔치 준
비를 하느라 전을 부친다 떡을 친다 많은 사람들이 북적였다.

"무슨 좋은 날인가 보구려. 생원 어른은 안녕하시지요."

일을 거들던 사람들 중에는 더러 정호를 기억하는 이도 있었다.

"허. 옛날 정호 도령이구만. 큰 공부를 하신다더니 어찌 이리 되셨
는가?"

"이 집에 혼사 있단 말을 듣고 오신 모양이구만."

"어서 들어가 보우. 생원 어른 사랑에 계신다우."

정호의 초라한 행색에 혀를 차는 사람도 있고 누군가 기별을 하여
큰일에 온 모양이라고 하기도 했다. 정호는 아는 얼굴들에게 고개를
숙여 인사를 하고는 사랑으로 갔다. 사랑에는 일가붙이들이 모여 김
대유를 두고 덕담들을 나누었는데 김 생원은 밖의 소란을 듣고 정호
가 온 줄 알았다.

"어서 오거라."

김 생원은 아무렇지도 않은 표정으로 입가에 엷은 미소까지 띄우며 정호를 맞았다.

"스승님. 이제야 찾아뵙습니다. 용서하십시오."

정호는 김 생원에게 큰절을 올렸다. 김 생원은 고개를 크게 끄덕이며 절을 받았다. 방안에는 정호가 알 만한 얼굴이 두엇 있었다.

"그래, 그간 어디에 가 있었기에 소식 한 자 없었더냐?"

인사가 대충 끝나자 김 생원이 정호의 행색을 훑으며 핀잔인 듯 걱정인 듯 물었다.

"죄송합니다. 서울로 살림을 옮겨 앉고 나서 산천을 두루 돌아다녔습니다. 지금은 서북을 한 바퀴 돌아 내려오는 길입니다. 원산에서 왔습니다."

정호는 무릎을 꿇은 채 공손하게 대답했다.

"잠시도 한눈을 팔지 않는 게로구나."

김 생원은 대견하다는 표정을 지었다.

"예. 하지만 재주가 미력하여 아직 이렇다 할 성과가 없음이 부끄러울 따름입니다."

정호가 머리를 조아렸다.

"조급하게 굴 것 없다. 그렇게 끊임없이 노력을 한다면 곧 잡히는 것이 있을 터."

김 생원은 장하다는 듯 정호를 한참이나 바라보다가 방안에 있는 다른 사람들에게 말했다.

"이제 그만들 물러가 쉬게나. 나는 이 아이와 잠시 나눌 이야기가 있으이."

사람들이 모두 김 생원에게 예를 갖추고 물러갔다. 김대유도 따라 일어서는 것을 김 생원이 불러 앉혔다. 사람들이 나간 후 잠시 뜸을 들이던 김 생원이 정호를 바라보았다.

"집안에 혼사가 있는 모양입니다."

정호가 말하자 김 생원은

"저 아이가 내일 장가를 드는구나."

하고 김대유를 가리키며 아무렇지도 않게 대답했다.

"누구신지……."

정호가 김대유를 바라보자 김대유는 인사를 갖춰야 할 것이라 생각하고 엉거주춤 일어났다.

"인사들 나눠라. 내 손자니라."

김 생원의 말에 김대유와 정호가 일어나 예를 갖췄다.

"저 아이는 내일 이화와 혼인을 하느니라."

김 생원이 불쑥 말했다. 정호는 얼결에 앉지도 못하고 고개를 휙 돌려 김 생원을 바라보았다.

"이화를 모르느냐? 이화가 내일 저 아이와 혼인을 한단 말이다."

김 생원이 다시 한 번 못을 박듯 말했다. 정호는

"아, 예. 이화가……."

하며 주저앉듯 털썩 앉았다. 가슴이 벌렁벌렁 뛰었다.

"네가 떠난 지 얼마 안 돼 이화 애비가 죽고 나서 우리 집으로 왔더구나. 쭉 같이 지냈느니라."

김 생원이 말하자 정호는 고개를 끄덕였다.

"알고 있었습니다."

정호의 말에 김 생원이 고개를 갸웃했다.

"서울에 있는 네게도 그런 소식이 전해졌더냐?"

정호가 고개를 끄덕였다.

"수개월 전에 홍문관 김득수 박사를 만났습니다. 그분으로부터 스승님 안부도 듣고 이화 얘기도 들었습니다."

김 생원이 '그래?' 하는 표정으로 눈을 크게 떴다.

"오, 그 아이를 만났더냐?"

정호는 김대유를 흘끔거리며 김 생원의 물음에 답했다.

"예. 스승님에게 와서 공부를 했다고 해서 퍽 반가웠습니다."

"서울이 좁다더니 과연 좁은 모양이구나. 그래 그 아이를 만나보니 어떻더냐?"

김 생원은 김득수에게로 화제를 몰아갔다. 정호는 여전 김대유를 흘끔거렸다.

"좋은 벼슬아치가 될 듯 보였습니다."

정호의 대답은 물론 건성이다.

"그리 보이더냐? 반드시 그리 되어야 할 텐데……."

김 생원은 잠시 먼 산을 보듯 하다가 김대유를 바라보았다.

"대유는 듣거라. 이 선비로 말할 것 같으면 네게 스승이 될 수 있을 만큼 학문이 깊고 뜻 또한 넓으니 잘 배워 그 본을 받도록 하거라. 알겠느냐?"

김대유는 정호를 힐끗 보며 고개를 숙여 보였다.

"과찬이십니다."

정호는 대답을 하고는 있지만 마음은 온통 이화의 일에 쏠려 있다. 이화가 시집을 간다. 김 생원의 손자에게. 그렇다면 김득수의 말은 무엇인가. 김득수가 무얼 잘못 알고 있었던가. 김득수는 분명 이화가 자신을 기다리고 있다지 않았는가.

김 생원의 말이 계속됐다.

"모름지기 학문이라는 것은 손에 잡을 수도, 가까이 다가가서 볼 수도, 만져볼 수도 없는 것이니 뜻을 높이 세워 정진하는 수밖에 없느니라. 네가 글을 조금 읽었다고 하나 그것은 어린아이가 세상에 태어나 겨우 손짓 발짓을 하는 정도요 아직 걷기는커녕 기지도 못하는 것과 마찬가지니라. 학문은 모름지기 선인들의 지혜와 문장을 배우고 익히면서 그것을 인용할 수 있어야 하고 사색을 통해 제 것으로 만들 수 있어야 하느니라. 정호는 이미 어린 나이에 그런 이치를 터득한 이후 남들은 거들떠보지도 않는 새로운 학문에 열정을 가지고 수십여 년을 바치고 있으니 어찌 스승이 될 만하지 않겠느냐. 나이도 너보다는 서넛 연배이고 학문도 깊으니 잘 따르고 배우도록 해라."

김대유는 이번에도 정호를 흘끔 바라보았다.

"명심하겠습니다, 할아버님."

"그럼 이만 나가보거라."

김 생원은 김대유를 내보냈다. 김 생원과 정호 단둘이 남았다.

"네가 어려서부터 이화와 오누이처럼 컸다지?"

김 생원은 한참 뜸을 들인 후에 물었다.

"그렇습니다."

정호는 간결하게 답했다.

"이화와 정혼을 한 사이라지?"

눈을 내리깔고 있던 정호가 고개를 흔들었다.

"그런 건 아닙니다."

"아니라?"

"그렇습니다."

"그래 장가는 들었더냐?"

"그렇습니다. 월천 스승님이 제 배필을 정해놓고 혼인과 함께 서울로 옮겨 앉으라는 유언을 남기셨다는 걸 나중에 알았습니다. 그래 스승님이 정해준 처녀와 혼인을 하고 서울로 갔습니다. 딸아이가 하나 있습니다."

정호는 작은년이 화냥년이 되어 달아났다는 말은 하지 않았다. 정호의 말에 김 생원이 고개를 갸웃했다.

"그렇다면 이화와 정혼을 한 것은 아니었단 말이냐?"

"제가 얼마 전 김득수 박사를 만났을 때 그분이 말씀해주셨습니다. 이화가 저를 십수 년이나 기다리고 있노라고. 그래서 그 연유를 알아보기도 할 겸 들른 겁니다. 정혼을 했다고 하는 것은 아마도 이화의 아비인 배소금 어른이 이화에게 그리하라 일러두었는지는 모를 일입니다."

물론 정호는 제가 이화에게 했던 말을 기억하지 못했다. 봄에 다시 오겠노라는. 그러나 정호는 제가 그런 말을 했었는지는 기억하지 못했지만 원산에서 넘어오면서 이화를 서울로 데려가리라 작정했었다.

김득수에게 이화가 자신을 기다리고 있더라는 말을 듣는 순간 정호는 망치로 뒷머리를 얻어맞은 것처럼 아찔했었다. 그리고 아련하게 옛 추억이 떠올랐다. 그러나 마음이 확실히 정리되지 않아 덕분에 서북을 한 바퀴 돌게 되었다. 원산까지 온 마당에는 생각을 더 미룰 수도 없었다. 하여 제 처지를 사실대로 말하고 이화를 데리고 갈 작정을 했던 것이다. 이미 혼인을 하여 딸아이가 있다는 것과 지금은 홀로 되어 살고 있다는 것, 덧붙여 정호 역시도 잊지 못하고 살았지만 살다보니 뜻대로 되지 않더라는 것 등을 솔직하게 얘기하고서.

"그렇다면 이화 혼자서만 그리 생각했던 게로구나. 아무튼 이화는 너를 기다렸던 모양이다만 내가 더 기다릴 것 없이 혼인을 하라고 일렀느니라. 벌써 십수 년이 흘렀다만 네가 무심했던 탓에 이런 일이 생긴 게야. 네가 이미 혼인을 했다니 그건 이화에게도 네게도 잘된 일이로다. 아예 이화를 불러다 다짐을 두는 것이 좋겠구나."

김 생원은 정호의 대답을 기다릴 것도 없이 소리쳐 이화를 불러오라고 했다. 사랑으로 나온 이화는 의연했다. 정호가 왔다는 얘기는 부엌어멈에게 이미 전해들은 터였다. 몇 년 만에 보는 얼굴인가. 자세히 들여다보아야 그 전 얼굴이 보이지 길거리에서 만나면 알아보기 힘들다.

"오라버니 오랜만에 뵙습니다."

이화가 담담하게 인사했다. 오히려 정호의 가슴이 뛰었다.

"그래, 오랜만이구나. 그간 잘 지냈느냐?"

이화는 고개를 살짝 숙여 보였다.

"정호가 진작에 혼인을 하여 아이도 있다는구나."

두 사람 사이로 김 생원이 끼어들었다. 김 생원의 말에 이화가 고개를 번쩍 들어 정호를 바라보았다. 무슨 말인가 하고 싶은데 억지로 참는 눈치였다.

"서로 왕래라도 있었으면 얄궂은 오해가 없었겠다만, 그래 내 지금 정호를 야단치고 있었구나. 어쨌든 다 지난 일이니 잊도록 하자꾸나. 이화는 내 말을 알겠느냐?"

"예, 생원 어른."

이화의 목소리는 의외로 씩씩했다.

"그간 품고 있었던 생각은 이제 다 잊고 새로운 마음으로 살아가도록 하거라. 나야 이제 산 송장이다만 너희들은 지난날보다 살아갈 날이 더 많음을 알아야 할 게야."

"명심하겠습니다."

이화였다. 정호는 아무 말도 못했다.

"정호는 친 오라비인 양 이화를 거두도록 하고."

김 생원은 졸지에 정호를 사돈으로 만들어버리고 말았다. 정호도 김 생원도 이화의 속내는 알 수 없었다.

이화는 한때 정호를 사무치게 그리워하며 기다렸었다. 그러나 그것은 김득수가 나타나기 전이다. 김득수가 나타나자 정호는 아득해졌고 그 김득수마저도 가버리자 이화의 가슴속에 정호가 다시 되살아나기는 했지만 예전의 정호는 아니었다. 오히려, 혼인을 앞둔 지금 나타난 정호는 야속하기까지 했다. 정호 또한 이화가 많이 변했다고 생각했다. 옛날의 이화가 아니다. 김득수가 전해준 이화도 아니다. 그런 이화를 서울로 데려가려고 생각했던 자신이 천치처럼 느껴졌다.

"자, 이화는 곤할 터이니 가서 쉬도록 해라."

"예. 안녕히 주무십시오. 오라버니도 편히 쉬세요."

이화는 야무진 얼굴로 사랑을 나갔다. 김 생원은 이화가 나가고 난 문 쪽을 한참이나 바라보았다. 십수 년을 기다려온 정호를 대하는 의연한 이화의 행동에 그저 어리둥절한 표정이다.

"뭘 그리 보십니까?"

정호도 이화가 나가고 난 한참 후에야 제정신이 돌아왔다.

"아니다. 곤하구나."

김 생원은 불쑥 나타난 정호 때문에 신경이 쓰였던지 매우 피곤한 기색이다.

이튿날 이화의 혼사가 끝난 후 정호는 바로 떠나려 했으나 그럴 수가 없었다.

"모처럼 왔으니 늙은이 말벗이라도 해주어야 하지 않겠느냐. 얼마간 머물다 가면 좋겠구나."

김 생원이 그렇게 정호를 끌어 앉혔던 것이다. 이화는 정호에게 진짜 친정 오라비나 되는 양 싹싹하게 대해주었고, 영문을 알 수 없는 부엌어멈은 누구에게 물어볼 수도 없어 혼자 고개만 갸웃거렸다.

새신랑 김대유는 싱글벙글하며 안채 바깥채를 들락거렸고 학문이 깊다는 정호를 퍽이나 따랐다.

## 22. 발각된 음모

홍문관의 박사로 있던 김득수는 일 년이 채 못 돼 고을살이를 나갔다. 고을에 나가 직접 백성들과 함께 하는 목민관이 되고 싶었던 소망이 허경근의 강력한 추천과 다른 알 만한 사람들의 도움으로 이루어진 것이다.

"가거든 선정을 베풀게나. 모름지기 백성들은 이유 없이 구속하고 탄압하면 반항하고 무관심하면 흩어지는 법일세. 목민관은 원리원칙과 불편부당에 의지하여 백성들을 다스려야 하네. 다스린다기보다는 섬긴다는 게 옳겠군. 목민관은 질서를 잡아주는 것이지 힘으로 내리누르는 권리는 없다네. 백성들이 몽매하다하나 그것은 특권의식에 사로잡힌 소위 사대부들이 얕잡아 하는 말일 뿐, 목민관은 백성을 섬길 줄 알아야 한다네. 그래야 섬김을 받는 법."

허경근은 외직으로 나가는 김득수에게 자신의 경험을 얘기하며 아쉬운 손을 놓았다. 김득수가 나간 고을은 양성이다. 양성은 남쪽으로 경기도의 끝인 안성 조금 못 미쳐 있는데 안성은 바로 허경근이 군수로 나갔다가 지도 때문에 고민을 했던 고을이다. 양성의 풍속이 안성과 비슷하여 허경근은 김득수에게 충고해줄 말이 많았다. 그러나 양성 백성들의 살림살이는 안성과 사뭇 달랐다. 안성은 내륙과 해안을 연결하는 요충지라 예로부터 상인과 공인(工人)들이 몰려들고 화물의 유통도 활발해 번성했지만 안성 인근의 다른 고을들은 그런 혜택을 받을 수 없어 살림살이가 궁핍했다.

김득수는 큰 뜻을 품고 부임했다. 그러나 김득수의 고을살이는 시작부터 만만치 않았다. 양성의 아전들은 신임 수령이 벼슬에 나온 지 얼마 되지 않는데다가 고을살이가 처음이라는 것까지 알아 유난히 김득수를 얕잡아보았다. 텃세인데 김득수는 허경근에게 그런 것에 대비하는 요령까지 듣고 왔으므로 코웃음을 쳤다.

"매번 바뀌는 수령보다야 붙박이 아전들이 고을을 장악하고 있으므로 아전을 다스리는 것이 첫 번째일세. 수령들이 자기의 배를 채우기 위해 백성들의 고혈을 긁어낸다고 하지만 알고 보면 무지한 수령 밑에 있는 아전들이 그런 행패를 부리고 있는 경우가 많으이. 수령이란 작자들이야 아전들이 네네 하면서 떠받드니까 그저 제 잘난 줄만 알고 큰기침이나 하다가 백성들의 원성을 사게 된다네."

허경근은 일단 부임하면 아전들의 행태를 잘 살피고 그들을 다스린 연후에 백성을 다스려야 할 것이라고 몇 번이나 강조했다. 아전들 중에는 호방(戶房)이 수석이고 이방(吏房), 예방(禮房), 형방(刑房), 병방(兵房), 공방(工房) 등이 있다. 이들 아전들은 그 지방의 중인들 중 발탁하여 썼는데 수령이 바뀌어도 이들은 바뀌는 법이 없었고 대대로 세습이 되었다.

허경근의 말은 과연 틀린 바가 없었다. 아전들은 허리를 굽실거리며 비굴한 웃음을 띠고 수령의 명령이라면 목숨이라도 내놓을 듯 굴지만, 그들이 가져오는 서류들은 허무맹랑한 것이 대부분이고 나라의 법을 어기는 것들도 있었다. 김득수가 꼼꼼하게 읽어볼라치면 어지러운 말로 간사하게 굴어 눈을 흐리게 하기도 했다.

김득수는 그렇게 한 달여를 두고 보다가 어느 날 아전들을 모두 불러들였다. 아침에 명을 내렸건만 모두 모인 것은 중화참이 한참이나 지나서였다. 김득수는 내다보지도 않고 모두 돌려보냈다. 아전들은 바쁜데 오라 가라 한다며 툴툴거렸다.

그런 이틀 후 김득수는 다시 모든 아전에게 동헌으로 모이라는 명을 내렸다. 그러나 그날도 역시 아전이 모두 모인 것은 중화참이 지나서였다. 김득수는 전날과 마찬가지로 내다보지도 않고 돌려보냈다. 아전들은 또 웅성거리며 물러갔다.

늦게 모이는 자들은 볼 것도 없이 이방, 호방 등 육방(六房)들이었지만 군교나 포교들도 동작이 굼뜨기는 마찬가지였고 심지어는 방자(房子, 난방을 관리하고 변소를 관리하는 관노)까지도 거들먹거렸다.

김득수는 다음 날 새벽 다시 통인(通引, 수령의 잔심부름을 하는 관노)을 한 바퀴 돌렸다. 세 번째 집합 명령이다. 통인이 명을 전하고 돌아오자 김득수는 일찌감치 동헌마루에 나가 버티고 앉았다.

그날은 다른 날과 달리 일찍들 모였지만 김득수의 성에 찬 것은 아니었다.

"이제 다 모였습니다요. 분부하실 일은?"

이방이 굽실거리며 김득수의 표정을 살폈다. 김득수의 표정은 차갑게 식었다.

"공무가 바쁜지라 어서 분부를 내리십시오."

이번에는 호방이었다. 호방은 가장 늦게 어슬렁거리며 나타났는데 수령의 눈치를 볼 것도 없다는 듯 앞자리로 나와 섰다.

"공무가 바쁘다?"

김득수가 얼굴을 찡그리며 되물었는데 호방은 거침없었다. 수석 아전으로서 아무것도 모르는 초짜배기 사또에게 할 말은 해야 하겠다는 투였다.

"그렇사옵니다. 사또께서 부임하신 지 얼마 안 되와 이 고을 사정에 어두우시겠지만 양성으로 말할 거 같으면……."

호방의 목소리는 비아냥까지 배어 있었다. 김득수가 자리에서 벌떡 일어났다.

"저놈을 내려다 꿇려라!"

난데없는 김득수의 추상 같은 호령에 모든 아전들이 아연실색했다. 심지어 명을 받은 포졸들까지 입만 딱 벌리고 있을 뿐이다. 신임 수령 주제에 호방을 꿇리라니. 호방이라면 고을에서 사또보다 무서운 존재가 아니던가.

"무엇들 하느냐. 냉큼 꿇리지 못할까!"

김득수가 다시 호령하자 군교의 눈짓에 따라 몇몇 포졸이 호방에게 다가갔다. 호방은 사색이 되었다.

"사또……."

그러나 김득수는 들은 체도 않고 가지고 있던 종이를 펼쳤다.

"듣거라. 내 이곳에 부임한 지 이제 한 달여가 되었다만, 수령을 보좌하여 백성을 보살펴야 할 아전들이 그 직을 성실하게 수행하여야 할 것이나 공무에는 관심이 없고 사리사욕을 채우는 데 혈안이 되어 있는데다가, 엄연히 상하가 있음을 무시하고 수령된 자를 욕되게 하는 것은 수령에게 인(印)을 내어준 이 나라 상감마마를 욕되게 하는 것이니 어찌 그냥 지나칠 수 있겠느냐!"

김득수의 추상 같은 목소리는 아전이나 관노나 할 것 없이 그 자리에 꿇어 엎드리게 하고도 남음이 있었다. 김득수는 방금 펼쳐놓은 종이를 흔들어 보였다.

"그러나 고을의 관리라 해서 나라의 법도를 무시하고 죄인을 함부로 치죄할 수 있겠는가? 하여 내가 조정에 그 뜻을 물었더니 사또의 판단대로 엄히 다스리라는 지엄한 영을 받은 것이다. 그래서 내 너 그렇게 훈계하여 하루빨리 못된 습속을 뜯어고치려 하였으나 그동안 못된 버릇으로 수령 알기를 우습게 알고 수령이 모이라 일렀거늘 제 시간에 모이지 않으니 이제는 더 이상 참을 수가 없음이야!"

꿇어 엎드린 아전들은 숨도 못 쉬고 사또의 말을 기다렸다.

"지금부터 호명하는 자는 일어나 왼편으로 서라!"

이방의 호명에 따라 사람들이 왼편으로 갈라섰는데 그 수가 남은 사람들과 반반이었다.

"이방도 왼편으로 가라!"

부르기를 마친 이방도 쪼르르 왼편으로 달려갔다. 왼편으로 선 자들은 그 죄가 중하여 안성군으로 압송되거나 옥에 갇혀야 할 자들이다. 김득수는 오른편에 선 사람들을 물러가게 했다. 그리고 왼편에 선 자들에게 그들의 죄명이 무엇인지 하나하나 소상히 일러주었다. 그중에는 사또의 명이라 하여 남의 소를 강제로 빼앗은 자도 있었고 유부녀를 겁탈한 자도 있었으며 문서를 엉터리로 꾸며 공금을 횡령한 자도 있었다.

김득수는 그중 죄가 커 직접 다스릴 수 없는 호방 같은 자들은 안성으로 압송했고 옥에 가두어 죄를 물어야 할 자는 옥에 가두었으며 매를 때릴 자들은 매를 때렸다.

신임 수령의 이 같은 처신은 삽시간에 고을에 퍼졌다. 백성들은 춤을 추며 좋아했다. 그동안 아전들에게 억울하게 뺏기며 살아온 백성들은 이번에는 아전들에게 억울하게 뺏긴 재산을 찾아달라는 송사를 벌이기 시작했는데 하루에도 대여섯 건이 들어왔다. 김득수는 전후사정을 밝혀 억울한 일을 풀어주었고 새로이 아전이 된 자나 포졸들은 좋은 시절 다 갔다며 수령 눈치 보기에 바빴다.

관상감에서 난리가 났다. 관상감이라지만 실은 최도원 혼자만 앉지도 서지도 못하고 좌불안석이다.

"도대체 누구야? 누가 이런 짓을 했어?"

판관의 호통에 아무도 대답을 하지 못했다.

"해주 거상 허만근이라는 자가 어떻게 서울 지도를 가졌느냔 말이야?"

동래 내상이 일본 상인에게 지도를 팔려다가 기찰포교에게 발각되고 만 것이다. 내상은 허만근에게 지도를 구했다고 실토했고 허만근은 포도청으로 잡혀왔다. 포도청은 지도를 관상감에 보내 유출한 자를 찾아내라고 했다.

"보셔서 아시겠지만 이 지도는 관상감 지도가 아닙니다."

교수 최도원이 말했다. 사실 관상감의 누구도 그 지도가 관상감 것인지 알지 못했다. 최도원이 아니라고 하면 아닌 것이다.

"사사로이 지도를 제작하는 자가 있다고 들었습니다. 허만근을 족치면 토설할 것이니 포도청에 그리 전하시지요."

그날 밤 최도원은 아무도 모르게 허만근이 갇힌 옥사를 찾아갔다. 옥졸에게는 엽전 꿰미를 던져주었다.

"내 말 잘 들으시오. 김정호라는 자에게 지도를 구했다고 자복하시오. 김정호를 어찌 아는가 물으면 허 제학을 통해 만났다고 하시오. 우선 살고 봐야 할 것 아니오. 우리는 한 배를 탔으니 내가 요로를 들쑤셔 반드시 구명할 것이오."

최도원은 허덕만이 실없이 지껄인 말을 기억하고 있었던 것이다. 이참에 정호를 옭아매면 금상첨화 아닌가. 늘 정호 지도를 베꼈던 기억이 목에 걸린 가시처럼 찜찜했었다. 최도원의 말에 허만근이 고개를 끄덕였다. 그렇잖아도 정호를 괘씸하게 여기던 차였다.

허만근의 실토에 따라 허경근이 하옥됐고, 포도청 벙거지들이 정호를 찾아 나섰지만 종적을 알 수 없었다. 약현 모 영감 집을 찾아와 분탕질을 쳤지만 지도에 대한 어떤 증거도 찾지 못했다. 태연재의 존재는 알지 못해 지나친 것은 다행이었다.

양성 관아로 걸인 복색의 한 사내가 잡혀 왔다. 정호였다. 야트막한 산에서 관아를 내려다보며 붓질을 하고 있는데 지나던 포졸들이 불문곡직하고 우악스럽게 끌고 온 것이다.

"첩자가 분명합니다."

무슨 전란이 일어난 것도 아니지만 포졸들은 정호를 동헌으로 끌고 와서는 김득수에게 그렇게 아뢰었다. 일본국에서 조선을 도모하려고 조선의 사정을 살피고 있는 것은 사실이지만, 썩어빠진 조정의 고위관료들도 생각하지 못하는 것을 양성 촌구석의 포졸이 알 리는 없고 하는 짓이 수상하니 끌어온 것이다. 정호는 끌려온 것이 어이가 없어 눈을 똑바로 뜨고 동헌마루를 노려보듯 했는데 높다랗게 앉아 있는 사람은 김득수가 아닌가.

"아니, 김 공 아니시오."

놀라기는 김득수도 마찬가지였다.

"고산자가 여기는 웬일이오?"

의기양양하게 정호를 끌어온 포졸들은 두 사람의 대화를 듣고는 머쓱해졌다. 그러나 김득수가 벼락같이 소리쳤다.

"여봐라. 저자를 당장 하옥하라!"

김정호는 어안이 벙벙할 뿐이었다.

"이보시오, 김 공?"

머쓱해졌던 포졸들은 그러면 그렇지, 하는 표정으로 우악스럽게 정호를 끌어다가 옥사에 내던졌다. 잠시 후 김득수가 옥사로 찾아왔다.

"내 고산자를 그리 안 봤거늘 어째 인두겁을 쓰고 은혜를 원수로 갚는단 말이오?"

정호로서는 도대체 알 수 없는 소리였다. 김정호가 무슨 말인가 하려고 했지만 김득수가 빨랐다.

"내일 날이 밝는 대로 서울로 압송할 것이니 그리 아시오."

김득수가 차갑게 말하고 돌아서려 하자 정호가 소리쳤다.

"이보오, 도대체 내 죄가 무엇인지나 압시다. 내가 여지학 공부한 것이 죄요?"

여지학을 공부하는 것도 죄를 주자면 죄다. 나라에서 사사로이 지도 제작을 금하고 있는 것이니 당연하다.

"정녕 뉘우치지 않는구려. 나라를 팔아먹고 도망쳤으면 멀리 갈 것이지 여긴 왜 왔소?"

점점 알 수 없는 소리다. 나라를 팔아먹다니? 정호가 무슨 재주로 나라를 팔아먹는다는 말인가? 그러나 김득수는 들을 것도 없다는 듯 옥사 문을 박차고 나가다가 다시 돌아왔다.

"고산자 당신 때문에 허 제학 대감이 귀양을 갔소. 그런 줄이나 아시오."

허 제학이라면 인현동 허경근 대감 아닌가. 더더욱 알 수 없는 소리다. 다음 날 이슬도 마르기 전에 김정호는 양성현 포졸 서넛에게 둘러싸여 서울을 향했다.

포도청에 끌려온 정호는 그날로 풀려났다.

"관상감의 최도원이라는 자를 아는가?"

포도청 종사관이 오라를 풀어주며 물었다.

"먼 발치에서 본 적은 있습니다만."

정호가 이상한 낌새를 채고 눈치껏 대답했다.

"그자가 관상감 지도를 베껴 허만근에게 팔아먹고 자네를 고변하도록 시켰다는군."

최도원이 과거에 자기 지도를 베껴먹은 걸 알 리 없는 정호는 고개를 갸우뚱했다.

"그럼 허 제학 대감은?"

"허 대감이 자네를 소개해줬다고 하여 유배됐으나 자네 무고함이 밝혀지면서 허 대감도 풀리셨네."

우선 허경근을 만나야 자초지종을 알 것이다. 정호는 집에도 들르지 않고 허경근의 집으로 달려갔다.

"어서 오게나. 허허허."

허경근은 언제 귀양살이를 했나 싶게 껄껄 웃으며 정호를 맞았다.

"사실 제게 그런 부탁을 한 적은 있습니다. 그런 짓을 해서는 안 된다고 감히 말한 적은 있습니다. 그 뒤로 저는 북쪽 산천을 떠돌았습니다."

"자네 충고가 배알이 뒤틀렸던 모양이군. 최도원이란 자는 제가 살기 위해 무고한 자네를 얽으려고 했던 것이고."

최도원을 생각하면 분통이 터졌다.

"최 교수가 왜 저를 옭아매려고 했을까요? 같이 여지학을 공부하는 처지로 서로 힘이 돼주는 사이였는데요."

"자네에게 질투를 느낀 게지. 관상감에서는 지도지리에 대해서는 그자를 따를 사람이 없었다네. 호승심이 강한 자인 모양일세. 제 분야에서 저 혼자만 최고가 되고 싶었던 게야."

사람 속 참 알 수 없는 일이다.

"죄송하게도 대감마님은 저 때문에 귀양을 사신 셈입니다."

"나를 통해 자네를 알게 되었다 하지 않더라도 나라의 녹을 먹는 사람이 집안 단속을 잘 못했으니 귀양을 살아도 싸지."

허경근도 귀양을 갔는데 나중에 허덕만이 서울로 올라와 지도는 최도원을 통해 얻었으며 그 일에는 정서방이 깊숙이 관여했다고 고변했다는 것이다.

"덕만이가 왜 그런 고변을 했답니까?"

"그 녀석이 제 숙부가 옥에 갇히자 상단을 제 마음대로 하려는데 정서방이라는 차인이 시시콜콜 간섭을 했던 모양일세. 그래 홧김에 그랬던 거지."

허덕만은 정서방이 없어져야 자기 마음대로 할 수 있을 것이라 생각하고 정서방을 가둬 넣기 위해 그런 짓을 한 것이었다.

"나라에서야 나는 자네하고만 연루되는 것으로 알고 얼른 귀양을 풀었는데……."

그래서 허경근이 귀양에서 풀려났는데 나중에 알고 보니 정작 지도를 얻어준 사람은 최도원이고 최도원 역시 허경근을 통해서 알게 되었다는 것이다. 그때 조정에서는 허경근에게 다시 죄를 주어야 한다고 말들이 많았는데 멋모르고 사람을 소개시켜 준 죄는 파직으로 충분하다 하여 다시 귀양 가는 것은 면했다는 것이다.

"처음에는 자네를 잡으라고 포고령이 내렸다가 자네의 무고가 밝혀지자 자네를 잡으라는 영은 풀렸다네. 그때 자네가 여기 있었다면 목숨을 부지하기 어려웠을 것이네."

결국 허덕만은 허만근의 상단을 자기 것인 양 주무를 수 있게 되었다는 것이다. 정서방은 물론 옥에 갇혔다.

"부끄럽네. 부끄러워."

허경근은 자기의 일가붙이들이 그런 일을 저질렀다는 것이 몹시 마음에 걸리는지 그날 정호와 대취하도록 술을 마시며 내내 그런 소리만 했다.

정호는 허경근에게 자신이 제작해 최도원에게 맡긴 「청구도」를 찾아달라고 부탁했다. 그러나 관상감 어디에도 「청구도」는 없다고 했다. 사람을 시켜 최도원의 집도 찾아보았지만 없었다.

"흠 판각을 하세."

한기의 말이다. 정호가 뒷산에 뿌린 피나무 씨앗을 떠올렸다. 그리고는 자리에서 벌떡 일어났다.

"따라오게."

정호는 한기를 데리고 뒷산으로 갔다. 정호가 싹이 나온 예닐곱 그루의 묘목을 가리켰다.

"이 어린 나무가 뭔 줄 아나?"

한기가 고개를 저었다.

"사실은 피나무 종자를 구해 심은 거라네. 한 됫박이나 뿌렸는데 겨우 요만큼 싹을 틔웠어."

한기가 반색을 했다.

"이게 피나무라고? 거 반갑기는 한데 이게 판각재로 쓰이려면 십수 년은 족히 기다려야 하겠구먼. 자네 이걸 믿고 판각할 생각은 아니지? 판각재는 내가 구해보겠네."

허경근은 홍문관에 복직되었다. 지도를 팔아먹으려 한 허만근은 옥살이 끝에 장독(杖毒)이 퍼져 죽었고 허덕만은 숙부의 상단을 차지했지만 부리는 사람들이 하나하나 떠나는 바람에 겨우 십여 명의 사람만 데리고 상단을 꾸려갔다.

정호는 태연재에 틀어박혀 새로운 지도를 만들기에 부심하였다. 「청구도」를 판각하려는 계획은 그만두었다. 판각재를 구하는 것도 문제려니와 더 발전된 형식의 지도를 만들려는 생각에서였다.

한기는 한기대로 학문이 날로 높아졌으며 특히 서양과학에 대한 이론적 탐구는 타의 추종을 불허하였다. 지금까지의 유교 철학에 대한 새로운 해석도 한기의 주된 관심이다. 정호는 태연재에서 어쩌다 한 번씩 찾아오는 한기를 맞아 열띤 토론을 벌이곤 하였다.

"조선의 산은 모두 백두산에서 시작한다네. 즉 백두산에서 나온 이 줄기가 장백(長白)에서 끝으로 올라가는데 바로 장백정간(長白正幹)이지. 낭림산(狼林山)에서 서쪽 의주 방향으로 뻗은 이 줄기가 청북정맥(淸北正脈)이고, 낭림에서 장안산(長安山)을 거쳐 이쪽 장산곶 쪽으로 뻗은 줄기는 청남정맥(靑南正脈)이라네. 백두대간(白頭大幹)은 낭림산을 내려와 두류산(豆流山), 분수산(分水山), 금강산(金剛山), 오대산(五臺山)으로 내려서고 있지 않은가. 게서 그만이 아닐세. 태백산(太白山)에서 속리산(俗離山)으로, 속리산에서 지리산(智異山)으로 뻗어나가는 것이 바로 백두대간일세."

정호는 대간, 정간, 정맥 등을 손으로 짚어가며 조선 팔도에 뻗어 있는 산맥을 설명했다.

"이 땅의 뼈대가 흡사 거미줄 같군."

한기는 산만 그려놓은 지도를 흥미롭게 바라보며 고개를 끄덕였다.

"신경준(申景濬)의 『산경표(山經表)』가 크게 도움이 됐네."

정호의 설명에 한기가 또 고개를 끄덕이며 손으로 산을 하나씩 짚어가기 시작했다.

"그렇다면 어디보세. 명산이라 불리는 열두 산이 거의 백두대간을 따르는구면."

12대 명산이라 하면 서울의 삼각산에서 시작하여 백두산, 원산(圓山), 낭림산, 두류산, 분수산, 금강산, 오대산, 태백산, 속리산, 장안산, 지리산을 말한다.

"잘 보게. 장안산은 청남정간에, 삼각산은 한북정간(漢北正幹)에 있지. 그 두 산을 빼면 모두 백두대간 상에 놓여 있는 셈이지."

정호가 또 다른 지도를 꺼냈다.

"이건 하천을 표시한 것일세."

하천 역시 12개가 표기되어 있다. 두만강, 압록강, 용흥강(龍興江), 청천강(淸川江), 대동강, 예성강(禮成江), 한강, 대진강(大津江), 금강, 낙동강, 사호강(沙湖江, 영산강), 섬진강(蟾津江)이 그것이다.

한기가 하천만 그려놓은 지도를 보다가 반짝 눈을 빛냈다.

"가만, 이거 재미있군."

한기는 하천을 들여다보다가 다시 산을 그린 지도를 끌어당겨 두 개를 나란히 놓고 유심히 살폈다.

"뭐가?"

정호의 얼굴에는 짐짓 웃음이 번져 있다. 무슨 말을 하려는지 다 알고 있다는 표정이다.

"산이 하천을 둘러싼 셈이군 그래."

그랬다. 모든 산맥이 하천을 가로막거나 잘라내는 것은 하나도 없었다.

"그렇다네. 산이 먼저 생겨났는지 하천이 먼저 생겨났는지야 따질 것도 없지만 하천은 산을 피해 흐르고 산은 강을 피해 뻗고 있지. 자네는 금세 알아보는군."

그때 깜정이가 태연재로 들어왔다. 시집을 가더니 얼굴이 활짝 핀 깜정이다.

"저것들을 어서 맺어주세. 내가 살 날이 얼마나 남았겠나."

모 영감이 그렇게 말했지만, 사실은 정호가 너무 자주 집을 비우는

데다가 위험한 일에 자꾸만 엮이는 것 같아 불안해서 채근하는 것이다. 정호도 이미 약조한 바이므로 날 잡아 혼사를 치렀다.

깜정이 신랑 막돌이는 문 안에 있는 형 을석이의 약국에서 일을 보고 있었지만 핑계만 생기면 집으로 달려오곤 하여 웃음거리를 만들었다.

"오늘은 신랑이 안 들어왔느냐?"

한기가 짐짓 말하자 깜정이의 얼굴이 빨개졌다.

"무슨 일이냐?"

"누가 찾아오셨어요."

"누가?"

"처음 보는 분이에요."

정호가 한기를 바라보자 한기는 깜정이를 바라보았다.

"혹 벙거지는 아니더냐?"

한기의 말이다. 풀렸다고는 하지만 정호는 아무래도 요주의 인물이다. 깜정이도 한기의 말이 무슨 말인지는 충분히 알 나이였다. 그러나 포졸이 찾아왔다면 이렇게 태연하지는 않을 터였다.

# 23. 해후, 쓸쓸하고 담담한

깜정이가 손을 저었다.

"아니에요. 황해도 곡산이라는 고을에서 오셨다고 하더군요."

이번에는 한기가 정호를 바라보았고 정호는 고개를 갸웃했다.

"자네가 옛날 다녔다던, 그 김 생원이라는 분?"

한기의 말에 정호는 도리질을 했다.

"그분은 연세가 많으셔서 먼 길을 다니실 수가 없을 터인데."

정호는 그렇게 말하면서 이화를 떠올렸다. 이화가 찾아왔을까.

"그렇다면 곡산에서 누가 찾아왔을까? 혹 자네 연분난 사람이라도
있었던 겐가?"

한기는 그냥 농 삼아 해보는 소리였지만 정호는 움찔 놀라며 속내
를 들킨 듯 얼굴색마저 바뀌었다.

"아이 앞에서 그런 말을……."

깜정이가 배시시 웃었다.

"여자 분은 아니시던 걸요."

그렇다면 누구일까. 아무튼 정호는 밖으로 나갔고 한기와 깜정이도 뒤를 따랐다. 밖에 있는 사람은 김대유였다. 김 생원의 손자며 이화의 신랑인 김대유.

"형님, 그간 별고 없으셨습니까?"

김대유는 허리를 꾸벅 숙여 인사를 하였다.

"자네가 여기는 웬일인가?"

정호는 김대유의 느닷없는 출현에 깜짝 놀랐다. 김대유는 정호를 보자 안도의 숨까지 내쉬며 반가워했다. 한기와 깜정이는 어리둥절하여 정호와 김대유를 번갈아 쳐다보았다.

"어여 들어오게. 들어와."

한참이나 멍하게 서 있던 정호가 김대유를 안으로 끌었다.

"무슨 일이 있는가? 서울에는 웬 걸음이야?"

정호의 물음에 김대유가 씨익 웃으며 머리를 긁적였다.

"그래 할아버님은 안녕하신가? 그리고……"

이화도 잘 있느냐고 물으려다 정호는 말꼬리를 흐렸다. 김대유의 낯이 갑자기 일그러졌다.

"할아버님은 돌아가셨습니다. 벌써 한참 되었지요……"

정호가 화들짝 놀랐다.

"돌아가셨어?"

정호가 되물었고 김대유는 같은 대답을 했다.

"예, 돌아가셨습니다. 할아버지께서 돌아가시면서……"

김대유는 무슨 말인가를 더 하려고 했지만 정호가 말을 막았다.

"그래 잘 모셨는가?"

김대유는 정호의 물음에 먼저 대답을 해야 했다.

"예. 마을 분들이 도와주셔서 선산에 모셨습니다. 그리고……."

그러나 정호는 이번에도 김대유가 말할 틈을 주지 않았다.

"허 저런. 나는 왜 이리도……."

정호가 한기를 바라보았다. 한기도 대충 불쑥 나타난 사람이 곡산의 김 생원과 관계가 있을 것이라고 짐작했다.

"나는 두 분 스승님께 이다지도 불효를 저지르게 되는구먼."

월천의 임종도 보지 못했던 것을 아울러 말하는 것이다. 한기가 정호의 어깨를 두드렸다.

"형님."

김대유가 정호를 불렀다. 아까부터 무슨 말을 하려다가 정호가 나서는 바람에 말문을 닫았던 김대유였다. 정호가 바라보았다.

"할아버님이 돌아가시면서……."

김대유는 이번에도 뜸을 들였다.

"돌아가시면서?"

정호가 어서 말하라는 표정을 지었다.

"형님을 찾아가라 하셔서 이렇게 왔습니다."

정호가 갸웃했다.

"나를 찾아가라?"

김대유가 잔기침을 한 번 하고는 계속 말했다.

"예. 산골에 있으면 학문도 편협해진다고. 형님이 서울에 자리를 잡았다니 그 이웃에 가서 공부를 하라셔서 이렇게 왔습니다."

정호가 고개를 끄덕였다. 김대유는 잠시 다니러 온 것이 아니라 식솔을 이끌고, 식솔이라야 이화가 전부일 터이지만, 낯선 서울로 정호만 믿고 올라온 것이다. 부엌어멈은 생원님도 안 계신 바에야 낯선 서울까지 따라갈 것이 뭐 있겠냐며 그냥 곡산에 살겠다고 하여 텃밭이 딸린 오막살이를 한 채 사주고 왔다는 것이다. 부엌어멈은 다 소용없다며 남의집살이나 하겠다고 했지만 이화가 막무가내로 그리 한 것이다.

"자네 처는 어디에 두고 왔는가?"

"지금 남대문 밖의 주막에 머물고 있습니다. 형님이 여기 계신지 확실히 알 수도 없고 해서 제가 우선 찾아 나선 거지요."

한기가 정호를 바라보았다.

"우선 살 만한 집을 구해야 하겠구먼."

한기가 씩 웃으며 말했는데 옛날 정호가 올라올 때의 일이 생각나서일 터였다.

"월천 스승님과 친구시라더니 꼭 같은 생각을 하셨군."

한기가 한마디 더 했다. 월천이 유언 삼아 정호를 서울로 보내라고 한 것이 생각났던 것이다.

"잘 왔네. 우선 이리로 데려오게. 그런 연후에 생각을 해보세나. 살아갈 마련은 어찌 되었는가?"

정호의 말은 집을 장만할 돈은 있느냐는 말이었다. 김대유는 씩 웃으며

"형님께 폐를 끼치게 되지는 않을 것입니다. 전답과 집을 팔았더니 제법 됩니다."

하고 눈치 빠르게 말했다. 하기야 김 생원의 집은 곡산에서 제법 산다하는 집이었으므로 살림살이만 처분해도 규모가 제법 될 터였다.

그때였다.

"안에 계신가?"

불쑥 닥친 것은 오랑이였다. 오랑이가 갓 쓴 김대유를 보더니 움찔해서 한 발 물러섰다.

"손님이 계신 것을 모르고."

그 모습에 한기가 풋, 웃었다.

"이 사람아, 그리 놀랄 양이면 아예 합쇼를 하면 될 것 아닌가."

오랑이가 멋쩍게 웃었고 깜정이가 고개를 꾸벅 숙여 오랑이에게 인사를 하였다.

"자네, 잘 왔네. 집을 하나 보아주게."

정호의 말에 오랑이가 무슨 소리냐는 듯 빤히 쳐다보았다.

"이 사람이 곡산에서 막 올라와 살 집을 구하고 있으니 마땅한 집을 보아주게."

오랑이가 순순히 고개를 끄덕였다. 정호는 김대유에게 우선 이화를 데려오라 하였다. 그러나 김대유는 머리를 가로저었다.

"그럴 필요까지야 있습니까. 그냥 주막에 있다가 집이 구해지는 대로 들어가지요."

그러나 정호는 어서 데려오라고 호통을 치듯 말했다.

"내 시키는 대로 하게. 집이 언제 구해질지도 알 수 없는 일이고 또 어디 있을 곳이 없다면 모를까 내가 여기 있는데 흉하게 아녀자를 주막에 두면 쓰는가. 마침 빈방도 있으니 어서 데려오게."

김대유가 머리를 긁적이며 이화를 데리러갔고 오랑이도 집을 알아보겠노라며 나갔다. 깜정이는 빈방을 치우겠다고 몽당 빗자루를 들고 분주하게 왔다 갔다 했다.

"김 생원 어른의 손자일세."

한기도 대충 짐작이야 하고 있었지만 의문이 남아 있는 표정이다.

"그분은 아들이 없다지 않았는가?"

언젠가 정호에게 그런 얘기를 들은 적이 있었다.

"그랬었지. 나도 처음에는 월천 스승님처럼 아들이 없는 줄 알았었네. 헌데 알고 보니 의절한 아들이 있더군."

정호의 말에 한기가 놀란 표정을 했다. 정호는 담담하게 계속 얘기했다.

"책 읽기를 죽기보다 싫어하는 아들이 있었는데 결국 의절을 하고 말았다네. 그 아들이 죽으면서 제 아들을 아버지 김 생원에게 보낸 거야. 핏줄은 어쩔 수가 없는 모양이야. 아들이 죽어서야 아버지와 화해를 한 셈인가……."

한기가 그때서야 영문을 알겠다고 고개를 끄덕였다.

"그분도 월천 스승님만큼이나 뻣뻣하신 양반이었군그래. 그럼 저 친구는 글을 읽던가?"

"많이는 읽지 못했어도 글을 읽으려고 애는 쓰는 것 같더군. 제 애비가 글 읽는 것을 싫어해 부모와 의절을 하고 살았으니 맺힌 것이 왜 없겠나. 하지만 누구에게 배운 적이 없어서 그런지 아직 바탕도 제대로 되어 있지 않아. 글 읽는 행세를 하려면 시간이 좀 걸리겠지."

한기는 고개를 끄덕이며 일어났다.

"가보겠네. 자네에게 의지하겠다고 찾아오는 사람이 다 있군그래."

한기의 말에 정호가 빙그레 웃었다.

"글쎄 말이야. 아무튼 자네가 저 친구 글이나 좀 보아주게. 저 친구도 할아버지한테 얘기를 단단히 들었을 터이니 과거를 보자고 덤비지는 않을 테고 자네가 스승 노릇 좀 해주어야 할 것 같네."

그러나 한기는,

"내 뭘 아는 것이 있나. 다 제 할 나름이지."

하며 손을 번쩍 들어 보이고는 나갔다. 한기도 가버리자 정호는 생각에 잠겼다.

이화는 김대유의 우격다짐에 서울로 오기는 했지만 좌불안석이다. 어쩔 것인가. 같은 서울 하늘에 살게 되었으니 정호를 만나게 될 것은 빤한 이치가 아닌가. 그 불편함을 어찌 견딜 것인가.

그런 생각을 하다가 이화는 세차게 도리질을 하였다. 혹 김득수는 안 만나게 될 것인가. 김득수도 서울에서 벼슬을 살고 있을 터였다. 그저 곡산에서 조용히 살면 될 것을. 그러나 이제 와서 어떻게 할 것인가. 그저 만나지나 않으면 좋겠다는 생각뿐. 아니, 그렇지 않았다. 가끔 정호고 김득수고 얼굴이나 한번씩 보고 사는 것도 나쁠 것은 없지 않은가.

그때 김대유가 들어왔다. 만면에 웃음을 가득 띤 얼굴이다.

"자, 갑시다."

김대유는 싱글벙글하며 어서 갈 채비를 하라고 성화를 해댔다. 그런 김대유의 얼굴을 보자 이화는 괜스레 죄책감이 들었다. 정호고 김득수고 다 잊고 김대유만을 위하며 살리라, 그런 생각이 솟구치는 것이다. 김대유가 옆에 있을 때마다 그런 생각을 하는 이화였다. 하지만 그런 것이 어디 마음먹은 대로 되던가.

"살 집을 구하셨나요?"

그러나 김대유는 싱글벙글 웃기만 하였다.

"가보면 알 것이오. 어서 갑시다."

김대유는 뭐가 그리 신이 나는지 어서 가자고만 하였다.

"어여 하시오, 어여."

김대유는 불러온 달구지에 짐 싣는 것을 채근하면서 휭하니 앞장섰고 이화는 그 뒤를 따랐다.

"자, 저 집이오. 저 집이 누구 집인 줄 알겠소?"

김대유는 달구지를 개천 옆길로 인도하더니 얼마 걷지도 않았는데 한 집을 가리켰다. 김대유가 한껏 뽐내듯 웃으며 가리키는 곳에는 앞에 무슨 창고 같이 길쭉한 건물이 있었고 옆쪽으로 살림집으로 보이는 번듯한 초가를 올린 또 한 채의 집이 있다.

이화는 김대유가 가리키는 집을 바라보며 그저 고개만 끄덕였다. 그저 저렇게 큰 집을 샀으려니 생각하는 모양이다.

"자, 가봅시다. 보면 깜짝 놀라리다."

김대유는 그렇게 말하고 달음박질을 하듯 앞서 걸었다. 달구지가 덜그덕거리며 부지런히 김대유의 뒤를 따랐다.

"자, 어서 오오."

김대유가 그 집 앞에서 이화를 향해 소리치듯 말했고 그 소리를 들은 듯 안에서 두어 사람이 마중을 나왔다.

"어서 오너라."

이화는 컥 숨이 막힌 듯, 몸이 굳은 듯 눈만 휘둥그렇게 떴다. 앞에 서 있는 사람은 분명 정호였다.

"내 놀랄 줄 알았소. 놀라게 해주려고 말을 안 했지. 허허허."

이런저런 영문을 모르는 순진한 김대유는 이화의 친정 오라비나 다름없는 정호의 집에 잠시나마 머물게 되어 이화가 얼마나 좋아할까 그런 생각을 하고 있는 터였다.

"안녕하세요."

깜정이가 이화를 향해 고개를 까닥 숙이며 공손하게 인사를 하였다. 이화는 숨을 몰아쉬면서도 머리를 쪽쪄 올린 나이 어린 새댁이 앙증맞다는 생각을 하였다.

"어서 이리 오셔요."

깜정이가 이화를 끌듯 안으로 데리고 갔다.

"허허. 어서 오시구려. 이거 누추해서 원."

모 영감도 꾸부정한 몸을 이끌고 나와 손님맞이를 하였다. 이화가 공손하게 머리를 숙여 보였다. 밖에서는 남정네들이 달구지에 실린 짐을 내리느라 와자하였다. 짐이라고 해야 살림살이는 별 게 없었지만 김 생원이 보던 책들은 버리지 않고 다 가져온 모양인지 거의가 책 보따리였다. 정호가 책들을 보며 흐뭇한 듯 고개를 끄덕였다.

"허, 내가 개성서 올라올 때는 도적을 만나서 말이야. 그래도 자네는 잘 왔네. 나는 땡전 한 푼까지 다 빼앗겨버렸거든."

정호가 중얼거리듯 말하며 옛날 생각을 하였다. 김대유가 저런, 하는 표정으로 정호를 바라보았다.

"그때는 참 막막했다네. 그래 무작정 돌아다니다가 이 집 어른을 만났지. 지금이야. 사돈 어른이 되셨지만."

모 영감이 언제 나타났는지 껄껄 웃었다.

"그때는 참으로 딱한 모습이었지. 안 그런가, 사돈?"

불쑥 나타난 모 영감을 보자 정호가 몸가짐을 바로했다. 김대유도 얼결에 정호를 따라 머리에 쓴 갓을 매만졌다. 그러나 김대유는 알 수 없었다. 모 영감이나 아까 다녀간 오랑이 같은 사람은 한눈에 보아도 뼈대 있는 사람들은 아니었는데 정호와 하게를 하기도 하고 사돈이 되었다고도 하니 이상한 일이었다. 하기는 제 마누라 이화만 해도 기껏 소금장수 딸이라고 했지만 할아버지가 저와 짝을 지어준 것으로 보아, 그리고 양반임이 분명한 정호와 오누이처럼 자랐다고 하는 것으로 보아 무슨 말 못할 내력이라도 있는 양반일 것이라고 혼자 짐작만 하고 있던 터였다.

"잠시나마 거두어주시니 은혜가 큽니다."

어쨌든 김대유는 모 영감에게 그런 인사를 차렸다. 모 영감은 껄껄 사람 좋은 웃음을 보이며 손을 저었다.

"그런 말씀 마우. 귀한 분들이 누추한 데 와주신 것만 해도 감지덕지인 것을. 안 그런가, 깜정 애비. 아니, 아니지, 사돈이지 사돈."

모 영감은 자신의 말실수가 재미있는지 누런 이를 드러내며 클클클 웃었다.

"아무려면 어떻습니까. 깜정 애비래도 좋습니다. 그저 편하신 대로 부르십시오."

정호의 말에 모 영감은 손을 내저었다.

"허허 나는 사돈이라 부르는 게 훨씬 좋다네. 암, 좋구말구. 우리 깜정이가……. 이런 또 잘못했구먼, 우리 새아기가 어떤 며느리인가. 아직 어리긴 해도 그 야무진 것을 보면 내가 횡재를 했네. 횡재를 했어. 허허허."

한편 깜정이와 이화는 부엌에서 저녁 준비를 했다.

"곡산이라는 곳에서 어린 시절 오누이처럼 지내셨으니 고모님이라 부르면 된다고 아버지가 말씀하셨어요."

깜정이가 생글생글 웃었다.

"그리 하려무나."

이화는 얼굴 가득 미소를 지어 보였다.

"그런데 어머니는?"

이화는 아까부터 그것이 궁금하던 차였다.

"저는 어머니 얼굴도 기억이 나지 않는 걸요. 제가 아주 어렸을 때 돌아가셨다고 했어요."

깜정이도 어머니가 죽지 않았다는 것을 어렴풋이나마 알고 있다. 어찌된 사연인지는 모르지만 어딘가에서 말 못할 사정으로 따로 살고 있을 것이라는 눈치쯤은 채고 있다. 그것은 모 영감이 자기도 모르게 내뱉는 소리, 네 어미가 참으로 모진 사람이구나, 하는 거라든가, 오랑이의, 그 잘난 어미 때문에 깜정이가 무슨 고생이냐, 하는 소리들로 짐작할 수 있었다. 하지만 아버지가 어미는 죽었다, 하고 자르듯 하니 내색을 안 하고 있는 것뿐이다.

이화는 깜정이의 어머니가 죽었다는 말에 화들짝 놀랐다.

"돌아가셨다고?"

깜정이는 이화가 그토록 놀라자 의아한 표정을 했다. 그때서야 이화가 제 표정을 거두어들였다.

"저런, 어머니가 그립겠구나."

그러나 깜정이는 생글 웃으며,

"근데 그런 줄도 모르겠어요. 너무 어렸을 적에 있었던 일이어서 그런가 봐요."

하고는 물동이를 들고 밖으로 나갔다. 그랬었구나. 오라버니의 아낙이 된 사람은 벌써 죽었구나. 그런데 오라버니는 왜 그런 내색조차 없었을까. 이화는 그런 생각을 하며 한참동안 멍청한 표정이 되었다.

"무슨 생각을 하셔요?"

깜정이가 무거운 물동이를 들고 들어오며 말하는 바람에 이화는 또 깜짝 놀라

"나도 어려서 어머니가 돌아가셨거든."

얼결에 그런 소리를 하였다.

"그러셨군요. 여기에 불을 좀 때주셔요. 저는 어른들 잡수실 술을 받아오겠어요."

깜정이는 또 나갔다. 이화는 어린 안주인 깜정이가 시키는 대로 불을 때면서 생각에 잠겼다. 아궁이에서 너울거리며 타는 불꽃 속에 김득수도 나타났고 정호도 나타났다. 김대유는 나타나지 않았다. 김대유는 눈앞에 있을 때만 보였다. 알 수 없는 일이다.

그렇게 세월은 흐르고 또 흘렀다.

정호의 태연재는 정호가 그동안 다니면서 수집한 전국 팔도의 자료들과 참고할 만한 것들을 초록해놓은 책들, 그리고 이미 나와 있는 지도들 중 쓸 만한 것들을 자세히 베껴놓은 자료들로 가득했다.

나라의 서고에서 얻은 것들은 말할 것도 없이 허경근의 도움이 컸다. 허경근은 정호가 청하지 않더라도 정호에게 필요할 것이라 생각되는 것들은 모조리 오랑이를 통해 보내주었다. 겨우 초상화나 그려주다가 만난 인연치고는 분수에 넘치는 인연이다.

서양 과학의 이론을 탐구하는 데 몰두하는 한기도 정호에게 필요하다 싶은 새로운 것이 눈에 띄면 어김없이 태연재로 달려왔다. 조연수 역시도 그런 고마운 사람 중의 하나였다.

김대유는 모 영감의 집에서 한동안 지내다가 집을 구해 나갔다. 그러나 딴 살림을 한다고는 했지만 정호의 집에서 백여 걸음밖에 안 떨어진 곳이라 하루에도 몇 번씩 태연재로 찾아오곤 하였다.

　이화도 가끔씩 안채에 들르는 눈치지만, 정호는 원래 안채걸음을 잘 하지 않았으므로 이화가 왔는지 갔는지 알지 못했다. 안채에는 하루 두 끼 밥을 얻어먹는 외에는 거의 드나들지 않았다. 잠도 아예 태연재에서 잤다.

　"자네 여기 와서 공부를 하게나. 책도 이리로 옮기고."

　어느 날 정호는 찾아온 김대유에게 말했다. 김대유는 정호를 스승삼아 공부를 했는데 글을 읽다가 막히면 달려오곤 하여 왔다 갔다 하느라 버리는 시간이 많았다.

　"그렇게 할까요? 그리하면 저는 좋겠습니다만 형님이 어떠실지 몰라 말씀을 못 드렸습니다."

　김대유는 그날로 제 집에 있던 책들은 옮겨왔다. 그리고는 태연재의 한 귀퉁이를 차지하고 앉아 공부를 했다. 김대유는 늦은 나이에 시작한 공부였지만 금세 정호가 막혀 대답을 할 수 없을 정도가 되었다. 물론 벌써 서울에 온 지 십여 년 세월이니 학문의 틀은 잡힐 법했다.

　"이제 나는 안 되겠네. 혜강에게 가보게나. 그 사람이라면 막힘이 없을 터."

　그래서 김대유는 새로운 스승을 모시게 되었다. 한기는 김대유를 엄히 가르쳤고 김대유는 한기의 집에서 자고 오는 날도 있을 정도로 학문에 빠져 들어갔다.

　정호의 새로운 지도도 틀을 잡아갔다. 아직은 구상 단계이고 정확한 자료들을 모으는 과정이지만 「청구도」보다는 많이 진척되었다.

"주기가 아무래도 많아서 그것을 어찌하면 좋을지 연구 중일세."

정호의 말은 한기를 어리둥절하게 만들었다.

"「청구도」를 제작할 때는 그것이 지극히 당연하다 생각하지 않았던가. 그런데 주기가 많다니?"

정호의 표정은 매우 심각했다.

"글쎄. 지도가 지지의 부도라는, 그래야만 한다는 생각은 틀림없는데, 아냐, 그렇다면 지도만 가지고는 땅의 생김은 알되 그 이치는 알기 어려우니 그렇게 생각하여서는 아니 될 것 같기도 하고."

잔뜩 찌푸리고 있는 한기도 갖가지 모양의 지도를 떠올려보았다.

"그렇다면 지도가 지지를 겸할 수 있는 방법을 찾아야겠군."

정호가 천천히 고개를 끄덕였다.

"그렇지. 그런 방법을 찾아야 하겠는데."

두 사람은 서로 마주 보기도 하고 먼 데를 보기도 하면서 하루 종일 앉아 있기 일쑤였다. 뒷산에 올라 성큼 자란 피나무를 만져보며 흐뭇해하는 것도 새로 생긴 버릇이었다.

모 영감이 잠을 자다가 조용히 죽었다. 정호와 반주까지 곁들여 맛있게 저녁을 먹고 난 밤의 일이다.

"망자(亡者)가 참으로 복이 많으이."

문상을 온 사람들은 호상(好喪)이라며 상제(喪制)들을 위로했다. 상주(喪主)인 갑석은 임종을 지키지 못한 것이 한이라며 섧게 울었다. 그러나 가장 슬퍼한 사람은 막내며느리인 깜정이였다. 깜정이는 다른 아들이나 며느리들보다도 몇 배나 더 섧게 울어대 보는 사람들을 숙연하게 했다.

"키우다시피 한 며느리이니 오죽 섧겠나."

깜정이는 아버님이랬다 할아버지랬다 하면서 눈이 퉁퉁 붓도록 울어댔다. 갑석이 마누라는 막내 동서가 잘못될까봐 안아 달래느라 곡도 제대로 못할 정도였다.

깜정이의 설움을 알 만한 사람은 다 알았다. 애비야 지돈지 뭔지에 미쳐 집에 붙어 있던 적이 별로 없었으니 모 영감 내외가 부모 대신이었던 것이다. 그렇다고 어미가 옆에 있었던 것도 아니고 어린 것을 버려두고 훌쩍 밤도망을 쳐버렸으니 모 영감의 죽음은 자신의 울타리를 잃은 것이나 다름없을 것이다.

정호도 비록 복(服)은 안 입었지만 한쪽에서 참으로 많이 울었다. 정호에게도 모 영감이 아버지와 같은 사람이었던 것이다. 오랑이의 기별로 허경근이 제법 많은 쌀을 보내주었다. 한기와 조연수도 다녀갔다. 이화는 제 집 일이나 되는 것처럼 궂은일을 도맡아 했다.

모 영감은 만리재로 가 먼저 죽은 마누라와 함께 묻혔다. 모 영감이 죽고 며칠이 지나 어수선한 분위기가 가라앉자 정호는 봇짐을 쌌다. 깜정이는 눈에 눈물을 그렁그렁 달고서 아버지를 배웅하였다.

"이제 가시면 언제 돌아오시나요?"

"신랑도 있는데 무슨 걱정이냐. 살림 잘하고 모 서방 잘 받들어라. 어려운 일 있거든 고모님하고 상의하거나 삼개 큰집에 가 말씀드리도록 하고."

깜정이는 한동안 집에 있던 아버지가 떠나는 것을 하염없이 바라보다가 집으로 돌아왔다. 초상을 치르느라 쌓인 피곤이 풀리지 않아서인지 몸이 노곤하였다. 깜정이는 자리를 깔고 누웠다. 온 뼈마디가 와글와글 소리를 내는 것 같았다. 막돌이는 삼개 큰집에 갔다. 그러니 집에는 아무도 없었다. 언제 잠이 들었는지도 모르게 깜정이는 깊은 잠 속으로 빠져들었다.

얼마가 지났을까. 옆에서 끙끙 앓는 소리에 깜정이의 눈이 떠졌다. 막돌이였다.

"언제 왔어요?"

막돌이가 땀을 뻘뻘 흘리며 끙끙 앓는 소리를 하는데 몸이 불덩이 같았다.

"이봐요, 어디가 아파요?"

그러나 막돌이는 입술이 새카맣게 탄 채 끙끙거리기만 했다. 깜정이도 못 알아보는 것 같았다. 더럭 겁이 난 깜정이는 이화에게 달려 갔다.

"고모님, 고모님. 어서 어서 와보셔요."

깜정이의 호들갑에 이화와 김대유가 같이 뛰어왔다.

"이게 무슨 일이야. 갑자기 웬 일이야?"

김대유는 약국을 하는 을석이를 부르러 문 안으로 달려갔고 이화 는 찬 수건을 만들어 막돌이 이마에 얹었다. 깜정이는 눈물만 펑펑 쏟으며 어찌할 줄을 몰랐다. 막돌이의 숨소리는 높아졌다가 사그라 지다가 했다.

잠시 후 을석이가 달려왔고 김대유는 다시 삼개로 달렸다. 을석이 는 약국을 한 푼수답게 진맥도 짚어보고 하였지만 알 도리가 없는지 다시 달려 나갔다. 깜정이는 그저 넋이 빠졌다. 삼개에서 갑석이가 달 려올 때쯤 을석이도 수염이 허연 노인을 데리고 왔는데 의원이다.

의원은 눈을 감듯 하고 막돌이의 맥을 짚었다. 가슴을 헤치고 심장에 손을 대 보기도 하였다. 손끝을 따 피를 내기도 하고 가슴을 힘 있게 쳐 보기도 하였다. 그러나 막돌이는 그럴 때마다 푸들 몸을 한 번 떨고는 그만이었다.

의원이 머리를 가로저었다.

"의원님!"

을석이가 다그치듯 불렀지만 의원은 천천히 고개를 흔들고는 일어났다.

"의원님!"

이번에는 갑석이가 우렁우렁한 목소리로 앞을 가로막듯 불렀다.

"나도 모르겠소. 하지만 누가 와도 이제는 늦었소."

의원은 가버렸고 갑석이와 을석이는 얼굴만 마주보았다. 그때 다른 동생들, 병석이며 정석이며 그 마누라들이 달려왔다. 그들이 방문을 열고 막 들어오는 순간 깜정이는 까무러치고 말았다. 갑석이들은 아버지의 상복을 벗지도 못한 채 또 초상을 치렀다. 서른 겨우 넘어 실없이 죽어간 막내를 한없이 원망하며 만리재 부모 곁에 묻었다.

깜정이는 막돌이가 죽는 순간 까무러쳐 아예 일어나지도 못했다. 신랑이 묻히는 것도 보지 못했다. 깜정이마저 다 죽게 된 판이다. 이화가 깜정이 곁에 붙어 앉아 몸을 주물러주며 눈물로 보살폈다.

막돌이를 묻고 온 형제들은 다들 기운이 빠져 여기저기 널브러졌다. 깜정이는 여전히 혼수상태였다.

## 24. 대동여지도(大東興地圖)

정호는 거진 산짐승이 되어 돌아왔다. 머리에는 삿갓을 얹고 왔는데 그 모습이 옛적 금강산에 들어가 살던 삿갓 고산자의 모습 그대로였다. 허연 수염에 인자한 입매, 형형한 눈동자는 도인의 풍모를 보였다. 다섯 해 만이다.

"그래 도를 얻었는가?"

한기가 반갑게 맞았다. 정자관을 올려 썼으나 책에 파묻혀 저술에 몰두하는 한기도 대학자로서의 풍모를 어김없이 보여주었다.

"얻었지."

정호는 말소리도 어눌하게 바뀌었다.

"무슨 도를 얻으셨는가?"

정호가 제 머리에 얹은 삿갓을 가리켰다.

"이 도를 얻었다네."

한기가 허허 웃었다.

"여지학은 어디 모셔 두었는가?"

정호는 또 삿갓을 가리켰다.

"고이 얹어 모시고 다닌다네."

알 수 없는 소리였다. 정호가 쿡 웃었다. 그리고는 어눌한 말투로 천천히 얘기를 시작했다. 정호는 금강산에 갔었다. 지도를 만들기 위한 걸음이 아니라 잠시 바람이나 쏘이자는 것이 떠날 때의 생각이었다. 처음부터 금강산을 향하고 떠난 것은 아니었고 가다보니 그리되었다.

"허무한 생각이 들더군. 월천 스승님도 생각나고 김 생원 어른도 생각나고 그러다가 불쑥 금강산의 그 어른이 생각나지를 않겠나. 그래 무작정 갔지. 갔더니 고산자 그 어른이 계시더군."

금강산의 고산자는 이십 몇 년 전 정호를 만났을 때 머물던 그 동굴에 그대로 있더라는 것이다.

"달라진 것이 하나도 없더군."

정호는 동굴 앞에서 어험 하고 인기척을 내었다. 삿갓은 뒤도 돌아보지 않았다.

"누구냐"

"고산자올시다."

"고산자는 바로 나다, 이 도둑놈아."

"제게 주시지 않았습니까?"

그때서야 삿갓이 뒤를 돌아다보았다. 하얀 백발이 출렁이듯 늘어져 있는데 귀기(鬼氣)마저 흘렀다. 정호가 입구에서 큰절을 올렸다.

"왜 왔느냐?"

"그저 왔습니다."

"좋을시고, 유람이라. 네놈이 한다는 짓은 다 했느냐?"

"아직 이루지는 못했습니다."

삿갓은 그대로 돌아앉았다.

"좀 머물러도 되겠습니까?"

"발 달린 짐승이 있고 싶으면 있고 가고 싶으며 가는 게지 누가 말리더냐."

그래서 정호는 그 동굴에 봇짐을 풀었다. 삿갓은 이삼 일이 지나온다간다 말도 없이 사라지더니 두어 달은 지나서야 나타났다. 그동안 정호는 제가 동굴의 주인이나 되는 양 삿갓의 흉내를 내며 앉아 있었다.

"이리 나와 보거라."

두어 달 만에 나타난 삿갓은 아침에 나갔다 저녁에 들어온 사람처럼 태연하게 말했다.

"이걸 좀 보거라."

삿갓이 내민 건 지도였는데 놀랄 만큼 정밀한 것이었다. 그렇다고 정호가 만드는 지도처럼 땅의 윤곽이 그려져 있는 것은 아니었고 백두대간에서 시작하여 팔도의 산맥이 그려져 있는 것이다.

"조선의 산을 그리셨습니다."

"보는 눈은 있는 게로다. 나는 네놈처럼 여지학을 잘 모른다만 혹 네놈이 이걸 보고 와 닿는 것이 있다면 다행이리. 보거라. 이것이 백두산이더냐?"

"그렇습니다. 백두입니다."

"그것이 태조산이니라. 그리고 이렇게 따라 내려오면 이 산 이름은 무엇이 되겠느냐?"

"낭림입니다."

"낭림이더냐? 이것이 증조가 되니라."

"무슨 말씀이신지?"

정호가 모르겠다는 표정을 지었다.

"모르겠거든 보고 배우면 되지 않겠느냐. 그러니까 여기서 뻗어 내려온 산은 여기서 기(氣)를 만들고 있는 것이니라. 산에 대해 수(水)는 곧 기가 되는 바로 서울이 살아 있는 기라. 그래 이태조가 도읍을 정하게 되었느니."

풍수에서 산이 물을 만나면 멈추는데 그곳에 기가 모여 있다고 한다. 즉 북에서 산이 내려오다가 삼각산에 이르러 한강을 만나 멈추어 기를 만들었는데 그것이 생기(生氣)가 되었으므로 서울이 번성한 것이라고 삿갓이 말했다.

"기가 생기려면 맥(脈)이 있어야 하느니, 맥이란 무엇이냐. 산 밑에서 흐르는 기운이 곧 맥이라. 산을 용(龍)이라 하는데 이 용과 맥이 만나는 곳이 바로 기가 모인 곳이라."

삿갓은 모든 산을 짚어가며 설명했고 그 말은 거짓말처럼 들어맞았다. 정호는 한 번도 생각해본 적이 없는 이론이다.

"풍수가 이렇게도 큰 의미를 지닌 것인데 작금의 풍수는 남의 묏자리나 잡아 그 후손의 광영이나 바라고 있으니 딱한 일이로다. 모름지기 큰 것을 모르매 미혹한 생각에 빠지게 되면 어리석은 것이나, 여지학에서 사람이 살 만한 곳과 그렇지 못함을 두루 살펴주어 뒷대의 사람들이 옳은 터를 잡아 살 수 있도록 해준다면, 그 또한 여지학의 보람이 아니겠느냐?"

옳은 말이었다.

"예로부터 뒷산 앞강이라 한 것은 그 자리가 살 만한 자리라는 뜻이니 그것을 두고 조상의 음덕이니 귀신의 조화니 할 것은 없으되 산과 강이 만나는 곳은 그 일대가 기름져서 많은 수확이 있을 것임을 말함이라."

정호는 눈을 지그시 감고 금강산에서의 생활을 얘기하였다.

"재미있는 얘기군."

한기도 관심을 가지며 진지하게 들었다.

"그냥 재미만 있는 것이 아니라 여지학의 또 다른 방식이었네."

한기도 맞는다는 듯 고개를 끄덕였다. 언젠가 정호와 지도 얘기를 하다가 산과 강이 서로 만난 듯 피한 듯하더라는, 그런 발견을 했던 것도 떠올랐다.

"그러니까 금강산에 가서 도를 헛닦은 것은 아니었네그려."

그 말에 정호는 대답 없이 빙긋 웃었다.

"우선 새 지도를 완성한 다음 그 어른의 이론을 본받아 또 다른 형식의 지도를 만들어볼 생각이네."

"그렇다면 그건 조선 풍수도가 되겠군."

"그럴 테지."

정호와 한기는 한참동안이나 토론했는데, 날카로운 논쟁은 없고, 물이 흐르듯, 선문답을 하듯 자연스럽게 이어졌다. 서로 자기주장을 펼쳤으되 대가들답게 인정하고 받아들이는 것이다. 그동안 한기의 학문은 더 높아졌고, 정호도 지지 않았다.

"대유, 그 사람은 좀 깊어졌던가?"

"암은. 깊고 그윽해졌어."

정호가 자리에서 일어났다.

"가보아야 하겠군."

"어여 가보게. 깜정이가 반가워하겠군. 요즘 고생이 많다네."

한기는 막돌이가 죽었다는 얘기는 하지 않았다. 정호는 휘적휘적 만리재를 향해 걸었다. 삿갓을 눌러쓴 정호를, 설사 아는 사람이 보았 더라도 쉬이 알아보지는 못할 것이다. 깜정이는 문 안에 들어갔다가 바쁜 걸음으로 돌아오고 있었는데 느릿느릿 앞서가는 삿갓을 무심코 지나쳤다. 그리고는 종종걸음으로 집으로 향했다.

"깜정이냐?"

삿갓을 쓴 정호가 깜정이의 뒤통수에 대고 불쑥 불렀다. 그러나 깜 정이는 그 소리를 듣지 못했는지 내처 걷기만 했다. 정호는 더 부르 지 않고 휘적휘적 걸음을 옮겼다. 집은 그대로였다. 정호가 집안으로 들어섰다.

"누구세요?"

정호가 삿갓을 벗었다.

"애비다."

"아버지!"

깜정이가 넘어질 듯 달려왔다.

"허 이 녀석. 쪽찐 녀석이 이게 무슨 짓인고?"

정호가 껄껄 웃었다. 깜정이는 눈물을 펑펑 흘렸다.

"자, 이제 그만."

깜정이가 정호의 몸에서 떨어졌다.

"어디 아프신 데는 없으시구요?"

눈물 반 웃음 반의 물음이다.

"허, 내 언제 아픈 적이 있더냐?"

정호는 그렇게 말하며 태연재 문을 열었다. 태연재는 정호가 떠날 때와 다름없이 깨끗하게 정리되어 있다. 깜정이가 매일 청소를 했을 것이다.

"녀석. 고맙구나."

정호는 괜히 눈물이 핑 돌려고 하여 눈을 껌벅거렸다.

"아버지도 참."

깜정이는 어서 저녁진지를 준비하겠다며 나갔고 정호는 태연재 이곳저곳을 어루만지듯 손으로 쓸어보았다. 참으로 오랜만에 돌아온 태연재였다. 불쑥 모 영감의 이 빠진 얼굴이 떠올랐다. 모 영감이 깜정이를 며느리 삼기 위해 인심 쓰듯 만들어준 태연재였다. 정호가 태연재에 앉아 한참이나 넋을 잃고 이런저런 생각을 하고 있는데 깜정이가 문을 열었다.

"진지 잡수셔요."

정호가 깜정이에게 환한 미소를 보여주며 밖으로 나왔다.

"네 신랑은 늦느냐?"

정호가 상 앞으로 다가앉으며 무심히 물었으나 깜정이는 정호 앞으로 수저를 놓아주며 고개를 떨구었다.

"일이 많은 모양이구나."

정호가 국물을 뜨며 그렇게 말하자 깜정이가 흑 울음을 터뜨렸다.

"왜 그러느냐? 무슨 일이 있었느냐?"

"아니에요. 어서 드셔요."

깜정이는 쏟아지는 눈물을 주체하지 못하고 부엌으로 달려갔다. 깜정이는 아예 곡을 하듯 엉엉 울었다. 정호가 영문을 몰라 몸을 일으켜 부엌으로 가려는데 대문 안으로 사람이 들어왔다.

"오라버니 오셨군요?"

이화였다. 이화가 반가운 얼굴을 하다가 부엌에서 나는 깜정이의 울음소리를 들었다.

"무슨 일이에요?"

이화의 말에 정호가 도리질을 했다.

"무슨 일인지는 내가 묻고 싶은 말인데. 저 아이가 갑자기 왜 저리 우는지 모르겠군. 내가 없는 동안 무슨 일이 있었나?"

이화는 부엌을 바라보며 도리질을 했다.

"일은, 무슨 일이……."

이화가 말을 하다말고 정호를 바라보았다.

"참, 모르시겠군요?"

정호가 의아한 표정을 했다. 그러나 이화도 말을 할 생각은 않고 흑 울음을 터뜨렸다. 정호는 점점 불안해졌다.

"깜정이 신랑이 죽었답니다."

정호는 무엇으로 얻어맞은 듯 비틀했다.

"뭐야? 누가 죽어?"

이화는 그쯤 얘기했으면 되었다는 듯 부엌으로 들어갔다. 막돌이가 죽었다니. 그 어린것이 왜 죽었단 말인가. 정호가 짚신을 꿰신고 퇴 아래로 비틀거리며 내려서는데 김대유가 들어왔다.

"아이구, 형님 오셨습니까?"

김대유는 반갑다고 함박웃음을 짓다가 부엌에서 두 여자가 엉엉 우는 소리를 듣고는 어리둥절한 표정이 되었다.

"자네 이리 좀 오게."

정호는 김대유를 끌고 태연재로 들어갔다."

"막돌이가 죽었다니, 그게 무슨 소리야? 응? 어디 좀 들어보세."

김대유는 그제야 무슨 일이 일어났는지 알겠다는 표정을 지었다.

"죽었습니다."

김대유는 짧게 답했다.

"글쎄 어린놈이 왜 죽냔 말이야. 왜 죽었어?"

김대유가 한숨을 푹 내쉬었다.

"벌써 몇 년 되었지요. 그러니까 그게, 아 맞아요. 몇 해 전 형님이 집을 떠나던 바로 그날 밤 죽었습니다."

정호의 눈이 휘둥그레졌다.

"내가 떠나던 날? 그럼 우리 사돈이 돌아가시고 며칠 안 되던 때?"

"그렇다니까요. 어디 나갔다오더니 갑자기 쓰러져서 손도 못 써보고 죽었어요. 그때 줄초상을 치르느라 혼이 난 걸요."

정호는 혼란스러워 견딜 수가 없었다. 실없이 쓰러져 죽었다니. 그 못된 놈이 저 어린 색시를 저렇게 팽개쳐두고 죽어버렸다니. 그 어린놈이.

깜정이는 막돌이가 죽은 후 바느질을 하며 살았다고 한다. 그러나 바느질도 제대로 배운 바가 없어서 돈이 될 양반네 옷은 짓지도 못하고 맵시가 덜해도 좋은 장사꾼들 옷이나 지어야 했다.

정호는 깜정이 혼자 살아왔을 생각을 하니 가슴이 꽉 막히고 저려왔다. 갑석이는 가끔씩 깜정이에게 양식을 날라다 주었는데 한두 해 그렇게 하고는 그마저도 뜸해졌다는 것이다. 왜 아니겠는가. 젊은 동생이 죽은 것도 분통이 터지는 마당에 깜정이를 돌볼 마음의 여유는 없을 터였다. 모 영감이 살던 집을 깜정이나 가지라고 한 것만도 따져보면 고마운 일이다. 을석이는 홀로 된 어린 제수를 위해 한 해에 한두 번씩 몸을 보하는 약재를 가져다 직접 달여주기까지 하였다니 그 또한 고마운 일이다.

이화가 자주 들여다보았지만 이화라고 해야 조금도 나을 것이 없는 처지가 아닌가. 김대유는 책만 읽는다며 웅크리고 앉아 있으니 곡산에서 가지고 온 것이나 까먹고 있을 뿐이다. 그나마 다행인 것은 이화의 주장으로 가까운 곳에 전답을 조금 사두어 양식은 대어 먹을 만하다는 것이다. 물론 피붙이나 다름없는 깜정이와 함께 먹었다.

오랑이도 정호 대신으로 애비나 되는 것처럼 돈푼이나 생기면 깜정이에게 갖다주곤 하였다. 오랑이는 돈푼을 억지로 쥐여주는 것만이 아니라 이제는 보쌈 타령을 해댔다.

"우리네 처지야 쓸 만한 놈 있으면 눈 맞추고 배 맞춰 살면 그뿐이지만 그래도 깜정이 너는 높은 공부 하는 애비 체모가 있으니 보쌈이 제격이다. 내가 찾아봐주랴?"

그러나 깜정이는 머리를 세차게 가로저었다.

"아저씨, 무슨 말씀이세요. 아버지 돌아오시면 모시고 살아야지요. 이제 연세도 높으신데……."

"그럼 맞춤한 놈을 보쌈해다주랴?"

더러는 노총각을 보쌈하기도 했다는 얘기를 들은 적이 있는 오랑이여서 그런 얘기를 하는 것이다. 다른 건 빼더라도 업둥이에 보쌈까지라면 깜정이 팔자도 참 기구하다 할 터지만 보쌈 같은 일은 생기지 않았다. 깜정이가 완강하게 거부했기 때문이다. 대개 보쌈은 서로 은밀히 약속을 정하고 날을 잡는다.

정호가 돌아와 태연재에 자리를 잡고 새 전국도를 제작할 결심을 밝히자 한기며 조연수는 반색을 했다. 깜정이는 당장 삯바느질을 그만두고 정호 수발을 들며 살림을 맡았다. 열 살이 되기 전부터 모 영감의 살림을 맡아온 깜정이다.

「청구도」에서 정호는 12방위를 썼지만 성에 차지 않았다. 이번에는 24방위를 쓸 요량이었다. 24방위란 자(子)를 북쪽에 놓고 오(午)를 남쪽에 놓으며 묘(卯)를 동쪽에, 유(酉)를 서쪽에 놓는 것이다. 그리고 자에서 묘 사이에 계(癸), 축(丑), 간(艮), 인(寅), 갑(甲)의 방위를 두는 등 모두 24방위를 두어 그 방향을 측정하는 것이다.

거기에다가 반드시 거경직선(距京直線, 서울에서의 거리)을 이수(里數)로 표기하기로 했다. 가령 서울에서 수원은 방위가 오(午) 6도이며 거경직선은 68리이고, 서울에서 파주는 임(壬) 1도이며 거경직선은 70리 등이다. 이렇게 되면 누구라도 서울에서 지방 어디를 갈 때 몇 리나 되는지 한눈에 알아볼 수 있을 것이다. 특히 도로는 10리마다 점을 찍는 것도 잊지 않았다.

'산인지 내인지 역인지 봉수대인지 한눈에 알아볼 수 있게 표를 만들어두면 처음 지도를 보는 사람도 알 수 있지 않을까?'

지도표를 만들어 붙이려는 것이다. 그래서 정호는 여러 가지 모양을 낙서하듯 만들어보았다. 그냥 점을 찍어보기도 하고 동그라미를 그려보기도 하였으며 원 안에 삼각형을 그려보기도 하였다. 기호는 알아보기도 쉬워야 할 뿐더러 판각을 해야 했으므로 판각에도 문제가 없어야 했다.

또한 각 읍도에 그려진 것처럼 산은 정점만 표시하되 그 줄기를 알수 없으므로 금강산 삿갓의 방법을 원용하여 산세를 살짝 그려 넣기로 했다. 그러나 험준하고 높은 산은 특별히 산정을 표시하는 방법도 생각했다.

전국 팔도 334개 군현은 점선으로 경계를 표시하고 군현의 이름은 당연히 표기해야 했다. 정호는 그동안 모아두었던 모든 자료들을 정밀하게 분석하고 또 직접 만들어두었던 초고들을 보면서 지도를 제작하기 시작했다. 우선 전체적인 윤곽을 그렸는데 조선의 모양이 「청구도」하고는 많이 달라졌다. 특히 북쪽 끝부분과 동해안 부분은 드러나게 달라졌다.

그러나 정호는 매일 한가하게 들어앉아 지도만 그리고 있을 수는 없었다. 살림 걱정도 해야 했던 것이다. 정호는 옛날처럼 열심히 소설을 지었고 그것을 오랑이가 드나들며 돈으로 바꾸어다주었다. 정호의 소설은 전국을 돌아다니며 들은 신화며 전설을 내용으로 했는데 그다지 인기는 없었다. 하지만 오랑이 덕으로 몇 푼씩 돈이 되었다. 드물게 초상화를 그리면 제법 양식이 되었다. 오랑이의 입소문과 정호의 실력이 빛을 발해 정호의 초상화 그리는 값은 꽤 비쌌다. 물론 값을 흥정하고 받아오는 역할은 오랑이 몫이다.

한기는 장성한 아들이 벼슬에 올라 제법 신수가 편해졌지만, 정호는 어디 기댈 데도 없는지라 정호가 지도에만 매달리는 동안 살림은 점점 궁색해졌다. 하지만 새 지도에 대한 열의는 대단해서 먹을 것만 마련되면 지도에 매달리는 정호였다.

정호의 새 지도는 그리는 형식부터 달랐다. 방격도의 원리를 적용한 것은 「청구도」와 같았지만 동서 1,520리, 남북 2,640리이고 축적의 비는 21만 6,000분의 1로 「청구도」보다 작았다. 청구도는 남북 2,900리였다. 또한 독창적인 방격지를 사용하여 지도를 그렸는데 가로 8칸 세로 12칸이었다. 이것은 실제 거리의 80리와 120리를 10분의 1로 축소하여 놓은 것이다. 매방(每方)은 10리이며 대칭선은 14리로 만든 것이다.

지형지물의 표현은 주로 도식(圖式)에 의존하였다. 기존의 지도는 여지승람식이어서 지도 안에 모든 걸 다 표현하려니 복잡할 수밖에 없었다. 정호가 「청구도」에서 주기를 강조한 것도 그런 맥락이다. 하지만 「청구도」 제작 후 스물일곱 해가 지난 지금은 보는 사람 입장을 생각해 도식과 기호로 표현했다.

새 지도의 특징은 무엇보다도 분첩절첩식(分帖折疊式)이라는 것이다. 드디어 새 지도의 원본이 완성되었다. 이름은 「대동여지도(大東輿地圖)」라 하였다. 마침 한기가 찾아왔다.

"한번 보게나."

정호가 완성한 지도의 첩본을 죽 이어놓아 보여주었다.

"짜 맞추면 된단 말이지?"

"짜 맞출 것도 없네. 1단부터 22단까지 순서대로 놓기만 하면 돼."

남북으로 120리 간격, 동서로 80리 간격을 1첩으로 하여 가로로는 병풍처럼 접을 수 있게 한 것이다. 한기가 분첩절첩식으로 만든 것을 모르는 바는 아니다. 다만 그렇게 간편하게 지도를 제작할 생각을 한 정호에게 또 감탄하고 있는 것이다.

"애썼으이, 애썼어. 자네가 해냈군그래."

그러나 정호는 고개를 저었다.

"아직 멀었네. 이걸 판각하려면 일 년이 걸릴지 십 년이 걸릴지 알수 없네."

그랬다. 아직 판각이 남았다.

"관상감이나 그런 데서 판각을 하도록 하면 어떻겠나. 내가 주선을해 보겠네."

정호는 더 세차게 고개를 저었다.

"다른 사람에게 판각을 맡길 수는 없네. 워낙 정밀해야 하니 다른사람의 손을 빌릴 수는 없지. 힘이 들더라도 내가 직접 해야 해."

한기도 고개를 끄덕였다. 정호가 직접 하겠다는 것은 믿는 구석이있어서였다. 뒷산에 씨앗을 심어 20년 넘게 자란 피나무가 예닐곱 그루나 있는 것이다.

"그렇긴 해. 다른 사람에게 맡겼다가 선 하나라도 무심히 그으면안 되지."

정호가 한기에게 눈짓을 했다.

"가볼 텐가?"

정호 말에 한기가 고개를 끄덕이고 따라나섰다.

"다 자랐으니 바로 베세나. 내가 목수를 불러줌세. 켜고 말리는 것도 일이지."

두 사람은 뒷산에 올랐다가 아연실색하고 말았다. 정호는 철퍼덕주저앉았다.

"이, 이런……"

하늘을 찌를 듯 크게 자란 피나무는 밑동만 남았고, 나뭇가지만 어지럽게 널려 있었다.

정호는 궁리 끝에 허경근을 찾아갔다. 허경근은 벼슬에서 물러나 집에서 소일하고 있다.

"어서 오시오, 고산자."

허경근의 집에는 마침 김득수가 와 있었다.

"오랜만입니다. 멀리 계시다고 들었는데 어인 일로? 내게 오라지우러 오신 건 아니겠지요?"

김정호가 웃음기 띤 얼굴로 툭 던졌고 김득수는 쩔쩔맸다.

"하이고. 고산자. 내가 잘못했다잖소. 그게 언제 적 일인데."

김득수는 한번 외직에 나가더니 조정으로 들어올 생각은 아니하고 경상도로 강원도로 다니다가 종3품의 장단(長端) 부사가 되었다는 소식을 들은 바 있다.

"그래, 하는 일은 잘되는가?"

허경근이 온화한 얼굴로 인사 삼아 물었다. 물론 지도 제작의 경과도 궁금했을 터였다. 정호가 잠시 머뭇거리다가 입을 열었다.

"염려지덕에 이제 판각만 남겨두고 있습니다. 그것이 좀 힘들어서……"

그때 김득수가 정호의 말꼬리를 자르고 나섰다.

"그래요? 그러면 고산자가 평생을 공들인 지도가 완성되었다는 얘기구려. 그거 구경 좀 하십시다."

김득수는 그렇게 말하며 앞장서 나갔다. 김득수는 그쯤의 직위에 올랐으면 따르는 사람도 거느리고 하여 제법 거들먹거릴 만도 하건만 전혀 그런 태가 없었다.

정호는 허경근에게 판각재를 부탁해보려 했지만 김득수 때문에 말도 못 꺼내보고 나와야 했다. 하지만 기분은 좋았다. 명색 부사를 지낸 까마득히 높은 벼슬아치가 제가 만든 지도를 구경하겠다고 앞장서고 있지 않은가.

태연재로 온 정호는 조심스레 「대동여지도」를 펼쳤다. 김득수는 지방관으로 다니면서 제법 지도를 접해본 모양이었다.

"대단하오, 대단해."

김득수는 벌린 입을 다물지 못했다. 한참 후에 김득수가 말했다.

"이걸 판각하려면 판목이 얼마나 필요하오?"

김득수는 정호의 속사정을 다 알고 있다는 듯 단도직입적으로 물었다.

"많이 필요합니다. 그 형편이 안 돼서 이렇게 두고 있습니다."

정호 역시 빼고 자시고 할 것도 없다.

"이런 대작을 썩혀두어서야 되겠습니까. 어서 판각을 해야지요."

"글쎄 그것이……."

정호가 뒷산에 애써 심어둔 피나무를 도둑맞은 애기를 하자 김득수가 혀를 끌끌 찼다.

"피나무라고 했소? 얼마나 필요하오?"

"크고 굵게 잘 자란 놈으로 예닐곱 그루는 있어야 할 것 같소."

김득수가 잠시 생각을 해보더니 입을 열었다.

"그거 내가 장만해주리다. 그러니 판각이나 잘하시오."

정호가 눈을 동그랗게 떴다.

"내 당장 가서 나무를 구하라 이를 터이니 걱정 말고 기다리시오."

김득수가 태연재에서 급한 걸음으로 나가려다 대문 안으로 들어오는 이화를 보았다. 김득수가 놀란 표정으로 다시 들어왔다.

"이보시오, 고산자. 지금 들어온 저 여인이 이화 아니오?"

"맞소이다. 이화지요. 벌써 오랜 세월이 지났는데 용케도 알아보시는구려."

김득수의 얼굴에 미묘한 물결이 지나갔다. 오랜 세월이 지났건만 김득수는 잊지 않았다.

"나가서 아는 체라도 하시겠소?"

"아니 그보다도, 이화가 어찌 이 집에 살고 있소? 그때 가서 데리고 온 거요?"

정호가 껄껄 웃었다.

"그때 내가 데리고 온 것이 아니라, 그 몇 해 후 제 발로 찾아왔습니다. 제 낭군하고 같이 말입니다."

김득수가 의아한 표정을 했다.

"낭군이라니? 무슨 말인지 알 수가 없구려."

"모를 것도 없습니다. 그때 아마 그랬지요. 이화가 나란 사람을 몽매에도 그리워하고 있노라고?"

"그땐 분명 그랬으니까."

김득수는 여전히 어리둥절한 표정이었다.

"하하. 내가 가보니 그날이 바로 혼사 전날입디다. 신랑이 누군 줄 아오?"

김득수의 눈이 커졌다.

"누구요?"

정호가 밖을 두리번거리더니 마침 나타난 김대유를 향해 손가락질을 했다.

"바로 저 친구유."

"저 사람이 누구인데?"

"하하. 김 생원 어른의 하나밖에 없는 손자입니다."

정호는 고개를 외로 꼬고 있는 김득수에게 한참동안 당시 상황과 지금 살고 있는 얘기를 했다.

"허, 그리 되었구려. 그럼 나가서 아는 체를 해볼까?"

김득수는 평온을 되찾았다. 한때 연적으로 여긴 정호와도 아무런 인연이 되지 못했다지 않은가. 그렇다면 이기고 질 것도 없이 얼마나 공평한가. 김득수가 나가자 정호가 뒤를 따랐다.

"안녕하시오?"

이화는 김대유, 깜정이와 함께 안마당에 서 있었다. 비단 도포에 큰 갓을 쓴 김득수의 인사말에 다들 어쩔 줄 몰라 하며 고개를 숙였다.

"이분은 곡산 살던 이화라는 분이 아니오?"

김득수가 이화를 가리키며 온화한 미소를 짓자 이화가 눈을 크게 뜨고 김득수를 바라보았다. 그러나 이화는 김득수를 알아보지 못하는 모양이다.

"저런. 나를 몰라보시는구려. 나, 옛적 김 생원 어른께 글 배우던, 평양의 김득수외다."

이화가 놀란 표정을 하였다. 그러나 옛날처럼 가슴이 펄떡펄떡 뛰거나 하지는 않았다. 아마도 세월 탓, 나이 탓일 터였다.

"자네도 인사 올리게. 옛날 할아버님 문하이시고 장단 부사를 지내다 얼마 전 올라오시었네."

정호의 말에 김대유가 꾸벅 고개를 숙였다.

"뵙게 되어 광영입니다."

김득수도 미소를 띠었다. 어색해야 할 자리였지만 세월이 약이 되어준 탓인지 어색함은 없었다.

드디어 김득수가 통피나무를 보내왔다. 재주가 좋다는 목수도 연장을 들고 따라왔다. 그날부터 태연재 마당은 나무를 자르고 켜고 말리느라 정신이 없었다.

"한 가지 약조를 받아야겠소. 이 나무는 지도판이 되었든 떡판이 되었든 내 나무요. 아시겠소?"

어느 날 김득수가 오더니 그런 말을 했다. 물론 농이다.

"허허 그러시구려. 지도의 조선 팔도는 내 것이로되 나무는 내 것이 아니오. 까짓 나무야 조선 팔도 안에 갇혀 있으니 맘껏 가져가시구려."

정호도 그렇게 받았다. 판각재는 축적 비율에 맞춰 같은 크기로 잘라졌고 물웅덩이에 오래 담가 진을 빼 다시 말렸다. 드디어 판각 작업이 시작되었다. 판각의 어려움이야 익히 예상하고 있었던 것이지만 판각재 한 면을 판각하는 데 열흘이 걸리기도 했고 보름이 걸리기도 했다. 초기에는 잘못 판각해 불쏘시개로 던져지는 것도 많았는데 시간이 지날수록 안정됐고 속도도 빨라졌다. 김대유가 도와주겠다며 팔을 걷어붙이고 나섰지만 칼을 잡아볼 엄두도 못 내고 기껏 연장이나 집어줄 뿐이다.

그렇게 3년이 지났다. 마침내 「대동여지도」 판각이 끝났다. 그 기간 내내 판각만 한 것은 아니어서 오래 걸렸다. 판각재는 모두 삼백 여 개를 준비했는데, 백스물여섯 개가 쓰였고 불쏘시개로 던져진 것 말고 오십여 개가 남았을 뿐이다.

첫판을 인쇄하는 날 김득수며 한기며 조연수가 모두 찾아와서 지켜보았다. 김대유는 칼을 잡아 판각을 하지는 못했지만 인쇄는 충분히 연습을 해두어 얼굴에 먹을 묻혀가며 부지런히 쇄모(刷毛)를 문질렀다.

「대동여지도」의 각 첩들이 드디어 모습을 드러냈다. 접으면 작은 책으로 된 첩본이요, 펴서 이으면 조선 땅이 웅장한 모습을 드러냈다. 김대유가 씩 웃으며 사람들을 둘러보았고 한기가 정호의 등을 철썩 때렸다. 「대동여지도」는 너무 커서 어느 한곳에 펼쳐놓을 수도 없었다. 훤칠한 편인 정호가 누워 봐도 가로가 두 길이 넘고 세로가 네 길이 훨씬 넘었으니 어디 대갓집 큰 마당에나 펼쳐야 할 판이다. 그러나 22첩을 각각 떼어내 병풍처럼 접으면 휴대하기도 매우 편리했다.

"되었군, 되었어. 자네가 한 게야."

정호는 그저 소리 나지 않게 웃을 뿐이다.

"자, 나무는 이제 다 썼으니 돌려드리지요."

정호는 첫판을 인쇄해 놓고는 정판(整版)을 김득수에게 미는 척했다. 그러자 김대유가 펄쩍 나서며,

"안 됩니다. 형님. 좀 더 찍어야지요."

하고는 다시 인쇄를 시작하여 사람들이 와자하게 웃었다. 인쇄한 지도 중 한 부는 김득수를 통해 곧바로 관상감에 바쳐졌다.

"뒷일을 생각해 미리 손을 써두는 게 좋을 거요."

그것이 김득수의 의견이었고 정호며 누구도 토를 달지 않았다. 지도를 받은 관상감에서는 지도의 정교함에 혀를 내둘렀지만 놀란 것을 내색하지 않았다. 기껏 변변찮은 하사품을 내리고는

"향후 이 지도가 사사로이 적도에게 유출될 시에는 그 죄를 감당키 어려울 것."

이라며 정판을 거둬갔다. 몇 년 후 관상감에서 「대동여지도」를 재판했지만 정호는 알지 못했다.

삼 년 후. 정호는 또 봇짐을 꾸렸다. 30권 15책의 『대동지지(大東地志)』를 완성해놓은 다음이다. 『대동지지』에는 조선의 사서 43책, 중국에서 편찬된 사서 22책 등의 인용서목을 밝혀놓았다.

"가겠네."

한기는 나서는 정호를 물끄러미 바라보다가 말했다.

"기어코 가겠나? 자네 나이도 적은 나이가 아닐세. 육십이 한참 넘었어. 이제 조용히 죽을 때를 기다려야지."

정호는 씩 웃어보였다.

"조선의 풍수도(風水圖) 또한 중요하지."

"그럼 내 묏자리나 보아주고 가지."

"아무 데나 묻히게. 이 땅 어디인들 편하지 않겠나."

온몸으로 햇빛을 받으며 떠나는 정호의 발걸음은 나이답지 않게 씩씩했다. 정호가 떠난 지 달포나 지났을까. 허리는 굽어 지팡이는 짚었을망정 근력은 아직 끄떡없는 오랑이가 허위허위 달려왔다.

"아저씨, 쉬엄쉬엄 다니셔요. 그러다 발목이라도 삐끗하면 어쩌시려고."

깜정이가 웃으며 오랑이를 반겼지만 오랑이는 채신머리없이 머리를 흔들며 큰일 났다는 표정을 지었다.

"애비는 나간 뒤로 소식이 없지?"

미처 숨도 고르지 못한 목소리였다.

"벌써 소식이 있으려고요. 이제 얼마 되지도 않았는데. 무슨 일 있
으셔요?"

애비가 집을 떠나 있는 것에 익숙한 깜정이는 아무렇지도 않게 말
을 했지만 오랑이는 얼굴에 근심이 가득했다.

"김 대감이 귀양을 가게 되었다는구나."

김득수를 이르는 말이다. 자주 드나들었으므로 깜정이도 김득수를
잘 알고 있는 터였다. 정호가 판각재 걱정을 할 때 선뜻 통피나무도
가져다준 고마운 사람이 아니던가.

"대감마님이 어째서……."

깜정이는 그때에야 놀라는 시늉을 했다.

"자세한 내막이야 알 수 없다만 무슨 영문인지 애비도 잡아 갈 거
라는 소문이 들리는구나."

깜정이로서는 무슨 말인지 알 도리가 없었다.

"아무튼 애비에게 소식이 있거들랑 피하는 것이 상책이라고 이르
거라."

오랑이는 깜정이에게 물을 한 대접 청해 마시고는 왔던 길을 되짚
어 갔다. 깜정이는 망연한 표정으로 한참이나 섰다가 이화의 집으로
달려갔다. 이화는 마침 집에 있었다.

"고모님, 큰일 났어요! 김 대감님이 잡혀갔대요."

"잡혀가다니. 왜?"

이화가 멀뚱한 표정을 했다.

"모르겠어요. 오랑이 아저씨가 아버지도 조심해야 한다며 혹 들르

거든 빨리 피해야 한다고 그러셨어요."

깜정이가 덧붙였지만, 이화로서는 점점 더 알 수 없는 소리였다.

"김 대감님이 잡혀갔는데 아버지는 또 왜?"

그때 김대유가 방에서 깜정이의 얘기를 다 듣고 있었는지 헛기침을 하며 나왔다.

"김 대감님께서 잡혀 가셨다면 필시 모함일 터."

김대유는 혀를 쯧쯧 찼다.

"참으로 어지러운 세상이구나. 그런데 아버지도 피해야 한다니 그건 무슨 소리인 게냐?"

이화는 깜정이에게 했던 이야기를 되풀이했다.

"참으로 알 수 없는 얘기구나. 내가 아무래도 다녀와야겠다."

김대유가 방에 들어가 의관을 갖추고 나왔다.

"어디를 가시려고?"

이화가 걱정스러운 얼굴로 묻자 김대유는 대문을 나서며 들릴 듯 말 듯,

"내 서둘러 창동에 다녀오겠소. 거기 가면 무슨 소식이라도 얻어들을 수 있겠지."

하고는 부지런히 걸음을 옮겼다. 이화와 깜정이는 서로 얼굴만 마주보며 근심스러운 표정이나 짓고 있을 뿐이다. 창동으로 달려간 김대유는 하늘이 무너지는 소리를 들어야 했다.

"역적이라니요?"

한기는 눈을 꼭 감고 있을 뿐 미동도 하지 않았다

"조정에서 그런 얘기들이 있다니 그런 줄 알밖에."

한기는 제법 그럴듯한 벼슬을 사는 아들에게 얘기를 들었을 터였

다. 김대유가 제 가슴을 지그시 눌렀다.

"벼슬아치들이 저 모양들이니 이 나라의 앞날이 걱정되지 않을 수 없네. 몇몇 벼슬아치들이 작당하여 김 대감을 몰아내려 한다는 것이네. 그 빌미가 나랏법을 어긴 고산자의 지도인 것이지. 김 대감이 고산자를 도와주곤 한다는 사실을 알게 된 자들이 일을 꾸몄다네."

"……."

"인현동 허문(許門)도 그렇고 김 대감도 그렇고, 고산자 그 사람에게 방패막이가 되어주려니 했더니 오히려 죄를 뒤집어쓰게 될 줄이야 누가 알았겠나."

이미 대학자로 이름이 높은 한기의 목소리는 매우 침착했다. 그러나 김대유는 화난 사람처럼 고개를 마구 저었다.

"그럼 인현동 허 대감님도 봉변을 당하셨답니까?"

"그분이야 연세도 높고 벼슬을 그만둔 지 오래여서 별 일은 없는 모양일세. 암튼 이번 목표는 김 대감인 모양이야. 꼿꼿한 김 대감을 탐욕 많은 벼슬아치들이 못 보아 넘기는 걸세."

그러나 김대유로서는 받아들이기 쉽지 않다.

"지도를 관상감에 바치기까지 했지 않습니까? 것도 벌써 수년 전의 일이기도 하고."

한기도 한숨을 내쉬었다.

"그자들이 어디 그런 걸 따진다던가. 수년 전 아니라 수십 년 전이래도 꼬투리가 될 만하면 쑤셔내 덤비는 거지."

김대유는 답답한지 제 가슴을 두드렸다.

"어서 내 말대로 피하기나 하게. 저들이 모양새를 갖추기 위해 고산자와 관련된 사람들은 모조리 잡아들여 문초를 해야 한다고 떠벌리고 있다네. 자네야 고산자를 도와 지도를 제작한 사람이니 성키 힘들 거야."

피하면 어디로 피한단 말인가. 이화와 깜정이는 또 어째야 할지. 김대유는 도무지 어찌해야 좋을지 갈피를 잡을 수 없었다. 따지자면 정호와는 수십 년 지기일 뿐 아니라 정호가 지도를 제작하는 데 가장 큰 힘이 되었던 한기도 성할 수는 없는 몸이었으나, 벼슬을 사는 아들들이 있어 보호막이 되어주었다.

김대유는 문득 정호를 찾아볼 생각을 했다. 풍수도를 그리겠다며 떠났으니 어느 산, 어느 강을 헤매고 있을지는 알 수 없었지만 금강산쯤에 가면 만날 수도 있을 것 같았다. 그러나 지금 그게 우선은 아니었다. 어서 약현으로 돌아가 이화와 깜정이를 안돈시키는 일이 급했다. 한기가 쩔렁 소리가 나게 엽전 한 꿰미를 꺼내놓았다.

"자 어서 가보게. 어서."

김대유는 쫓기듯 창동에서 나와 약현으로 달렸다. 그 시간 깜정이도 집으로 돌아와 텅 빈 태연재로 들어갔다.

'아버지, 부디 건강하셔요.'

그때였다. 누군가 대문을 박차고 들어오더니,

"역적 김정호는 오라를 받아라!"

하고 소리를 질렀다. 깜정이는 가슴이 쿵 내려앉는 듯했다. 밖으로 나와 보니 안마당에는 장창을 꼬나 쥔 포졸들이 그득했다.

"네년이 김정호의 딸이렷다?"

깜정이는 그 말을 들으며 스르르 무너지듯 주저앉았다.

"애비는 어디 있느냐?"

깜정이는 아무 말도 못하고 고개만 저었다. 그러자 깜정이의 귀뺨에서 불이 번쩍했고, 그와 동시에 입술이 터져 피가 흘렀다.

"사실대로 고하지 못할까! 애비는 어디 있느냐!"

그러나 깜정이는 우물우물 입술만 달싹거릴 뿐 아무 소리도 내지 못했다. 또다시 따귀만 몇 대 더 맞았다. 포졸들은 태연재를 들쑤셔 지도며 책이며 모조리 끄집어내 수레에 실었다. 방이며 광도 분탕질을 했다.

"그건 없는뎁쇼."

지도를 찾는 모양이다. 정판을 찾는지도 몰랐다. 정판은 십여 질의 지도를 인쇄한 후 관상감에서 이미 가져간 터였다. 물론 김득수가 농삼아 나무는 내 나무이니 가져가겠다고 했지만, 이런 일이 생길 수도 있다는 생각을 했는지도 모를 일이다.

"사내는 벌써 줄행랑을 친 모양인지 계집만 있습니다."

깜정이가 꿈속인 듯 그런 소리를 들으며 초점을 잃고 있는데

"깜정아!"

하고 발악하는 듯한 소리가 들려왔다. 눈을 가늘게 뜨고 바라보니, 이화였다.

"고모님."

이화는 머리가 풀어헤쳐지고 짚신도 한 짝만 신은 채였다. 김대유가 눈치 없게도 하필이면 그때 태연재로 뛰어 들어왔다.

"임자! 깜정아!"

범의 아가리로 뛰어든 꼴이었다.

"호 이자가 김대유라는 자군."

포졸들은 김대유에게 냉큼 오라를 지웠다.

"도대체 이게 무슨 행패요?"

김대유가 발악하듯 소리쳤지만 포졸들은 대꾸도 없이 함부로 발길질만 해댔다.

김대유가 앞장섰고 깜정이와 이화는 앞서거니 뒤서거니 서로 부축을 하면서 우악스러운 포졸들에게 에워싸인 채 걸음을 옮겼다. 낯익은 이웃들이 혀를 끌끌 차며 김대유와 두 여자가 끌려가는 것을 바라보았다.

포도청에 끌려온 세 사람은 별다른 문초는 받지 않은 채 옥에 갇혔다. 김득수를 엮기 위해 잡아온 것인데다가 주모자라 할 정호를 잡지도 못한 마당이어서 굳이 더 알아낼 것도 없었던 것이다. 가끔 한기가 아랫사람을 시켜 옥살이를 살펴봤고 늙은 오랑이도 엽전이나 생기면 먹을 걸 넣어주곤 했다. 그렇게 몇 달이 지난 어느 날 오랑이가 김대유 옥사로 달려왔다.

"풀렸네, 풀렸어."

"누가 풀렸소? 여자들이 풀렸소?"

웃음을 머금은 오랑이가 고개를 가로저었다.

"김 대감이 귀양에서 풀려왔네."

반가운 소식이 아닐 수 없다. 김득수가 풀렸다면 자신들도 곧 풀려날 것이 아닌가. 그러나 금방은 아니었다. 김득수가 풀린 지 보름이 지나서야 김대유들이 풀려나왔다.

"역모로 엮였지만 근거가 없는데다가 고산자의 「대동여지도」도 김 대감의 주장으로 관상감에 바친 것이 참작되었다네."

풀렸다는 말을 듣고 모처럼 약현에 온 한기의 설명이었다.

"아버지는 잘 계시는지……."

중년의 아낙이 된 깜정이가 옷고름으로 눈가를 눌렀다.

"임자, 이 기회에 형님 댁하고 살림을 합칩시다. 형님이 언제 돌아오실지도 모르고 조카도 쓸쓸하고……."

김대유 말에 이화가 고개를 끄덕였다.

"그러자꾸나. 깜정아. 우리나 너나 자식도 없고, 너는 홀몸이기도 하니 같이 지내는 게 좋겠어."

깜정이도 싫을 이유는 없었다. 그런 의논들을 하고 있는데 양식을 가득 실은 달구지 하나가 태연재 마당으로 들어왔다. 오랑이와 김득수가 뒤를 따랐다.

"고산자도 없는데 나 때문에 봉변당했다는 소식 들었소. 얼굴이 없구려."

김득수가 모두에게 고개를 숙일 듯 미안한 말투로 말했다. 당상관 대감마님이 친히 용서를 비는 것이다. 보고 있는 한기가 흐뭇한 표정을 지었다.

"바람 탓이지 김 대감 탓이겠소."

"혜강께서도 와 계셨구려. 시끄럽게 하여 면목이 없소."

오랑이는 지팡이를 짚고 서서 일꾼들이 양식 부리는 걸 참견했다.

몇 년 후.

조반을 마친 시각쯤 태연재로 코흘리개들이 자꾸만 들어갔다. 예닐곱에서 열서너 살까지의 아이들이다. 태연재는 서당이 되었다. 훈장은 물론 김대유다. 마당에서 두리번대던 아이 몇이 태연재로 들어가는 아이에게 물었다.

"여기 오랑 어른 댁이 어디냐?"

아이가 귀찮다는 듯 손가락으로 안채를 가리키고는 태연재 안으로 사라졌다. 아이들은 안채로 들어갔고 안채 마당 평상에 오랑이가 에헴 하고 앉아 있다. 오랑이는 한 해 전부터 깜정이에게 와서 산다. 기력이 예전 같지 않아 깜정이가 억지로 모셔왔다.

"어서들 오거라."

아이들이 실실 웃음을 베물며 자리를 찾아 앉았다. 그때 태연재로 들어갔던 아이들 여남은 명이 안채로 뛰어 들어왔다.

"네 녀석들은 천자문 외야지 훈장님께 회초리 맞을라."

오랑이 말에 아이들이 시끄럽게 대답했다.

"훈장님이 잠깐 놀고 오랬어요. 어디 좀 다녀오신다고."

"흠, 그랬냐. 그러니까 그 아이, 고산자라는 아이가 지 애비도 질질 끌어다 묻고 지 고모도 묻었다고 했지?"

"김 대감이라는 벼슬아치 귀양 가는 길에 누이며 딸도 억울하게 옥살이 하고 나왔다는 얘기도 했어요."

"아하. 거의 다 했군. 영감이 된 고산자가 이제 금강산으로 갔겠다. 갔더니 그 옛날 고산자가, 백 살도 넘은 그 영감이 신선이 되어 떡 버티고 앉아 있는 거야. 그 신선 고산자가 하는 말이……."

오랑이가 잠시 뜸을 들이자 아이들의 호기심이 더 빛났다.

"너도 신선이 돼라. 이런 거야. 그래 고산자도 금강산 신선이 되었다는 얘기야. 에헴."

아이들이 왁자한 사이에 깜정이가 오랑이에게 냉수 한 사발을 가져왔다.

"멀쩡한 아버지를 왜 귀신으로 만드셔요?"

깜정이 말에 오랑이가 손을 홰홰 저었다.

"귀신이 아니라 신선이다. 신선이 되고도 남았을 게야. 돌아오기나
할는지 원."

오랑이 말에 깜정이도 먼 데를 바라보았다.

"아무 데서나 편하시면 좋지요. 신선이신데요 뭐."

언제 왔는지 이화도 깜정이와 함께 먼 데를 바라보며 말했다.

"어려서도 그랬단다. 한 군데 계시는 법이 없었어."

김대유가 돌아왔는지 태연재에서 아이들 글 읽는 소리가 낭랑하게
들려왔다.

# 작가의 말

김정호는 옥사했는가? 이 책은 그런 물음에서 시작되었다. 우연한 기회에 나는 조선총독부에서 1934년(쇼와 9년)에 발행한 『조선어독본(朝鮮語讀本)』 제5권을 볼 수 있었다. 오늘날 초등학교 국어 교과서쯤 되는 그 책의 제4과 제목이 '김정호'였다.

그 『조선어독본』에 의하면, 「대동여지도」가 적국에 누설될 것을 우려한 대원군이 「대동여지도」를 압수하고 김정호와 그의 딸을 옥에 가두어, 결국 두 사람 다 옥사하였다는 것이다. 그런데 「대동여지도」는 1904년(메이지 38년)에 일어난 러일전쟁에서 일본군에 지대한 공헌을 하였다는 것이다. 또한 총독부의 토지조사사업에도 상세하고 정확한 지도로서 역할을 다했다는 것이다.

김정호가 옥사했다는 기록은 『조선어독본』 말고는 찾을 수 없었다. 저들의 의도를 분명하게 전달하기 위하여 '극적 요소'를 첨가한 것일 수 있겠다. 물론 「대동여지도」가 일본에 이용당했을 수 있다. 하지만 저들이 아전인수식으로 의미를 부여하는 것은 괘씸하지 않을 수 없다. 이 교과서를 만든 일본의 속셈은 빤하다. 이른바 내선일체를 떠벌이는 것이다.

김정호가 속한 1800년대는 근대화의 전 시대로 매우 혼란했다. 서학(천주교)의 박해가 어느 때보다 심했으며 민란이 끊이지 않았다. 이 책에서는 큰 줄기를 훼손하지 않는 범위에서 그런 어지러운 사회상을 담아보려 애썼다.

다만 우려되는 것은, 이 글이 고지도를 연구하는 이들에게 누가 되지는 않을까 하는 점이다. 애초 지도니 과학이니 하는 것에 문외한인 내가 고대의 지도 제작에 대해 이러쿵저러쿵한 것은, 연구자의 성과에 힘입어 그것을 가감 없이 인용했을 뿐이지만, 혹 미천한 글재주로 그것을 잘못 늘어놓은 것은 없을까 하는 걱정이 크다.

방동인님의 『한국의 지도』, 원경열님의 『대동여지도의 연구』에 기댄 바가 크다. 노도양님이 꼼꼼하게 국역한 이중환의 『택리지』와 박석무 님이 골라 우리말로 옮겨 준 정약용의 『유배지에서 보낸 편지』 역시 그러하다.


위는 1994년에 출간한 초판본 '작가의 말'이다. 일본이 「대동여지도」를 군사적 목적이나 토지조사에 이용했을 것이라는 것은 저들이 말하지 않아도 자명하다. 그러나 조선 조정을 업신여기는 태도는 괘씸하다. 결국 저들의 손아귀에 나라를 빼앗겼지만.

1920년대에 들어서야 「동아일보」와 정인보 등을 통해 일반에게 겨우 그 존재가 알려진 고산자 김정호와 「대동여지도」는 1934년 조선총독부 교과서를 통해 왜곡돼 식민지 조선인에게 전달됐다. 일제의 의도는 훌륭한 인재와 업적을 알아보지 못한 지배층 때문에 조선은 망할 수밖에 없고 일본의 지배가 당연하다는 주장을 펴는 것이다. 일제가 조선사편수회를 통해 우리 역사를 왜곡·조작해온 것은 널리 알려진 사실이다. 그러나 김정호의 찬란한 업적을 일제가 먼저 알아주었다고 해서 그 빛이 바래는 것은 아니다.

김정호를 알아보고자 했으나 「청구도」, 「대동여지도」를 제작했다는 것 말고는 어떤 기록도 찾을 수 없었다. 위 『조선어독본』에서 말하는 '옥사'조차 찾을 수 없었다. '김정호의 생애에 대한 기록은 알려진 게 없다'는 게 2016년 현재까지도 연구자들의 한결같은 증언이다.

그러므로 이 책의 김정호의 생애에 관한 모든 에피소드는 오롯이 허구다. 최한기, 정약용, 정하상 등 몇몇 역사 인물들도 김정호와의 관계는 설정이다. 김정호가 전국 산하를 매주 밟듯 답사했는지, 아니면 방에 틀어박혀 기존의 저작들을 검토하면서 편집했는지 여부도 알 수 없다.

다만 최한기가 쓴 「청구도」의 서문이라 할 '청구도제'에서 몇몇 단서를 끌어내 김정호의 생애를 재구성했다. 짐작컨대 당시 상황에서 한 개인이 「대동여지도」라는 역작을 제작해내는 것은 불가능에 가깝다. 그것을 가능하게 했다면, 김정호는 평생을 이 작업에 바쳤을 것이다. 타고난 재능이 있어야 할 것이고, 불굴의 도전, 성실한 노력이 뒤따라야 했을 것이다.

22년 만에 원고를 다시 들여다보면서 많이 깎아내고 조금 보태 기웠다. 그래도 어설프기 짝이 없다. 애초 김정호를 영웅으로 만들 의도도 없었지만, 갈등구조도 약하고 클라이맥스도 없다. 그저 담담하게 김정호를 들여다보려고 했다.

1994년 초판 출간 전 대학로 어느 찻집에서 뵌 소설가 고(故) 최인호 선생은 "이 무모한 신예작가는 그 흔한 상업적 소재를 거부하고, 역사에 겨우 이름이나 남았던, 그러나 만고에 길이 남을 엄청난 업적을 이룩한, 작지만 위대한 한 지리학자의 삶을 담담하게 그러면서도 강한 필치로 그려내고 있다."고 등을 두드려주셨다. 시인이자 문학평론가 이진우 선생은 "한껏 포장하고 치장하여 영웅을 만들어야만 직성이 풀리는 다른 많은 역사소설류에 식상한 독자들에게 새롭고 인상적인 전범을 보여줄 것이다."고 평해주셨다. 감당하기 어려운 말씀들이다.

소설을 빙자한 이 책이 우리 역사에 대한 관심으로 이어질 수 있다면, 왕조 중심의 기득권자의 역사가 아니라 민중사에 대한 관심으로 이어지면 다행이겠다. 정권의 입맛에 맞추는 국정 역사 교과서는 안 된다. 일제의 한국사 왜곡으로 충분히 학습하지 않았나.


22년의 시공을 뛰어넘은 2016년 여름에
우일문

# 고산자
# 김정호

초판 1쇄 펴낸 날  2016. 9. 7.

지은이　　　우일문
발행인　　　양진호
책임편집　　위정훈
디자인　　　강영신
발행처　　　도서출판 인문서원

등 록　　　2013년 5월 21일(제2014-000039호)
주 소　　　(121-893) 서울시 마포구 양화로 56 동양한강트레벨 718호
전 화　　　(02) 338-5951~2
팩 스　　　(02) 338-5953
이메일　　　inmunbook@hanmail.net

ISBN　　　979-11-86542-26-2 (03810)

이 도서의 국립중앙도서관 출판예정도서목록(CIP)은 서지정보유통지원시스템
홈페이지(http://seoji.nl.go.kr)와 국가자료공동목록시스템(http://www.nl.go.kr
/kolisnet)에서 이용하실 수 있습니다. (CIP제어번호: CIP2016019844)